보이지 않는 도시

보이지 않는 도시

La Ciudad Invisible

에밀리 로살레스 장편소설
정동섭 옮김

문학과지성사
2008

보이지 않는 도시

펴낸날 2008년 3월 28일

지은이 에밀리 로살레스
옮긴이 정동섭
펴낸이 채호기
펴낸곳 ㈜문학과지성사
등록번호 제10-918호(1993. 12. 16)

주소 서울 마포구 서교동 395-2(121-840)
전화 02)338-7224
팩스 02)323-4180(편집) 02)338-7221(영업)
전자우편 moonji@moonji.com
홈페이지 www.moonji.com

ISBN 978-89-320-1840-9

차례

『보이지 않는 도시』의 배경이 되는 도시들

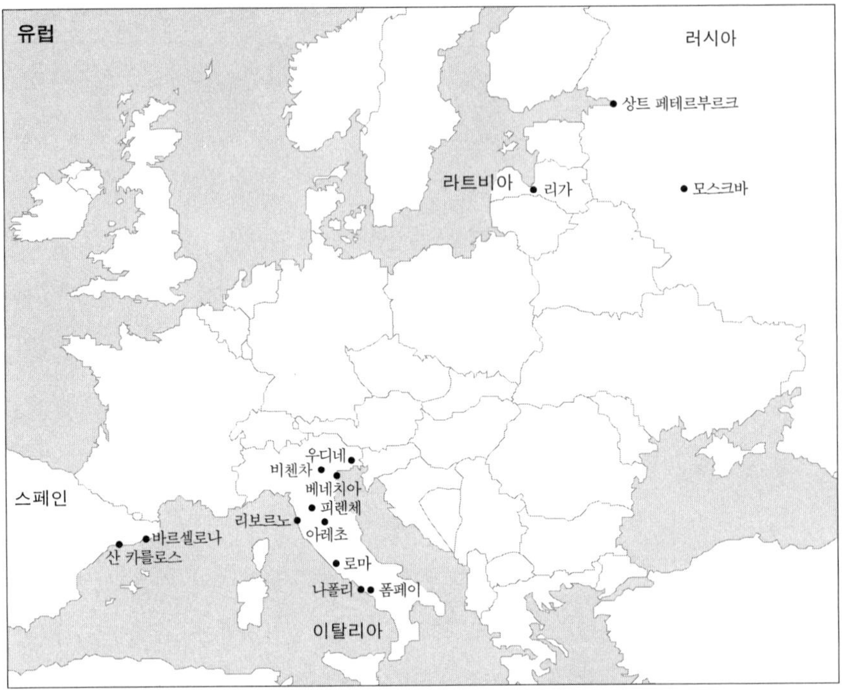

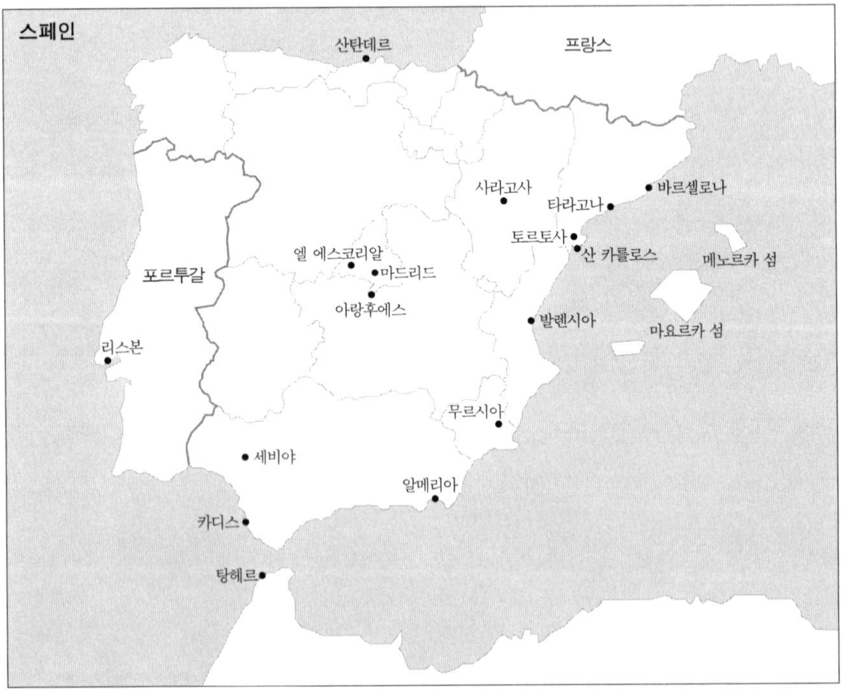

I. 보이지 않는 도시

그동안 '보이지 않는 도시'에 대해서는 전혀 생각하지 않았다. 혹 꿈속에서라면 모를까.

그러다가 나는 몇 주 전에 발신인이 표시되지 않은 봉투 하나를 받았다. 봉투 안에는 상당 분량의 육필 원고 복사본이 있었다. 원고에 적힌 꿈틀거리는 서체와 우아한 곡선으로 된 이음매는 한순간에 내 관심을 끌어당겼다. 서체가 익숙하지 않아 천천히 읽어 내려가던 나는, 그 원고가 안드레아 로셀리라는 18세기의 어느 건축가가 쓴 일종의 회고록임을 알게 되었다. 이탈리아어로 씌어진 그 원고는, 본문을 쓴 사람이 썼다고 확신할 수 없지만 「'보이지 않는 도시'에 대한 비망록」이라는 제목을 달고 있었다. 맙소사, '보이지 않는 도시'라니! 그 순간, 내가 처음으로 그 말을 들었을 때의 기억이 환하게 떠올랐다.

나와 내 친구들은 문시아 산맥에서 바다 쪽의 만(灣)으로 살짝 나 있는, 언덕을 커다랗게 할퀸 것 같은 페드레라(채석장이란 의미-옮긴이 주, 이후 모든 주석은 옮긴이 주임)에 놀러가곤 했다. 어린 우리 들은 그곳에서 진흙에 생긴 물길과 바위들 사이를 뛰놀거나 질 퍽한 초록색 물웅덩이에 멈춰 서서 손으로 진흙을 긁어모아 흉 측한 짐승 모습을 만들기도 했다. 그러다가 가끔씩 진흙탕 아 래쪽으로 미끄러져 내려간 아이도 있었는데, 심하면 척추가 부 러지기도 했고 아니면 적어도 입은 외투가 녹이 슨 것 같은 색 깔로 변해버렸다.

"우리는 '보이지 않는 도시'로 가는 또 다른 입구를 발견한 거야."

우리 중 누군가가 말했다.

"아냐! 이 바위들로 '보이지 않는 도시'를 건설하려 했지만, 결국 완성되지 못해서 사람들이 바위들을 바다로 던져버리고 항구를 만든 거라고."

"거짓말하지 마! '보이지 않는 도시'는 있어. 우리 형이 지난 번에 자기 친구들 몇 명이 발견했다고 했단 말야. 그건 마을 아 래 있고. 운하 관리소에서 광장까지 가는 터널이 있고 또……"

"허풍 떨지 마!"

"멍청하긴!"

'보이지 않는 도시'의 존재를 믿지 않는 아이의 얼굴로 진흙 덩어리들이 날아갔고, 그러자 그 아이는 더 이상 별 저항 못한 채 우리 무리에 합세했다.

"선생님이 나한테 '보이지 않는 도시'의 평면도를 보여줬어."

약국집 아들이 낮은 목소리로 말했다. 그의 기름때 낀 안경은 매년 장날에 쓰는 저울처럼 기울어져 있었다.

집으로 돌아와서 할아버지에게 '보이지 않는 도시'에 대해 이야기하자, 할아버지는 축구 복권을 보던 시선을 즉시 들고 내게 말씀하셨다.

"만일 또 한번 '보이지 않는 도시'에 대해 말하면 그 친구 녀석들과 놀러 나가지 못할 줄 알아라. 운하 얘기는 그만 할 때도 되지 않았니?"

그 이후 나는 집에서 '보이지 않는 도시'에 대한 이야기를 다시는 하지 않았다. 친구들과는 그 도시가 존재했다는 흔적들, 또는 그 도시가 사라졌다는 흔적들을 계속해서 찾아냈지만 말이다. 그리고 세월이 가면서 도시든 사랑이든 부모님이든, 잊혀진 것만이 존재한다는 사실을 알게 되었다.

집안의 규칙을 어기고 남쪽 해안을 따라 바위투성이와 동굴이 있는 쪽으로 멀리 갔던 어느 날, 우리는 야자나무 밭의 낙엽들을 휘젓다가 춤추는 무화과나무 가지 뒤에 있는 동굴 입구를 발견했다. 동굴 안으로 십 미터 정도밖에는 들어가지 못했지만, 그것은 '보이지 않는 도시'로 가는 또 다른 통로이며, 해변에서 '국왕의 과수원 별장'——이는 처음부터 세운 적도 없었거나 후에 없애버린 것일 텐데, 누가 알겠는가, 그 모든 것이 미지의 시대인 국왕의 통치기에 일어난 일이었으니——으로 가는 지름길의 입구라고 확신하기에 충분한 증거였다. 또한 그것은 호나스와 내가 '보이지 않는 도시'와 관련된 위대한 발견을 했던 운하 관리소까지 연결돼 있을 것이었다.

우리는 어촌과 논을 가르는 운하를 건너 하얀 석회석과 빛바랜 오렌지색 벽돌로 된 벽들 사이로 걸어갔다. 마치 그 벽들은 거인이고 우리들은 난쟁이 같았다. 우리는 계속해서 운하의 가장자리를 따라가 잡초지와 갈대밭으로 감춰진, 흙이 볼록하게 쌓여 있는 곳에 이르렀다. 균열된 틈 사이로 무화과와 야자수 그리고 용설란 가지들이 뻗어 나와 있었다. 우리는 세계의 뱃속으로 들어가기 위해, 이것들을 피해서 초목으로 감춰진 공간을 감싸고 있는 둥근 천장의 틈새 사이로 내려갔다. 그 공간은 운하와 평행을 이루도록 지어진 곳이었다. 수 미터씩이나 계속되는 어두운 정적 속에서 천장 부분을 뚫고 올라온 우거진 나무들 사이로 스며 들어오는 빛줄기들만이 선명했다.

이 발굴 소식은 친구들 사이에서 신비로운 반향을 일으키며 퍼져 나갔고, 곧 '보이지 않는 도시'에 대한 소문이 돌기 시작했다. 호나스와 나는 번갈아가며 선별된 아이들을 버려진 창고였던 굉장한 크기의 그 아지트로 데려가곤 했다. 그러는 동안 전설은 확대되었다. 전시(戰時)에 그곳에서 비행기를 만들어 숨겨놓았다는 말도 있었고, 분명하진 않지만 거기서 아메리카로 가는 배를 만들었다는 소문도 있었고, 또 거기서 '보이지 않는 도시'의 중심부를 연결하는 수 킬로미터의 지름길이 시작된다고도 했다.

거의 지하에 가까운 통로들은 신고전주의풍의 우아한 세관 건물 발밑에 누워 있었는데, 그 일대를 주재하던 세관 건물 역시 폐허가 돼 잊혀진 것처럼, 이루어지기 전에 무너져버린 꿈같이 아름다운 모습이었다. 우리는 그 꿈의 폐허에서 놀며 시간을 보내곤 했다.

비가 와 거리에서 축구를 할 수 없게 되면, 우리는 아이들을 모아 '보이지 않는 도시'를 향해 뛰어갔다. 그러면 어스름한 그곳에는 우리의 고함 소리와 벽과 기둥에 공 부딪치는 소리가 동굴 무대에서처럼 크게 울려 퍼졌다. 이따금씩 오후가 다 가버리면 귀가 시간을 절약하기 위해 어느 어부가 근처에 매놓은 거룻배의 줄을 풀어 배를 타고 운하 아래쪽으로 미끄러져 내려왔다. 그럴 때면 우리는 피곤에 지쳐 아무 말도 하지 않았다. 만에서 가장 얕은 바다 언저리에 도착하면 배를 갈대숲에 숨기곤 했는데, 아마도 그 어부는 나중에야 그걸 발견했을 것이다.

그러다가 어느 날, 배 주인에게 들켜버리고 말았다. 깜짝 놀란 가족들은 진상을 파악한 후 모든 것을 알아버렸다. 그 이후 운하 관리소에 가까이 가는 것이 금지되었고, 우리의 모임은 그 정체성의 자취도, 영지(領地)도 없이 남겨졌다. 하지만 그 모임을 감싸온 신비의 베일까지 잃지는 않았다. 오히려 비밀스러운 단어들을 발음하는 것만으로도 우리의 머릿속에는 위험하고 위협적인 풍경이 그려졌다. 운하 관리소와 '보이지 않는 도시'가 말이다.

왜 우리는 계속해서 그곳을 탐험하지 않았을까? 왜 선생님은 약국집 아들이 봤다는 그 지도, 혹은 평면도를 우리에게 보여주지 않았을까? 왜 어른들은 그것에 대해 아무 말도 하지 않고, 우리에게도 아무 말 못하게 했을까? 하지만 결국 세월은 세대를 가로질러 다시 그 소리 없는 작업을 진행시켰다. 즉, 두려움이나 불안, 또는 기쁨의 형태로 젊은 날을 사로잡았던 것이 꿈의 영역으로 들어오면서 쇠락하고 무너지는 때가 온 것이다. 그것은 꿈의 영역에서만 생존했다.

사춘기 때 나는 바다 속에 잠수했을 때만 '보이지 않는 도시'를 떠올리곤 했다. 팔을 저으며 그곳의 유적들을 다시 훑어볼 계획을 세우곤 했지만, 잠수가 끝나고 물 바깥으로 나오면 그걸 잊어버렸다. 아마 어렸을 때의 장난을 계속한다는 것이 부끄러워서 그만둔 것인지도 모르겠다.

이따금씩 할아버지나 어머니, 이모들이나 선생님은 우리에게 페드레라나 운하 관리소의 은폐된 창고, 또는 멀리 떨어져 있는 해변에 가지 말라고 한 뒤, "그렇지, 우에르토 델 레이(왕의 과수원이란 의미)에 말이다." "그래, 플라야 델 레이(왕의 바닷가란 의미)로 말이야." "거기 카사 델 레이(왕의 집이란 의미)에 말이야"라고 중얼거리곤 했다. 그것은 마치 줄지어 나오는 기도 같았고, 오래전 그 의미를 파악하기를 포기한, 그들도 이해하지 못하는 단어 같았다. 삶으로 충만하지만, 과거의 흔적도 없고 역사적으로 대단한 이야깃거리와는 거리가 먼 해안 마을에 무슨 왕이며, 무슨 도시란 말인가? 우리는 왕도, 다른 아무것도 없는 이들과 비슷했는데 말이다.

몇 년 후 내가 뜬금없이 '보이지 않는 도시'에 대해 말하기 시작했을 때, 아르만드 콜은 밝지만 차가운 학교 복도에서 웃어 젖혔다. 아이들의 아우성 소리 사이로 채찍질처럼 매서운 바람이 횡하는 소리를 내며 미끄러지고 있었다.

나는 기숙학교에 온 첫날 아르만드를 알게 되었다. 내가 열두 살이던 어느 날, 할아버지와 엄마는 엘 에스코리알 궁전(스페인의 펠리페 2세가 건축한 대규모 왕궁)을 닮은 근엄한 건물의 정문에 나를 내려놓고는 마을로 돌아가버렸다. 학교는 주도(州都)이자 주교 본부가 있는 토르토사(스페인 동부 도시로 에브로 하구 지방의 주도)를 둘러싼 언덕들 중 하나에 건축되었다. 그때부터 산 카를로스(지중해 연안에 있는 스페인 도시)의 익숙한 거리들은 주말에나 가게 될 정도로 멀어졌고, 따라서 나의 유년기의 허물어진 거인이었던 '보이지 않는 도시'와도 더욱 멀어졌다. 나는 침묵하는 오후에 매력적인 하늘과 함께 남겨졌지만, 다행스럽게도 그때까지는 소년으로서 알 수 없는 사실도 남아 있었다. 그것은 어른이 되고, 새 친구들을 사귀고, 축구를 하고, 화학원소기호표와 라틴어 어미 변화를 배우고, 여행을 하고, 사랑에 빠지겠지만 그럼에도 불구하고 영원히 혼자일 수도 있을 거라는 사실, 어느 낯선 도시의 흔들리는 밤에 깨어나 자기 몸에서 불과 몇 센티미터 거리에 있는 젊은 여체를 발견할 수도 있다는 사실, 하지만 곧 외로움을 느끼고 그 사그라진 여름 오후에 학교 정문 앞에 혼자 남겨졌던 자신을 추억하게 될 거라는 사실이었다.

그러나 9월의 그 어느 날, 붉게 늘어진 구름은 산간 지대의 강풍을 예고하고 있었고, 난 한눈에 들어오지 않는 건물의 정문 앞에서 아직 몰라도 되는 사실을 굳이 알지 않으려고 애를 쓰고 있었다. 그때 아르만드 콜은 마치 내 존재를 알아차리지 못한 듯이 농구공을 튕기면서 현관 앞을 지나갔다. 그리고 거의 내 시야를 벗어날 때 즈음 멈춰 서서 공을 잡더니 그것을 한 번 더 바닥에 튕긴 후 내게 힘껏 던졌다. 그러고는 골 세리머니 같은 몸짓을 했다.

"자, 21점내기(두 사람이 하는 농구 게임의 하나) 한판 하자고!"

그가 외쳤다. 그의 말은 거절할 수도 없었지만 또한 이해할 수 없기도 했다. 농구는 마을에서 이제 막 유행하기 시작했었고, 난 21점내기가 뭔지 몰랐기 때문이었다.

아르만드는 내게 데카르트풍 저택과 커다란 건물들의 텅 빈 위엄을 안내하는 안내자로 변신했다. 또한 나보다 나이가 많았던 그는 학교와 같은 건물에 있는 소(小)신학교라고 불리는 기관에 소속되어 있었기 때문에, 기숙학교에서 드물지 않게 벌어지는 집단 장난으로 아이들이 처벌받을 때 수완 좋게 나를 구해내곤 했다.

한번은 급우들과 지붕의 두 경사면으로 이루어진 다락방에 간 적이 있었다. 그 방은 우리가 잠을 자던 방 바로 위였다. 서른 명 정도의 우리 꼬마들은 살충제 가스에 불을 붙이는 실험을 하기 위해 늘 소등이 되자마자 자리에서 일어났다. 불이 붙으면 우리 얼굴은 경이로움으로 빛나곤 했다. 작은 악동들 중 하나가, 발을 잘못 디뎌 들보를 밟는 대신 아래쪽 방의 천장을 이루는 약한 싸리발을 밟아 아래층으로 떨어질 지경에 이르기까지는 모든 일이 비단결처럼 부드럽게 진행되었다. 소란은 대단했다. 사건의 전모를 밝히기 위해 우리를 한 명씩 호출한 그 교무실을 나는 기억한다.

그러나 최대의 사건은 우리 중 가장 똑똑한 아이 하나를 이층 창문에서 거꾸로 붙잡고 머리를 아래로 내민 채 흔들었던 일이었다. 그 아이는 발렌시아 출신이었는데, 한니발과 그의 코끼리 떼가 알프스를 넘어 로마에 이를 때까지의 모든 여정을 상세하게 알고 있었다. 그는 또한 모스크바 근교 보로디노에서 형언할 수 없이 치열했던 전투가 벌어진 이후 나폴레옹 군대가 괴멸한 정확한 이유들과, 스페인 카를리스트 전쟁(스페인의 이사벨 2세가 즉위하자 그녀의 숙부인 카를로스를 옹립하려는 이들이 일으킨 전쟁) 중에 벌어진 가장 잔인한 사건들에 대해서도 알고 있었다. 이 마지막 이유 때문에 우리는 그의 부드럽고 상냥한 태도에도 불구하고 그에게 '티그레 데 마에스트라스고(마에스트라스고의 호랑이라는 의미. 이는 카를로스파였던 카브레라 장군의 별명이었다. 카를로스파였던 카브레라 장군은 스페인 동부에 위치한 마에스트라스고로 피신한 적이 있다)'라는 별명을 붙였다. 그날 티그레는 머리를 아래로 하고 거꾸로 매달렸는데, 재수 없게도 아래층 교실에서 그의 입과 양팔을 볼 수 있었고, 그때 그 교실에서는 교장 선생님이 화학 시험을 감독하고 있었다. 티그레는 팔을 휘저으며 다양한 종류의 상소리와 신성모독적 언사, 협박조의 말 등을 지껄이다가 갑자기 입을 다물었다. 비록 열악한 조건에서지만 당황한 교장 선생님의 위협적인 시선과 정면으로 마주쳤던 것이다. 그를 다시 방 안으로 끌어올렸을 때 녀석은 얼굴이 새하얗게 질려서 계속 욕을 해댈 의욕을 잃었고, 이어서 떨리는 목소리로 소리치며 문으로 들어온 교장 선생님의 얼굴은 분노로 벌게져서 거의 실신할 지경이었다.

신학생인 아르만드가 도와주지 않았더라면 우리는 수난에서 빠져나오기가 쉽지 않았을 것이다. 그리고 어렸을 때 나의 즐거움이었던 '보이지 않는 도시'에 대해 그에게 말할 기회도 없었을지 모른다.

"너희들의 그 '보이지 않는 도시,' 또는 너희들이 상상해낸 것이 아니라 실존하는 그 지역은 카를로스 3세의 왕도(王都)가 남긴 약간의 유적 뒤에 숨겨져 있어. 산 카를로스, 너희들이 말하는 라피타 말야. 산 카를로스 델 라 라피타!"

아르만드 콜은 웃으면서 외쳤다.

"국왕이라고? '보이지 않는 도시'가 국왕과 무슨 상관이야?"

"그게 역사의 미스터리지. 남아 있는 건 거대한 모자이크에서 떨어져 나온 몇 개의 쪼가리들에 불과해. 그것도 여기저기 흩어진 쪼가리들. 그래서 나머지 부분은 추측해내야만 돼. 상상은 자유라고!"

"네가 무슨 말을 하는지 알 순 없지만 '보이지 않는 도시'와 연관된 것 같긴 하군."

아르만드는 내 건방진 태도를 비웃었다. 나는 실제보다 더 무지한 척했고, 그는 필요 이상으로 선생처럼 굴었다. 이런 이야기를 나누며 우리는 소란스러운 아이들에게서 벗어났다. 그리고 알게 모르게 그의 설명에 감동을 받은 나는 같은 기숙사생에게 금지된 신학교 경내로 들어갔다. 아르만드는 자기에게 인사하는 다른 신학생들이 야릇한 얼굴로 나를 바라보는 것을 알아채지 못하는 듯했다. 그렇게 도착한 그의 방은 난로로 덥혀져 있었고, 작은 화덕 위에서는 찻물이나 우유 같은 것이 끓기 직전이었다.

차를 좀 마신 뒤, 그는 18세기와 계몽주의, 카를로스 3세와 그의 대신이었던 플로리다블랑카 백작, 또한 건축가이자 기사(技師)였던 사바티니에 대한 자료가 있는 백과사전을 찾기 시작했다. 그는 그중 한 페이지를 찾아 내게 큰 소리로 읽어주거나, 그 페이지가 펼쳐진 책을 내게 건네고 자신은 다른 항목을 찾기도 했다. 그러다가 그 책들의 내용 중 하나인 듯한 이야기를 해주었다.

"요약하면, 지금으로부터 이백 년 전 카를로스 3세는 이복형인 페르난도 6세가 죽자 어머니 이사벨 데 파르네시오에게 상속받아 통치하던 나폴리에서 돌아왔어. 그리고 스페인의 국왕이 되어 스페인 영토와 공공사업에 대한 야심찬 계획을 세웠는데, 이는 그가 보여준 계몽적 전형의 또 다른 측면이었지. 사업의 일부는 잘 진행되었고 일부는 중도에 멈췄는데, 그중 에브로 강 하류에 신도시를 건설하려던 이유는 에브로 강의 관개를 이베리아 반도의 내륙 개발에 이용하고, 그때까지 상업에서 제외됐던 국가 주요부와 아메리카의 교역을 촉진하려는 속셈에서였어. ······게다가 이를 위해서는 합리적인 방법으로 에브로 강과 바다를 잇는 운하를 건설할 필요도 있었고……”

“그래서 어떻게 됐지?”

“네게 말한 대로야. 산 카를로스 델 라 라피타는 실패한 계몽주의적 기획의 미스터리를 이루고 있지. 거대한 신도시로 구상됐는데, 이유는 잘 모르지만 웬일인지 한순간에 그 계획은 수포로 돌아가버려서 아직까지 실현되지 않고 있는 거지. 너와 네 친구들은 그 폐허에서 뛰놀며 상상의 날개를 폈던 거야. 하지만 약간의 잔재는 남아 있어. 마을 일부의 도시화 도면에는 아랑후에스 왕실 별장풍의 커다란 아케이드 광장이 있는데 이는 신도시 계획의 규모를 완벽하게 알게 해주지. 또 채 기능을 하지 못한 운하와 항만 시설들도 있고, 신고전주의풍의 웅장한 새로운 성당도 있는데……”

“그러니까, ‘보이지 않는 도시’는 우리의 상상이 아니라 실재로 존재한다는 얘기군……”

내가 이렇게 단언한 것이 새 힘이 솟아서였는지, 아니면 마법에서 깨어나기라도 한 듯 실망해서 그랬는지는 알 수 없었다.

“가장 놀라운 것은 그 일에 대해 민담 정도의 흔적도 남아 있지 않다는 거야. 겨우 증조할아버지의 증조할아버지 때밖에 되지 않는데 말야. 아무리 변질되고 왜곡된 것이라도 주민들 사이에 존속해온 것이 아무것도 없는 것과는 의미가 다르지.”

아르만드가 강조했다.

그때 나는 어른들이 우리를 쫓아낸 후에 낮은 목소리로 말했던 것을 그에게 들려주었다. 왕의 과수원과 별장, 운하 관리소, 왕의 해변 등에 대한 이야기 말이다.

"그게 단서가 될 수 있을지 모르겠어. 공사가 중단된 후 남겨진 건 그것에 대해 잘 모르는 일꾼들이고, 건축가, 공사 책임자, 사절, 기술자 들은 떠나버렸으니. 그리고 지금까지 신화화된 메아리만이 보존돼왔거나 그것도 아니면 별 의미 없어 보이는 소문의 흔적들만 남겨져 있으니 말이야."

기숙 학생들은 특별한 경우에만 주중에 학교에서 외출할 수 있었지만, 아르만드는 내가 자기를 따라서 시내에 있는 우표 수집상으로 한 달에 두 번 외출할 수 있도록 출입증을 만들게 해주었다. 그는 최근에 새로 나온 우표를 사기 위해 그곳에 가곤 했다.

그날, 우리가 동시에 문을 밀자, 언제나 그렇듯 문에 달린 종이 울렸고, 우리는 나무로 된 책장과 밝은 색 벽, 그리고 카펫이 깔린 따뜻한 공간으로 들어섰다. 코끝에 안경을 걸친 주인의 뒤로 사슴 같은 그의 딸의 날렵하고 매우 아름다운 자태가 창고 쪽으로 사라지고 있었다. 그 소녀의 향기가 방 안의 공기에 섞여 흥분을 자아내고 기대감을 갖게 하는 듯했다. 주인은 잘 다듬어진 핀셋으로 내 친구가 부탁한 우표들을 습자지로 된 작은 봉투에 넣었다. 그러고 나서 주인은 나를 엉큼하게 바라보며 말을 꺼냈다.

"내가 '보이지 않는 도시'의 설계도를 가지고 있다는 걸 아니?"

나는 영문을 몰라 그를 바라보았다.

"너희들이 산 카를로스의 유적지를 그렇게 부른다고 네 친구가 말해주었지. 설계도를 보고 싶니?"

그는 내 대답을 기다리지 않고 사라지더니 일 분 후에 커다란 파일을 들고 돌아와 끈을 풀어 계산대 위에 펼쳐 보였다. 그가 우리에게 보여준 동판화(銅版畵)에서 나는 즉시 알파케스 만(灣)과 바냐 곶의 윤곽을 알아보았다. 우표 수집상은 강에서 그 계획도시까지 흐르는 항해 운하와 항구 옆에 있는 포병 수비대, 편자 모양의 광장 등 나머지 세부 사항들도 가르쳐주며 설명하려 했다. 그때 소녀가 창고에서 다시 나왔다. 이번에는 머리를 한 줄로 땋은 상태였는데, 피부는 눈처럼 하얗고 눈망울은 촉촉했으며 넓은 입술은 분홍빛이었다. 창백한 목소리의 그녀가 거만한 걸음걸이로 거리로 사라졌다. 그녀가 닫고 나간 문에서 종소리가 울렸고, 우리는 레몬 향과 함께 남겨졌다. 나는 그녀의 이름조차 묻지 못하고 내 존재를 그녀에게 인식시켜주지 못했다는 고통과 함께 남겨졌다. 마치 온 세상이 내 앞에서 급히 지나가버려 그 누구도 나를 알아차리지 못했다는 느낌이 들었다.

내가 감정을 추슬렀을 때 주인은 안경을 다시 고정시키고 꿈의 설계도, 온갖 불가능의 결정체인 그 설계도가 담긴 파일을 덮고 있었다. 그는 나를 좀 못마땅하게 바라보았고, 나는 그가 아르만드에게 했던 말 중 한 단어만을 알아들었다. 그것은 내가 처음 들어보는 이름이었는데 아르만드가 다시 언급하지 않은 것으로 보아 우리의 조사에 별로 중요하지 않음에 틀림없었다. 그 이름은 티에폴로였다. 잠바티스타 티에폴로.

그것이 전부였다. 나는 두 번 다시 그 우표 수집상에게 가지 않았고 ——그 상점은 이미 수년 전에 문을 닫았다——, 그 소녀도 두 번 다시 보지 못했다. 아마도 그녀는 나에게 상처를 준 그 아름다움을 간직한 채 어딘가에 살고 있으리라. 아리아드나가 아직 나타나기 전이었다.

그 시절, 아르만드와의 대화는 '보이지 않는 도시'에 대한 내 흥미를 돋우었으나 유년기에 느꼈던 것과는 매혹의 방식이 달랐다. 그전과는 거의 반대에 가까웠다. 어렸을 때 나는 '보이지 않는 도시'에서 달리기를 하고 소리를 지르며 그곳을 누렸다. 그런데 이후의 나는 멀리 떨어진 곳에서 접근하며, 미지의 행성의 궤도에 있는 위성처럼 타원형으로 회전하고 있었던 것이다. 즉, 아무것도 없는 곳에 도시를 건설하려는 생각을 해낸 정치적, 문화적, 예술적 환경을 설명해주는 책과 기사들을 읽고, 그 이전 사람들과 동시대 사람들을 모색하며, 왜 다른 곳이 아닌 그곳을 선정했을지를 분석하고, 관계자들을 파악하며, 사료에 나타난 언급을 추적해보면서 말이다.

티그레도 이 일에 참여했는데, 창문 사건에서 회복된 그는 자기만이 역사에서 유래한 존재가 아님을 확인하고는 기뻐했다. 나는 마지막 학창 시절의 그를 기억한다. 우리는 대학이라는 미지의 근접 미래를 앞두고 우리를 감싸주는 밤하늘 아래에서 순식간에 푸르게 변한 교외(校外)를 산책했다. 티그레는 입에 담배를 물고, 턱으로 소리를 내며, 두 눈동자를 각진 근시 안경 아래 숨긴 채, 가슴을 죽이고 에스킬라체의 반란(나폴리 출신의 에스킬라체 재상이 스페인의 전통적인 모자와 망토 착용을 금지하자 이에 대항해 일어난 민중 봉기), 메노르카 섬(지중해에 위치한 메노르카 섬은 스페인 왕위 계승 전쟁 후 지브롤터와 함께 영국에 편입되었다가 나중에 스페인에게 되돌려졌다)의 변천, 페루인 파블로 데 올라비데 얘기에 열을 올렸다. 그런데 좀 희한한 게 있었다. 아르만드나 티그레의 설명과 책에서 말하는 모든 것은 산 카를로스라는 구체적인 주제에 다가가기 전까지만 청산유수 같았던 것이다. 산 카를로스를 설명하는 단계에 이르러서는 작업이 정체되었고, 실체가 사라져버렸으며, 더 이상 자료를 찾을 수 없는 역사적 침묵이 일어났다. 내가 점차 그 일에서 멀어지다가 무관심해진 까닭이 바로 실체에 접근하는 데 실패하고 흥미가 좌절된 데 있을 것이다. 아니면 다른 일들이 내 시간과 정신을 점령해버렸거나.

흉금을 털어놓았던 티그레와의 그 마지막 밤 산책에서 있었던 그의 질문 하나가 지금까지 내 주위를 맴돌고 있다. 그것은 어느 평화로운 밤 한가운데에서 번개처럼 희미하게 보였다가 즉시 잊혀진 것이었다. 티그레가 내게 물었다.

"누가 네 아버지인지 조사하는 것에 흥미가 없었니?"

그러나 그것은 훨씬 뒤의 일이었다. 아르만드와 내가 학교 정문에서 만났던 그 첫날부터 그는 내게 있지도 않았던 형이 되었다. 그가 내 곁에 있음으로 나는 여명의 바다를 불사르는 태양, 소나무로 빼곡한 침묵 속의 계곡, 여섯 시간을 걸어 오른 정상, 개울을 건널 때 다리를 때리는 격류의 힘, 별들로 가득 찬 밤에 떠오르는 노래 같은 소년기의 풍족함을 누릴 수 있었다. 난 물고기고 새이고 가젤이었다. 난 바람의 아들이자 신의 아들이었다. 내 사춘기의 고양된 모든 에너지는 아르만드의 영향 때문이었다. 그가 처음부터 내게 베풀어준 보호 덕분에 나는 그 높은 건물의 얼어붙은 담벼락과 침통한 울음소리를 내는 밤의 북서풍과 흔들리는 수천 개의 유리창에서 느낄 수 없었던 가족의 온기를 알게 되었다.

역설적인 것은 난 집에서도 마을에서도 가족의 온기를 알지 못했다는 것이다. 치즈로 만든 과자와 군고구마, 또는 석류 주스를 만들어줄 준비가 돼 있는 여인들에게 늘 둘러싸였던 나는 이모들의 상냥함과 이웃 여인들의 애정에 익숙해져 있었다. 마치 내가 세상 돌아가는 사정을 알아차리지 못하도록 조용한 음모가 진행되는 듯했다. 그러는 동안 어머니는 내가 질문할 때마다 마치 지금 막 급선무—이 일 다음에는 다른 일이 있었거나 하루가 다 지나가버렸다—가 있다는 듯이, 또 더 나은 할 일이 있는지를 생각하거나 아무 바쁜 일도 없이 아들의 얼굴이나 구름을 바라보는 시간은 오지 않는다는 듯이, 끝없는 지시 사항들을 던져주며 대답을 피했다. 한편, 할아버지는 내게 말 없이 사물을 지배하는 규범들을 알려주었다. 그 규범들은 '물은 물이요 산은 산이며 계속 그럴 것이다' 정도로 요약될 수 있는 몇 가지 원칙에서 나온 것이었다. 그들이 어째서 이토록 침묵하며 냉정함과 엄격함으로 일관했는지 밝히는 데는 시간이 걸렸다. 그리고 그들이 사실을 알려주려고 결심했을 때, 이미 나는 그런 것에 관심이 없었다.

내 나이만큼 여러 해 전, 희한하게 비가 오던 팔월 하순의 어느 여름이었다. 우리 집에서 운영하던 주점의 계산대 뒤에서 어머니가 실신했다. 돌발성 질병으로 할머니가 돌아가신 후, 어머니가 할아버지를 돕고 있었다. 어머니는 그때, 결국엔 마치지 못하게 될 고등학교 과정을 막 시작하고 있었다. 젊은 딸이 임신하는 것은 당시 부모들의 공통된 두려움이었다. 이 경우에서 그 가족—아버지와 딸로 구성된—은 집 안에 틀어박혀 조용히 문제를 숨기기로 작정했다. 팔월의 어느 날 밤 해변에서 소녀와 춤추었던 그 프랑스인, 혹은 벨기에인을—이렇게 막연하게 내게 음악이 들려오고 있었다—수배하는 것은 불가능했다.

그리고 나는 할아버지의 감시하는 시선과 어머니의 파괴적인 침묵 사이에서 목소리를 높이지 않고 성장했다. 시들고 슬픈 모습으로 생각에 잠겨 있던 어머니는 내가 버스를 타고 마을에서 기숙학교가 있는 지방의 주도까지 삼십 킬로미터를 달리기 전, 월요일 아침마다 내 머리를 어루만져주었다. 나는 주중의 오 일은 동네의 냄새와 거리에서의 외침, 부두의 햇살을 그리워하며 보냈다.

바르셀로나에 살 때—이때 나는 얼마간 문학 공부를 하는 자유를 누렸는데, 그것은 내가 예술계에서 전문가로 성장하는 것을 지연시키기만 했다—내 내면의 아무도 없는 들판은 언제나 덧없는 형태로 채워지거나 비워졌다. 어느 날 파트리시 신부가 나를 불렀다. 그는 창문에 거꾸로 매달린 티그레를 보고 분노했던 교장 선생님이었다. 그런 일에도 불구하고 나는 아르만드와의 우정 때문에 신부와 가까이 지내고 있었던 것이다. 나는 토르토사로 갔다.

"지금 네 어머니가 무척 편찮으시다니, 한 가지 말해줄 것이 있다. 너도 사실을 알 권리가 있다고 생각한다. 아무도 그런 얘기를 너한테 해주지 않았다는 걸 알기에 어떻게 설명해야 할지 모르겠다. 하지만 나 혼자 담아두고 싶지는 않구나. 또 네가 어머니와 말할 수 없게 될 때 털어놓고 싶지도 않고. 내 말은 누가 네 학비를 대주는가 하는 문제다."

"맙소사…… 어머니나 할아버지가 아니었나요? 그렇게나 많이 드는데……"

"아니다. 그리고 네가 알아야 될 일이 바로 그거다."

그가 뜸을 들이는 사이에 나는 생각에 잠겼다. 하지만 무슨 말이 이어질지 추측할 수가 없었다. 게다가 스무고개 놀이를 하는 것도 아니었고.

"에밀리, 에밀리 로셀. 네 학비를 대주는 누군가가 있었다. 네 어머니도 할아버지도 아닌 누군가가 말이다."

"그게 누구죠?"

"미안하지만, 그게 내가 아는 전부다. 그걸 분명하게 말해줄 사람은 네 어머니일 게다. 난 그게 네게 중요할 거라고 생각한다."

하지만 그런 최소한의 수고를 했을 프랑스인, 또는 벨기에인 아버지가 있었는지 대답해주기에 어머니의 시간은 충분치 못했다. 희생과 고통으로 점철된 어머니 인생의 마지막 날들을 함께하는 동안 나는 그런 일로 어머니를 고문할 수 없었다. 마지막으로 포옹을 할 때 나는 모든 일이 다른 방식으로 밝혀지기를 간절히 바랐고, 나와는 상관없는 불미스러운 이야기를 묻어버리기로 맹세했다. 그 이야기와 거리를 두기로 작정했던 것이다.

어머니의 행동과 할아버지의 태도를 이해하지 못했던 것이 아니라, 그 행위들의 동기, 그들이 그럴 수밖에 없었던 깊은 속사정을 외면하기 위해 치밀한 노력을 하면서 내가 그토록 오랜 시간을 지낼 수 있었다는 건 놀랍다. 그 독배로부터 거리를 두는 것이 나을 거라고, 상관없는 일에 얽이지 않는 것이 낫다고, 그 무언가가 내게 이야기했던 것이다. 깊은 구멍에서 상처 없이 빠져나오리라는 보장도 없었고, 내가 틈입하기에 그 공간은 너무 촘촘했을 뿐만 아니라, 고요하고 어둡기까지 했다.

나는 어머니와 할아버지가 그들보다 우월한 힘, 어쩔 수 없는 비극적인 힘에 짓눌려왔다고 확신했다. 그리하여 그 검은 구멍에서 멀어지면 멀어질수록 세상을 두려워하기보다 포용하며 자유롭고 충만한 삶을 살 가능성이 더 많아질 거라는, 중요하면서도 한편으로는 절망적인 결론에 이르렀다. 그러나 진정 벗어날 수 있는 것일까?

비록 지금 「'보이지 않는 도시'에 대한 비망록」의 실마리를 따라가는 것이 지옥의 입구로 향하는 문을 여는 것일지라도, 그것이 내가 가야 할 미로이며 이제 탐험의 시간이 됐다고 확신한다. 또한 이탈리아 출신의 건축가에 대한 자료를 찾아낸 것과 몇 주 전 고딕 지구에 있는 내 화랑에 오랜 친구인 소피아 멘디사발이 나타난 일에 이르기까지, 모든 우연의 일치가 내 호기심을 자극했기 때문이기도 하다.

여러 해 동안 나와 적조했던 소피아 멘디사발이 내 사무실로 들어왔을 때, 약간 사시인 그녀의 시선이 내게 때가 됐노라고 알려주는 듯했다. 그녀의 두 눈은 너무도 부드러우면서도 호전적이라서 몽환적인 유혹의 분위기를 띠고 있었다.

소피아는 냉소를 띤 채, 두 손을 허리에 짚고 화랑의 사무실 문 앞에 서 있었다. 그 도전적인 태도의 과장은 기껏해야 마음을 쓰이게 할 뿐, 이제 내게 아무런 감흥도 불러일으키지 않았다. 수년 동안 최소한의 예의상 접촉만을 유지하고 있는 지금, 소피아가 나타난 이유가 무엇일까?

그녀의 말과 속마음이 서로 다르다는 사실에 익숙한 나는 그녀가 나를 찾은 이유를 처음에는 단순한 핑계로만 여겼는데, 그 명분은 시대착오적이긴 해도 명료했다. 그녀는 바르셀로나에 화랑을 열기 위해 내게 조언을 청하러 온 것이었다. 격세지감을 느끼지 않을 수 없었다. 십오 년 전 이 도시의 예술계에 나를 소개한 것이 다름 아닌 그녀였다. 그때 그녀는 나와 비슷한 사업에 진출할 참이었으나, 결국 에브로 강 삼각주에서 살기 위해 주도 토르토사를 떠났고—나와는 정반대의 행보였다—거기서 결혼을 해서 부동산 사업으로 모두가 부러워하는 성공을 거뒀다.

수 주가 지나도록 소피아는—나는 비록 그녀가 한 말을 한 마디도 믿지 않지만 그녀의 말에 장단을 맞춰주었다—계속해서 나를 놀라게 했다. 그녀는 내 조언을 어느 정도 따르며 화랑에 대한 계획을 진전시켰을 뿐 아니라, 안락한 친교가 넘치는 이 도시에 대해 온갖 의혹과 기대를 담은 야심—예술적 시도에 대한—과 경제적 추진력을 가지고 있었다. 따라서 바르셀로나에 화랑을 연다는 소피아의 말은 진실이었지만, 문제는 왜 하필 그때 나에게 이야기했는가였다.

나는 매년 에브로 강 삼각주 남쪽에 있는 알파케스 만의 바닷가 집에서 여름을 보내려고 계획한다. 어머니가 돌아가신 후 나는 어머니 집을 팔았다. 수개월이 지나고 더위가 다가오는 동안, 나는 이런 계획을 위해 이 궁리 저 궁리를 한다. 하지만 매해 결정을 내려야 할 때가 되면 허둥지둥 더 설득력 있는 대안을 모색하고, 결국 처음 계획과 매우 다른 휴가를 보내고 만다. 그것은 마치 시간이 아직 되지 않았다는 듯이, 다가가는 대신 멀어지는 여행이었다. 이번 여름 휴가도 또다시 이런 식으로, 바닷가 집에서의 계획은 이틀간의 의례적인 방문으로 축소되었다. 이것은 내가 겨울을 보내는 것과 다르지 않다. 마치 화랑 일이 있는 바르셀로나로 돌아와야 하기 때문에 옛 친구들을 만날 시간이 없을 뿐 아니라, 그 집에 별일이 없다는 것을 확인하는 데엔 그것으로 충분하다는 듯이 말이다. 먹고살기 위한 일은 일면 변명거리가 되기도 한다.

그럼에도 불구하고, 바닷가 집에서의 휴가 계획을 방해하는 이 어둡고 우려 섞인 감정을 덮어버리는 일련의 이유들이 이 몇 주 동안에 떠올랐다. 최근에 생긴 나의 호기심이 더 이상 참을 수 없을 지경이 되었던 것인지도 모르겠다. 나는 한때 자주 갔던 장소와 친했던 이들에게서 왠지 모를 위화감을 느꼈다. 그것은 마치, 지나온 시간이 겉보기에만 아주 잘 땋아진 끈 같았다. 매듭을 단단히 묶고 실들도 아주 촘촘하게 짜여져 있지만, 어느새 풀어지고 헝클어지려는 끈 말이다. 외견상 견고하게 축적돼온 시간이 그 세월의 주름 속에 지켜지지 않은 약속의 새벽, 단절된 우정의 오후, 이름 없는 아버지의 밤, 또는 발견했다 다시 묻힌 어느 도시의 석양을 감춰두고 있는 것처럼 보였다.

아무튼 그 매듭을 시험해볼 시간이 되었다. 돈 많고 영향력 있으며 아름답기까지 한 소피아 멘디사발과 그녀의 남편 호나스의 파티에서 나는 와인을 마시며 분명 과음하게 될 것이다. 그 파티에 참석하는 존경하는 친구이자 유명 정치가 아르만드 콜은 내게 그 약속에 빠지지 말라고 몇 번이고 애기해왔다. 그 자리가 여름에 있는 중요한 사회 행사인 만큼 그림을 그리고 싶어 하는 이들이 많이 올 거라는 애기였다.

그 밖에 또 다른 이들도 있을 것이다. 그리고 이십 년 전의 나와 그들도. 그 개미 떼처럼 북적거리는 사람들 속에서 내게 '보이지 않는 도시'를 되돌려준 익명의 발송자가 누군지 조사를 시작하기 위해 나는 그곳에 갈 것이다. '보이지 않는 도시'는 그동안 전혀 생각하지 않았던 것이었다. 혹 꿈속에서라면 모를까.

II. 나폴리

「'보이지 않는 도시'에 대한 비망록」에서

내가 한 여행들에 대해, 나를 둘러쌌던 인생의 질곡과 경험들에 대해 이제 이야기를 시작해야 할 때라고 티에폴로는 말했다. 정작 그는 그러지 않았기 때문에 나는 거부했다. 하지만 그는 자기가 진작 그렇게 하지 않아 얼마나 애석하게 생각하는지 모른다고 털어놓고는, 자신은 시작하기에 너무 늦었지만 나는 최적의 시기라고 설득했다.

"선생님께서는 캔버스에도 아치형 천장에도 글을 쓰셨지 않습니까."

이렇게 말하며 나는 그를 위로했다. 사실이 그랬다. 그러자 티에폴로는 잠시 동안 우수에서 벗어나 두 눈을 반짝였다.

"물론이지, 물론이야, 안드레아. 자네가 자네의 건축물에 하듯이 말야…… 하지만 유럽의 절반 정도에 퍼져 있는 내 유화와 프레스코화는 내가 두 번 다시 볼 수 없을 것이고, 또 완전한 내 것들도 아니야. 다시 말하면, 나는 내가 원했던 대로 그려본 적이 없었네. 마치 자네가 건축하는 궁전과 교회를 통해 자네가 원하는 것을 완전히 표현할 수 없듯이 말이야."

이 이야기는 지금으로부터 십 년 남짓 전의 나폴리에서 시작한다. 우리 주군이신 돈 카를로스께서 스페인을 통치하신 지 십 년이 되니까 말이다. 그가 계획한 많은 것들 중 한 가지 이룬 게 있다면, 그것은 도시들의 면모를 이탈리아풍으로 바꾼 것이다. 그는 나폴리를 이베리아 반도(스페인과 포르투갈이 위치한 반도)로 가져왔고, 지중해를 메세타(이베리아 반도의 중앙부. 현재의 마드리드가 위치한 지역)의 중심으로까지 옮겨왔다. 가엾은 도냐 아말리아(카를로스 3세의 왕비)는 어둡고 악취 나며 케케묵은 도시인 마드리드—그것은 나폴리 왕궁의 우아함과 웅장함, 포르티치(나폴리 부근에 있는 항구)의 찬란한 빛과는 거리가 먼 창백한 제국의 수도였다—에 도착하자마자 시들기 시작했고, 이탈리아를 그리워하다가 죽어버렸다. 당시의 그 촌구석은 프라도 산책로의 도시, 과학 박물관의 도시, 알칼라 문의 거리(프라도 산책로, 과학 박물관, 알칼라 문은 모두 카를로스 3세가 마드리드에 건축한 것이다)와 어찌나 닮은 구석이 없었던지! 그럼에도 불구하고 카를로스 3세는 왕궁의 축조를 서둘렀는데, 이는 그가 에스킬라체를 실각시킨 난동을 나름대로의 방식으로 무마한 것이다. 그는 아랑후에스(마드리드 남쪽에 위치한 왕의 별궁)와 엘 에스코리알(마드리드 북서쪽에 위치한 왕의 별궁), 그리고 라 그랑하(마드리드 북쪽에 위치한 왕의 별궁)를 좋아했다. 이곳에서 그는 신성하기 그지없는 수준에 이른 일상적인 사냥을 보다 손쉽게 할 수 있을 뿐 아니라, 백성들과 상당한 거리를 둘 수 있었기 때문이었다.

스페인과 인디아스(예전 스페인 사람들은 지금의 라틴 아메리카를 인도란 의미의 인디아스라고 불렀다)의 통치자인 카를로스 3세는 마드리드를 새로운 도시로 바꿨지만 사실 그는 마드리드를 좋아하지 않았다. 왜냐하면 나폴리에서처럼, 그곳에서 산다는 사실만으로도 그에게 기쁨을 주는 건축물이 아무것도 없기 때문이다. 나폴리 만에 있는 왕궁의 바닷가 테라스를 이른 아침에 산책해본 적이 있는 사람은 즉시 그러한 사실을 이해할 수 있다. 그곳에서는 여명과 함께 수평선을 이루는 양각의 무늬들이 물 아래로부터 서서히, 그리고 견고하게 솟아오른다. 남쪽에는 카프리 섬과 소렌토 해안이, 동쪽에는 베수비오 화산의 위협적이면서도 매력적인 푸른 실루엣이, 서쪽에는 카스텔 델로보(나폴리에 있는 성(城). '달걀성'이라는 의미) 너머에 포실리포 언덕이 있고, 그 너머 만이 끝나는 지점에는 이스키아 섬이 있다. 카를로스께서 나폴리에 있었던 때와 같은 평화기에 그 만에는 돛단배들이 뿌려져 있었고, 항구는 북적거렸으며, 도시는 바다와 육지를 통해 도착하는 모든 소식들을 맞이할 준비가 돼 있었다. 지중해 전역에 그와 같은 곳은 없었다.

이렇게 말하면 나폴리가 매우 이상적인 도시로 보일 것이다. 실은 나폴리 역시 다른 도시처럼, 또는 그 이상으로 오물이 쌓여 있는 질병의 도시이며 도둑과 비극이 있는 도시이다. 하지만 시칠리아 왕국(시칠리아 지방은 예전에 스페인의 지배를 받았다)의 수도(나폴리)에 도착한 지 채 일 년도 되지 않은 때에 보았던 이미지를 나는 영원히 간직할 것이다. 그것은 1759년 어느 날 아침, 스페인을 향해 떠나는 자신들의 국왕을 환송하기 위해 잔뜩 멋을 부린 배들로 가득 찬 나폴리 만의 풍경이다. 그때 나는 떠올릴 수 있는 모든 의심과 걱정에 휩싸였다. 도시는 비록 슬픔을 담고 있긴 했지만 축제 분위기였다. 왜냐하면 왕국에 독립을 허용하고, 수백 년 동안 외국의 지배를 받았던 쇠잔한 왕국을 일으켜 세움으로써 역사의 흐름을 바꾸어버린 그 제왕에게 경의를 표하고 싶었기 때문이었다. 비록 유럽의 권력이 이탈리아 왕국들에 행한 예의 그 거래 덕분에 군주가 됐지만, 카를로스는 이십 년 이상 나폴리의 왕답게 행동했고, 나폴리와 상관없는 황제의 이익을 대변하는 단순한 도모자가 아니었던 것이다.

나 역시 거리를 가득 메운 기쁨, 항구와 바다를 점령해버린 각양의 색깔들, 후한 포도주 인심, 아가씨들의 부끄럼 없는 눈빛들을 피부로 느끼고 있었다. 하지만 한편으로 국왕이 이주함으로써 내가 나폴리로 오게 된 상황까지 바뀌어버릴까 봐 근심과 불안은 커져만 갔다.

십 년 전, 스무 살의 나는 이탈리아 전체 왕국에서 가장 명성 있는 건축가 중의 하나와 일할 수 있으리라는 꿈을 가지고 베수비오 산의 도시에 도착했었다. 로마에서의——고향인 아레초에서 그곳으로 갔었다—— 수습 기간은 만족스럽게 끝났고, 이제 유럽에서 가장 대규모 공사로 알려진 카세르타 궁전 공사에서 루이지 반비텔리를 따라 본격적인 수련을 시작해야만 했다. 부르봉 왕가의 카를로스(카를로스 3세)는 오랫동안 생각해오던 건물의 건축을 그에게 맡겼는데, 내 스승이 뽑힌 건 교황청과 영악한 교섭을 한 결과였다. 카를로스는 교황청의 축복을 받고 싶었던 것이다.

하지만 카세르타 궁전은 단순한 왕궁이 아니라 정치적이면서도 야심만만한 도시 계획의 일환이었다. 나폴리는 아름답지만 질식할 듯한 포화 상태이기도 해서 국왕은 중심부에서 삼십이 킬로미터 떨어진 곳에 왕궁 건축을 계획했던 것이다. 그곳은 도시의 번잡스러움과 거리를 두고 있는 곳으로, 해안에서 멀리 떨어져 있기에 더욱 안전한 동시에 도시 확장의 중심부가 될 것이었다. 내가 그 계획에 참여했을 때, 카세르타 궁전은 이미 꿈이 아니었고 리듬에 맞춰 공사가 진행되고 있었다. 수백 명의 유급 일꾼들과 강제 동원된 이들은 공사에 참여한 명인들에 의해 조직되어 기술자들의 지시와 감독의 감시 아래 일했다. 또 엄청난 발판들과 기계들, 말과 낙타들이 공사에 사용되었고, 돌과 대리석을 나를 수 있는 코끼리까지 동원돼 있었다. 이 수많은 이들로 인해 카세르타 궁전은 일종의 벌집 같았고, 공사는 반비텔리의 엄격한 지휘하에 군주의 만족스러운 시선을 받으며 진행되고 있었다. 다른 곳에서 이보다 더 나은 경험을 기대할 수 있었을까?

들판과 오렌지 나무 숲 사이를 지나 먼 곳으로부터 도착한 후, 나는 현실이 될 건물에 대한 설계도를 처음으로 보았다.

그것은 정방형의 웅장한 건물이었는데, 두 개의 부속 건물들이 교차하며 만들어내는 네 개의 안뜰로 그 내부가 나뉘어 있었다. 그 왕궁의 조화와 훌륭함은 수 킬로미터 밖에서도 알 수 있었고, 건물 외관과 포석, 기둥의 돌과 난간, 벽의 장식에 사용된 자재들의 부드러운 색조는 그 웅장함에 눈이 아프지 않고 편안함을 느끼게끔 배려해주었다. 루이지 반비텔리는 거대한 공사, 자기 권력에 대한 승리의 상징을 건축하고자 하는 군주의 의지가 당대 최고 건축가의 총명함을 앞지를 수도 있는 그 대규모 공사에서 인간적인 느낌을 창조하는 데 성공하고 있었다. 국왕의 할아버지가 건축한 베르사유 궁전과 닮은 격조를 지닌 카세르타 궁전은, 한편으로 몇몇 세밀한 부분에서 그러한 규모와 거리를 둔 채 베르니니(이탈리아의 조각가·건축가)에 대한 감동과 팔라디오(이탈리아의 건축가)에 대한 막연한 추억으로 세례를 받아 존엄해 보였다.

산등성이에까지 이르는 정원과 나폴리 시내까지 뻗은 산책로를 내는 그 계획이 실현된다면, 작은 세상의 기하학적 중심이 된 카세르타 궁전은 비교할 수 없는 감동과 권력을 품고 있는 이성, 그리고 그것이 갖추고 있는 신중함을 일깨우게 할 것이었다.

그러나 반비텔리는 무엇보다 대리석 계단에 열을 올리고 있었다. 그것은 그의 이름과 부르봉 왕가 출신 카를로스의 이름을 빛나게 할 걸작이었던 것이다. 입구에 들어서면 회랑 하나가 대로(大路)의 직선과 연결되고, 공원이 될 부분의 길과도 연결된다. 이 장엄한 전경의 중앙에 현관이 있다. 이 현관은 네 개의 안뜰을 향해 나 있고, 여기서 주 계단이 시작된다. 첫 번째 층계참에서 맨 처음 현관과 두번째 현관의 아치들을 볼 수 있는데, 기둥들의 기하학적 유희를 보여주며 다양한 색상의 대리석들을 강박적으로 골라놓은 그 건축가로 인해 아치들은 마치 돌로 된 환영(幻影) 같다. 내가 지금 그것을 정확하게 기억할 수 있는 이유는, 반비텔리의 제자인 사바티니가 마드리드에 있는 팔라시오 레알(왕궁이란 의미) 안에 만들어놓은, 대단하지만 좀 규모가 작은 카세르타의 모방품들을 여러 날 동안 둘러보았기 때문이다. 십 년이 흘렀지만, 그 왕궁의 기하학은 지금 내 영혼이 살고 있는, 떠들썩한 지역으로 향하는 미로 같은 오솔길들 사이에서 내가 진로를 결정하는 데 도움을 줄 수 있을 것이다.

카세르타 궁전의 오렌지 꽃 사이에서, 레몬 향 사이에서, 세실리아 반비텔리는 그저 소녀에 불과했다. 그런데 지금 마드리드에서 그 세실리아는 세실리아 사바티니로 여자가 되었다. 나폴리와 폼페이에서, 폐하는 아레초 출신의 보잘것없는 건축가인 나 안드레아 로셀리에게 주목하셨다고 말씀하셨다. 나는 이제 국왕과 같은 꿈을 꾸고 있다. 그러나 하나의 도시, 한 여인, 한 제왕은 모두 어느 순간 깨지기 쉽고, 연약하며, 또 손에 넣을 수 없다는 점에서 같을지도 모른다.

나폴리에서 반비텔리의 작업에 참여하면서 나는 꿈결 같은 삶을 살았었다. 영원할 것 같은 계획에 일조한다는 느낌이 들었으니까. 그런데 카세르타의 공사에 사로잡혀 밤낮을 보내는 것보다 더 좋아하는 것이 단 하나 있었다. 그것은 포르티치였다. 그 바닷가 왕궁. 언젠가 여름에 국왕을 배웅하기 위해 반 비텔리와 그곳까지 동행한 적이 있었다. 포르티치는 인간미가 느껴질 뿐만 아니라, 유명 인사들에게 도시를 벗어나 바다와 베수비오 화산 사이에 살고 싶다는 새로운 열망을 불어넣고 있었다. 그들로 하여금 베수비오가 활화산이라는 사실을 망각하게 하면서 말이다. 위험은 열정을 더 불태우게 한다. 마치 세상의 아름다움이 사라지기 전—또는 우리가 사라지기 전—에 그 아름다움을 포식할 필요가 있는 것처럼. 이것이 나폴리 사람들의 정신이리라.

그곳은 폼페이와 헤르쿨라네움(베수비오 화산재에 파묻힌 이탈리아의 고대 도시) 근처였다. 대단했다. 고고학적 발견들은 우리가 연구하고 지각하고 동경하는 이상적인 세상이 예전 모습 그대로 우리 앞에 부활하게 할 것이다. 국왕이 적극적으로 후원한 발굴은 플리니우스(베수비오 화산 폭발 때 죽은 나폴리의 해군 제독)에 대한 단테적인 추억과 그 도시를 파묻어버린 화산재의 비를 눈으로 확인할 수 있게 해주었다.

화산재 아래 고스란히 보존돼 있는 1700년 전 어느 아침과 같은 집들을 보고 경탄한 후, 나는 하늘을 보며 오랜 시간 동안 멈춰 서 있었다. 일반적으로 믿음을 갖는 것과 폼페이에서 믿음을 갖는 것은 다른 이야기이다. 1500년 후에 누군가가 내

집을 이런 식으로 바라볼까? 그리고 그 이방인들이 문과 벽, 대들보와 가구 들을 전유하는 동안, 그들이 내 고뇌의 무대를 관찰하며 '여기에 사람이 살았을까?'라고 말하는 동안 나는 어디에 있을까? 어떤 경우든 나는 우리가 정신으로 이루어낸 것, 손으로 세워놓은 것을 믿는다. 자연의 재난과 세월의 흐름을 버텨내기 위해 많은 사람들의 수고를 이끌어내는 몇몇 사람들의 결단을 말이다.

나는 아주 어렸을 때 아레초에서 부모님을 여의었다. 지금 그분들의 얼굴은 기억도 나지 않지만, 대신 나의 곁엔 항상 삼촌이 있었다. 삼촌은 나를 양육하고 교육시켰으며 여행 경비를 대주셨다. 우리가 개입해봤자 쓸모없는 일들이 있는 반면, 어떤 경우 우리는 인생을 바꿀 능력, 지각을 변동할 능력을 가지고 있다. 나는 바로 이런 것들에 흥미를 느낀다.

폼페이에서의 여름, 해 질 무렵의 어느 날 나는 함께 발굴 현장을 방문했던 일행들과 떨어져서 언덕들과 무화과나무 밭, 그리고 그것들과 붙어 있는 포도원 가운데 드러나기 시작한 집들 사이를 잠시 배회했다. 그러다가 담벼락 뒤에서 기어나온 고양이 한 마리가 눈에 띄었을 때, 나는 내가 어디에 있는지 몰라 대단히 당황했다. 지면이 툭 튀어나온 곳에 이르러서야 아찔해져서, 폼페이의 그 기적들 중 하나가 담벼락의 다른 쪽에서 이제 막 발굴되기 시작했다는 사실을 알 수 있었다.

담 아래쪽에는 흠 없이 보존된 프레스코화가 드러나 있었다. 보다 정확히 말하자면, 그것은 내 손으로 두 뼘을 넘지 않는

어느 그림의 일부분이었다. 식물과 돌밭 사이에서 밝은 색 옷
을 입고 춤을 연습하거나 부드러운 동작으로 인사를 하는 듯
보이는 가냘픈 소녀의 모습이 그려져 있었다. 그녀의 얼굴 표
정에는 고상함이 묻어났다. 그녀는 결코 땅에 떨어지지 않을
듯한 꽃들, 계속해서 싱싱하고 가뿐해 보이는 꽃들을 흩뜨리고
있었다. 연보라 꽃들과 분홍색 꽃들, 노란 꽃들. 그리고 별로
깊지 않은 바다 밑같이 하늘거리는 연두색 가운도. 그러한 기
품과 완벽함, 그 정도의 조화로운 동작과 그런 순진무구한 시
선은 피렌체의 보티첼리(15세기의 이탈리아 화가)의 작품에서만 보았
을 뿐이었다. 폼페이의 꽃들은 이미 수백 년 동안 부유하다 달
콤하게 떨어지고 있었고, 나는 훗날 어느 위대한 여제가 그 모
습을 묘사해달라고 부탁할 거라는 사실을 아직 모르고 있었다.

　그러다가 갑자기 모든 것이 변해버렸다. 폐하께서 사냥 일과
가 끝나자 하루도 허용치 않고 엄격함에 길들여진 일상생활로
돌아가시는 바람에 우리는 왕궁을 떠나게 되었던 것이다. 여름
의 더위조차도 융통성 없는 그의 일과로부터 그를 일탈시키지
못했다. 그는 일찍 자고 새벽에 일어나는 습관을 마드리드에서
도 계속 유지했다. 좀 터무니없이 방정한 이런 품행은 물론 주
변에 있는 귀족들의 별장에서는 지켜지지 않았다. 나는 그런
집들 중 한 곳에서 열리는, 나폴리에 매장된 로마 시인 비르질
리우스 독회에 참석했었다. 눈이 크고 머리 색이 진한 어느 소
녀가 비르질리우스의 시를 낭독했는데, 폼페이 소녀의 가운과

별로 닮지 않은 베일 아래 엉덩이와 가슴이 두드러진 소녀였다. 별들이 뿌려진 하늘이 있고 멀리 베수비오 화산의 실루엣이 보이는 나폴리의 밤에 나는 그녀와 함께 맨발로 해변을 걸었다.

후식이 나올 때 내가 들은 폐하의 공공사업 정책에 대한 찬양이 저녁 식사 후에는 포도주와 시의 기운으로 인해 독이 묻은 투창으로 변해버렸다. 생각이 있는 이들은 국왕이 자신들을 한편에 버려두고 알랑거리는 이들만을 총애한다고 믿고 있었다. 기술자들은 나폴리에 왕궁은 넘쳐나고 도로는 부족하다는 의견을 제시했다. 상인들은 자신들이 세금을 너무 많이 내며 몇몇 가문만이 은총을 받고 있다고 말했다. 또 경솔하게도 제시간에 귀가하지 않은 어느 사제는 거리가 빈민과 도둑, 술 취한 자와 창녀, 그리고 오물로 가득 차 있다고 중얼거렸다. 젊은 나의 눈에 그 모든 것은 포르티치에서, 그 잔잔한 달빛이 흐르는 해변에서 멀리 떨어져 있었다.

내 스승 반비텔리는 나를 나폴리로 불러 카를로스 국왕의 어머니인 이사벨 데 파르네시오가 한 이야기를 말해주었다. 그녀는 자기 아들이 스페인을 떠나 미지의 나라로 향할 때 그에게 그 새로운 왕국을 '이탈리아의 가장 아름다운 왕관'이라고 묘사했다는데, 나 역시 그것을 찾기 위해 집을 떠났던 것이다.

카세르타는 도시 생활과 떨어져 있었고, 포르티치의 그 여름 해 질 무렵이나 겨울의 산 카를로 극장을 수놓는 화려한 의상들은 그 도시와 이성에 대한 유혹이 훨씬 오래전부터 존재했다는 사실을 기억하는 데 필수적인 것이었다. 그리고 그것은 아직 존재하지 않는 것을 건축하려는 열정이 우리를 만족시켜 주듯, 이미 존재하는 것을 즐기고 개발하는 것 역시 필요하다는 사실을 기억하는 데도 필수적인 것이었다. 이를테면, 당신이 노력하지 않아도 몇몇 귀부인들과 그녀들의 사치스러운 의상, 뭔가를 암시하는 듯한 그녀들의 친절한 시선이 당신을 향하고, 당신은 아리아가 울리는 동안 앞에 있는 그녀들이 당신을 바라보고 있다는 사실과, 당신이 극장을 나섰을 때에도 그녀들이 극장 휴게실에서 시간을 끌고 있음을 알고 있는 것이다. 이런 삶의 경이로움을 경멸하는 것은 자연과 신, 사회적 표현 방식이나 개인의 재주에 대한 경멸이라고 생각하지 않는가?

나폴리는 삶이 흘러가는 대로 내버려두고 그런 인생에 몸을 맡기기에 적당한 곳이다. 비르질리우스나 페트라르카, 보카치오는 이곳에 왔을 때 그러한 사실을 알고 있었고, 이곳에 가장 아름다운 별장들을 지었던 로마의 황제들도 그걸 알고 있었다. 키아이아를 가로지르는 산책로들, 카스텔 델로보에서부터 포실리포 언덕까지 펼쳐진 해안은 특별한 이유 없이도 나폴리 사람들을 강한 행복의 물결에 사로잡히게 한다.

다른 종류의 행복에 대해서는 설명하기가 더 좋다. 국왕이 피아첸차(이탈리아 북부 도시)와 파르마, 피렌체에서 시민들의 야유를 받으면서 가져간 파르네시오 가문의 유물이었던 보석들은 지금은 왕궁에서 편히 쉬고 있다. 또 나는 티치아노(16세기 베네치아 출신의 이탈리아 화가)의 「다나에」를 오랜 시간 동안 감상할 수 있는 특권이 있었는데, 그 그림은 내 동향 사람 바사리(16세기의 이탈리아 예술가)가 말해준 바에 의하면 미켈란젤로가 티치아노를 만났을 때 티치아노의 스튜디오에서 보았던 작품이라는 것이다. 여기에다가 도시 위쪽 망루에 자리 잡은 카포디몬테 궁전에 있는 작품들과 알베르고 데이 포베리——이는 왕국 내에 있는 수천 명의 굶주린 이들을 저버리지 말라는 로코 신부의 간청으로 국왕이 건립한 빈민 구제소다——에 있는 작품들, 그리고 공공장소에서 작업 중인 수많은 작품들을 더하면, 카를로스 국왕이 바르셀로나 항구를 향해 출발한 바로 다음 날부터 왜 나폴리가 그를 그리워하기 시작했는지를 이해할 수 있다. 3세기 전 스페인 카탈루냐 출신의 알폰소 1세(15세기 나폴리를 점령하고 궁정을 그곳으로 옮겨 나폴리를 예술·문화의 중심지로 만들었던 왕으로 '위대한 왕' 또는 '대왕'으로 불린다)가 나폴리를 지중해 제국의 중심으로 만들고 그 궁정이 인문주의를 비호하여, 가장 가시적인 표지인 누오보 성에 있는 견고한 두 개의 탑들 사이에 환영을 표시하는 개선문을 건설했을 때였던 '위대한 왕'의 시대 이후, 나폴리의 광휘가 그토록 크고 그 명성이 전 유럽에 찬란했던 적이 없었던 것이다.

나폴리와 나는 함께 가고 있었다. 국왕의 함대가 멀어지면서 나 역시 버려졌기 때문이다. 왕위를 물려받은 아들 페르난도는 어린아이에 불과했다. 비록 권력의 고삐는 계속해서 베르나르도 타누치——이제는 '부온 레(훌륭한 왕이란 의미)'로 알려지기 시작한 카를로스의 건축과 개혁 정책의 지속을 지지하는——의 손에 있었지만 말이다. 왕국의 재정은 겉보기만큼 그렇게 좋지는 않은 듯했다. 총리가 즉시 카세르타 궁전 예산을 삭감하려는 움직임을 보여, 그와 반비텔리 사이에 언쟁이 시작되었기 때문이다. 완고한 반비텔리는 완벽하게 준비된 계획이 그 집행 단계에서 놀아나는 것을 반대했다.

타누치는 예전과 같았지만 공사를 밀어붙이는 군주의 고집과 집념은 없었다. 왕국의 정치도 마찬가지였다. 타누치와 다른 재상들이 원칙을 바꾸지는 않았지만, 나이 어린 애송이 왕의 감상적 이미지는 외세와 힘의 균형, 평화를 유지하고 상업을 보호하였으며 종교재판소의 진입을 반대했던 카를로스 왕의 권위와는 너무도 달랐다. 새 국왕은 사려 깊지 못하고 변덕스러웠고 유치하면서도, 자기에게 부과된 책임을 떠맡을 능력이 없었던 것이다. 그리하여 흉년으로 식량이 부족해져 국가재정이 위태로워지고, 국민들을 먹여살리기 위해 페르디난도 푸가(18세기 이탈리아의 건축가)가 건축한 알베르고 데이 포베리의 규모가 축소되었을 때, 그로 인한 민중 봉기가 일어날 가능성이 높아지자 새 국왕은 겁에 질렸다. 역사에서 나폴리의 장이 막을 내릴 시간이 다가오고 있었다.

카를로스 국왕, 그리고 에스킬라체 재상과 함께 마드리드로 떠났던 프란체스코 사바티니의 천우신조 같은 제안이 도착한 게 바로 그때였다. 내가 얼마나 많이 여행을 했으며, 또 얼마나 많은 부침을 겪었던가! 얼마나 많은 사건들이 과거에 내가 누구였는지를 잊게 할 뻔했던가! 또 당시에는 내가 추측할 수도 없었던 국왕의 계획을 수행하는 공사들, 엄청난 임무를 위해 나를 훈련시키려는 목적을 가진 공사들이 얼마나 많았던지!
그것은 카를로스 3세의 가장 야심 찬 계획이자 당대 건축가가
떠맡을 수 있는 가장 놀라운 계획이었다.

III. 알파케스 만의 불빛들

식욕이 당기는 여름날 밤에 등대가 눈을 깜빡이고 있다. 자세히 본다면 그건 두 개가 되었다가, 곧 세 개, 네 개가 될 것인데, 아마 늦게 도착한 배의 불 꺼진 빛 꼬리를 발견한 것일 게다. 지쳐빠진 파도들이 해변과 바위들로 도착한다. 마치 팔월의 일과가 그것들까지도 격렬하게 흔들었다는 듯이 말이다. 만일 빛으로 반짝이는 해변에서, 또는 산책하는 사람들의 북적거림이나 향수 어린 창문이나 축제가 벌어진 테라스에서 멀어진다면, 거의 움직이지 않고 이 침묵의 왕국에 들어설 수 있을 것이다.

무사태평한 알파케스 만은 밤에 도전하는 몇 척의 배들을 흔든다. 다시 등대를 세어보고 나면 몇 개의 불빛들이 더 나타나 주위를 에워쌀 것이다. 매일 아침 고깃배들이 떠들썩하게 희망으로 출범하는 것을 보는 이 잠든 물결들은 이백 년도 더 된 예전, 국왕의 기술자들—그들의 작업은 미완성으로 남겨졌거나 단지 착공만 했을 뿐이었다—을 맞이했었다. 알 수 없는 규모와 의도를 지닌 공사였지만, 그 흔적인 '보이지 않는 도시'는 내 젊은 날에 다시 강력한 힘—잊혀지고 무기력해지고 뒤처졌다고 생각됐던—으로 나타났다. 역사는 등대의 깜빡임 같은 것이다. 과거와 미래가 아무런 소용이 없는, 혹은 그것만이 전부인 순간과 같은.

나는 바닷가 집에 있다. 결국 이번 여름을 여기서 보내기로 작정한 것이다. 매일 밤 「'보이지 않는 도시'에 대한 비망록」을 몇 시간 동안 번역한 후에, 나는 고요하지만 여러 이야기들로 가득 차 있는 이 바닷가에 나오기를 좋아한다. 그 이야기들 중의 하나가 나를 멘디사발 부부의 집으로 데려왔다. 이것은 여름의 약속 중 가장 기억할 만한 것이었다.

집주인인 내 친구들은 그 지역 최고 부동산 사업체의 공격적인 소유자로 변해 있었다. 지난 십 년 동안 나는 그들을 간헐적으로 보아왔을 뿐이었다. 그러다 최근 그들이 내 삶에 다시 들어온 것은 소피아가 바르셀로나에 화랑을 열려는 오랜 계획을 도와달라며 내 사무실에 나타난 때부터이다.

나는 매미들의 고갈된 울음소리—이들은 곧 귀뚜라미에게 길을 내주었다—와 관목식물 사이에 있는 별장 입구로 가는 길을 찾고 있었다. 푸르게 변한 산과 소나무 숲의 연두색 사이, 올리브 나무들의 은박을 입힌 신록 사이, 날렵하고 싱싱한 사이프러스 나무들 사이에 잠겨 그 집이 어렴풋이 보였다. 나는 멘디사발 부부가 문시아 산맥의 건조한 지역 한가운데 위치한 이 오아시스 안에 있는 오래된 별장을 계속 소유하지도 보수하지도 않을 거라는 사실을 이미 알고 있었지만, 그들이 지은 집은 내가 염려한 최악의 상태와는 거리가 멀다고 고백해야겠다. 게다가 그곳은 나를 더욱 경탄하게 만들었고, 한 줄기 바람에 부드럽게 흔들리는 날렵한 야자나무들이 가리키는 집 입구를 향해 가는 동안 내 부러움을 타오르게 했다. 나는 소피아 멘디사발의 갑작스러운 환영의 말에 비로소 정신을 차렸다.

소피아는 내 차를 보고 감탄하더니, 내 얼굴이 햇볕에 그을렸다고 했다. 또 내 셔츠가 마음에 든다고, 내가 다시 젊어졌다고도 말했다. 그러고는 나와 자기 남편인 호나스——그는 잠시 뒤에 나타났다——에게 정겨운 말을 하고 웃으면서 여학생처럼 나를 껴안았다. 우리 셋이 집을 향해 걷는 동안, 소란스러운 목소리들을 듣고 나는 멘디사발 부부의 초대에 참석할 손님들의 수를 잘못 헤아렸음을 알아차렸다. 내가 예상했던 스무 명 정도의 사람들이 아니었다. 수영장 주변에 많은 사람들이 보였고, 마치 수영장에 떠 있는 듯한——말하자면, 날아가는 듯한——느낌을 주는 초록색 빛이 사람들 사이에 퍼지고 있었다. 그리고 소피아는 그들이 자신의 전리품, 자신이 정복한 이들이라는 사실을 숨기지 않고 내게 드러냈다.

"유럽 환경부 조사 위원이 그 주제에 대한 관심을 보여주기 위해 올해 그 삼각주에서 휴가를 보내기로 결정했는데…… 너도 이미 상상했겠지만, 그녀가 파티에 올 거라는 소문을 퍼뜨리자마자 참석하겠다는 응답이 쇄도했어."

소피아가 내게 윙크를 하며 말했다.

"잘했군." 나는 그녀에게 맞장구를 쳐주었다. "그런데 벌써 왔어?"

"아직 안 왔어. 하지만 조금 있다 틀림없이 올 거야."

소피아는 우쭐거리며, 그러나 미소에 긴장을 담고 말했다.

"저런! 네 계획의 성공을 위해 건배해야겠군." 나는 그녀의 초조함을 달래기 위해 제안했다. "네가 젊은 날의 좋은 습관을 회복한 건 올해의 가장 경이로운 사건이었어. 나는 이제 네가 사업 때문에 시간이 없다고 생각했는데……"

"맞아. 하지만 결국 그 사업에서 손을 뗐어! 부동산업은 호나스의 몫이고 내가 흥미를 갖고 있는 건 그림이지. 그래, 이제 무슨 말인지 알지? 사고파는 거 말야. 나는 옛날에 했던 가족을 위한 일들에서 벗어났고, 그 후로는 그림을 그리기 시작했던 어느 친구를 도와주기만 했지. 이제 진짜로 건배하자!"

내가 대화의 실마리를 따라가려고 할 때, 호나스가 양손에 잔을 들고 내게 와서 자기 아내 곁에 있는 나를 정중하게 빼냈다. 호나스와 나는 올리브 숲 높이로 트여 있는 다른 테라스까지 몇 미터를 걸어갔다. 그곳은 먼 곳에 누워 있는 만을 향해 있었다. 호나스는 내 등에 손을 얹고 남쪽 방향에 있는 가까운 언덕을 가리켰다.

"라 몰라 에르마(황무지라는 의미)야. 기억 나니? 잡목과 덤불이 있는 자갈밭이지. 내가 저기를 샀는데, 여름이 지나면 건물을 짓기 시작할 거야. 백이십 필지(筆地)지. 가장 힘든 거래 중 하나였어. 수년 전부터 나는 많은 장해물들과 싸우고 있어. 이 황무지를 녹지로 만들 거야. 그리고 라 몰라 에르마라는 이름을 붙일 거야. 우리는 우물을 만들었고, 어떤 나무가 뿌리를 잘 내릴 수 있는지 연구 용역도 맡겼지. 의무적으로 일정 면적에 나무를 심을 건데…… 실은 시작하기도 전에 난 이미 백 명이 넘는 투자자들을 가지고 있었지만, 네가 이 지역을 좋아하는 걸 알고 너를 위해 바다로 향해 있는 땅을 하나 예약해뒀는데……"

"라 몰라 에르마라…… 하지만 백이십 채의 집들이면……"

"내가 모든 규정을 다 준수한다는 걸 잊지 마. 무지 열 받게 했었지. 투자자들은 내게 상을 줘야 할 거야. 그래서 나는 언론이 원하는 모든 정보를 주고 단번에 좋은 이미지를 얻고 싶어."

다행스럽게도 그가 말을 더 하기 전에 누군가가 뒤에서 우리를 불렀기에, 우리는 내년, 또는 그다음 해에 선셋 대로(大路)가 될 그 어둠에서 시선을 떼었다. 그러고 나서 뒤돌아서자 한 무리의 사람들이 있었다. 그들은 모두 가벼운 천으로 된 넉넉한 옷을 입은 채 미소를 짓고 있었는데, 내 친구이거나 호나스의 친구였던 이들이었다. 그들은 우리가 서로 보지도, 이야기하지도 못하고, 안부를 묻지도 못한 채 흘러온 세월들에 대해 호들갑을 떨고 있었다. 그러나 수영장 쪽 테라스를 정원—집의 북쪽 부분과 일렬로 선 사이프러스 나무들 사이에 갇혀 있는—의 한 부분과 잇는 복도의 저편 끝에서 무슨 일이 일어나는 듯했기 때문에 시간이 없었다. 이와 동시에 무엇을 마실지 결정하지 못한 이들이 잔을 들었다. 바닥에 놓인 간접 조명 덕에 우리 모두의 키는 더 커 보였고, 음악은 대화에 활력을 불어넣어주었다.

나는 내게 등을 돌리고 서 있는 여자와 말하고 있는 낯익은 얼굴을 보면서 그가 누구인지를 생각해보았다. 내가 다가가자 그녀가 돌아섰다. 그리고 난 여인의 아름다움이 주는 거부할수 없는 야생의 부름 앞에서, 수년 전에 그랬듯 다시 가슴이 벅차오르는 것을 느꼈다. 이 모든 것은 이 초 안에 일어났다. 사실 그 시간에 나는 그 미인의 일행인 화가 말라키에스 타레스에게 반갑게 인사를 한 뒤, 곧이어 가슴을 진정시킨 채 그녀의 승리한 듯한 미소 앞에 어정쩡하게 서 있었다. 그런데 그녀의 이름이 뭐였더라?

"인사하게 돼 영광이에요, 에밀리 로셀. 소피아는 당신이 없으면 화랑을 열지 못할 거라고 말하지요." 말라키에스가 과장하며 말했다. "그런데 나도 그런 기분 전환이 필요한 거 알아요? 뭔가 깜짝 놀랄 색다른 일이 필요하지요. 고풍스러운 지역에서 개업하는 거 말고 말예요!"

"사실 그건 좀 무모한 거죠. 하지만 결과가 좋을 겁니다. 당신도 알듯이, 소피아는 박학하거든요."

나는 사람들이 있는 곳을 가리키며 말했다.

"십 년 전에는 이렇게 바르셀로나에서, 이백 킬로미터 떨어진 곳에서 화랑 전시회를 위한 파티를 연다면 아무도 땡전 한 푼 주지 않았지요. 하지만 소피아는 그걸 이미 예상했어요. 비상하지 않나요?"

"그걸 후각이 발달했다고 표현하지요."

나는 그 길을 반대로 달려왔음을 그에게 인지시키면서 그의 말에 동의했다. 우리는 웃었다.

"그녀가 결국 그 티에폴로의 작품을 발견하리란 걸 의심하지 말아요."

말라키에스 타레스는 마치 그 일이 가장 유행하는 것처럼, 마치 온 세상이 그가 생각하는 것을 알고 있는 것처럼 말했다. 그러나 내가 그것에 대해 물어볼 기회를 잡기 전에 소피아 멘디사발이 끼어들어 와 둘 사이에 자리를 잡고, 우리 등을 팔로 감으면서 다른 쪽으로 끌고 갔다. 타레스와 동반했던 그 천사 같은 아가씨를 뒷전에 놓고 말이다.

사중주 악단—우리는 그들의 음악에 별로 귀를 기울이지 않았다—은 휴식 중이었고, 우리 셋과 같은 몇몇 그룹들은 아래층으로 향하는 계단을 내려갔다. 아래층은 그 앞에 있는 대지와 같은 높이였다. 그곳엔 올리브 숲이 펼쳐져 있는데, 집의 북쪽에서 본다면 지하에 해당되었다. 나는 말라키에스와 소피아의 팔에 끌려 커다란 거실에 들어갔다. 커다란 유리로 숲과 차단된 그곳에는 시월에 바르셀로나의 화랑에서 보게 될 것들의 견본—그림 세 점—이 걸려 있었다. 그것은 가을에 있을 대사건들 중 하나임이 틀림없었다.

말라키에스 타레스는 에브로 강 삼각주에 정착하기 전에 지구의 반을 돌아다녔었다. 이 삼각주에 낮 시간 동안 내리쬐는 햇빛은 현기증이 나고 무엇과도 비교할 수 없을 정도로 강렬한데, 아침저녁으로는 그래도 좀 부드러운 편이다. 말라키에스는 산이 없어 한낮 햇빛은 더욱 뜨겁게 작렬하기 때문에 일도 계속 못할 정도라고 말했다. 영화의 페이드아웃처럼, 태양의 분노가 모든 걸 불태우고 그 분노가 가라앉기 시작할 때 떠오르는 것은, 기억에 없는 뭔가 새로운 것이다. 게다가 화가 타레스의 색채는 신비주의적이었고, 구성은 난해하고 혼란스러웠으며, 여성 편력은 게걸스러웠다.

타레스는 변화된 모습으로 아프리카에서 돌아왔다. 그는 탕헤르(아프리카 북서단의 항구 도시)에서 두세 번의 겨울을 보냈는데— 그중 일부는 실제로 파리에서 보냈을 것이다—그 기간 동안 전시를 포기했다. 귀국해서 그는 바르셀로나와 마드리드의 신문에 자신이 체류했던 아프리카를 회고하며 비전(秘典)과 고행승의 생활, 인상적인 금욕에 대한 호전적인 글을 발표했다. 도시들의 죄책감과 풍부한 계몽성 사이에 있는 이 금욕은 사람들에게 깊은 인상을 주었으며, 타레스의 건장하면서도 마른 외모에 잘 어울렸다. 그는 터너(영국 화가)풍의 그림들을 가지고 돌아왔는데, 표현주의풍을 조금 가미한 것이었다. 이는 바르셀로나 근교에 살 때 쌓이는 계약서들에 다시금 지친 타레스가 삼각주 평야 한가운데 저택을 찾기 시작해 그걸 발견한 성공

시대 이후의 일이었다.

소피아가 말라키에스를 어떻게 알게 됐는지는 모른다. 이곳에 살면서 한두 번 마주치는 것은 어렵지 않았겠지만, 소피아가 말라키에스 타레스 같은 명사의 손을 빌려 화랑을 여는 것은 상상할 수 없는 일이었다. 그 일대 화랑 주인들이 그를 눈여겨보고 있기 때문이다.

"당신이 작업실에 오지 않은 지 오래됐군요."

타레스가 내게 말했다. 내가 자신을 좋아하지 않았다는 사실은 얼버무렸지만, 화랑의 이름으로 우리가 함께 3개 국어로 된 잡지—비평가들, 화랑 운영인들 그리고 전문가들을 위한 한정된—를 네 달에 한 번씩 발행했다는 사실은 기억하면서 말이다.

"당신이 바르셀로나에서 너무 멀리 있으니까요……"

나는 역할 바꾸기 놀이를 한다. 마치 내가 바르셀로나 출신이고 그가 삼각주 출신이기라도 한 것처럼. 내가 흥겨운 농담이라도 했다는 듯이 말라키에스는 커다란 너털웃음을 터뜨렸다.

"그건 잘 계산된 광기였지요. 나는 이것들을 전시하면서 아주 뿌리를 잘 내렸어요." 그가 목소리를 낮추며 말했다. "하지만 나는 그림과 장소, 사람들에 대한 완전한 이미지를 제공하고 싶소. 이곳에서 처음 발표하는 게 독창적이라고 생각하지 않나요? 지금 이곳은 보호된 자연 공간의 유럽적인 상징으로 변했지요. 마치 나와 함께 삼각주 전체도 예술 작품으로 변하듯이 말입니다."

"잘 생각했군요, 말라키에스. 당신은 바르셀로나 주민 반
정도의 호기심을 일깨웠음에 틀림없습니다. 비록 난 당신의 의
도를 이해하지 못하고 있지만 말입니다."

"그게 바로 내가 의도하던 효과지요! 이렇게 가을에 그곳에
서 오픈을 하면 분위기는 이미 달아올라 있을 겁니다. 게다가
난 그 콘셉트를 고집할 것이고, 모든 인터뷰를 그 별장에서 할
겁니다. 기자들은 수로와 운하를 건너와야 할 거요."

"좋은 생각이네요. 그건 당신이 선택한 풍경에 대한 감탄과
'휴식처'로 들어오는 미로에 대한 감탄으로 가득 찬, 일 면 두
단짜리 기사를 확보해줄 겁니다."

나는 생각했다.

'당신은 거장이오, 타레스.'

그때 희미한 불빛 몇 개가 세 개의 커다란 벽화들을 비췄다.
거실에 새어 들어오는 어스름과 아무런 가구 없는 벽의 나신
때문에 노란색을 띤 말라키에스의 그림들은 절대 존재로 보였
다. 그러는 동안 나는 멘디사발 부부가 초대한 사람들을 통해
그들의 사회적 성취를 엿보기 시작했다. 지중해 해안 천 킬로
미터에 있는 최후의 자연적 거점의 한 장소를 최근에 서둘러
예약한 이들의 재산을. 몇몇은 멘디사발 부부의 고객임에 틀림
없고—이들은 몇 필지나 주택들을 구매했다— 몇몇은 앞으
로 그렇게 될 이들—이들은 그림을 구매하리라—이다. 국회
나 카탈루냐 의회에 모습을 비치는 정치가들을 비롯해서, 에브

로 강 삼각주에서 여름을 보내는 것이 정치적 가치가 있다는 사실과 소피아의 파티가 좋은 발판이 된다는 사실을 알아낸 다른 이들도 있었다.

그리고 그들 모두의 한가운데에, 여기저기 다니기보다는 한 곳에 가만히 있는 아르만드 콜이 있었다. 그는 이 년 동안 자기가 원하는 것보다—만일 이런 바람이 정치가에게 가능한 것이라면 말이다—더 많이 신문에 나오는 국회의원이 돼 있었다. 그는 매우 국제적 인사가 된 타레스의 그림 한 점을 구입할 수 있는 많은 재력가들 사이에서 불편해 보였다. 그런 그를 신사들의 부인들이 구해냈다. 남편들보다 더 옷을 잘 입은—아마 보석들 때문이리라—그녀들은 깍듯하게 그를 대했다. 의상에 관해서만큼은 이 정치인이 지나친 정장 차림인 데 비해, 그녀들의 남편들은 스스로 휴가라는 사실을 잊지 않으려는 듯이 옷을 벗고 있는 것처럼 보였다.

벌써 수년 전에 석양으로 불타는 학교 복도로 나를 이끌었던 그 아르만드는 종교에 대한 믿음을 역사에 대한 믿음으로 대치시켰다. 사제가 되기 위한 신학을 포기한 건, 사제로서의 본분을 넘어설 욕망의 충동을 느꼈다거나 신앙의 위기를 겪었기 때문이 아니고, 구원에 대한 생각과 통하는 지적인 발전 때문이었다. 그는 복음서가 예언하는 구원에 대한 사명은 반드시 세속주의로부터 실현될 것이고, 그 세속주의는 길게 보면 정치적 힘의 틀에 들어간다는 사실을 깨달았던 것이다.

멀리서 나를 발견한 아르만드의 양옆에는 두 명의 숙녀가 그를 꼼짝 못하게 붙잡고 있었다. 그녀들은 그린란드의 물개, 파타고니아의 고래, 피레네 산맥의 곰들을 보호하는 일에 열을 냈는데, 아주 최근에는 에브로 강의 삼각주 역시 위협받는 생명체라는 사실을 알아내고는 이를 살려야 한다고 주장하고 있었다. 투자에 혜안을 가지고 있는 자신들의 남편이 저택을 짓기 위해 그곳을 골라놓은 지금까지도 그녀들은 그 주장을 계속하고 있었다. 그녀들은 바르셀로나와 또 늘 여름을 보내는 코스타 브라바(스페인의 지중해 해안 휴양지)에서 자신들이 진정 믿고 따르는 정치 지도자들, 언젠가는 이익을 남겨줄 그 정치 지도자들과 함께하는 것에 익숙했다. 그러나 홍학들의 이주와 해오라기, 오리들을 위협할 수 있는 정부의 계획에 반대하는 단호하고 멋진 야당 의원인 아르만드 콜과 얼굴을 맞대고 함께 있다는 사실에 스스로 젊어지고 조금 대담해졌다고 느끼는 것처럼 보였다.

"그래서 의원님께서는 유럽의 위원회가 그걸 중단시킬 거라고 생각하시는군요…… 사실 이 계획은 대단히 제3세계적인 발상입니다만……"

"리우다요츠 부인, 말씀 편하게 하세요."

"아, 미안해요! 저한테도 '카티'라고 이름을 불러주세요."

"유럽의 기관들은 모든 부분에서 권위를 시험받고 있어요. 의심의 여지가 없지요. 브뤼셀은 자연 공간을 위기에 빠뜨리는 계획 하나도 지지해서는 안 되지요. 하지만 이 자리에 올 유럽의 조사 위원이 우리에게 뭐라고 말하는지 보자고요."

“삼각주에서 여름을 보내기로 한 결정 역시, 뭔가를 암시하는 거죠, 안 그래요?”

염색한 금발 머리의 살집 좋은 여자가 ‘역시’라는 부분을 강조하며 말했다.

그때 나는 그들에게 끼어들어 가기로 결심했다. 만일 아르만드가 매일같이 반복되는 얘기들에서 벗어나고 싶어 했다면, 그는 아마도 내 행동이 반가울 것이었다. 아니면 어쩔 수 없는 일이겠지만, 그것은 의심의 여지가 없었다. 그는 NBA 경기에나 어울릴 만한 위협적인 손으로 나를 붙잡고는 다른 손으로 내 허리를 잡아 내 몸을 마치 춤추는 듯이 돌린 후, 어리둥절해하는 부인들을 남겨두고 그곳에서 한 백 미터쯤 이동했던 것이다.

“잘 있었나, 친구? 이제 이곳에 올 시간이었나 보군그래?”

“넌 이제 명사로군, 아르만드 콜.”

몇 해 전, 사제로서의 소명은 포기했지만 신앙은 포기하지 않았을 때, 아르만드 콜을 진정한 사회주의자로 만들어준 것은 타인에 대한 사랑이었다. 세상을 구원한다는 그의 구상에 대한 정치적 파생 행위로써 말이다. 당시의 지성계와 대학가에서 원하던 것과 생각을 같이했던 그의 메시지에는 다른 어떤 것보다 두 배의 열정이 들어 있었는데, 왜냐하면 그의 기억의 밑바닥에는 자신이 겪었던 고통을 보상받아야 한다는 생각이 있었기 때문이었다.

토르토사의 소지주 가정의 아들이었던 아르만드는 큰할아버지가 카페에서 돌아오다가 트럭을 타고 순찰을 돌던 술 취한 무정부주의자들에게 총격을 받은 이후——그들은 같은 길에서 개 한 마리와 쥐 한 마리에게도 총을 쏘았다——가족과 함께 한 농가에 숨어서 내전을 보냈다. 대량 살상이 끝나고 균형이 무너지자, 아르만드 가족 사람들은 열정적으로 프랑코 파에 가담해 수십 년 동안 시청의 직무 두 개를 맡았고——그들 중 하나가 은밀하게 사르다나(여럿이 원을 그려 추는 카탈루냐 지방의 전통 춤) 춤 모임을 조직했고, 어린 아르만드에게 카탈루냐 자치주의자들의 어린이 잡지인 『카바이 포르트』(카탈루냐 주에서 출판되는 아동 잡지)를 정기 구독시켰다——마드리드에 사는 토르토사 사람들의 대표이자 체제의 대리인 역할을 하는 영광스러운 지방 의원도 하나 맡게 되었다.

그 결과, 오랫동안 아르만드——그는 이루 말할 수 없을 정도로 가정의 불화를 초래하는 것을 염려했다——는 바르셀로나에서는 사회주의자였으나 토르토사에서 자기 가족들, 즉 콜 가문 사람들과 함께할 때는 무엇이 되든 상관하지 않았다. 그는 의회의 진보당 명단에 이름을 올릴 때까지 오랜 시간을 보냈는데, 나중에 아흔 줄에 든 그의 할머니는 영문도 모른 채 "국회의원은 국회의원이야. 그게 무슨 상관이란 말이냐. 그렇고말고!"라고 말하기에 이르렀다.

결국, 의회 연단에서 쩡쩡 울리는 목소리로 물의 사용 계획에 반대한 아르만드는 이제 진보주의자들의 대변인이나 막후에 있는 환경부 장관이 아니라, 스페인 에브로 강 일대 대지의 목소리 자체, 토르토사의 마지막 희망, 한 사람 뒤에 있는 전체 마을, 사십 년 전 그의 할아버지와 같은 인물이 돼버렸다.

처음 가는 학교 정문의 외로운 오후로부터 나를 구출해냈던 그와 함께, 나는 소피아와 그 화가가 개회사를 위해 잠시 사람들에게 주목해달라고 말하는 틈을 타 그 거실을 벗어났다.

그 집의 전망대 중 하나에서 잠시 뒤 다시 만나자고 아르만드와 약속하고 나서, 나는 화장실을 찾아 다른 층을 다니기 시작했다. 그 밤에 어떤 일이 벌어질지에 대한 첫번째 징후를 발견한 게 그때였다. 그것은 직관이었다.

바깥의 빛이 별로 들어오지 않는 어스름 속에서 복도를 지나가다가, 나는 화장실인 줄 알고 문 하나를 열었다. 그러나 방어 본능이라는 기이한 메커니즘—알고 싶지 않고 보지 않았다고 믿는—으로 인해 다시 급히 문을 닫았다. 이어서 내 머릿속에는 우리가 스프레이에 불을 붙이던 학교 다락방의 한 장면이 스쳐 지나갔다. 그때 호나스—그는 그 학교에 한 학기 반 동안만 있었다—도 그 일에 가담하고 있었다. 화염에 빛나는 학생들의 두 눈과 그 빛을 받은 얼굴들이 갑자기 떠올랐다.

너무 순식간이라서 내가 문을 열었던 방 안의 사람들이 몇 명이었는지 모르지만 기껏해야 네다섯 명일 것이다. 그들은 각각 무엇을 하든지 호나스를 향해 흐릿한 시선을 보내고 있었다. 작은 거울 위에 잘 놓은 마약을 코로 들이키기 위해 호나스가 조금 엎드려 있었기 때문이었다. 내가 기계적으로 문을 닫아버렸기 때문에 그들은 잠깐 동안 내가 나타난 걸 모르고 있을 것이다.

잠시 뒤 정원 쪽으로 돌아가면서, 나는 내가 왜 자연스럽게 인사하는 대신 그런 식으로 반응했는지를 자문했다…… 만일 그들이 나를 보았다면 순진하고 감수성이 예민한 기숙사생으로 여겼을 것이다. 그렇게 생각하니 몹시 부끄러웠다. 그러나 그 문제는 작은 일이 아니었다. 내 반응은 많은 증거와 의심의 결과였던 것이다.

그는 헤로인으로 시작했다. 헤로인에 중독된 호나스. 어느 어부 가족의 적지 않지만 풍부하지도 않은 돈 상자를 약탈하고 있는 호나스. 손에 칼을 들고 그 어머니를 협박하는 호나스. 마약중독자 재활 센터에 있는 호나스. 돌아온 호나스. 공부와 여행이 전부였던 내 유년기의 잘못된 그림자 하나가 저 멀리서 다가와 자꾸만 그를 떠올리게 했다. 나는 마약을 페스트로 생각했기에 피하려 했었다. 당시에는 마약에서 살아남은 이들이 별로 없었다. 마약으로 인해 터무니없이 많은 수가 죽은 세대, 생필품이 부족하지 않은 상태에서 성장한 스페인의 첫 세대는 때가 이르기 전에 스스로 죽기를 선택했던 세대이기도 했다. 일종의 성경적 형벌이었다. 나는 그가 몇 년간 사라졌음을 알고 있다. 아마도 자메이카에 있었을 것이다. 그리고 그는 모든 이들의 예상과 달리, 그곳에서 치료되어 돌아왔었다.

입이 귀에 걸리게 미소를 지으며 윤이 나는 상태로 아메리카에서 돌아온 그는, 방금 떠나온 파라다이스의 미덕에 대해 많은 말을 했었다. 호나스는 마을에서 아파트와 원룸 임대 사업을 시작했고, 그의 실종을 견디지 못하고 세상을 뜬 아버지의 얼마 안 되는 유산까지 모두 그 사업에 투자했다. 그리고 처음으로 겪은 이러한 시행착오에 낙망하지는 않았지만, 그는 다시 빈털터리가 되어버렸다. 바로 그때 소피아가 나타났다.

소피아 멘디사발은 여덟 남매의 여섯째였다. 그녀의 집안은 대대로 리오하(포도주 산지로 유명한 스페인 북부 지역)에서 포도 재배와 포도주 생산을 하고 있었다. 내가 바르셀로나에서 그녀를 알게 됐을 때 그녀는 건축 공부를 마치던 중이었다. 그녀에게는 다른 사람들이 아무리 노력을 해도 그들과 차별화되는 무언가가 있었다. 그것은 그녀가 의도하지 않아도 두드러졌다. 긴 다리와 가냘픈 양팔, 차분한 걸음걸이, 확신에 찬 언어. 내게 그녀는 다른 세상 사람 같았다. 우리는 함께 화랑을 쏘다녔고 화가인 그녀 친구의 스튜디오를 방문하기도 했다. 내가 화가라면 소피아와 사랑에 빠질 수 없었을 것이다. 그녀는 예술 작품들에서 느껴지는 것과 같은 지적이고 관능적인 흥분을 자아냈고, 또 나를 화나게 하기도 했다. 결코 계획적이지는 않았지만, 일정 기간 동안 이따금씩 나는 그녀와 잠자리를 가졌다. 지나치다 싶게 자주는 아니었지만, 그녀와의 잠자리는 예고되지 않은 일련의 태풍처럼 일어났다.

문제는 소피아가 호나스와 관계—나는 몰랐던 사실이다—를 시작했을 때도 이런 일이 이어졌다는 것이다. 그녀가 에브로 강 삼각주를 보고 싶어 했던 어느 날이었다. 우리는 그곳에서 되살아난 내 친구 호나스와 필연적으로 맞닥뜨렸고, 나는 그들을 서로 소개시켜주었다. 호나스는 그 후에 소피아가 우리 둘을 동시에 상대하고 있었다는 사실을 알자마자 화가 나서 바르셀로나로 가버렸다. 그가 떠나던 날 오후에 했던 나의 행동이 결정적이었을 수도 있다. 나는 그런 사실을 전혀 몰랐다고 결백을 주장했고, 다시는 자기 아파트에 나타나지 말 것과 한때 우리가 공유했던 여자와 헤어지라는 호나스의 요구에 별로 이의를 제기하지 않았던 것이다. 소피아는 내가 호나스에게 다시는 자기를 보지 않겠다고 약속한 사실을 알고는 화를 냈다.

소피아가 내 냉담과 무관심, 냉소를 비난하고 경멸하면서부터 나는 황폐해졌다. 내가 합리적인 선택을 하는 대신 내 권리를 지켜야 했을까? 여자에 대해 일시적으로 느끼는 매력과 진정한 우정(?) 사이에서 터무니없는 타협을 강요하는 싸움을 해야 했을까? 소피아에게 호나스가 어떤 사람인지를 설명해야 했을까? 그가 무슨 근거로 나를 위협하며, 나와 소피아와의 관계에 관해 어떤 증거를 들이댈 수 있을지 그녀에게 설명해야 했을까? 그리고 아리아드나에 대해서? 차라리 아무 말 말자.

이 모든 일들이 한동안 내 속을 까맣게 태웠다. 인생의 오솔길들이 흘러가고 그 색이 바랬을 때까지 말이다. 그러는 동안 탁월한 소피아와 놀라운 호나스는 힘을 합해—그녀의 자본과 그의 수완—그 일대의 가장 경기 좋은 부동산 회사 중의 하나를 성장시켰다. 그리고 벌써 오래전에 상처가 다 아문 지금, 우리는 그것을 축하하고 있는 것이다. 아니, 어쩌면 내가 문을

잘못 연 조금 전까지 축하하고 있었던 것인지도 모른다. 그러
나 잠시 동안 나는 그 문 앞에서 호나스가 악몽을 재현하는 것
을 보았다.

옛 신학생이었던 의원이 손에 위스키 온 더 록을 들고 만을
향해 있는 전망대의 난간에 기대어 나를 기다리고 있었다. 그
전망대는 올리브 나뭇가지들과 밤에 그 나무들에서 발산되는
향기와 여름이 단련시킨 대지의 냄새, 귀뚜라미들의 소리로 가
득했다.

몇몇 초대객들은 이미 돌아갔고 유럽의 조사 위원은 나타나
지 않았지만, 파티는 새로운 활력을 얻은 듯했다. 모두들 정원
쪽 테라스의 소파 주위에 몰려 웅성거리고 있었다. 그곳에서는
그림이 있던 방에서 올라온 이들이 선 채로 활기차게 토론을
벌였고, 마약이 있던 방에서 내려온 이들은 비틀거리고 있었
다. 바닥에서부터 빛이 나는 수영장의 푸른 광채가 그들로부터
아르만드 콜과 나를 떼어놓았다.

팔월의 밤은 고요했고, 아르만드가 말하는 동안 나는 바다
의 만에서 일어나는 빛의 움직임을 관찰했다. 처음에 난 그것
이 바냐 반도의 돌출부를 알려주는 등대의 불빛이라고 생각했
다. 그러나 곧 그것이 움직이고 있음을, 그것도 아주 빠른 속
도로 움직이고 있음을 알아차렸다. 그 불빛은 몇 분 안 돼서
염전에서 만 입구 등대에 이르는 십여 킬로미터를 달렸고, 거
기서 사그라졌다. 그사이, 정확히 어디서 시작되었는지 알 수

없지만 하구 바닥에서 시작된 듯한 다른 불빛이 하구를 가로질러 이전에 불빛이 사라진 바냐 곶의 등대에 이르렀다가 마찬가지로 사라져버렸다.

"호나스가 무슨 일을 하는지 아니?"

아르만드가 내게 비밀스러운 어투로 물었다.

"무슨 말이야?"

"파티에 오기 전에 몇 가지를 좀 알아봤는데……"

"이봐, 아르만드. 지난 일 말하지 마. 난 호나스의 전 생애를 알고 있고 녀석이 망나니짓한 것도 알고 있어. 스무 살 때 한 짓은 지금 의미가 없다고."

"난 스무 살 때 얘기를 하는 게 아냐. 네 친구는 땡전 한 푼 없었던 것 같고, 멘디사발 부동산 회사의 자본은……"

"그 회사 이름이 말해주듯, 소피아가……"

세번째 불빛이 항구에서 움직이기 시작해 바냐 곶의 등대, 혹은 바다 쪽을 향해 만을 가로지르며 전속력으로 나아가는 것을 보고 나는 말을 멈췄다. 그 불빛이 궤도의 중간 정도 갔을 때, 등대에서 만나 불이 꺼진 채 머물러 있던 두 점들이 다시 나타나 바다 쪽으로 방향을 잡았다. 하나가 다른 하나를 앞장섰고, 그 뒤를 항구에서 시작한 불빛이 따라가고 있었다. 세번째 점이 두번째 점을 따라잡고는 둘 다 멈춰 섰다. 내가 첫번째 점을 놓친 순간, 첫번째 점은 이미 바다 쪽으로 멀어져 있었다.

파티에 남아 있는 이들은 수영장 가장자리에 있는 소파와 몇 개의 안락의자 사이에 앉아 있었다. 이야기 소리가 끊기고 음악이 멈추자 잠시 침묵이 흘렀다. 테라스는 별이 빛나는 하늘, 흔들리며 질문하는 듯한 하늘과 거의 숨을 내뿜지 않고 누워 있는 거대한 동물 같은 바다의 은빛 띠로 난 발코니 같았다. 컵 한 개 부딪는 소리도 천재지변이 일어난 듯 크게 들릴 법한 그때, 나는 중얼거렸다.

"결국 오지 않았군. 그 조사 위원은 오지 않았어."

그러자 소피아가 용수철 인형이 튀어나오는 상자를 연 것처럼 발끈했다.

"그래서 무슨 말을 하고 싶은 거야? 무슨 뜻인데? 어디 얘기 좀 해보지."

"아무것도 아냐. 그냥 조사 위원이 오지 않았다고, 안 그래?"

"그 말의 의도가 뭐야? 뭘 기대한 거냐고? 지금 이분이 조사 위원께서 나타나지 않았다는 걸 알고 뭔가 하고 싶은 얘기가 있으신가 보네요. 지금까지 마치 아무 말도 하지 않은 사람처럼 말예요. 참석한 사람들로 충분하지 않았어? 출석이라도 불러줄까?"

소피아는 제 목소리가 아닌 듯 높은 음을 내고 있었다. 취한 것이다.

"내 의도는 그게 아니고……"

"그렇겠지. 악의 없이, 불쾌하게 할 생각 없이 그랬겠지. ……그런데 이봐, 난 다른 사람을 불편하게 하고, 다른 사람들을 열 받게 한다고. 하지만 너는 바르셀로나에 있는 그 고상한 화랑에 들어앉아서 아무에게도 잘 보일 필요 없고, 이미 충분히 가졌으며 충분히 알고 있다고 믿고 있지. 그래서 더 멀리 가려고 하는 사람의 전술을 의심스러워하지. 왜냐하면 나는, 내 화랑은 몇 달 안에⋯⋯"

그녀는 말을 중단했다. 이것이 불필요한 말들이며 나는 자신의 편이었음을 깨달은 것이다. 하지만 그녀를 옹호하고 나선 건 아르만드였다.

"소피아는 화랑과 부동산 판매, 그리고 사회 활동을 구실로 에브로 강 삼각주를 알리기 위해, 또 그 삼각주에 문화 콘텐츠를 갖추기 위해 생각 이상으로 많은 것을 하고 있어. 그건 물론 얼마 만에 출판되는지 나는 모르겠지만, 네가 출판하는 그 기사들—네가 온 세상의 생명을 살려주는 듯한 그 기사들—중에서 네가 재평가했던 것이지. '만일 에브로 삼각주가 문화적 상상의 산물로 존재한다면 아무도 뭐라고 하지 않을 것이다.' 네가 이렇게 썼던 것 같군. 훌륭하지만 그 문화적 첨가물을 만들기 위해서는 사람들을 설득하고, 끌어들이고, 아직 우리가 가지지 못한 것을 만들어내야 돼."

어이가 없는 상황이었다. 그가 정확하게 무엇 때문에 나를 나무라는지 모르지만, 이런 아슬아슬한 대화에서 가끔씩 소중한 정보가 입수되기 때문에 나는 이 대화에서 실마리를 찾아야 했다. 그리고 의심받지 않는 방법으로 '보이지 않는 도시'를 발견해야만 했다.

"아주 좋아, 아르만드. 이의는 제기하지 않겠어. 그게 바로 네가 정치판의 참호 속에서 하고 있는 거니까."

나는 침착하게 내뱉었다.

"그래, 그리고 마음에도 없는 짓을 해야 하지. 하지만 나는 내가 좋다고 믿는 걸 도와준다네. 그런 걸 밀어주지."

"박수!"라고 내가 외치는 동안 소피아는 과장되게 얼굴을 찡그렸다. 처음에는 이해 부족에서 나온 듯하다가 나중에는 반항에서 나온 듯했다. 그러나 그건 피곤함과 취기에서 나온 것이었다.

"그래. 하지만 예술과 섬세함으로 둘러싸인 네 세계에 들어앉아서 너는 네가 세상 모든 이들을 판단할 수 있다고 느끼지. 마치 네가 하는 일이 그런 세속적인 코미디 같은 일과는 상관없다는 듯이 말야."

"맞는 말이야."

호나스가 어디선가 급히 나타나서는 약 기운에 취해 제대로 되지 않는 발음으로 서둘러 말했다.

"내가 방금 돈을 투자하기에 더없이 좋은 기회를 제공했는데 너는 감사하는 대신 나를 비난하더군. 에밀리, 세상이 네 곁에서 돌고 도는 동안 너는 한 지점에 닻을 내리고 있는 거야, 네 발밑에 말야."

모든 것은 돈다. 그리고 내 친구들은 보기보다는 착각의 정도가 심하지 않다. 호나스는 늘 자신의 기민함으로 대화 상대자들을 앞서 나가는 똑똑한 녀석이다. 그래서 항상 다른 이들의 의도보다 앞질러 가서 이득을 취한다. 그러나 그는 자기 생각에 의해서가 아니라 자기 자신의 필요에 의해 움직인다. 이를테면 그는 돈을 빌릴 때 갚을 능력보다 더 많은 액수를 빌리는데, 이것이 그에게 격렬한 욕구를 불러일으키고 재주를 자극하며 머리를 기민하게 움직이게 하는 것이다. 반면, 아르만드는 세상이란 그것을 개선하기 위해 노력해야 하는 불완전한 현실들의 집합체로 본다. 비록 어떤 점에 비추어 불완전한지는 알아내지 못했지만 말이다. 그러나 그를 지배하는 감정은 두려움이다. 무척 민감한 데다가 능률적으로 일해야 하며, 그의 수고를 알아주지 않는 데 대해 지속적인 위기감을 느끼는 것이다. 그리고 그 때문에 자기의 지향점과 정반대로 통하는 의존심이 생겨난다. 소피아는 분명 더 복잡한 인물로, 일종의 미스터리 같다. 그녀는 어떠한 약점도 드러내지 않고 그것이 무엇이든 승부의 수단을 지배하고 싶어 한다. 그러나 이런 점에서, 사람들의 아부와 인정을 받으며 받들어진다고 느끼고 싶어서라는 이유가 ―그래서 그녀는 승리한다― 이득을 남기려는 이유보다 더 앞선다. 소피아가 꾸미는 책략은 종종 유희에 지나지 않는 것으로, 비록 가시적이고 징후적이지만 그 사실이 중요하지는 않다.

또한 나는 이미 여러 해 전에 그녀의 예술에 대해 배웠다. 나는 그녀를 알기 훨씬 전에, 아마 아리아드나에 의해 중화되었고 그 후 소피아가 다시 풀어놓은 일종의 심리 체계를 내 자신에게서 발견했다. 그때는 얼어붙은 교실과 바람 부는 복도의 시기, 내가 티에폴로의 이름을 처음 들었던 시기였다. 다시 말하면, 나는 내게 가장 오래된 미학적 감동이라고 명명할 수 있을 것에 대해 간직하고 있는 가장 먼 추억 얘기를 하고 있는 것이다. 어린애가 그런 감동을 받을까? 소년이 그런 감동을 받을까? 누군가를, 또는 어떤 것을 미학적으로 평가하는 것은, 역설적으로 말하면 대상과 자신과의 유대를 끊고 멀리 거리를 두는 것을 의미하지 않는가? 나는 지금, 그것을 아주 잘 기억할 수 있다. 나는 단지 얼굴 생김 때문에 급우를 멸시하거나 대우하곤 했다. 또 옷 입는 방식이나 머리 모양이 마음에 들어 누군가의 친구가 되기도 했다. 단지 그런 이유로 퉁명스럽게 굴거나 매력을 느끼기도 했으며, 같은 이유로 어떤 이에게 인사를 하려고 길을 건널 때도 있는 한편, 못 본 척하기도 했다. 단지 그 사람이 내 마음에 드는 현관 앞에 있었기 때문에, 또는 그 반대로 그의 의상이나 체취가 맘에 들지 않았기 때문에 그랬던 것이다. 이건 좀 끔찍하지 않은가라고 나는 오늘 스스로에게 묻는다.

우리가 어떤 결정을 할 때, 그런 눈에 띄지 않는 요인들은 언제나 존재한다고 누군가는 생각할 것이고, 나도 그렇게 생각한다. 그러나 내가 말하는 것은 너무나 강렬하며 억제할 수 없는 충동이다. 이런 이유로 인해 나는 축구 경기에서 상대방을 걷어차거나, 반대로 그에게 공을 양보하기도 한다. 물론 이따금씩 이런 충동들을 억제하기도 한다. 나는 이것들을 조절, 또는 은폐하는 방법을 배웠다고 믿는다. 지금 내가 단지 그것을 좋아한다는 단순한 이유로 인해, 도덕적이고 사회적이며 금전적인 이유를 넘어 예전과 같은 그 풍경—어떤 이들은 그런 이유 때문에 보존하거나 파괴하고 싶어 하는—을 계속해서 보고 싶어 하는 것이 있을 수 있는 이야기인가?

잠시 뒤 파티가 끝나가면서 상황은 바뀌었다. 우리가 춤을 추는 동안 갑자기 소피아가 훌쩍이기 시작하는 것이 느껴졌다. 탄력 있는 그녀의 몸이 가볍게 떨리는 것이었다. 나는 그녀의 얼굴을 보기 위해 그녀와 떨어져 그녀를 붙잡았다. 그것도 잠시, 다시 그녀 두 눈의 촉촉함이 내 목에서 느껴졌다. 나는 지금 무엇을 해야 할까? 주변을 둘러보았다. 아무것도 문제될 것은 없었다. 이미 돌아간 이들과 술에 취해 안락의자에 커다랗게 누워 있는 이들은 어떤 일이 일어나는지 알아차릴 수 없었다. 소피아는 뭐라고 빠르게 중얼거렸다. 마치 아무도 이해할 수 없는 말을 하는 듯했다.

"무서워 죽겠어."

그녀가 태어나서 처음 하는 말 같았다. 그러나 곧 어렵지 않게 그녀의 말을 이해할 수 있었다.

"더는 못하겠어, 어떻게 될지 모르겠어."

조금 전 아르만드와 함께 바다 위 불빛의 유희를 보았던 그 전망대의 난간 옆에서 춤추고 있었기 때문에, 나는 우리가 있는 언덕과 마을 사이로 펼쳐진 계곡에 시선을 던지면서 도망칠 궁리를 했다. 그러나 곧 나는 휴식을 단념할 수밖에 없었다. 별장의 어둠을 부수며 두 대의 경찰차가 푸른 불빛을 내고 있었던 것이다. 그런데 '보이지 않는 도시'는?

IV. 베네치아

「'보이지 않는 도시'에 대한 비망록」에서

나폴리를 떠나는 것이 괴롭지 않았던 건 아니지만, 그 제안은 거절하기 힘들었다. 나폴리에서는 카세르타의 공사가 날마다 더뎌지고 있었고, 마드리드에서는 레티로(펠리페 4세가 17세기에 만든 왕실 휴양지)의 저택에서 사는 것에 염증이 난 카를로스 3세가 왕궁 공사를 완료하라고 재촉했다. 만일 모든 것이 예상대로 전개됐다면, 곧 화려한 장식을 할 순간이 올 참이었다. 이를 위해 왕은 자신이 찾던 위대함과 영광을 드러낼 능력이 있는 예술가들에게 공사를 맡기고 싶어 했다. 새 왕궁의 천장들은 당대 가장 위대한 벽화가의 예술 작품으로 완성될 수 있을 듯했다. 왕은 잠바티스타 티에폴로를 원하고 있었다.

투명하게 푸른 물결의 베네치아. 밀짚 빛깔과 복숭앗빛, 석류 빛 건물들 사이에 솟아난 종탑 하나와 이스트리아 반도에서 가져온 돌의 흰 광택.

임무는 급박했지만, 그럼에도 불구하고 내게는 리보르노(이탈리아의 항구)까지 가서 아레초에 며칠 머무르는 것이 허락되었다. 그곳에는 여전히 알레산드로 삼촌이 자신의 유명한 금은세공 작업실 앞에 나와 있었다. 내가 로마에서 안락하게 공부할 수 있었던 건 그곳 덕분이었다. 나는 아버지이자 어머니였던 그를 너무 늦기 전에 껴안고 싶었다. 베네치아를 거쳐 마드리드에 가면 그곳에서 오래 체류할 것이기 때문이었다.

단호한 외모에 우아한 몸짓, 코 위에 제대로 걸쳐놓은 안경, 퉁명스러운 말투 뒤에 친절한 마음을 가지고 있는 삼촌은 걱정스럽게 말했다.

"사람들이 한곳 출신이던 때가 있었다. 그땐 사람들이 서로에 대해 알고 있었지. 그들은 가족에 대한 애정, 시민들에 대한 의무, 자신의 성장을 지켜봤던 거리들과의 유대감을 가슴에 담고 있었다. 하지만 지금은 지구가 돈다는 사실이 밝혀졌기에 사람들 역시도 회전을 강요당하는 듯이 보이는구나……"

그는 나를 슬프게 하려는 것이 아니었고, 나를 야단치려는 건 더욱 아니었다. 그의 탄식은 주의로 바뀌었다.

"나한테 신경 쓰지 마라. 너는 너 자신의 세계를 찾아야 하니까. 너는 세상을 네 방식으로 바꾸어야 한다. 지금은 이 부르봉 왕가의 카를로스 국왕이 틀림없이 네게 도움이 되겠지만, 조심해라. 그가 피렌체를 어떻게 떠났는지를 기억해라. 그가 할 수 있는 모든 것을 움켜쥐고 떠났다는 걸 알고 있지 않느냐. 권력자들의 유희가 네 발목을 잡는 걸 경계해라. 그들의 관심사는 우리의 관심사, 즉 너의 관심사와 다르니까. 우리는 항상 나서지 말고 우리 몫을 조금 떼낼 수 있는지를 보기 위해 경계의 눈초리를 한 채 잠자코 있어야 한다. 기쁨에 우리를 방치하지 말고, 우리가 그들 중의 하나라고 생각하지 말고 말이다. 왜냐하면 나쁜 징조가 보이면 너는 표류하는 배처럼 쓰러져버릴 테니까. 내 말이 무슨 뜻인지 알겠지? 명심해라, 안드레아. 가능한 한 최선의 결과를 얻어내되, 우리의 관심사가 저들의 것과는 다르다는 사실을 잊지 마라."

그는 자신이 내게 부담을 주었다고 생각했음에 틀림없었다. 왜냐하면 그 충고를 끝내고 내게 나폴리에 대해 말해달라고 부탁했기 때문이다. 산 카를로 극장의 음악과 폼페이의 발굴에서 나온 로마의 보석들, 파르마와 우리들의 토스카나에서부터 카를로스 국왕이 가져간 파르네시오 가문의 보물들에 대해서 말이다. 그러나 그의 궁금증을 유발한 건 다른 사건이었다. 많은 유혹에도 불구하고 내 마음은 그 누구에게도 끌리지 않았다고 고백하자, 삼촌은 나를 작업실의 작은 방으로 데려갔다. 거기서 떡갈나무로 된 낡은 옷장 문을 열고 금고의 손잡이를 돌려서는 비단으로 된 작은 주머니를 꺼냈다.

"아레초의 알레산드로 로셀리가 이 선물을 너에게 주노니, 이 선물을 받을 자격이 있는 여인은 너만이 알 것이다. 때가 되면 이 반지를 네가 사랑하는 여인의 손가락에 끼워주어라. 하느님과 네 주변 사람들이 너를 축복하기를."

그때 난 얼마나 큰 고통과 기쁨의 알 수 없는 조화 속에서 고향을 떠났던가!

물길은 나를 산 조르지오 마조레 성당(베네치아의 동명 섬에 있는 성당)—이는 석양빛에 미소 짓는 모습을 정면으로 하고 넓은 베네치아 초호(礁湖)에 부드럽게 수직으로 솟아 있다—의 깨지기 쉬운 아름다움과 주데카 섬(베네치아 있는 섬)—여기에는 팔라디오(산 조르지오 마조레 성당을 설계한 안드레아 팔라디오)의 또 다른 경이로운 건축물인 레덴토레 성당이 있다—으로 이끌었다. 매년 총독은 도시 인구의 십분의 일을 거둬간 페스트가 지나갔음을 감사하기 위해 도르소두로 구(區)의 성당에서부터 다리를 지나 운하를 건넌다. 팔라디오의 두 건축물들은 대담하면서도 끝내 승리의 기념으로 이해되는 건축물인 산타 마리아 델라 살루테의 바로크식 찬란한 절규와 대조를 이룬다.

베네치아에 대해, 초호와 광장 가운데 부드럽게 부표하는 듯한 두칼레 궁전(베네치아 공화국의 청사)의 환영 인사에 대해, 또는 산 마르코 사원의 비잔틴 양식 보물들의 광채에 대해 말하는 것은 나를 결코 질리게 하지 않으리라. 그러나 나는 성당과 무도회장의 천장들과 성기실(聖器室), 극장의 개인용 관람실에 벽화를 그렸던 이를 데려가기 위해 그곳에 갔다. 베네치아에게서 금세기 최고의 화가를 훔쳐내기 위해 그곳에 갔던 것이다.

운하 건너편인 도르소두로의 레덴토레 성당 맞은편에는 제수아티 성당이 있는데, 그곳의 프레스코 천장화는 내가 만나러 간 예술가의 가장 매력적인 작품이다. 그것은 눈을 들어 천장을 바라보는 이들의 균형을 흔들리게 할 만큼 현기증 나는 시각으로 예수의 생애를 재현하고 있다. 성모는 구름에서, 산토 도밍고가 무릎 꿇고 매우 기뻐하는 인류——이들은 교회 천장에서 하늘을 향해 아치로 열려 있는 듯한 돌계단에 모여 다양하게 채색된 옷들을 입고 있다——에게 기도문을 주는 장면을 바라보고 있다. 베네치아에서 멀리 떨어진 뷔르츠부르크(독일의 도시)의 저택에 있는 티에폴로의 작품들은 전 유럽에 그의 명성을 퍼뜨렸고, 군주들과 대공들은 커다란 공간을 지배하고 자기 작품에 장엄함과 활기를 불어넣을 줄 아는 이 화가의 도움을 받고 싶어 했다. 티에폴로는 이탈리아에서 처음엔 그 장면들의 극화성, 신성성과 혼합된 세속성, 넓은 공간에 그리는 것 등으로 인해 베로네세(16세기 이탈리아 화가)의 모방자, 또는 추종자로 여겨졌다. 그러나 곧 티에폴로가 독자적인 길을 가고 있으며 어느 경우에도 그런 취향을 심화시키고 있다는 사실이 명백해졌다. 그의 초기 출세작 중의 하나인 우디네(이탈리아 북동부 지방의 도시) 대주교 궁의 프레스코화들이나 베네치아의 제수아티 성당은, 그가 종교적 주제들을 깊이 있게 다룰 수 있음을 보여주었다. 그리고 더 나아가 라비아 저택의 프레스코화 장식들에서 그는, 마르쿠스 안토니우스와 클레오파트라에 대한 격조 높으면서도 풍자적이고, 신화적이면서도 무례한 그림을 자유롭게 표현했다(베네치아 라비아 저택에 있는 「클레오파트라의 연회」를 가리킨다).

나는 베네치아 공화국에 있는 카를로스 3세의 대사인 몬테 알레그레 백작의 소개로, 그란데 운하와 카나레지오 운하의 합류 지점에 있는 라비아 저택에 초대받았다. 카나레지오 운하는 돈이 필요했던 베네치아 정부로부터 귀족 증서를 산 선구자적 가문인 카탈루냐 출신 카나레지오 가문의 상업적 역량의 증거이다. 라비아 가(家)의 전성기에 그 궁전의 사치스러움은 대단하여 그곳에서 있었던 어느 유명한 만찬에서 연회에 사용됐던 금 식기를 운하에 던져버렸다는 이야기가 있다. 작금의 라비아 가문의 사람들은 선조들의 찬란한 부를 유지하지는 못하지만, 그럼에도 불구하고 도시의 다른 사람들과 마찬가지로 부를 과시하기 위해 노력하고 있다. 이런 이유로 지오반 프란체스코 라비아의 미망인인 마리아 라비아는 눈부신 보석들을 상속받았는데, 사람들 말에 의하면 그녀는 그 보석들로 치장을 하고 저택의 몇몇 초청객들을 친절하게 맞이한다고 한다. 마리아 라비아는 자신을 티에폴로가 그렸던 클레오파트라처럼 아름답고 풍족한 존재로 생각하는 것이다.

티에폴로의 유화나 프레스코화를 처음 보면 이상한 느낌이 들고 거부감마저도 들 수 있다. 그가 표현하는 인물에는 처음 보는 이로 하여금 거슬리게 하는 뭔가가 있다. 이것을 계속해서 보면 어떤 강박에 사로잡히게 되고, 결국에는 티에폴로가 가변적인 얼굴을 그렸다는 사실, 그가 자기 인물들이 불안정하게 변하는 독특한 모습을 우리에게 키메라(희랍 신화의 괴수)로 보여주고 있다는 사실을 이해하게 된다. 이러한 시선의 동요를 일으키는 심연은 결코 잊히지 않으면서, 보는 이로 하여금 그 안에서 자신의 심연을 보도록 만든다. 그 초상화들을 그린 화가를 이제 막 만나게 될 거라는 사실에 나는 황홀해졌다. 감정의 분출 너머 자유와 과장의 길을 통하지 않으면 그런 초상화들의 세계에는 도달할 수 없는 것이다.

내게 주어진 임무는 전혀 쉬운 것이 아니었다. 이미 스무 살에 지오반니 코르나로 총독의 왕실 화가였던 세뇨르(남자 이름 앞에 붙이는 경어) 잠바티스타 티에폴로는 예순 후반에 들어서 있었고, 외국으로 여행하기엔 이미 끝난 나이로 생각하고 있었다. 자기 조국 베네치아에서의 화려한 은퇴를 포기하고, 영광에 대한 실오라기 같은 가능성 대신 물리적 불편만을 가져올 수 있는 또 다른 모험을 시작하는 것은 전혀 그의 구미를 돋우지 못했다.

그는 우리가 만나기로 약속했던 아틀리에를 왔다 갔다 하면서 거인들의 시대는 지났노라고 말했다. 그러나 그는 내심 우리가 그 반대 논리로 자신을 설득해주기를 원하고 있었다. "왜 위대함의 시대가 지나갔다는 것입니까? 아름다움의 시대는 결코 지나가지 않을 겁니다"라고 나는 주장했다. 권력 또는 상상력의 힘으로 인류가 창조했던 저 장려함에 대한 표현은 소멸될 수 없다고. 뷔르츠부르크 저택 계단의 둥근 천장에 있는 그 거대한 그림은, 아폴론과 대륙들에 대한 감탄은, 결코 쇠퇴하지 않으리라고 말이다. (나는 대사인 몬테알레그레 백작의 도움으로 그림의 모든 세부에 대해 알고 있었다.)

아폴론은 등에 찬란한 아침 해를 지고 호라이(제우스와 테미스 사이에 태어난 계절의 여신들)를 동반하여 하늘을 향해 오른다. 날〔日〕과 해〔年〕를 움직이는 생명력을 가진 태양의 원판은 프레스코화의 가장자리에 재현된 네 개의 대륙을 비추고 있다. 풍부한 자연의 아메리카 대륙은 어느 커다란 악어의 등에 올라타 있고, 검은 아프리카는 단봉낙타 위에 앉아 있고, 과학의 요람인 아시아는 화려한 옷을 입고 코끼리 위에 자리하고, 예술의 대륙인 유럽은 우쭐대며 황소 곁에 나타나 있다.

베네치아의 성당들과 궁전들에서 이미 보았기 때문에, 나는 중력에 도전하는 육체들—그것들은 공중에 부양된 듯하다—, 강인한 팔들, 벌벌 떨거나 경악하는 얼굴들—당혹해하는 얼굴들—을 그려볼 수 있었다. 엉덩이가 은으로 덮인 거대한 말의 통제되지 않는 다리, 금으로 된 장신구들, 바람에 날리는 깃발과 항아리들, 푸른 망토, 루비 빛 비단, 나팔들, 횃불들, 납작 가슴과 탐스러운 가슴, 균열된 기둥들과 예언하는 사원들, 빛을 거르고 태풍을 예고하는 회오리바람 같은 구름들—이 구름들은 균형을 이루고 하늘을 향해 오른다—. 그야말로 티에폴로의 시대이자 거인들의 시대였다.

이 늙은 예술가는 오후 내내 우리가 자신을 칭송하도록 내버려두면서 아치형 천장들에 대한 우리의 찬사를 기쁘게 받아들였다. 그리고 뷔르츠부르크에서 그림을 그릴 때의 어려움과 매번 어떻게 그 문제들을 해결했는지에 대한 이야기에 감동으로 가득 차서 열중했다. 그러나 그런 얘기가 우리 쪽에 유리하다는 것—거인들의 시대는 가지 않았고, 카를로스 3세의 왕궁에 또다시 위대하게 참여하는 것이 그의 경력에 필요하다는 것—
을 알고는, 나이가 주는 불편함과 그렇게 긴 장거리 여행의 헤
아릴 수 없는 위험을 내세우며 도망가버렸다.

세뇨르 티에폴로와 한 주 뒤에 만날 것을 약속한 후, 그동안
에 그의 또 다른 최고의 작품을 보기로 했다. 그것은 비첸차(이
탈리아 북부 도시)의 빌라 발마라나에 있는 프레스코화들이었다. 비
첸차를 향해 출발하기 전, 대사는 내게 티에폴로의 계약에 대
해 전혀 염려할 것 없다는 사실을 알려주었다. 말을 돌려가며
그가 의도하는 유일한 것은 시간을 끌어 보수를 높이려는 것뿐
이라고 말이다. 그는 식솔이 많았다. 몬테알레그레 백작은 이
일에 여러 달을 투자하고 있었고, 티에폴로에게 압박을 가하기
위해 온갖 다양한 방법을 다 동원했기에, 만일 그가 예정된 시
일의 절반 만에 스트라(베네치아 지방의 마을)에 있는 빌라 피사니의
프레스코화들을 완성시키기로 했다면, 이미 결정을 내린 거라
는 사실을 알고 있었다. 티에폴로는 나와 함께 마드리드로 가
리라. 우리는 승부의 마지막 베팅을 하고 있던 것이었다.

이는 비첸차에서의 체류 기간을 차분하게 즐길 수 있는 또
하나의 동기가 되었다. 그곳에서는 팔라디오의 건축물을 가까
이에서 감상할 수 있는 향연만큼이나 발마라나 가의 그림들을
알게 되었다는 사실이 나를 매혹시켰다. 만일 내가 도면으로
공부하고 판화에 경탄했지만 실제로는 한 번도 본 적이 없는
몇몇 건물들을 마차에서 바라보는 것만으로 어떻게 두 눈을 적

셨는가를 이야기한다면, 혹자는 나를 분별없는 놈으로 간주하리라. 팔라디오같이 얼마 안 되는 이들만이 우리가 꿈꿔왔던 집의 이상—우리 시대에 옛것을 가져오는 것—에 접근한 것이다. 우리는 궁전과 대성당, 권력 또는 믿음을 상징하는 사원, 존엄함 또는 영광을 구현하는 건물을 건축할 수 있지만, 이런 곳들이 발하는 아름다움과 인문주의, 조화와 안락함의 모범에는 근접하지 못할 것이다.

아름다운 비첸차에 도착하기 전, 나는 '네 권으로 된 건축서(建築書)'를 쓴 거장(안드레아 팔라디오를 가리킴)에게 빚지고 있는 건축물들을 유심히 관찰하기 위해서 여러 번 마차를 세웠다.

한 번 더 말하자면, 대사의 일처리 덕분에 나는 빌라 발마라나를 방문해 그의 그림들을 볼 수 있었다. 그 늙은 거장은 호머와 비르질리우스, 아리오스토와 타소의 작품을 형상화한 장면으로 가장 호소력 있는 그림을 남겨놓았다. 게다가 이 작품에서 그는, 매우 좁은 공간에서 작업했지만, 보는 이를 사실적 풍경과 열린 하늘, 그리고 인물들—깊이의 느낌을 창조하는 건축학적 요인들 사이에 나타나는—에게로 인도하는 듯한 원근법과 가짜 기둥들로 새로운 차원의 공간을 이루어냈다. 그 그림에서 아가멤논은 자기 딸 이피게니아—그리스 군대를 호의적으로 만들어 트로이까지 안내하도록 하기 위해 아가멤논은 그녀를 희생시켜야 했다—의 희생을 보지 않기 위해 얼굴을 가렸다. 그러나 그는 아르테미스—동정심을 느낀 그녀는 이피게니아가 죽음을 피할 수 있도록 준비를 한다—의 중재

덕분에 구름 한 점이 사슴을 데리고 장면의 중앙을 향해 전진하는 것을 보지 못했다.

얼굴과 몸, 깃발과 옷, 망토의 색깔들은 부드러우면서도 광채를 냈다. 그것은 투명하고 따뜻한 분위기를 만드는 데 티에폴로가 몇몇 캔버스에 그린 유화 채색의 진한 사용과는 매우 달랐다. 그러한 배색은 보는 이의 눈에 거슬리지 않을 뿐 아니라, 오히려 보는 이를 그런 분위기에 젖어들게 했다. 비록 머문 시간이 그렇게 한가롭지는 않았지만 말이다. 그건 분명 발마라나의 정점에 있는 작품이었다.

최종 면담이 또다시 연기되어—티에폴로는 아무런 서두를 이유가 없었다—나는 그토록 여러 번 책에서 읽고 또 사람들에게서 들어온 베네치아의 보석 같은 예술품들을 직접 볼 수가 있었다. 몇몇 보석들은 내게 너무나도 생생한 감동을 주어, 나는 필요하다면 그것의 세부까지도 생각해낼 수 있다. 그것들은 벨리니와 지오르지오네, 티치아노와 베로네세의 작품들이었다.

그러고 나서도 내게는 풍족한 베네치아의 몇몇 살롱들을 방문할 시간이 남아 있었다. 그곳에서는 안토니오 비발디(비발디는 베네치아 출신이다)의 음악이 유행했고, 귀부인들이 클레오파트라처럼 옷을 입었다. 이야기에 참여하지 않고 그저 바라보기만 하는 것은 예의가 아니기 때문에, 파티장을 좀 일찍 나오기 위해 나는 대화술을 익히지 못했다는 핑계를 대곤 했다. 그러고는 친절한 집주인인 몬테알레그레 백작의 집으로 돌아가기 전에, 곤돌라 뱃사공에게 주변을 한 바퀴 돌 것을 요구하곤 했다. 물길에서 보는 베네치아는 불빛이 범람하는 창문이며, 음악이 새어 나오는 집이며, 미끄러지는 곤돌라의 속삭임이며, 어느 집 현관에서 태어나는 갑작스러운 미소들이었다.

베네치아의 밤에는 여자 혼자만 보이는 법이 없었다. 여자들은 잔뜩 멋을 부린 채 즐거워하며 살롱에서 빛을 발하고 있는 것이다. 그런 화려한 파티에서 도망 나온 나는 울적함에 빠져 있었다. 그러나 그런 감정은 오래가지 못하고 곧 경각심으로 대체되었다. 왜냐하면 어두운 골목길들과 인적 없는 광장들은 소매치기들이 매우 애호하는 장소였고, 나는 그걸 직접 확인하게 되었던 것이다.

약속한 날, 티에폴로의 집에서는 대사가 이미 예견한 것처럼 모든 것이 빨리 진행되었다. 티에폴로는 '스페인의 영광'이라는 제목을 붙인 스케치 설계도를 우리에게 보여주면서 첫번째로 인상적인 한 방을 먹였다. 그가 제안한 바에 의하면 그는 그 스케치를 시작으로 카를로스 3세의 집무실 천장에까지 프레스코화를 그리는 조건을 제안했는데, 자기와 함께 여행할 두 아들, 잔도메니코와 로렌초가 자신의 조수 역할을 할 것이므로 이 두 아들과도 계약해야 한다는 것이었다. 베네치아에는 그의 아내 세실리아 구아르디가 네 명의 딸들 그리고 사제인 아들과 함께 남을 것이었다. 종국에 보수로 제시된 금액은 아주 낮았다. 대사는 눈썹 하나 까딱하지 않고 이를 제시했다. 그러자 티에폴로는 제시받은 금액을 두 배로 올렸다. 몬테알레그레 백작은 의자에서 일어나 창문으로 다가갔다. 그는 이야기를 하며 우리를 바라보았다. 그리고 흥분했다. 그러는 동안 그 화가는 카를로스 3세의 집무실을 위한 스케치를 천으로 덮기 시작했다. 대사는 그가 요구한 전부를 주지는 않고 조금 양보했다. 티에폴로는 냉정하게, 그리고 마치 대사가 그 자리에 없는 듯이 설명을 계속했다. 대사는 할 말을 잃었고 나는 식은땀을 흘렸다. 그러다 결국 백작은 그에게 손을 내밀었고 티에폴로는 넌지시 미소를 던졌다. 그리고 우리는 여행의 세부 사항에 대해 말하기 시작했다.

티에폴로의 여행은 두 달 이상이 걸렸다. 출발할 때 베네토 주(이탈리아 북부의 베네치아가 있는 주)의 들판은 삼월 하순의 봄이었는데, 마드리드에 도착한 유월 초순에는 때 이른 여름이 카스티야 지방(마드리드가 속해 있는 스페인 중부 지방)에 군림하고 있었다. 잠바티스타와 그의 일행인 가족들과 함께 그가 결코 뒤에 남겨두고 싶어 하지 않았던 온갖 도구들을 가지고 하는 여행은 무수한 역경과 고난을 헤쳐나가야 하는 위대한 서사시였다! 사실상 예순여섯이라는 그의 나이를 생각하면 그 여행이 경솔하고 미친 짓 같았다. 왜냐하면 티에폴로는 통풍이 있는 데다가 실패의 유령들에 시달리고 있었기 때문이다. 그는 자신의 처우에 대한 보장과 존중을 거듭 요구했다. 그 1762년에 자신의 예술 경력이 더 이상 상승할 수 없을 거라는 사실과 회화에 새로운 유행이 창조되고 있다는 사실, 그리고 그가 발전시켰던 열광적이면서도 효과적인 색채파는 이제 더 이상 꽃피우지 못하리란 사실을 알 만큼 그는 너무나도 영리했다. 이미 전정기(剪定期)가 돼 있었던 것이다.

대사는 나보고 일단 티에폴로 일행을 바르셀로나에 데려간 후 거기서 다시 카를로스 국왕의 궁전으로 데려가라고 하고는 나 몰라라 했다. 나는 일단 제노바에 도착하기를 바랐다. 그곳에서 카탈루냐행 배를 타기로 되어 있었기 때문이다. 벌써 전체 노정의 중간 정도에 이르렀다고 말할 수 있을 그 결정적인 시간이 되기를 나는 기도하고 있었다. 그러나 그때 리구리아 해변에 동풍으로 인한 지독한 풍랑이 일어 티에폴로가 겁에 질렸기 때문에 우리는 계획을 수정해야 했다. 배를 탈 수 없게 된 것이다!

육로로 그 긴 여행을 하기 위한 탈것을 수배하는 데 시간이 많이 걸렸다. 그 기간 동안 나는 바닷가에 있는 덩그러니 큰 집에서 티에폴로 일행과 함께 지내며 잠바티스타가 대단한 변화를 겪고 있음을 확인할 수 있었다. 세찬 바람을 일으키며 불타오르는 구름의 숲, 말없이 죽어가는 낙조의 엷은 자줏빛 애무, 동풍이 일으키는 경련, 또는 달콤하고 향기로운 서풍이 화가의 의욕을 고취시켜, 그는 넋을 잃고 밀감 껍질 같은 석양을 바라보거나 흥분과 긴장 상태로 거실을 거닐었다. 마치 의미가 감춰진 춤 하나를 해석할 필요가 있다는 듯이. 거대한 구름 폭포를 그린 화가, 흐린 시선으로 일군의 영웅들을 그린 화가, 중력으로부터 자유로운 천사들과 성난 말들을 그린 그 화가는 넋을 잃고 자기 예술이 아직도 더 발전할 여지가 있음을 기쁨

속에 깨닫고 있었다. 인간 정신의 환상과, 상상에 대한 열망과 조화를 이루는 자연 요소들의 끈질기면서도 가변적인 힘은 위대한 창작의 요람이었고, 또 앞으로도 그럴 것이다. 열정은 캔버스나 왕궁, 또는 성당의 천장에 이르기 위해서 그의 것과 같은 화필을 통해 역경을 헤치는 것이다.

티에폴로는 이미 시작했던 스케치로 다시 돌아와 새로운 스케치를 몇 개 그렸다. 그러고는 카세르타 왕궁 공사 때 나와 함께 일하다가 마드리드 도시 계획 공사에서 일하기 위해 카를로스 국왕과 함께 나폴리를 떠났던 건축가인 프란체스코 사바티니에 대해 말해달라고 내게 청했다.

나는 그 카탈루냐 주의 도시(바르셀로나를 의미)에 바닷길로 가고 싶었지만, 끝날 것 같지 않은 여행——그것은 소요 기간과 불편함 뿐 아니라, 이미 노인이 된 잠바티스타 티에폴로가 괴로워하는 것을 본다는 의미에서도 그랬다——을 통해 육로로 그곳에 도착했다. 니스, 마르세유, 몽펠리에, 페리페냥, 헤로나……로렌초와 잔도메니코의 도움이 있었던 것은 그나마 다행이었다. 그렇지 않았다면 아직도 길 위에 있었으리라.

바르셀로나가 내게 주었던 첫인상이 어떠했던가? 나는 나폴리와 베네치아에서 왔기에…… 그곳들과 비교하면 바르셀로나는 북적거리는 소도시에 불과했다. 아직도 생생한 왕위 계승 전쟁이 남겨놓은 상처를 가지고 있는 그 도시는 성벽들 사이에 갇혀 있었고, 항구에서 상업 활동을 하는 게 일반적인 현상이었다. 아마도 대규모 상업 활동은 카탈루냐 사람들의 최대 무

기인 듯했으나, 그럴듯한 도시 건축물 하나 없는 상태였다. 통
상원의 주요 인물들은 여러 가지 계획과 생각들을 들먹거렸고,
우리를 매우 영예로운 예우로 환대해주었다.

그들의 설명과 언급 덕분에 나는 1714년 부르봉 왕실의 승
리가 많은 카탈루냐인들과 그 황폐한 도시, 짓밟힌 권리의 입
장에서 볼 때는 지속적인 패배라는 사실을 알게 되었다. 또 나
폴리에서 돌아올 때 하선할 장소로 바르셀로나를 선택했고 상
인들의 요구를 수용할 뜻을 비쳤던 카를로스 3세가 왕위에 오
른 것은 일종의 희망이라는 것도 알게 되었다. 비록 그 군주가
이미 삼 년 동안 통치를 하면서 그가 했던 약속들이 희석되고
있음에도 불구하고, 바르셀로나의 명사들은 자신들의 무능력
을 자인할 준비가 돼 있지 않은 듯했다. 우리가 나폴리에 대해
말하자마자 가장 학식 있는 이들의 눈이 반짝거렸다. 카탈루냐
인들의 나폴리는 '알폰소 대왕'이 지중해의 수도로 바꾸어놓
은 곳이고, 누오보 성(城)의 개선문은 건축과 예술에 있어서
황금기의 도래를 알렸던 것이었다.

그럼에도 불구하고, 현재의 카탈루냐인들은 지중해와 별 관
계없이 자신들이 아메리카와의 교역에 대한 권리를 가지고 있
다고 끊임없이 주장하고 있었다. 내가 아는 한 왕권은 그들의
교역을 금지하지는 않았지만 교역의 중심으로 카디스(스페인 남부
항구 도시)를 이용함으로써 그런 활동을 약화시키고 있었다. 그러
나 이것은 그들의 일이었고, 내 일은 티에폴로 가의 사람들을
마드리드로 데려가는 일이었다.

나는 이다음 여정에서 우리가 견뎌야 했던 불편과 고통이 되살아나지 않기를 바랐다. 우리 여행의 불편을 덜어주리라 예상했던 왕이 보낸 관리가 우리와 함께했지만, 그는 결국 가장 무익한 안내자였음이 드러나고 말았다. 그는 핑계만 댔고, 항상 머리 숙여 인사할 준비가 돼 있었지만 뭔가를 해내는 실천력이 부족했다. 그는 우리를 무력하게 하는, 예상할 수도 해결할 수도 없는 뜻밖의 장애물 앞에서도 가장 힘든 변명거리를 생각해 낼 수 있는 능력이 있는 듯했다. 그래서 우리가 사라고사(스페인 북부 지방의 도시)에 도착했을 때, 나는 잠바티스타 티에폴로와 그의 일행이 마드리드에 도착할 수 있을지를 심각하게 의심했다. 일주일 내에 스페인은 말 많고 무능력하며 교활하고 무지한 나라라는 많은 증거를 내게 보여주었고, 나는 그 노예술가의 간청으로 방향을 돌려서 문명화된 베네치아로 돌아갈 준비를 했다. 나는 자문했다. 유럽을 지배하고 아메리카를 복속시킨 나라에서, 도적 떼의 습격에 대한 걱정이나 여관에서 규정을 들먹이며 사기 치는 것에 대한 걱정 없이 삼십 레구아를 가는 일이 어떻게 불가능할까라고.

반도의 내부에서는 사람들의 추잡함이 또 다른 환멸을 불러 일으켰다. 그들은 머리에서 발끝까지 천을 뒤집어썼고 옷에는 신경 쓰지 않았으며 많은 사람들이 이가 없었고 모두 불결했기 때문에 남자인지 여자인지 구별하기 위해서는 신경 써서 관찰해야만 했다. 한 민족이 이런 식으로 우아함과 기품을 잃을 수 있단 말인가? 사실 우리는 가엾은 티에폴로의 그림에 등장하는 미소 짓고 우쭐거리며 거만하고 날개 달리거나 황홀해하는 사람들과 더 이상 멀리 떨어져 있을 수가 없었다. 티에폴로는 이미 그 며칠 전에 불평을 그치고 공포와 경악으로 이 모든 것을 바라보고 있었다.

이미 앞에서 보았기에 수도인 마드리드 주민들의 궁핍하고 병약한 모습은 더 이상 우리를 놀라게 하지 않았다. 그러나 스페인 조정(朝廷)이 왕궁의 작업에 초대한 외국 화가를 맞이하는 방식에 대해서는 아직도 놀랄 만한 여지가 남아 있었다. 마드리드의 관문인 알칼라 문에서 우리는 스페인 조정이, 매년 봄에 그러듯이 아랑후에스에서 일정 기간 머물 거라는 소식을 들었다. 그래도 우리는 에스킬라체 대신(大臣)이나 존경하는 프란체스코 사바티니가 자신들이 친히 맞이하지 않는다면, 대신 믿을 만한 사람으로 하여금 티에폴로를 맞이할 준비를 해놓을 것으로 예상했다. 그러나 모든 것이 헛된 바람이었다. 그 1762년 6월 4일, 마드리드를 사로잡은 숨 막힐 듯한 더위는 모든 이들을 아랑후에스로 초대한 듯했다.

나는 이 모든 어려움들을 눈치 채가고 있었고, 이를 위대한 티에폴로에게 설명할 방법을 찾고 있었다. 그와 그의 아들들은 마차 안에서 기가 꺾인 채 그 추잡한 도시에 한 발자국도 내딛지 못하고 있었다. 나는 그 화가가 다시 자기들을 바르셀로나로 보내달라고, 거기서 자기 조국으로 가는 배를 타겠다고 요구할 것으로 생각했다.

내 슬픔은 컸다. 우리가 버려졌거나, 아니면 왕의 재상들이 우리를 힘들게 했던 바르셀로나에서 마드리드까지의 여행이 영원보다도 더 길다는 사실에 익숙해졌거나 둘 중 하나였다. 사실 아무도 자기를 기다리지 않았다는 사실을 알아챘을 때 그 노인의 분노를 피하는 방법은 그의 고국에 대한 향수를 이용하는 것이라는 생각이 떠올라, 나는 베네치아 대사관으로 향할 것을 명령했다. 이는 엄청난 실수였다. 그곳에는 꼭 필요한 인원도 채 남아 있지 않았고, 대사 역시도 아랑후에스에 있다는 소식만이 우리를 기다리고 있었기 때문이었다.

결국 내가 그 망할 놈의 아랑후에스에서 누군가가 돌아오길 기다리며 티에폴로의 숙소를 알아보는 동안, 나폴리 대사관에서 그에게 방 하나를 제공했다. 나는 그때 잠바티스타 티에폴로가 자기 경력의 말년을 쉽지 않게 보낼 것이라는 사실을 예감했다. 가장 먼저 돌아온 사람은 프란체스코 사바티니였다. 그는 에스킬라체 재상과 왕에게 편지를 보내, 티에폴로가 고통스러운 여행으로 건강 상태가 나빠졌으니 군주를 알현하기 위해 조정으로 가지 않는 것이 바람직하다는 사실을 알렸다. 나는 악취가 나는 듯한 어느 도시에서 길을 잃은 외국인이었지만, 이것이 최악은 아니었다. 나를 더 견디기 힘들게 한 것은 왕궁의 아치형 천장과 귀족 저택의 천장을 그리는 데 있어 우리 시대가 알고 있는 가장 위대한 화가가 겪고 있는 수모였다.

그때까지도 나는 이 도시가 나에게 할당해줄 영광과 고통의 날들을 짐작하지 못하고 있었다. 그때 나는 마드리드에서 완전히 성숙한 여인이 된 나폴리 어느 소녀의 미소를 다시 보지 못

한 상태였고, 어느 청명한 날에 자기 꿈을 공포하는 왕을 아직
보지 못했던 것이다.

V. 그래, 그는 그녀를 사랑했었다

문을 두드리는 소리가 울려 퍼졌을 때, 나는 오랜 시간 동안 안드레아 로셀리의 비망록 번역에 몰두하고 있던 중이었다. 나는 아르만드가 오는 걸 봤어야만 했다. 시원한 그늘을 찾아 내가 글을 쓰는 현관에서는 바다를 향해 난 비탈길이 다 보이기 때문이다. 그러나 안드레아 로셀리의 인생의 부침(浮沈), 아직은 구체화되지 않은 거대한 계획에 대한 그의 언급, 그리고 전면에 등장한 베네치아 출신 화가 잠바티스타 티에폴로—또 티에폴로다!—는 나를 다른 세상으로 이끌어주었다. 그 건축기사(技師)의 암시적이고 잘 배합된 이야기는, 마치 에피소드 하나하나가 내 것이라도 되는 듯이 한가로운 속도로 번역을 하고 있던 나에게 더욱 신랄하고 깊이 있게 다가와, 결국 나는 오늘 아침 클로에와 했던 전화 통화에 대해서도 잊고 말았다.

클로에는 내 화랑에서 네 달에 한 번씩 발간하는 잡지에 실을 사진을 촬영하지만, 이런 활동은 그녀에게 재충전을 위한 일탈 이상이 되지 못한다. 또 패션 잡지를 위해 쉴 새 없이 사진을 찍고 실질적인 조언을 하는 그녀의 일에서 보면 예외적인 수작업인 것이다. 알파케스 만의 집에서 여름을 보내기로—사실 단지 팔월뿐이지만—작정한 것은 클로에에게 조금도 재미있는 일이 아니었다. 그녀는 소피아의 존재에 대해 알고 있기에, 비록 우리의 관계가 흘러간 물 같은 것임을 알고 있지만 그래도 마음을 쓴다. 늙은 암사자가 양손에 뭔가를 움켜쥐고 오는 듯한 냄새를 맡는 것처럼. 소피아의 집에 가는 것을 제외하곤 내가 지구의 맞은편 끝으로 떠나는 것도 기꺼이 받아들일 그녀지만, 지금 그녀는 휴가조차도 얻지 못하고 있어 나더러 잠자코 바르셀로나에 머물러 있으라고도 못한다.

클로에는 예전에 내가 자주 상대하던 타입의 사람이다. 어디서 왔는지 잘 알지는 못하지만 바르셀로나나 런던에 나타나는 부류의 사람. 언제나 잠잘 곳을 제공하고 이따금씩은 불규칙적인 일거리도 제공하는 일시적인 상호 정보망을 통해 적은 돈으로도 생존하는 그런 부류. 장학생들, 디자이너 지망생들, 한가한 사진작가나 그냥 실업자들, 잠재적인 작가들, 떠돌이 배우들이나 단순한 생활인들. 아주 흡족하진 않았지만 나도 한때 그런 생활을 했던 떠돌이족이었다. 그들에겐 이제 가족이 아닌 우정이 연대의 대상이며, 미래에 대한 계획은 존재하지 않지만 지속적인 유희라는 목적은 존재한다. 또 진실함과 단순함에 대한 일종의 숭배가 모든 관계의 형태를 대체해버린다. 내 카멜레온적 기질은 한계가 있어서 라틴족이거나 시골 출신인 것, 또는 가톨릭 전통을 지니고 있는 것이 그렇게 멸시할 만한 조건이 아니라는 것을 확인하는 선까지만 그런 유목민적 사고를 받아들였다.

그러나 영국의 대도시를 경험한 카리브해 출신이자 흑인인 클로에는 그런 떠돌이 그룹에 속한다. 그녀는 조심스럽게 움직이는 작고 귀여운 머리, 날렵한 몸, 그리고 깨어 있는 상상력을 가진 고양이다. 지금 그녀와 데이트를 하면서 내가 대단한 부정을 저지르는 건 아닌지 의심해본다. 나는 그녀가 내게 제공한 자유로 그녀의 젊은 관능을 게걸스럽게 먹어치웠지만, 답례를 할 때와 그녀가 질투를 할 때 뭐라고 대답할 수가 없다. 그녀는 나를 속박할 수가 없다…… 올 때처럼 경쾌하게 떠나지 않는 클로에는 매력을 잃고 있었다.

아무튼 아르만드 콜은, 만일 내가 문 두드리는 소리를 들었다는 표시를 하지 않거나 즉시 문을 열지 않으면 문을 떼내어버릴 듯했다. 그는 마치 세상을 구하다가 온 것처럼, 대머리로 의심되는 머리 가운데 남아 있는 머릿결을 뒤로 빗질하면서 불안하게 말했다. 그는 내가 태평스럽게 지금까지 집에 머물러 있었다고 나를 나무랐다. 하지만 내가 뭘 더 할 수 있단 말인가?

아르만드는 무슨 수를 써서라도 파티 참석자들의 이름이 공표되는 것을, 신문이 기사를 내고 앞 다투어 취재하는 것을 막고 싶어 했다. 만일 어제 환경부 조사 위원이 참석했다면 그녀와의 만남을 사방팔방으로 알리기 위해 별짓을 다 했을 것과 같은 열정으로, 또는 말라키에스 타레스와의 친분을 연출하는 데 투자한 것과 똑같은 정력으로 말이다. 그는 이번 가을에 있을 타레스의 전시회가, 유럽의 자연 유산인 에브로 삼각주를 둘러싸고 있는 위험들과 정부가 저지르려는 야만적인 짓을 전 세계에 가장 효과적으로 공개하는 무대로 변화할 것을 알고 있는 것이다.

내가 멘디사발 부부의 집 테라스에서 아르만드와 함께 만에서 일어나는 불빛의 움직임을 바라보았을 때는 분명 한밤중이었다. 바다 한가운데에서 온 쾌속정이 어느 항구에서도 멀리 떨어진 바나 반도의 황량한 모래밭에 접근해서는, 수 킬로그램의 코카인과 엑스터시 알약들이 담긴 자루들을 내려놓았다. 적당한 시간이 흐른 후, 또 다른 배가 알파케스 만의 은밀한 지점에서 닻을 올리고 곶을 향해 떠났는데, 그곳에서 예의 그 교환이 신속하게 이루어졌다. 그러나 누군가가 긴장을 푸는 바람에, 또 돈의 액수가 계약했던 것과 달라서 실랑이를 벌이느라 시간이 지체되었고, 덕분에 위장 잠복 중이던 경찰선이 시간을 벌었다. 경찰선은 산 카를로스 델 라 라피타 항에 정박해 있으면서 접선이 이뤄지는 곳을 향해 전속력으로 출발할 준비를 하고 있었던 것이다.

먼 바다에서 배를 타고 온 사람들은 이를 먼저 알아차리고 돈을 받아 사라지려고 했지만, 자신들이 속았다고 생각한 다른 이들이 이를 방해하여 이것도 경찰 경비정에 유리하게 돌아갔다. 결국 그들은 마지막 수단으로 모터를 돌려서 빠른 속도로 해안을 빠져나오려고 했다. 그러나 만의 안쪽에서 출범했던 배는 도망치지 못했다. 그 규모나 모터의 마력 모두가 경비정과 상대가 되지 못했기 때문이다. 그들의 공급책들이 먼 바다로 사라진 것만큼이나 경찰은 빠르게 그들을 체포했다.

네 명의 승선자들은 저항하지 않았고, 또 그럴 수도 없었다. 게다가 그들은 이미 모든 짐들을 버린 상태였다. 그러나 예상 못한 두 가지 일이 일어났다. 하나는 자루 몇 개가 해변의 깊지 않은 수심에 가라앉지 않고 시야에 남아 있었던 것이고, 또 하나는 만 안쪽에서 작전 수행 중이던 다른 두 사람이 동시에 체포된 것이다. 배가 출발했던 부두는 늪지 사탕수수밭 사이에 있는 소박한 시골 움막으로 되어 있었는데, 여기서 물건을 분배하기 위해 배가 기다리고 있었던 것이다.

이미 기습을 계획하고 그들의 움직임을 주시해온 경찰은 그들을 심문한 끝에 그 일의 우두머리로 추정되는 제3의 인물을 구속했다. 그는 멘디사발이라는 아내의 성(姓)이자 부동산 회사명을 사용하여 호나스 멘디사발이란 이름으로 널리 알려진 호나스 사울레였다. 그때가 새벽 두 시경이었을 것이다.

다행히도 호나스는 저항하지 않았다. 코카인의 환각 효과 때문에 늘어진 그는, 다른 많은 초대객들처럼 안락의자에 무너져 있었다. 더 놀라운 것은 남편이 체포되어 가는 걸 냉정하게 바라보는 소피아였다. 춤을 추면서 내 팔에 안겨 울기 시작한 게 불과 몇 분 전인데. 상당한 시간이 지난 뒤 몇몇 사람들이 심한 졸음을 털어버리고 무슨 일이 일어났는지를 깨달을 때까지, 나머지 사람들은 호들갑스러운 감정 표시를 하지 않았다. 그들은 저마다의 변명거리를 늘어놓으며 떠나버렸고, 나도 그들 가운데 있었다.

아르만드는 계속 초조해했다. 일단 라디오들은 그 체포 소식——이 사건은 같은 마을에 사는 젊은이들에 대한 것이기 때문에 주민들 사이에 큰 동요를 일으켰다——에 대해서만 말하고, 파티라든가 참석자들 가운데 있던 유명 인사에 대한 것은 아직 기사로 삼지 않고 있었다.

내가 말했다.

"걱정하지 마. 경찰이 왔을 때 너는 이미 거기 없었잖아?"

"바보 같은 소리 하지 마. 나는 호나스가 석연찮은 데가 있다고 네게 경고하려 했는데 넌 귀담아 듣지 않았어. 그리고 난 내키는 대로 집에 와버렸지. 하지만 그렇다고 그 밤에 누가 그 집에 다녀갔는지 어느 웃긴 녀석이 언론에 제보할 가능성이 배제되는 건 아니라고."

"어느 웃긴 놈까지 갈 것도 없어, 아르만드. 거기엔 기자들도 있었잖아. ……아마 거기 있었던 자들은 별로 그 일을 떠벌리기 싫어할 거야."

"물론 기자들로 북적거렸지!"

"저런, 북적인 건 아니고……"

"어련하시겠어! 하지만 네 말이 맞아. 오늘 아침 전화 몇 통을 걸었는데 아무도 휘젓고 다닐 생각이 없는 거 같더라고."

"게다가 거기 있었다고 네가 마약 밀수꾼이 되는 건 아냐."

나는 그를 좀 약 올리려고 이렇게 말했다. 이런 종류의 사람들이 모든 것을 통제하고 싶어 하는 것을 지치게 할 때가 온 것이다.

"당연하지!"

아르만드는 여유가 없고 신경이 날카로워져 있었다.

"하지만 멘디사발 부부와 관계되어 내 이름이 한 번 언급되기만 해도 내가 얼마나 타격을 받을지는 너도 나만큼이나 잘 알잖아."

"그만." 내가 말을 끊었다. "그건 체포된 사람에게 해당되는 거지."

"그래. 나는 오전 내내 생각한 끝에 소피아를 기소할 이유가 없다는 결론을 내렸어. 지금 문제는 몇 시간이고 며칠이고 시간이 흐르는 거야. 미디어의 초점이 그 파티를 떠나 부동산 스캔들을 향해 부유하도록 말야. 확신하건데 이게 스캔들 하나를 더 만들어낼 텐데……"

나는 두려움에 떨고 있는 이 불쌍한 아르만드―그는 자신이 겪을 수 있는 피해에 대해서만 상상하고 있었다―와 함께 있는 걸 견딜 수 없었다. 나는 더 차분하게 이야기하기 위해 그를 식사에 초대하고는, 두 시간 후에 그 이야기를 다시 하기로 했다.

"나는 신중하게 일을 처리하는 것에 익숙해져 있어. 아주 영리하게 말야. 그리고 지금 문제가 되는, 물을 옮기는 이 복잡한 계획에 있어서는 더욱 그렇지."

식탁에 앉아 말하는 그는 더 차분해져 있었다.

"최근의 여론 조사에 의하면, 새로운 물길을 만드는 계획을 완강하게 반대하는 이들을 이끄는 일 때문에 너는 가장 유명한 국회의원 중의 하나가 돼버렸더군."

"어쩔 수 없이 하루 종일 그렇게 말하며 살지!"

"이해할 수 없군. 운 좋게도 너는 네가 생각하는 것을 지켜낼 수 있는데 말야……"

아르만드 콜은 심각해졌다. 그는 기억 밑바닥에 있는 그 무엇을 찾는 듯 식사하는 것도 잊고 말하기 시작했다.

"너는 마치 나를 모르는 사람 같구나! 나는 정치에 이성을 부여하기 위해 항상 노력해왔어. 난 그게 가능하다고 생각했는데……"

"그래서 네가 그렇게 하고 있잖아, 안 그래? 환경 보존, 국토의 균형 발전……"

"엿 먹으라 그래! 내가 정치를 한 다음부터 해온 물길에 대한 모든 연구들, 내가 가지고 있던 모든 사전 지식들은 같은 길을 지향하지. 만일 종합적으로 생각해서 이베리아 반도 전체에 대한 국토 계획을 한다면, 에브로 강의 물을 다른 유역(流域)으로 끌어내는 것이 이성적이고 권장할 만한 일이란 건데……"

나는 숟가락을 입에 가져가지 못하고 허공에 둔 채 그대로 있다가 그 상태에서 급히 말해버렸다.

"그런데 무슨 소리 하는 거야! 너 일사병에 걸린 거 아냐? 그건 네가 주도하는 시위의 대상이 되는 정부 시책인데……"

"내가 야당에 있어서 그래. 그리고 내가 그 지역 출신의 유일한 국회의원이라서, 나한테 총대를 잡게 한 거야……"

"그럼 너는……"

"내가 만일 정부에 들어간다면 진보주의자들이 이미 십 년 전부터 가지고 있던 그 계획을 실행할 거야."

"만일 네가 데모로 이끌어내는 수천수만의 선의의 시위자들이 네 말을 들으면 너를 가만두지 않을 거야!"

"그러나 우리는 데모를 소집하지 않아. 단지 사회 활동가들이 우리를 초대할 때만 간다고."

"가서 그들이 말하는 것을 지지하잖아. 너는 의회에서 그들의 대변자고. 빠져나가려 하지 마, 아르만드. 모두가 너를 에브로 강을 보호하는 기수로 알고 있으니까. 우리가 식당에 들어설 때 네게 인사했던 그 대여섯 명은 그 때문에 너를 존경하는 거라고."

"그래, 알고 있어. 게다가 내가 보수 정부의 계획에 반대하는 것도 사실이지!"

"그런데 그건, 네가 방금 내게 말한, 너희들이 실행할 거라는 것과 아주 유사한 정책인데……"

"맞아, 하지만 우리는 전체적인 발전이라는 정치적 이념에 따라 그렇게 할 거야. 반면 저들은 공사라는 엄청난 파이를 나눠 먹으려는 대규모 건설 회사들의 압력 때문에 그 계획을 밀어붙이지. 아마 은행도 그럴 거야."

"그러니까 너희들에 의해서든 정부에 의해서든, 네 투쟁을 격려해주었던 그 모든 사람들은 다 어쩔 수 없이 도살장에 끌려가듯……"

"에브로 삼각주의 후퇴, 경작지와 지하수의 염화, 또는 수량 부족에 따라 항해가 불가능한 건 무르시아(스페인 동남부 지방 도시)나 알메리아(스페인 동남부 지방 도시)로 물길을 나누어서가 아니야. 이건 아직 공사도 하지 않은 상태니까. 그건 사십 년 된 저수지들, 프랑코 시대에 지어진 저수지들 때문에 생기는 재난이라고."

"그리고 너희들의 저수지들 때문에 악화되겠지."

"너무 앞서 가지 마! 일단 우리는 지금 반대편에 있고, 또 앞으로도 반대할 거야. 그리고 만일 (그렇게 될지 좀 의심스럽지만) 우리가 집권을 하게 되면 적당 기간 동안은 반대하게 될 거고……"

"알았어, 아르만드. 하지만 넌 이곳 출신이잖아. 이 사건이 끝나고 네가 예순 살이 되면, 네가 지켜준다고 믿기 때문에 너를 껴안아주었던 저 어부처럼 너도 돌아올 텐데, 그때 너 또는 다른 사람들이 초래한 그 재앙을 보게 될 거야. 그러면 그때……"

"내가 대중 앞에서 하는 말을 나한테 하지 마! 너한테 솔직히 다 말했어. 그리고 나에게는 두 가지 좋은 이유가 있지. 하나는, 만일 언젠가 내가 그걸 공개적으로, 또는 정부의 입장이 되어 지지하게 된다면, 그건 그렇게 하는 게 다수의 행복이기 때문이야. 그건 천만 명의 사람들을 이롭게 할 것이고 단지 십만 명에게만 불이익을 줄 거야. 다만 그 십만 명이 '내' 십만 명이라서 그렇지. 또 다른 이유는, 네가 말한 그 재앙은 예전 상태로 돌아가는 것 이상은 아니라는 거야. 즉 이백 년 전의 삼각주 말이야. 지금은 주가 돼 있지만 쌀농사를 몰랐던 염전으로 가득했던 곳."

"다시 말하면 네 모델이 되어야 할 절대 계몽 군주 카를로스 3세보다 더 잘해야 돼."

나는 아르만드를 비난하기보다는 그와의 교집합을 모색했다. 그 계몽 군주의 실패한 계획——이 계획은 결과적으로 삼각주를 황무지로 만들었다——에 대한 내 호기심을 일깨운 게 바로 그였던 것이다. 그런데 지금은 국회의원 아르만드 콜이 자기 자신의 그림자에 빠져서 심사숙고하는 듯하다.

"마음속으로는 내 생각을 잠깐 동안 말하도록 해준 네게 고마워하고 있어. 거의 한 번도 그렇게 하지 못했기 때문에 이따금씩 미쳐버릴 것 같았거든."

"만일 네가 말한 모든 게 세상에 알려지면." 나는 다시 장난을 쳤다. "카탈루냐 자치주의자들은 기쁨의 폭죽을 날릴 거야. 그들은 너희가 그 오랜 시간 동안 결국 포기해야만 할 이유를 붙들고 어떻게 버텼는지를 이해 못하지."

"그들 상태는 더 좋지 않아. 완전히 궁지에 몰린 이곳 사람들과 함께 말야. 강을 보호하는 건 예전엔 그들의 자연스러운 논리였는데 지금은 국수주의적 논리가 돼버렸지. 의회의 장난과, 건설업자들과 은행들이 보수주의자들에 대해 행한 압력 탓에 그걸 희생해야만 했어."

아르만드 콜은 미소 지었다. 그는 건재한 것이다.

나는 언젠가 내가 저널리즘에 매혹됐던 유일한 이유가 사건의 다양한 면들을 알 수 있는 가능성, 그 안팎을 볼 수 있는 가능성 때문이었다고 고백한다. 사실 어부나 화가, 또는 마약 밀수꾼들과 달리, 정치가들에게는 그들이 우리를 우롱하는 방식을 우리가 발견하고 따분해하기 시작하는 때가 온다.

학창 시절에 나는 살아남기 위해 취재 활동을 했는데, 지금은 그것들이 어떠했는지를 평가할 수가 없다. 그 시절에 대해 내가 간직하고 있는 가장 가치 있는 것은 다른 방식으로는 얻지 못했을 몇몇 관계들이다. 그러나 어머니가 돌아가시고, 유산이 내가 기대할 수 있었던 것보다 약간 더 실속 있었다는 사실을 알고 놀랐을 때—사실 난 아무것도 기대하지 않았었다—신문을 포기할 결심을 했고—난 신문 안에서 문화에 대한 정보란과 부록으로 나오는 예술 파트에 점차적으로 관심을 가지고 있었다—, 내가 원하는 생활을 영위할 수 있도록 해준 화랑에 그 돈을 투자하였다. 그리고 마을에 있는 우리 가족의 집을 판 지금, 바닷가에 있는 나의 집은 다시 돌아갈 수는 있지만 그렇게 하지 않는 것이 더 나은 마지막 보루 같은 덫이 되어왔다. 그것은 얼마 전까지만 해도 마음속으로 능숙하게 조율

했던 끌림과 반감에 의한 것이었다. 소피아가 화랑 문을 통해 들어오는 것을 보았을 때, 나는 그것을 그 미로로 돌아갈 시간이 가까워졌다는 신호로 해석했다. 나의 계산 밖이었던 것은 마을에 머물기 시작하자마자 창살 사이로 친구를 만나게 됐다는 사실이었다.

"아르만드, 호나스가 해온 짓, 네 이미지를 해칠 수 있는 악명에 대해 그렇게 많이 알고 있었으면서 넌 왜 파티에 왔었니?"

"너와 같은 이유 때문이지."

"뭐라고?"

"소피아가 초대했기 때문이라는 얘기야. 너와는 달리 난 이미 여러 해 전부터 여름 파티에 참석해왔어. 다른 정치가들이나 건설업자들, 또는 화가 타레스처럼 말야. 그래야만 하니까."

헤어질 때 그 국회의원은 다시 자신의 정보력을 자랑하면서 어젯밤에 체포된 자들이 모두 타라고나(스페인 동부의 항구 도시)로 이송됐다고 내게 알려주었다. 그리고 내가 소피아를 방문하려는 목적이 스스로도 꺼림칙하다고 하자, 그녀의 집에 가봤자 만나지 못할 거라고 말했다. 그러고는 당황해하는 내게 그녀가 분명히 모처에 있을 거라는 말을 흘렸다. 그곳은 논 가운데 있는 화가 타레스의 별장이었다. 나는 이미 그가 암시하는 것을 알고 있었지만 모르는 척했고, 그는 거듭 말하지 않았다. 우리는 매우 늦은 시간에 자리에서 일어섰다. 나는 오늘 밤 그 누구도 방문할 생각이 없었다. 내 유일한 약속은 안드레아 로셀리와의 약속이다.

아르만드 콜을 만난 다음 날, 나는 호나스를 보러 타라고나까지 갈 결심을 했다. 무엇 때문일까? 몇 가지 복합적인 이유들 때문인데, 그중에는 '보이지 않는 도시'도 있다. 또 우리가 놀러 다녔던 그 모든 오후들도 이유가 됐다. 그때는 내가 사물의 아름다움에 대한 개념을 파악하기 전이었고, 물론 아르만드가 내게 그것들이 커다란 항구——에브로 강과 바다를 연결하는 운하의 끝에 건설될 예정이었다——의 창고가 되기 위해 이백 년 전에 건축된 술 창고나 헛간이었다고 설명하기 전이었다.

호나스는 언제나 가장 민첩하고 가장 총명했다. 축구 팀을 조직할 때면 그가 나서서 팀의 구성원들을 선발했고, '노받이' '어망' '대발' 같은 희한한 이름의 선박 도구들을 알고 있었으며, 그것들을 기도문 외우듯 쉽게 말하곤 했다. 또한 그는 재담의 왕이어서 모든 이들이 그의 농담이나 재미난 얘기, 또는 수수께끼 앞에서 쓰러지기도 했다. 그때 우리는 환경에 적응하는 작은 동물들 같았는데, 갑작스럽게 생존경쟁을 하게 되더라도 의심할 여지없이 호나스가 다른 아이들보다 더 잘 버텼다.

그때 무슨 일이 일어난 걸까? 어느 날부턴가 호나스는 학업에 의욕을 잃었고, 기지는 그에게 쓸모없게 되었으며, 그를 돋보이게 한 명민함은 더 이상 그를 성장시키지 않았다. 마치 그를 지켜주는 소년의 별이 너무도 빨리 스러지기 시작한 듯이 말이다. 왜였을까? 우리 중 대부분은 문화적, 환경적, 가정적 요인이 도움을 받지 못한 반면, 몇몇은 그로 인해 제약을 받았다. 마치 건널 수 없는 천장을 이루는 격세유전적 장해물을 구성하듯 말이다. 그리고 그 때문에 그가 누구나 아는 일상을 조금 넘어선 몇 가지 대상에 몰두했을 때, 그 요인은 교육과정에 대한 일종의 방해물로 변해버렸다.

이는 물질적인 한계가 아닌 도덕적 한계를 의미했다. 호나스는 우리에게 남아 있는 배움에 대한 흥미를 잃었고, 이것은 그가 짐을 싸는 동기가 되었다. 그는 이러한 요인들이 자신에게 도움이 되지 않을 것이며 자신의 영역 밖에 있다는 걸 직감했다. 혹은 다른 이들이 여러 번 그에게 그렇게 말했는지도 모르겠다. 그리하여 알 수 없는 어느 상황에 무장해제되자 그가 항상 의지해왔던 천부적인 장점은 사라지거나 오히려 장해물이 돼버렸다. 그는 가장 빠르고, 가장 똑똑하고, 가장 탁월한 자로서의 자리를 포기할 준비가 돼 있지 않았기에 그러한 결핍을 허세와 공격성, 우쭐거림으로 대체했던 것이다. 이러한 태도로 그는 어느 패거리의 우두머리가 되었고, 그러면서 서서히 고립되어갔다. 이는 소년기의 황금빛 신기루에서 볼 때 예외적인 것이었다.

어렸을 때 함께 놀던 내 친구는 작은 마피아가 돼 있었다. 그는 소규모 마약상으로 벌 수 있는 쉬운 돈, 그에게 우월감—물론 경제적 우월함이지만, 사회적 우월감이기도 했고 무엇보다도 성(性)적인 우월감이었다—을 다시 돌려줄 수 있는 쉬운 돈이 주는 거절할 수 없는 약속에 끌려다녔다. 우리 불쌍한 중생들이 미래에 돈을 벌 수 있는 공부나 쥐꼬리만 한 월급을 받는 일로 지쳐 있을 때 말이다.

'보이지 않는 도시'는 우리의 삶에서 지워지고 있었다. 그래도 가난한 사춘기에는 '보이지 않는 도시'의 새로운 효용성을 발견해내기도 했다. 한 소녀의 관심을 끄는 데 성공했고, 그녀가 황폐한 아치형 천장을 뛰어넘도록 도왔으며, 말없는 어둠 속에서 그녀의 손을 잡았고, 운이 좋게도 그녀를 껴안았으며, 그녀를 끌어당겨 서툰 입맞춤을 했고, 가슴을 풀어헤쳐 옷 속으로 손을 넣었다. 난 호나스의 동생인 아리아드나와 함께 그곳에 한 번 가보았다.

오늘 내 친구의, 눈에 띄게 무너진 육체는 나를 놀라게 했다. 눈두덩은 시커멓고 오금을 부들부들 떨며 등도 굽어 있다. 그는 내 방문에 고마워하는 마음과 성가셔하는 마음 사이에서 나를 바라봤다. 호나스가 거의 태아 같은 자세로 벤치 같은 곳에 누워 있는 그 더러운 방에 들어오기 전에 들은 바에 의하면, 그는 판결을 지나치게 낙관하지는 않는 좋은 변호사가 있다고 했다.

"이겨내야 돼. 한 나흘 갈 거야."

나는 별로 확신 없이 그에게 말했다.

"아마 올 게 온 걸 거야. 안 그래? 여기 갇혀 있는 게 약을 하지 못하는 것만큼 엿 같지는 않아. 너 혹시 그거 가져왔니?"

"물론 아니지."

"그럼 가버려!"

“원한다면 갈게.”

“기다려.”

그는 자세를 바로잡고 눈을 떠 나를 바라보려고 했다.

“그런데 말야, 부동산 회사가 그렇게 잘나가는데, 그 모든 걸 포기할 필요가 없었잖아. 안 그래?”

“밖에서는 모두 다 쉬워 보이지. 하지만 난 게임을 계속할 수밖에 없었어. 문제가 너무 심각하거든. 만일 내가 이런 식으로 많은 돈을 벌지 않으면 사업은 골로 갈 거야.”

“그럼 멘디사발 부부의 돈은?”

나는 상황을 더 복잡하게 할 작정을 하고 모험을 해보기로 했다.

“소피아가 내게서 돈줄을 잠근 지 꽤 됐어. 평생 부자였던 사람들은 절대로 모험을 하지 않아. 그리고 자기들에게 투자하도록 푼돈을 빌려주고는 즉시 이문을 남기는 걸 보고 싶어 하지.”

“그냥 푼돈이 아닐 텐데……”

이 말에 화가 난 호나스는 나를 공격했다.

“그런데 네가 뭘 안다는 거야? 네가 사업에 대해 뭘 안다는 거냐고? 넌 이해 못해. 우리가 지향하는 것들, 우리가 키울 줄 아는 것들은 때로 직접 승부해야 돼. 평범한 무리들을 위해 만들어놓은 규칙들을 뛰어넘어설 줄 알아야 한다고. 어쩌면 네 말대로 내가 소피아네 집의 푼돈을 말아먹었을 수도 있지만, 그래서 어쨌다는 거야? 이제 나는 기꺼이 약을 할 거야. 날 좀 도와줄래?”

"그렇게는 못해."

"넌 멍청이야. 넌…… 겁쟁이지. 비열한 놈. 그녀랑 똑같아. 소피아랑. 이제 그녀에게는 예술가인 척하는 것만이 필요하지, 제기랄! 왠지 알아? 네가 그녀를 가졌어야 했다고!"

"호나스, 멍청하게 굴지 마!"

갈수록 감상에 빠져가는 녀석을 견뎌내는 것이 힘들었다. 비록 녀석이 사납게 구는 편이 더 나았음에도 말이다. 고통을 덜어내려 하는 건 그에게 어울리지 않는다.

"소피아는 내 스타일이 아냐. 그녀는 내 리듬을 따라올 수 없지. 그 화랑 건과 그림에 대한 모든 걸 나는 그럭저럭 버텨내라고 그녀를 내버려두었지. 나한테 유용할 수 있었거든. 고객을 공유하는 건……"

호나스가 진흙탕에 뒹굴겠다고 마음을 먹었을 때, 다행스럽게도 내가 그곳에 머무를 시간이 얼마 남지 않았다고 교도관이 알려왔다. 그러나 그 말을 듣자 그는 반격했다.

"이미 말했잖아. 네가 그녀를 가져야 했다고!"

"어쩌면 네 말이 맞을지도 몰라, 호나스."

오랜 시간이 지난 후에야 그를 다시 보아야겠다고 생각하며 나는 대화를 정리했다.

"하지만 그녀는 너를 선택했어!"

"지랄하네! 넌 내가 협박해서 겁먹었던 거잖아."

나는 미소를 지었다. 그의 말은 사실이기도 하고 그렇지 않기도 했다. 소피아는 뭔가 특별한 사람으로 광채를 내는 존재였지만 난 그녀 때문에 죽을 준비가 돼 있진 않았다.

"잘 지내. 그리고 이 생활이 빨리 끝나길 바랄게."

"늦는다고 뛰어갈 필요 없어. 이 시간에 소피아는 말라키에스와 함께 있을 테니까. 나를 속인 지 꽤 됐지."

"그만 해, 호나스. 잘 있으라고!"

나는 힘없이 문을 닫았다. 몇 해 전 우리가 함께 '보이지 않는 도시'에서 뛰어놀 때, 우리는 비슷한 환경에 있었고 인생이 우리 각자에게 무엇을 어떻게 나눠줄지를 아무도 예견할 수 없었다. 때로 나는 호나스가 내가 될 수 있을 모델이라고 생각했고, 그럴 때면 터무니없이 내 최악의 결점이 그에게 전이되는 느낌이 들었다. 마치 살아오면서 내가 피해왔던 모든 암초들이 그 앞에 나타나 조난당하기 직전인 듯했다. 아마도 그런 불가사의한 이유 때문에 나는 다시 그 방으로 돌아가 그를 바라보았는지 모른다, 잠자코. 그는 마치 내가 나갔다 오지 않은 것처럼 계속해서 말을 했다. 두 눈을 나와 그 문에 이상하게 고정시킨 채.

"너한테 한마디 해줄게. 그 개똥 같은 화가 녀석은 오래가지 못할 거야. 그녀가 흥미를 느끼는 단 한 사람, 늘 그녀의 관심을 끌어왔던 유일한 대상은 티에폴로야. 그래, 나는 그녀를 사랑했었지."

이 말을 하고 그는 다시 쓰러졌다. 수년 동안 균열을 버텨낸 후에 무너져 내리는 건물처럼.

　남쪽 고속도로를 운전해 가면서 호나스의 마지막 말을 떠올렸다. 구름이 커지며 짙어져감에 따라——마치 만질 수 있을 듯했다——도로 왼편에 있는 바다가 어두워져갔다. 차의 유리는 내게 미소 짓는 주근깨투성이 얼굴처럼 물방울로 가득했고, 나는 반(半)최면 상태에서 겉으로만 차분하게 계속 운전했다.

　"그래, 나는 그녀를 사랑했었지"라는 말은 다양한 의미를 지닐 수 있다. 호나스가 소피아를 사랑했었는데 지금은 사랑하지 않는다는 의미. 호나스는 소피아를 사랑했지만 그녀는 한 번도 그를 사랑하지 않았다는 의미. 아니면 아주 다른 뜻으로, 호나스가 나와는 달리 소피아를 사랑했었다는 의미. 분명한 건 호나스가 소피아를 사랑했다는 사실이다. 그리고 그 일은 역설적으로, 내게 커다란 평화를 주었다. 마치 그것이 그가 했던 그 지독한 못된 짓들로부터 그를 구해주거나 정당화시킨다는 듯이. 분명 이것은 순간의 감정이다. 나는 감옥에 있는 호나스를 보고 말라키에스와 함께 있는 소피아를 보았다. 그러나 여태껏 호나스가 수년 동안 해왔던 그 나쁜 짓들은 보지 못했다.

　그럼 내가 그녀를 사랑하지 않았다고 그가 나를 비난하는 건 어떤 의미를 가지고 있을까? 그가 그녀를 차지한 것이 정확한 운명이었음을 확인하는 것일까? 어쨌든, 이 비난이 그가 내게 말해준 그 소식, 조사하는 데 힘이 들 그 소식과 연관되어 있다는 건 안다. 소피아는 티에폴로에게만 관심이 있다고 그가 말했다. 티에폴로라고? 그런데 그게 그 둘과 무슨 상관이란 말인가? 호나스는 그 이탈리아인을 질투하고 있다. 그녀가 그 그림에 경탄하는 걸 경멸하면서, 그 때문에 자기가 그녀를 사랑할 수 없다고 믿는다. 일종의 단순화 같지만 이해할 수 있다. 그건 그렇다치고, 나는 호나스 같은 악당이 그런 종류의 판단을 할 수 있다는 사실을 믿을 수는 없다.

앞 유리를 때리던 물방울들은 시끄러운 소나기로 바뀌었다. 바다는 흐릿했고 땅 냄새가 차 안으로 스며들었다. 나는 지금 차선에 두 눈을 고정시킨 채 운전을 하고 있다. 비록 몇 대의 자동차들이 차를 세우고 소나기가 지나가길 기다리는 쪽을 선택했지만, 나는 호나스가 한 말의 의미에 강박적으로 사로잡혀 계속 나아갔다. 그리고 나는 소피아가 티에폴로에게 관심 있는 게 아니라, 단지 티에폴로의 그림에만 관심 있어 한다고 그가 확신했다는 사실을 깨달았다. 특별히 티에폴로의 그림 말이다. 마치 구체적인 그림 하나를 의미하는 듯했다. 그 말이 울려 퍼졌다. 그것이 유일하게 그녀가 항상 관심 있어 했다는 것이다. 그리고 '항상'이란 말은 적어도 그가 그녀를 알게 된 이후, 그들이 산 카를로스에 살게 된 이후를 의미한다. 그 그림이 소피아에게 호나스 자신보다 더 가치 있고 중요한 것이며 더 매혹적이었다는, 그녀를 향한 비난이 거기에 배어 있었다. 티에폴로의 어떤 작품을 말하는 걸까?

나는 신문 인터뷰를 시작하면서 소피아를 알게 되었다. 80년대 고급 와인에 대한 관심과 취향은 그에 정통한 사람들의 범위를 넘어 구매력을 가진 자유 업종의 사람들 사이로 그 영역을 확장하기 시작했고, 그 때문에 신문사에서는 그와 관련된 기획 기사 시리즈를 내게 맡겼다. 소피아는 이미 유명 가문의 일원이었지만 와인의 세계에 대해 매우 개인적인 견해를 갖고 있었고, 게다가 바르셀로나에 살았기 때문에 흥미로운 인물이었다. 그녀는 눈부셨다.

우리는 친구가 되었다. 그녀는 그림을 그리는 자기 친구들에게 나를 소개할 때와 다르지 않게 자신의 개인 소장품들을 보여주면서, 회화에 대한 내 흥미를 재차 확인했다. 이렇게 예술과의 내 관계가 지적이고 심미적인 것처럼, 소피아와의 관계는 허물없는 것이었다. 그녀는 자기 집 벽에 고가의 그림들이 걸렸다 떼였다 하는 것을 보아왔고, 때로 가족 소유의 상당한 작품들을 사고파는 일도 했다. 하지만 지금 내가 기억하려는 건 그녀가 나를 자기 집이 있는 에브로 강 삼각주로 오게 하기 위해 어떤 핑계를 댔는지이다. 아무리 생각해도 그건 말도 안 되는 얘기다. 그때 그곳에는 티에폴로의 흔적조차 없었고 그녀 역시 그에 대해 언급한 적이 한 번도 없었다.

산 카를로스에 도착했을 때 비는 그쳤고, 가만있지 못하는 무리들은 팔월의 기이한 해거름을 만끽하기 위해 다시 거리로 나왔다. 나는 힘들게 시내를 운전해 결국 바닷가에 접근했다. 정원의 울타리 문을 열기 위해 차에서 내리기도 전에, 검은 옷을 입은 작은 인물이 팔을 가볍게 흔들어 인사를 했다.

발레리아나는 호나스의 어머니다. 그녀의 얼굴은 검은 두 눈—작아서 이 세상으로부터 숨어 있는 듯한 두 눈—주변에 파도가 몰려 있는 것 같은 주름으로 가득 차 있었다. 그녀는 머리끝에서부터 발끝까지 검은색 옷을 입고 있었는데, 머리를 덮어쓴 손수건—턱밑에서 매듭으로 묶어놓았다—역시 검은색이었다. 예전에 나이 든 여자들은 이런 차림으로 다녔지만, 지금은 그런 복장이 거의 보이지 않는다. 나는 그가 풀려날 가능성이 많지 않다고, 상당 기간 동안 그를 곁에 두지 못할 준비를 해야 할 거라고 그녀에게 설명했다.

"다신 그 아이를 볼 수 없다면, 게다가 그 녀석이 감옥에 있다면, 나는 훨씬 더 마음이 편하단다. 풀려나면 끔찍한 일만 저지르니까."

발레리아나의 말은 일리가 있을 수 있지만 그녀는 그걸 알지 못한다. 그녀가 이렇게 말하는 건 그녀의 기억이 호나스가 진짜 그녀를 힘들게 했을 시기에 뿌리를 내리고 있기 때문이다. 그건 벌써 오래전 일이다.

"그 녀석은 자기도 모르는 사이에 자기 아버지를 죽인 꼴이란다."

남편이 오래전에 죽은 것을 기억하지 못하고 그녀가 계속 말했다.

나는 어느 일요일에 부두를 산책하는 남편과 아내, 두 사람을 상상한다. 근처에서 호나스가 놀고 있다. 아버지는 배로 건너뛰어 아들이 배에 오르는 걸 돕는다. 그 뒤를 발레리아나가 따른다. 배에 오르면 호나스 아버지의 동작 하나하나는 부드럽고 자애로워 기쁨이 된다. 어느 날 그렇게 될 것처럼, 그와 그의 아들은 고기를 잡으러 매일 아침 배를 탄다. 그것이 호나스의 사람들이다. 그것이 그의 가족이다. 그리고 그는 자기를 사랑했던 사람들의 희망과 미덕을 파괴했다.

나는 발레리아나를 바라보는 게 견딜 수 없었다. 내가 무얼 하든, 무얼 말하든, 그녀에게는 위로가 되지 못할 것이다. 그녀를 살게 했던 그 공공연한 내부의 지옥은 그녀를 광기의 한계—그녀에게 일어난 일을 견딜 수 있게 하는 곳이다—에 이르게 했다. 그러나 그녀는 그 지옥에서 두려움에 떨며 돌아왔는데, 왜냐하면 그녀는 자기 아들—그 모든 사실에도 불구하고 그녀는 예전에 '보이지 않는 도시'에서 돌아올 때 운하에서 우리가 붙잡혔을 때처럼 자기 아들을 사랑하고 있었다—이 다시 위험에 처할 것을 알고 있었기 때문이다.

"그런데 그 여우 같은 년은?"

별안간 그녀가 내게 물었다.

"무슨 여우요?"

"네가 개한테 데려온 년 말이다."

"제가 데려간 게 아녜요. 자기가 찾은 거지."

나는 그녀의 말 때문에 갑자기 웃기 시작했다.

"그렇겠지. 녀석은 네가 가지고 있던 모든 걸 원했었지. 너처럼 되고 싶어 했단다……"

그녀가 갑자기 제정신으로 돌아온 것이 나를 동요시키기 시작했다.

"무슨 말을 하시는 건지 모르겠네요."

"이런, 녀석! 그 녀석이 얼마나 너를 부러워했는지, 너를 얼마나 많이 흉내 냈는지 네가 알았더라면. 어려서부터 말이다. 걔는 너처럼 머리를 빗고, 네 것과 같은 신을 신고, 네가 했던 말을 따라 하고 싶어 했단다. 또……"

"무슨 말씀을 하시는 거예요?"

"사실이 그랬다. 그런데 너는 그걸 알아채지 못했지. 네가 다니기 때문에 나는 녀석을 그 학교에 보내야 했단다. 그래서 불행이 시작됐지!"

"하지만 전……"

"그 앤 너를 따라갈 수 없었고 그 때문에 화가 잔뜩 났단다. 자기 아버지와 함께 배를 타고 바다로 가려 했지만 그럴 수도 없었어. 녀석은 마치 네가 다른 세상에나 사는 듯이 너에 대해 얘기하곤 했단다. 그리고 넌 다른 세상에 살고 있었지. 오랜 세월 동안 우리는 너에 대해 알 길이 없었는데…… 너는 나를 도와 녀석을 정상 궤도에 올려놓을 수도 있었어. 그 애 아버지 는 그저 허리띠나 휘두를 줄 알았지만. 그리고 아리아드나 는…… 어떻게 네가 그럴 수 있었니?"

"저는 몰랐어요……"

"그 애가 그 여자를 만났을 때 난 잘될 거라고 생각했다. 그 래, 그 앤 소피아를 사랑했고 모든 게 순조롭게 돌아가기 시작 했어. 하지만 걔들은 한 번도 날 보러 오지 않았다. 못된 여우 년 같으니라고!"

그랬군. 그는 결국 내가 될 방법을 발견한 것이다. 내게서 소피아를 빼앗아가면, 또는 그렇게 한다고 생각하면 녀석의 쾌감은 최고조에 이르렀을 것임에 틀림없었다. 믿을 수 없다. 수 년 동안 그림자 속에 있는 누군가—내 행동과 몸짓, 내 삶을 관찰하고, 평가절상하고, 그걸 자기 마음대로 해석하고, 내겐 의미 없는 것에 가치를 부여하고, 내가 신경 쓰지 않고 한 말 을 멋대로 해석하고, 내게 스스로를 비춰보고, 나와 경쟁하며 나를 부러워했던 그 누군가—와 함께 살았다는 게 믿기지 않 는다.

"결국 언제부터인가 사람들이 수군대기 시작했단다."

발레리아나는 쇠미한 시선을 앞으로 둔 채 말을 계속했다.

"내 앞에서는 아닌 척했지만 나는 알아차렸어. 나는 걱정했 지. 나는 그 애가 다시 복잡한 일에 휘말릴 걸 알고 있었단다."

발레리아나는 내가 집까지 데려다주는 걸 원치 않았다. 그녀 의 작은 몸집이 다시 바닷가 길에 들어서서 밤의 어둠 사이로 사라지는 것을 보고 나서 난 혼자 있었다. 그녀가 한 말이 깨 워놓은 모든 유령들과 함께. 세상에 발레리아나 같은 사람은 얼마나 있을까? 아르만드에 대해 그토록 많은 지면을 할애하 는 신문들이 반면짜리 기사로도 내지 않는 그런 사람 말이다. 대단히 착한 마음씨며, 흐트러졌지만 대단한 품위 아닌가! 그 노파가 내게 일깨워놓은 감동, 또는 동정심은 나로 하여금 호 나스를 더 경멸하도록 할 수도 있었겠지만, 그녀가 내게 한 이 야기에는 내가 극적인 사건과 매우 가까이 있었으면서도 그것 을 알아차리지 못했다는 경고의 내용 또한 들어 있었다. 그러 나 끝내 아리아드나에 대해서는 말하지 않았다.

한두 가지 이유로 인해 나는 여름이 끝나기를 기다릴 수만은 없음을, 이번 주가 아예 없었던 듯이 행동할 수 없음을, 바르셀로나에 도착하자마자 처리해야 할 화랑의 일과 잡지 출간의 문제에만 다시 잠겨 있을 수 없음을 안다. 그리고 만일 이 거대한 실타래를 풀어내기 시작할 방법이 있다면, 그 방법의 이름은 이거다. 티에폴로라는. 티에폴로. 아니면 다른 이름으로도 불린다. 안드레아 로셀리라고.

VI. 마드리드

「'보이지 않는 도시'에 대한 비망록」에서

프란체스코 사바티니의 조치 덕분에 티에폴로 가 사람들의 거처는 잘 해결되었다. 이들은 베네치아 대사관에서 산 마르틴 광장에 있는 집으로 거주지를 옮겨, 이후 그곳에서 계속 지낼 수 있게 되었다. 덕분에 난 숨을 좀 돌리고 덜 분노한 눈으로 왕국의 수도를 바라볼 수 있었다. 이 모든 일에는 건축가 사바티니가 강력하게 힘을 써주었다. 그가 우리에게 자기소개를 하자마자 나는 마치 내 아버지라도 되는 듯이 그를 껴안았다. 그는 곧 왕궁의 장식과 마감 공사장으로 나를 안내하여, 마드리드의 모습을 완전히 바꿔놓을 설계도들을 열정적으로 하나하나 보여주었다. 그것들 중 몇 개는 그 몇 년에 걸쳐 완공된 것이었고, 다른 것들은 머지 않아 실현될 것이었다. 왕립 세관 (1769년 사바티니가 지은 건물로, 현재는 재경부 건물로 사용되고 있다), 아토차 종합

병원, 성 프란시스코 성당, 알칼라 문 등이 세워졌고, 그 외에도 하수 시설과 포장도로를 도시 전체로 확장할 것이었다!

사바티니는 공공기관이든 병원이든 성당이든 간에, 그 건물에 최근 이백 년 동안의 로마 건축 양식을 적용시켰다. 국왕의 전격적인 재정 지원을 받은 그 결과물들은 눈부셨다. 이제 스페인의 수도는 그간 도시의 거리를 지배하고 있던 위태로운 건축물들 때문에 잃어버렸던 우아함과 품격을 다시 지니기 시작했다. 사바티니는 도시 계획도 소홀히 하지 않았다. 덕분에 마드리드에는 1762년에 티에폴로가 작은 문 앞에서 아연실색했던 예전의 그 촌동네를 잊게 해줄 대로와 산책로, 분수, 광장과 공원이 세워졌다.

영악한 사바티니는 왕궁 건축을 할 때 우리 모두의 스승인 루이지 반비텔리가 지은 카세르타 궁의 윤곽을 본받아 중앙 돌계단 건축에 자신의 흔적을 남김으로써, 스스로 돋보일 기회를 놓치지 않았다. 마드리드의 그 계단은 의심의 여지 없이 장엄하고 우아했지만, 나폴리 카세르타 궁의 뛰어넘을 수 없는 광휘에 이르기에는 웅대함과 찬란함이 약간 부족했다. 수많은 일꾼들과 카를로스 3세의 신하들에 둘러싸인 건축가들과 화가들, 조각가들이 동시에 일하던 곳이 바로 이 왕궁이었다. 그때 나는 우리가 마드리드에 도착했을 때 아무도 티에폴로를 마중 나오지 않았던 이유를 이해하기 시작했다.

이렇게 사바티니가 군주의 신뢰를 얻자, 보헤미아 출신이지만 이미 나폴리에서 돈 카를로스를 알게 된, 안톤 라파엘 멩스

(독일 출신의 이탈리아 화가)라는 자가 자기 영역에서 국왕의 총애를 받기 위해 음모를 꾸미고 있었다. 멩스는 가족을 로마로 보낸 후 혼자 살면서, 신들린 사람처럼 일을 하는 은둔자 같은 생활을 하고 있었다. 새벽에는 프레스코화를 그리고, 해 질 녘에는 밑그림을 준비했다. 처음에 나는 그에게 티에폴로에게서 느꼈던 것과 같은 호감을 느꼈다. 둘 다 자기 예술, 자기 종교에 바쳐진 이들이기 때문이었다. 그러나 나는 곧 권력에 대한 야망이 그를 소모시킨다는 사실을 발견했다. 그는 아카데미(예술 협의회)를 장악하고, 그곳에 비타협적인 예술적 원칙들—단지 그에게만 보인 새로운 십계명 같은 원칙들—을 부여하려는 계획을 가지고 있었던 것이다.

그의 견해들이 보여주는 거칠고 완고한 행동에도 불구하고 멩스는 이름을 날리며 사람들의 존경을 받았다. 그 이유 중 하나는 그가 쓴 책—『아름다움과 회화 취향에 대한 고찰』인데 독일어로 출판되어 아주 적은 수의 사람들만이 읽었다—이 존경을 얻었기 때문이고, 또 다른 이유는 인간의 본성이라는 게 타인의 강령을 추종함으로써 자유로운 사고가 자칫 가져다줄 수 있는 위험을 피하고 편안함을 느끼려는 경향이 있기 때문이다.

이 이방인은 이러한 예술의 숭고한 표현법을 파르마와 피렌체, 그리고 특히 로마에서 배웠다. 그의 책은 회화를 이해하고 감상하는 데만 아니라 화가가 되는 데에도 유용하다. 그러나 그가 이론을 회화 그 자체보다 더 중요하다고 여기는 것에 이의를 제기할 수도 있다. 이를테면 다음과 같이 너무 지나친 단언에 대해서 말이다.

"라파엘로는 구성과 디자인에서 발견한 표현법을 선택했다. 코레지오는 형식이 가지고 있는 장점으로 주로 명암법을 사용했다. 티치아노는 색채법을 온전히 수용했다. 이 셋 중 가장 뛰어난 이는 가장 기본이 되는 것—물론 이는 의심할 여지없이 표현법이다—을 자기 것으로 만든 사람이다. 따라서 이들 중 으뜸은 단연 라파엘로이다."

잠바티스타 티에폴로의 등장은 그의 헤게모니를 위험에 빠뜨릴 수 있었다. 티에폴로의 그림은 멩스의 생각과 평행 관계에 있기 때문이었다. 멩스의 초상화는 깨끗하고 반듯하며 어떤 점에서는 뛰어난 세부 묘사를 보여준다. 그러나 그의 그림은 사물을 재현하는 수준을 한번도 뛰어넘지 못했다. 그는 좋은 삽화가일지는 몰라도 상상력과 재능이 결여된 화가인 것이다. 티에폴로 같은 예술가의 반열에 결코 들어서지 못할 멩스는 티에폴로의 그림이 아귀가 맞지 않으며, 새로운 유행의 빛으로 볼 때 아무런 장점이 없다는 사실을 보이려고 했다.

그는 캔버스로 얻을 수 없는 것을 이론과 개인적 음모를 통해 얻어내려 노력한 끝에, 산 페르난도 아카데미에까지 욕심을 부리게 되었다. 그러나 헤게모니도 장악하지 못하고 건강마저 쇠약해진 그는 당분간 로마에서 자기 가족과 지낼 수 있도록 국왕의 허락을 받았다. 그는 새로운 전략을 선택했다. 그것은 국왕 폐하의 고해 사제인 엘레타 신부와 연합하는 것이었다.

엘레타 신부는 외지인은 상상할 수도 없는 영향력을 국왕에게 행사하고 있는 인물이었다.

카를로스처럼 신실한 국왕을 가진 것에 대해 마드리드 전체는 거듭 놀라고 있었다. 그의 신앙은 카스티야 지방에 도착한 지 얼마 안 돼, 아내이자 왕비인 작센의 마리아 아말리아가 죽자 더욱 독실해졌다. 모두들 카를로스가 훌륭하게 정조를 지키고 있다고 믿었기 때문에, 그가 홀아비가 된 후로 육욕을 멀리하기 위해 돌처럼 단단한 침상에서 자고, 그래도 한밤중에 욕정의 불길이 일면 나쁜 생각들을 해소하기 위해 일어나 맨발로 걸어 다닌다는 식의 터무니없는 이야기까지 생겼다. 폐하께서는 새 왕비를 구하기를 거부했고, 신하들이 몰래 애인을 만날 수 있는 샛길을 제안하면 격노했다. 그의 선왕들이 너무나도 많이 다녔던 그 샛길을 말이다.

나폴리에서와 마찬가지로, 사냥은 왕에게 기도만큼이나 신성한 활동이었다. 그는 분명 사냥을 즐기기도 했지만, 그가 사냥을 하는 또 다른 이유가 있었다. 운동을 많이 함으로써 왕실에 많은 해악을 야기했던 광기의 폐단을 피할 수 있을 거라고 누군가 그를 설득했다는 것이다. 국왕의 근무 시간이 규칙적임은 세상이 다 아는 사실인데, 그는 머무는 장소도 규칙적이었고 이동할 때도 정확한 날짜를 정해놓고 움직였다. 겨울은 엘 파르도에서, 봄은 아랑후에스에서, 여름은 산 일데폰소에서, 그리고 가을은 엘 에스코리알에서 보내며, 그 사이사이 마드리드의 왕궁에 머물렀다. 그중에서 마드리드 왕궁은 가장 적은 시간을 보내는 곳이었다. 티에폴로와 함께 마드리드에 도착했을 때 이런 세세한 것을 알았더라면 얼마나 좋았을까!

　내가 이런 생각을 하는 동안 사바티니는 엄청난 양의 건축 공사와 도시화 공사들을 쉴 새 없이 감독하고 있었고, 나는 그에게 끌려 다녔다. 몇 번인가 그에게 나를 어느 구체적인 계획의 중심, 이를테면 왕궁이나 병원에 두었더라면 더 좋겠다고 제안했지만, 그는 어두운 얼굴로 돌아서서 명쾌한 대답을 하지 않았다. 다만 두 번 정도 "그건 자네 일이 아냐"라고 중얼거리는 소리를 들었을 뿐이다. '그럼 내 일이 있기는 하다는 말인가?'라고 나는 속으로 생각했다. 그러는 동안 주변에서 소문들이 늘어났다. 내가 근심 반 우려 반 속에서 힘들게 포착한 그 소문들은 나를 그 거장의 오른팔로 변화시키고 있었다.

　사실 사바티니의 그늘에서 보낸 마드리드에서의 처음 몇 년은 정비 계획들과 건축가, 화가, 조각가들, 그리고 나라를 개혁할 준비가 된 국왕과 몇몇 장관들로 들끓는 도시에서 내가 성장하는 정점이 되었다. 이따금 티에폴로 옹을 방문할 때마다 그는 왕궁의 아치형 천장 공사를 정력적으로 진행시키는 중이었다. 나는 작업 발판 위에 있는 그를 보거나 산 마르틴 광장에서 그를 만나곤 했다. 세뇨르 잠바티스타는 멩스와 산 페르난도 왕립 아카데미 그룹의 일을 모른 척했다. 아니면 그저 왕궁의 진정한 얼굴이 될 거대한 공사에 집중하고 있었기 때문에 알지 못했던 것인지도 모르겠다.

만일 무엇인가가 그 당시의 마드리드를 둘러싸고 있던 그 어수선하고 창조적이며 대담한 분위기를 재현할 수 있었다면, 그건 잠바티스타의 프레스코화였다. 나는 티에폴로 가문의 사람들이 그림을 그렸던 천장 가까이에 있는 발판에서 그 그림들을 뚫어지게 쳐다보곤 하였다. 먼저 왕궁의 구아르디아스실(室)에서 「아이네아스의 숭배」가 완성되었다. 큐피드 옆에 앉아 그에게 모자를 건네는 어머니 비너스와 그녀의 도움을 받아 나선형으로 된 구름과 빛을 뚫고 영생을 향해 오르는 영웅 아이네아스의 모습이었다. 그러나 명작은 트로노실에 있는 「스페인 군주제의 존엄」이었다. 이 그림에 나타난 스페인 군주제의 모습은 시적인 존재들에 의해 숭상되고, 미덕에 의해 지지되며, 다른 지방들에 둘러싸여져 있었다. 이 프레스코화는 여러 개의 감상 포인트를 만들어내면서 그 방의 거대한 규모가 주는 난해함을 극복했다. 방의 시작 부분에서 벽 윗부분의 돌출 장식을 따라, 하늘은 동시에 그 구성의 모든 부분들과 연결되어 전체적으로 긴장감을 주었다. 거대한 구름의 성(城) 사이로 빛이 작열하고 무지개가 뜨면서 반짝거리는 하늘은 사람들을 매혹시켰다. 그림 속의 사람들은 무게가 나가지 않을 듯하지만 육체를 지녔고, 공중에 떠 있는 듯하지만 중력의 에너지를 가지고 있었다. 가득 찬 광명으로 사람들이 입은 옷의 몽롱한 각종 색깔들——부드러운 표현으로 흐릿하게 보이는——이 잘 드러났다.

트로노실은 군주제를 고양하고 국왕의 미덕과 스페인·인디아스에서 그가 가진 풍족함을 노래하기 위해 만들어진 것일 테지만, 그곳에 가만히 있다 보면 내부에서 승리와 탄복의 노래, 영혼의 고양과 감각적 쾌락의 노래가 자연스럽게 흘러나온다. 모든 영혼의 전율은 군주나 그의 미덕을 향한 것이 아니라, 그 그림에서 보이는 초자연적인 모습과 존재, 그것들을 자신만의 형태와 색채, 빛과 시선으로 작업한 화가의 능숙함을 향한 것이다. 창백한 금빛 겉옷, 푸른 망토, 우윳빛 깃발, 진주 빛으로 빛나는 구름, 질주하는 성난 말, 피어나는 가슴, 또는 높이 들려 절규하는 성배. 언젠가는 아무도 왕의 이름이나 그 영토의 광활함을 기억하지 않으리라. 그러나 그럼에도 불구하고 위대한 티에폴로의 회화들에 있는 그 환희와 감동은 지속되리라. 티에폴로라는 이름은 영원하리라.

감싸주고 찬양할 가치가 있는 대상, 그것을 지배하던 열정과 바다 같은 관대함에 응할 가치가 있는 대상을 기다리며, 흥분하고 도취되어 혼란스러웠던 것은 내 마음일 뿐이었을까?
사바티니는 친절하게도 내게 자기 집—내 집이 되었다—의 독립적이고 비어 있는 곁채에 머무를 것을 제안했다. 내가 그 집에 들어갔을 때, 그— 사바티니는 반비텔리의 딸과 서류상으로 결혼한 상태였다—는 나폴리에서 올 젊은 아내를 기다리고 있었다. 프란체스코는 마흔이 넘었고 세실리아는 아직 열여덟이 채 안 된 나이였는데, 그녀보다 그녀의 미모에 대한 명성이 앞서 왔기에, 마드리드의 절반이 그녀의 도착을 기대하고 있었다.

　그녀의 마드리드 도착은 내 친구이자 조언자인 사바티니를
더없이 힘들게 했다. 이미 세실리아가 거만하게 그 늙은이와의
결혼을 거부한다고 알렸기 때문이었다. 나이를 떠나서라도 프
란체스코는 아도니스가 아니었다. 마드리드에 자리를 잡고 사
바티니가 지휘하는 공사를 감독하고 있는 세실리아의 오빠들
은 그 결혼이 그녀에게 가져다줄 이익과 이 스캔들이 가져올
재앙 같은 결과들에 대해서 설명하면서 그녀를 설득하려고 온
갖 노력을 다 해보았다. 그러나 그 무엇도 그녀의 마음을 바꿀
수 없는 듯했다.

　새로운 마드리드를 만드는 위대한 프란체스코 사바티니는
아무렇지도 않은 듯이 예의 그 활기차고 우쭐한 모습으로 산책
을 계속했지만, 집 안에서는 풀이 죽은 채 사색에 잠겨 있었
다. 시간은 계속해서 흘렀지만 세실리아는 그 누구의 말도 들
으려 하지 않았으며, 그의 넘쳐나는 선물에도 감동하지 않았
다. 심지어는 그를 다시 보려고도 하지 않았다. 그 시칠리아
출신 건축가(사바티니)가 내게 친구이자 거장인 자신의 미덕
과 처음에는 알아보기 힘든 인품, 그리고 그녀를 관대하게 이
해하며 필요한 만큼의 자유를 줄 생각 등을 하는 자신을 돌아
보도록 그녀에게 대신해서 말해달라고 나에게 제안한 것이 바
로 그때였다. 그의 제안은 부탁이 됐고, 나중에는 사정하다시
피 했다. 사바티니는 내가 이 일과 아무런 상관이 없고, 게다
가 나이가 그녀와 비슷해서 그녀가 나를 믿고 내 말은 들을 거

라고 말했다. 비록 나는 내가 할 처방의 효과에 대해서 별로 신뢰하지 않았지만 그의 제안을 거절할 수 없었다. 나는 그 계획이 내 삶을 뒤집어놓으리라는 것을 상상하지 못했다.

세실리아 반비텔리는 공원에 있었다. 양산에 화사한 옷, 드러난 두 팔과 목, 야릇한 깃 장식, 커다랗고 생기 있는 두 눈, 깨어 있는 시선. 그녀는 교양 있고 지적인 숙녀였다. 그리고 외국인이었다. 마드리드의 그 어떤 부인도 그토록 대담하지 못했을 것이다. 그녀는 젊은 부인이요 아가씨였다. 그녀가 미소 짓자 그녀와 함께 있던 일행들도 그렇게 했다. 그들은 우리에게 인사하며 가볍게 고개를 숙였다. 우리는 생글거리는 행렬 속에서 평온히 산책하며, 그저께 있었던 음악회에 대해, 온화한 날씨에 대해 이야기했다. 그러던 중에 일행들은 조금씩 흩어지고 세실리아와 나만이 남게 되었다. 비록 멀지 않은 거리에서 감시받고 있었지만 말이다.

나는 내가 지금까지 살아왔던 모든 시간이 나를 이 순간 여기로 데려오기 위함이었던 것 같다고 느꼈다. 세실리아는 양산을 만지작거리며 조롱과 빈정거림이 섞인 투로 미소를 지었다.

"나폴리에서의 당신을 기억합니다. 우리 아버지는 당신이 최고의 애제자라고 제게 말씀하셨죠. 하지만 당신은 제 존재조차도 몰랐지요!"

"저는 당신의 아버지를 대단히 존경했습니다. 그분을 보면 마치 내가 달걀에서 막 나온 것 같은……"

"아, 카세르타여! 아, 키아이아 해안이여! 내가 이 지옥 같은 도시로 귀양 올 만큼 잘못한 게 뭐죠? 당신도 사바티니가 나를 설득하라고 보낸 사람인가요?"

"아녜요, 나는 그저 당신에게 인사나 하려고…… 나는 당신을 위해 이 도시를 더 흥겨운 것으로 만들 수 있습니다."

봄에 어떻게 겨울을 말한단 말인가? 우리는 그러고 있었다. 분명히 나는 모든 방법을 동원해, 사바티니의 부탁대로 그녀를 설득하려고 시도했다. 나는 그녀가 결혼 생활을 잘 유지할 때 얻게 될 좋은 점과 프란체스코의 미덕을 말할 때 단 하나도 잊지 않았다. 나는 그녀의 관심과 마음에, 또 허영심과 감수성에 호소했다. 그러나 내가 얻은 것이라곤 그녀의 미소와 격노한 대답뿐이었다. 그녀가 한 번, 또 한 번을 버티는 것을 보고 나는 얼마나 좋아했던가! 그녀가 그를 좋아하지 않는 것을 확인하고, 자기 고집을 꺾지 않는 걸 보고 얼마나 안도했던가! 내가 해야 할 말을 했지만 확신도 열심도 없이 했으니 나는 나쁜 친구 아닌가? 내가 원했던 것을 다른 사람을 위해 얻어내지 않았으니 죄책감을 느껴야 할까?

세실리아를 만날 때마다 내 감정과 다르게 행동하는 일이, 그녀의 두 눈, 목소리, 그녀의 몸짓과 싱싱한 육체, 그 대담하고 아름다운 육체가 발산하는 도취의 노래를 못 들은 척하는 것이 매번 더욱 힘들어졌다. 그러나 그럼에도 불구하고 나는 버티고 있었다. 비록 그녀의 빛나는 두 눈과 목소리의 무의식적인 변화에서 그녀도 내게 매력을 느끼고 있음을 직감했지만 말이다.

우리가 계속해서 서로를 바라보는 것은 경솔하면서도 정신 나간 짓이었다. 그녀는 다른 부인들 일행을 따돌릴 때 갈수록 더 대담해졌고, 우리가 살그머니 빠져나가기 위해 정원 속에서 발견했던 미로 같은 길에서 갈수록 더 무모해졌다. 그 상태는 더 오래 지속돼서는 안 되는 일이었다. 그 짓을 끝내지 않으면 매우 부적절하고 수치스러운 상황에 처하게 될 것이고, 그건 내가 견딜 수 없었다. 그래서 나는 사바티니에게 도움이 되려고 했지만 실패를 자인한다고, 정직하려고 애를 쓰며 말했다. 그날 오후에는 세실리아와 이별을 할 작정이었다. 이미 할 수 있는 만큼 했던 것이다. 그러나 그녀는 격노하여 그 신성한 결혼과 자기 아버지, 그리고 사바티니에 대해 욕을 퍼부었다. 단지 교황과 국왕만 저주의 대상에서 빠져 있었다. 그러고서 곧 흐느껴 울며 내가 자기를 도와야 한다고, 그 사람의 손에 자기를 버려둘 만큼 어떻게 그렇게 잔인할 수 있냐고, 자기를 사랑하는 게 분명한데 어떻게 그걸 부인할 만큼 냉정할 수 있냐고 말하기 시작했다.

"당신을 잃지 않기 위해 뭐든지 할 거예요."

말없이 얼마간을 있다가 그녀가 말했다. 우리는 생각에 잠긴 채 정원에서 뚝 떨어진 우리의 피신처를 떠나지 못하고 있었다.

"당신을 곁에 두기 위해, 필요하다면 나는 사바티니가 진전시키지 못하고 있는 이 결혼을 따를 준비도 돼 있어요. 이제 당신은 그에게 가서 그가 이겼다고 얘기해도 좋아요."

프란체스코 사바티니는 기뻐하며 신바람이 나서는 내 결정적인 협조에 고마워했다. 그리고 세실리아의 도착과 함께 할 일도 늘어나겠지만 계속해서 자기 집 근처에 살아달라고 부탁했다. 나는 여전히 아주 어수선한 상태에 빠져 있었기 때문에 이를 거절할 방법이 없었다. 그러나 내가 이사를 하고 결혼을 축하하는 날이 끝나자마자 사바티니의 마드리드 도시 계획에 매인 생활을 비롯한 여러 문제들이 시작되었다. 그리고 세실리아와 가까이 있다는 것으로 인해 가슴이 두근거렸다. 나는 그녀가 좋아하는 장소들에 자주 가지 않고 우리가 겹치지 않을 시간대를 모색함으로써 그녀를 피하려 했으나, 그녀는 마치 나와 반대로 행동하는 것 외에는 다른 취미가 없는 듯했다. 내가 있어야만 하는 장소와 나타날 수밖에 없는 시기에 모습을 드러냈던 것이다.

레몬 향 향수, 최신 유행의 비단, 가까이에서 울리는 연주회의 음악, 아양을 떠는 건지 진심인지 알 수 없는 목소리, 포플러 나뭇가지 사이를 통과한 저녁 햇살, 그리고 늘어선 협죽도에 몸을 숨긴 우리의 모습들.

"나를 버리지 않겠다고 말했잖아요, 안드레아."

"세실리아, 그건 당신이 한 말이오, 내가 아니고. 그건 신중하지 못한……"

"너무 외로워요, 집에서 너무 멀리 떨어진 듯이…… 그리고 당신은 나를 외면하고……"

"프란체스코는 내 친구요, 내……"

"당신 곁에 있기 위해 결혼했다고 당신에게 말했잖아요. 그런데 지금 당신은……"

"그런 말 말아요. 당신에겐 다른 방법이 없었어요! 결혼은 이미 정해졌던 일이라고요."

"당신은 잔인해요. 다른 많은 기사(騎士)들처럼 그렇게 상냥할 수 없나요?"

"무슨 말 하는 거요? 무슨 기사들 말이오?"

"안드레아, 내 사랑. 당신이 나와 함께할 수 있는 유일한 사람이라고는 생각하지 않겠죠?"

나는 그녀의 아름답고 부드러운 팔을 잡고 그녀를 내 쪽으로 당겨 그녀의 훤히 드러난 목과 두 눈에 입을 맞췄다. 우리가 입 맞추고 포옹하는 동안, 가까이에서는 첼로의 절규가 늘어졌고, 우리가 있는 곳에서 몇 걸음 떨어진 곳에서는 초목들 사이에서 그림자 하나가 움직였다. 그러나 우리 둘은 뜨거운 열정을 잘라낼 수 없어 그걸 눈치 채지 못한 척했다.

이런 일은 다른 정원에서도 반복되다가 나중에는 아무도 없는 살롱에서, 그리고 더 나중에는 내 침실에서도 벌어졌다. 난 미쳐버린 듯했다. 그리고 사실 미쳐 있었다. 세실리아의 상기된 개선가를 듣고, 맨살이 드러난 그녀의 등과 앞가슴의 저항할 수 없는 초대에 응하며, 함께 있는 것을 기뻐하는 그녀의 대담함에 대해 생각할 수 있는 많은 날들이 내게는 있었다. 나를 실어갈 운명의 배 안에서 이런 것들에 대해 생각할 시간이 많이 있었다. 그러나 망할 놈의 임무 때문에 그 몇 주간의 도취는 곧 끝나버렸다.

어느 날 프란체스코는 우리가 왕궁에서 국왕을 알현할 것이고 나를 위해 중요한 일이 준비되었다고 알려주었다. 결국 종말의 시간이 온 것이었다. 나는 내가 벌써 마드리드에서 사 년을 살고 있었음을 깨달았다. 고백하건대, 우리를 왕궁으로 데려가는 마차 안에서 사바티니와 함께 앉아 나는 나뭇잎처럼 떨고 있었다. 프란체스코가 우리 일을 알아버렸을 가능성에 대한 두려움이 나를 엄습했다. 그렇다고 해도 그는 오히려 이상한 방식으로 반응했지만 말이다. 친구이자 조언자인 사바티니의 신뢰를 내가 어느 정도까지 배신했는지에 대한 부끄러움이 내 마음을 더 어지럽혔다. 내 마음 상태는 너무도 불안해서 우리가 이미 도착한 것도, 모두들 내가 마차에서 내리기만을 기다리고 있었다는 것도 알아차리지 못했다. 우리는 가벼운 걸음으로 경내에 들어선 뒤, 무기의 정원을 지나 반비텔리—세실리아의 아버지였다!—의 카세르타를 그대로 베낀 중심 계단에 이르렀다. 마치 그 경내 전체에 세실리아의 이름이 울려 퍼지며 나를 비난하는 듯했다. 세실리아여!

이번에는 멩스와 티에폴로의 천장을 감탄할 시간이 없었다. 잠바티스타를 베네치아에서 마드리드로 데려오도록 내게 부탁했던 사람, 바로 그 에스킬라체가 우리를 국왕 앞에까지 데려다주었다. 정오의 부드럽고 희미한 햇빛이 군주가 있는 방의 열린 커튼 사이로 들어왔다. 국왕은 비서들과 조언자들에 둘러싸인 채 서류들에 서명을 하고 있다가 우리의 도착이 알려지자

보좌하던 이들의 대부분을 물러가라고 명령했다. 에스킬라체 재상과 왕의 총애를 받는 건축가 사바티니, 그리고 나는 왕에 게 경의를 표했다. 그러자 카를로스 왕은 미소를 지었다. 그 미소는 그를 약해 보이게 하는 커다란 코를 드러냈다. 큰 키 때문에 당당해 보이면서도, 그는 경건함에 어울리는 연약한 모 습을 하고 있었다. 그는 처리하고 있던 일을 그만두고 우리에 게 다가왔다.

"세뇨르 로셀리, 그대와 얘기하고 싶었소. 나폴리에서의, 구체적으로는 폼페이에서의 그대를 기억하오."

"폐하, 제겐 큰 영광입니다……"

"세뇨르 티에폴로를 여기까지 데려오느라 수고가 많았소. 왕궁의 프레스코화들은 이제 거의 준비가 다 됐소. 대단한 그 림들이오."

"왕궁은 그것들을 소장할 만한 가치가 있사옵니다, 폐하."

"세뇨르 사바티니가 왕궁에서 대단한 일을 수행해주었지. 우리는 대단한 공사를 완성한 거요. 우리 오랜 친구 반비텔리 가 카세르타에서 한 것처럼 말이오."

그때까지 모든 것이 좋았는데 반비텔리에 대한 언급은 마치 망치로 얻어맞은 듯한 느낌을 주었다.

"그리고 이 도시를 아름답게 하기 위해 그대가 하는 모든 일 은 좋은 결과를 낳을 것이오. 왕국 전체에는 해야 할 일이 많 이 있다오, 그렇지 않소?"

"그렇습니다, 폐하. 폐하께서 수행하신 조정의 훌륭한 공사는 다른 많은 미덕들과 함께 나라 전체의 건축물을 아름답게 하는 장점을 가지고 있사옵니다."

"세뇨르 로셀리와 에스킬라체 공(公), 그리고 세뇨르 사바티니가 내 의뢰를 받아 건축가와 기사(技師)로서 건축물 조성에 신경을 써주었으니, 언젠가 이 왕국의 최고 야심작을 지휘하게 될 것이오."

"영광이옵니다, 폐하. 분부만 해주십시오."

"그러나 아직 때가 되지 않았소이다. 나는 그대가 러시아에 가서 차르 표트르가 어떻게 자기 도시를 건축했는지 조사한 후 다시 이곳에 돌아와서 새로운 대도시를 건설할 준비를 했으면 하오. 우리를 영광되게 하고 나라의 경제 발전에 기여할 도시 말이오. 세뇨르 로셀리, 수고를 아끼지 말고 상트 페테르부르크(상트 페테르부르크는 성(聖) 베드로의 도시라는 의미로 도시를 지은 차르 표트르의 이름을 기리고 있다)로 가서 비밀을 캐내어 사람들이 말하는 그 모든 경이로움들이 사실인지 확인해보시오. 그대가 돌아올 즈음, 우리는 보는 장점들을 하나로 모을 수 있는 도시를 세울 장소로 어디가 마땅한지, 그 도시는 어떤 모습을 할 것인지의 문제를 해결할 것이오. 그러나 지금 이 순간부터 그 도시는 이미 우리의 생각 속에 존재하는 거요. 산 카를로스(성(聖) 카를로스라는 의미로 카를로스 왕의 이름을 도시에 부여한 것이다)라고!"

왕의 변화하는 얼굴을 보는 동안 내 속에서는 모든 계절들이 펼쳐졌다. 그는 소심함과 연약함을 버리고, 꿈을 지니고 그 꿈을 현실로 만드는 방법을 아는 사람만이 상상할 수 있는 행복과 결단에 가득 찬 모습을 하고 있었던 것이다. 국왕은 그 마지막 말을 뱉고 자연스러우면서도 거의 희열에 가깝게 "산 카를로스! 산 카를로스!"라고 반복하면서 큰 창문에 하나로 드리운 햇빛을 향해 발걸음을 옮겼다. 거의 봄날에 가까운 햇빛 한가운데에서 꿈의 탄생을 선포하는 왕을 보는 건 매일 있는 일이 아니다. 그러는 동안 에스킬라체와 사바티니는 미소를 짓고 있었다. 에스킬라체는 개혁을 위한 왕국의 난제들에 몰두해 있는 군주를 즐겁게 해주기 위해서 미소 지었고, 사바티니가 왜 그랬는지 상상하는 건 쉬운 일이었다. 분명 나를 멀면 멀수록 좋을 곳으로 보내기 위해 왕을 설득한 자는 그일 것이다. 상트페테르부르크보다 더 먼 곳이 있단 말인가? 분명 그것은 솜씨 좋은 계책이라고, 나는 어리벙벙하면서도 내 생애 최고로 중요한 일을 맡은 것이 주는 쾌감 사이에서 생각했다. 나는 왕실이 내게 보인 신뢰에 감동하면서도 또 혼란스러웠다. 왜냐하면 그건, 우리 일이 사바티니에게 들통 났음을 확인시켜주는 것이기 때문이었다. 또 그 때문에 세실리아와 이별할 것을 생각하니 슬펐다.

여행 준비에 이 주일이 걸렸다. 여행 계획과 신임장, 추천서 등 그 모든 일이 내가 국왕을 알현하기 훨씬 전부터 획책된 듯했다. 일은 조급하게 돌아갔고 나는 그 행동의 기민함, 이별의 감정, 그리고 그 도시가 보여주는 활기찬 상태에 취한 사람처럼 그 며칠을 살았다.

마드리드 거리에서, 그리고 귀족들 사이에서 변화의 분위기가 느껴졌다. 왕이 그 빛나는 꿈의 길을 향해 전진하는 동안, 왕국은 다시 어둠 속으로 후퇴하기 직전이었던 것이다. 그러나 내 빛의 이름은 상트 페테르부르크가 아니고 세실리아였다. 그녀는 내가 그녀에게 새로운 소식을 전하기도 전에 내 방에 와 있었다. 거만하게 향수 향을 풍기며 그녀는 비난하는 듯한 목소리로 선포했다.

"러시아 예카테리나 여제의 살롱들과 의상이 어떤지 편지로 알려줘요."

나는 그 행동에서 그녀의 내면에 변화가 있었음을 알 수 있었다. 무슨 일이 있어도 그녀는 끌려 다니지 않으리라. 우리에게 벌어진 일들은 그녀를 격려했을 뿐이었다. 이제 그녀는 결코 환경에 끌려 다니는 존재가 아니라 자신에게 불리한 그 어떤 것도 돌려놓을 수 있는 깨어 있는 영혼이 되리라. 이러한 태도의 발견은 나를 자극함과 동시에 놀라게 했다. 그 순간부터 세실리아 반비텔리—내가 뭐라고 하는 거지, 세실리아 사바티니인데!—는 무슨 일이든 할 수 있었다. 그날 오후 우리는 처음으로 큰 소리로 서로를 탐닉하며 사랑을 나누었다. 자신들을 만나게 했던 것과 똑같은 우연이 이제 이별을 준비하고 있음을 알고 있는 이들처럼 분노하면서. 인생이 매우 기쁜 행복의 한순간, 또는 치명적인 암흑의 한순간임을 직관하는 연인들처럼 어지럽게 타오르며.

VII. 오래된 길들

산 카를로스, 산 카를로스, 카를로스의 도시! 결국 나는 그
미스터리에 근접했다. 안드레아 로셀리는 이베리아 반도의 지
중해 연안에 산 카를로스라는 도시를 건설하기 위해 카를로스
3세에 의해 선발된 사람이 틀림없다. 그런데 그의 비망록을 보
면 이주 장소를 결정하는 시기는 아직 멀리 있는 듯하고, 그의
애정 행각은 좀 심각한 문제를 일으킬 수 있을 것 같다. 세실
리아는 왕의 총애를 받는 건축가 사바티니의 아내가 아닌가!
왕의 집념 때문인지, 아니면 배신당한 남편의 복수심 때문인
지, 일단 로셀리는 카를로스 3세가 추구하는 신도시의 다른 이
름을 가진 모델로 변신한 상트 페테르부르크를 향해 떠나는 것
이다. 상트 페테르부르크의 모습을 한 산 카를로스라? 만일
이 사건들이 기록되었다면 그건 잠바티스타 티에폴로―그는

안드레아에게 강력한 영향력을 행사했던 인물로 보인다—의 간청에 안드레아가 그렇게 하기로 결심했기 때문일 것이다.

나는 안도의 한숨을 내쉬었다. 이제 나는 티에폴로와 산 카를로스에 매우 근접해 있다. 그러나 왕이 계획하는 산 카를로스가 에브로 강 유역에 위치할 거라는 걸 시사하는 내용은 아직 아무것도 없다. 이 사실이 확인되는 때, 난 늘 소피아를 사로잡고 있다고 호나스가 말하던 티에폴로의 그림, 또 말라키에스가 말했던 것 같은 그 티에폴로 그림에 대한 단서를 붙잡게 되리라. 간단히 말하면, 아귀가 맞지 않는 이야기들, 단상들, 그리고 해결되지 않는 실마리들이, 점점 더 가깝게 들려오는 먼 고동 소리같이 다가오고 있는 것이다. 마치 오랜 시간 동안 어둠 속에서 숨죽인 채 침묵하며 기다리고 있던, 잠들어 있던 진실을 깨우듯이. 마치 알아야 할 시간이 왔다는 듯이. 그런데 나는 어떻게 해서 로셀리의 수고(手稿)가 내 수중에 들어왔는지조차 알지 못한다. 혹 누군가가 이제 내가 알아야 할 때라고 판단했는지도 모를 일이다.

나는 일찍 잠에서 깨어났다. 발레리아나의 방문 이후 부활한 유령들은 밤새 나를 가만히 내버려두지 않았다. 바다 쪽으로부터 해변을 핥아내는 느린 파도 소리가 무시무시하게 울려 퍼졌다. 이 소리는 마음이 평화로울 때는 속삭임이지만, 잠 못 이룰 때는 사정없이 괴롭히는 배가된 양심—본인의 양심과 타인의 양심—의 메아리로 변한다. 일종의 형벌인 셈이다. 나는 출렁이는 바다에 맞서는 것에 지쳐 맥이 빠진 상태로 일어난 후, 수평선에서 깜빡거리는 붉은빛에 씻긴 아직 한적한 해변—아마도 카를로스 3세가 나폴리 만과 포추올리 초호와 비슷하다고 생각했을 다른 편 해변—을 산책하며 그 씁쓸한 소리들을 잊기로 했다.

시원한 물이 내 발을 간질이자, 언제나처럼 정신이 들었다. 긴장이 풀리는 건 아니다. 감정과 사고가 격정적으로 일어나는 것이 아니라, 내가 의도하는 대로 끊임없는 느낌의 연속이 일어나는 것이다.

어젯밤 발레리아나와 만난 후 나는 클로에와 전화 통화를 했다. 그녀는 내가 다시 호나스를 비롯한 모든 이들의 문제에 끌려 다니는 것을 살며시 나무랐다. 어쩌면 그건 그저 내 생각이었는지도 모른다. 그녀가 나를 믿지 못하는 이유는, 계속 일하면서 바르셀로나에 있는 그녀와 반대로 이곳에서 파티장을 돌아다니는 나에 대한 불만에서 비롯된 것이다. 심지어 감옥까지 들락거렸으니, 그녀가 불안해할 아무런 이유가 없지만 그녀는 자신이 불안해질 거라고 느꼈다. 그럴까? 사실 그럴 가능성은 아주 많다. 그녀는 미지의 것의 냄새를 맡았다. 그건 내가 이 집에서 아주 다른 사람이 된다는 것, 다시 말하면, 더 이상 그녀가 알던 사람이 아니게 된다는 것이다.

나는 작은 해변 가운데 있는 시골집의 회칠한 현관 추녀 아래 앉아 있다. 마치 여기서 멀리 떨어진 곳에서 내가 이뤄온 모든 것으로부터 벗어난 듯하다. 화랑도 여행도 속박하는 일도 없고, 바르셀로나도 존재하지 않는다.

몇 분 안에, 나를 둘러싼 많은 계층의 사람들과 헤어질 수도 있음을 처음으로 알게 됐을 때, 난 풀이 죽었고 심연에 빠져버릴까 봐 두려웠다. 노력해서 배웠던 모든 것과 다른 이들이 생각하는 나의 의미, 그리고 내가 나에게 부여한 이미지를 마치 박탈당할 것처럼. 나는 나의 외모가 오랜 세월 동안 스스로를 변화시키고 위장하는 과정—사람들을 알게 되고 일하면서—을 통해 돌로 견고하게 쌓아 올려진 성벽이라고 생각해왔다. 나는 내가 속한 사회망 속에서 계속해서 이어지는 후퇴와 작은 발전 덕분에 스스로 그것을 엮어온 시간만큼이나 촘촘하다고 생각한다. 그리고 가면과 껍데기를 벗고 매우 중요한 중심 부분이 발가벗겨진 나를 볼 때, 연약하고 상처받기 쉬우며 버림받은 나를 발견한다. 또 바람 부는 오후에 거대한 학교 앞까지 나와 함께했던 천사도 도망쳐버렸다고 느낀다. 그러나 시간을 가지고 온몸으로 저항하면, 두려움이 지나가면서 조금씩 충만하고 견고하게 또 자유롭게 스스로가 떠오르고 있음을 알게 된다.

오늘 아침 파트리시 도메넥 신부의 뜨겁고 호소력 있는 목소리가 내게 답을 주었을 때, 나는 일종의 오래된 중심축 같은 곳으로 돌아갔다. 그는 엘 에스코리알풍 건물인 학교를 운영했던 사제로, 진보적 국회의원이자 전 신학생인 아르만드 콜과는 아직도 손톱과 살점처럼 밀접한 관계를 유지하고 있었다. 파트리시 신부는 소년기의 넘쳐나는 정력을 신앙으로, 자유롭고 충

만한 신앙——어느 성직자 단체가 아직도 수호하고 있는 숨 막
힐 듯한 규범 체계와는 거의, 또는 전혀 다른——으로 유도할
줄 알았다. 양지바른 산정(山頂)에서, 얼어붙은 격류에서, 축
제의 노래에서, 자유로운 의복에서, 감동스러운 형제애에서,
어떤 규범 위에 있는 사랑에서 하느님을 보는 법을 배웠던 우
리는 행운아들이었다. 우리는 이전 세대와 같은 세대 지식인들
사이에 일반화되어 강박적으로 행해지는 반사제적인 조롱에서
예외였다. 내가 파트리시와 말하며 약속 시간을 잡는 동안 이
모든 생각이 내 머릿속을 지나갔다. 내 인생의 삼분의 일을,
내 친구들——그들은 우리 시대의 고결한 십자군으로 신성 모
독을 통해 카타르시르를 느꼈다——대부분처럼 하느님과 성모
마리아를 향해 나오는 대로 지껄이면서 보내지 않은 것을 그에
게 감사해야만 하리라.

이미 교육계에서 은퇴한 파트리시는 토르토사 교구의 새로
운 문서 보관소——자료 목록 작성이라는 대작업을 먼저 할 필
요가 있었기 때문에 지금까지는 일반인들에게 거의 공개되지
않았던 대단한 역사적 보고이다——를 관리하고 있었다. 그 때
문에 나는 로셀리의 원고를 보낸 것이 그 사제가 나를 자기 영
역으로 끌어들이기 위해 선택한 방법일 수 있다고 생각했다.

나는 카탈루냐 지방 남쪽 수도인 토르토사의 구시가지를 가
로질러 갔다. 르네상스식 궁전들의 정지된 모습과 파격적인 바
로크식 성당의 정면 등은 영원히 도시를 위한 건축물로서 충실
할 것을 보여주었다. 나는 백발에 명민한 시선을 지닌 파트리

시를 만났다. 그가 지나치게 한곳에 시선을 고정하지 않는 것이 그의 부드러운 마음씨 때문임을, 더욱이 드러내고 싶어 하지도 않는 마음씨 때문임을 나는 알고 있다. 수년 동안 보지 못했기 때문에, 그때 우리는 지난 세월에 대해 많은 얘기를 할 수도 있었다. 그러나 사제이자 지금은 문서 보관인인 그는 그런 이야기는 피하고 본론으로 들어갔다. 아마도 그는 언젠가 내 어머니가 돌아가시기 직전 내가 슬픔에 젖어 바르셀로나에서 그를 찾아갔을 때, 내게 진실을 향한 길을 가르쳐주었던 것을 기억하는 듯했다. 하지만 나는 결국 그의 말을 따르지 않았다. 그는 아직도 자기 입장에서는 지나치게 대담하다고 느낄 정도로 내가 솔직하게 굴었던 게 마음에 걸리는 모양이다. 그러나 그의 두 눈에는 그 일에 대한 일말의 서운함도 찾아볼 수 없었다.

"이 산처럼 쌓인 종이 묶음과 서류들 사이에서 아주 생각지도 못했던 것이 나올 수도 있단다. 우리는 존재하는 모든 것의 오 퍼센트도 알지 못하니까."

그의 말은 내 사기를 진작시켰다. 우리는 우리 숨결만으로도 흔들리는 듯한 커다란 책장들 사이를 걸어갔다. 파트리시는 다른 곳보다 조금 더 볕이 드는 어느 통로에 멈춰 서서, 안경을 쓰고는 파일 하나를 집어 들어 내게 그것을 가리켰다. 그러고 다시 제자리에 놓았다.

전직 교장 선생님이었던 그는 아주 품위 있게 시치미를 뗐지만, 나는 이따금씩 그가 흘리는 미소를 보고 그가 내 방문 동기를 아주 잘 알고 있음을 깨달았다. 그래서 나는 보관소에서 다시 밝은 곳으로 나오자마자 이제 고양이와 쥐 놀이는 충분히 했으며 내가 이겼다고 생각했다. 나는 내가 함정에 빠졌다는 것과 나를 거기까지 데려간 것이 로셀리의 비망록임을 인정했다. 그리고 그것은 나를 자극하는 아주 효과적인 방식이었다고, 알아가는 사실들에 매우 감동받았노라고 그에게 말했다. 그 자료의 역사적 중요성은——만일 기대대로 된다면——교구의 문서 보관소 분류라는 큰일을 충분히 정당화해줄 것이라고 말했다. 그러나 파트리시의 두 눈은 예전에 학교에서 마지못해 우리를 야단칠 때처럼 무뚝뚝하거나 이틀 만에 산을 횡단하는 기차에 오르라고 독려하던 때처럼 힘이 넘쳐흐르지도 않았으며, 흥분하며 우리를 축복할 때처럼 흐뭇한 것도 아니었다. 다만 그는 정지 상태로 가만히 있다가 나중에는 눈을 깜빡거렸다. 그러더니 놀라고 이해하지 못하겠다는 표정으로 결국은 무슨 얘기냐고 되물었다.

내가 무슨 문서에 대해 말하는지 모르고 있다는 얘기를 그가 세 번이나 반복해서 말할 필요는 없었다. 왜냐하면 그의 표현은 더없이 투명했기 때문이다. 오히려 내가 흥분하며 그런 말을 해서 그는 빗진 느낌이 드는 모양이었다. 내 쪽에서 먼저 흥미를 느껴서 찾아왔는데도, 마치 그가 나를 실망시키기라도 한 듯이 말이다.

"너를 돕지 못해 유감이구나. 그건 내가 보낸 게 아니다. 그러나 네가 내게 얘기한 걸 들어보니 매우 충격적인 일일 수 있겠다."

"제가 도착했을 때 선생님께서 아주 기뻐하는 걸 보고, 선생
님께서 하신 일이라고 생각했지요. 그 게임이 잘 진행되고 있
다는 사실을 확인하고 제게 미소 짓는 거라고 생각했어요."

"하지만 내가 왜 그 서류를 익명으로 보냈겠니? 네게 전화
하거나 너를 부를 수도 있었는데. 너를 못 본 지 꽤 돼서 즐거
웠다."

"제가 너무 오랫동안 무심했어요."

나는 사과라기보다는 오히려 슬픈 어조로 말했다. 파트리시
를 방문하는 이가 많지 않다는 인상을 받았기 때문이었다.

"너는 네 생활이 있으니……"

그러고 나서 그는 더 말을 해도 괜찮은지 생각에 잠기는 듯
했다.

"하지만 네가 그 로셀리에게 관심을 가지고 있다는 게 놀랍
지 않구나. 오히려……"

그는 다시 침묵했다. 마치 그 말을 잇기 위해 심호흡이 필요
하다는 듯이.

"거리에서 산책하던 그 사람들이, 그 많은 열정으로 자기 삶
을 살아가는 사람들이, 이 안에 있는 서류들에는 아무런 매력
도 느끼지 않는다는 사실을, 이 고요하고 황량한 곳에 들어오
는 날마다 나는 깨닫고 있단다. 그들은 자신의 과거에 대해서
는 아무런 흥미도 없지……"

"사람들 말로는 그게 건강하다는 증거라잖아요!"

나는 그저 파트리시의 이론을 도우려는 마음에서 약간 비꼬는 투로 말했다.

"나는 너는 다를 거라는 환상을 품고 있었단다."

그의 말은 갑작스러웠다.

"그리고 어떤 면에서, 넌 다를 수밖에 없어. 하지만 아주 이상한 방식으로 그렇지. 내가 너와 공유한 것은 네 어머니가…… 너는 더 이상 아무것도 알아내지 못했지, 그렇지?"

"네, 그럴 생각도 없고요."

"너는 그럴 권리가 있단다. 말할 필요도 없지. 너는 가까운 일은 외면하면서 18세기의 자료들에는 마음을 빼앗겨 다니는구나. 마치 네가 원하는 과거를 선택해 그걸로 대신하려는 듯이. 마치 네가 찾아다니는 진실이 마흔 살에는 보이지 않고 이백마흔 살에는 보이는 듯이……"

그는 나를 당황하게 했다. 그는 내 문제에 더 많은 시간을 할애해왔고 나보다도 더 그 문제에 대해 잘 아는 듯했다. 그 기간 동안에 나는 이 문제를 떠올릴 생각도 못했으나, 아마도 파트리시의 말이 맞을 것이다. 내가 즉흥적으로, 어설프면서도 상황에 맞지 않는 방어적인 대답을 하자, 그는 내 말을 듣지도 않고 판단했다.

"네가 구하는 게 평화든 행복이든, 다른 무엇이든 간에 그것은 달력에 기록되지도 않았고, 또 구체적인 어느 때에 일어난 사건도 아니라는 걸 잊지 않았겠지?"

진리. 또는 구원. 또는 죄에서의 해방. 결국 나를 이해해주

고 축복을 주고 싶어 한 파트리시는 나를 무해한 변증법 놀이
에 초대했다. 그 때문에 나는 친구이자 옛 스승의 포옹에 다시
힘을 얻어 그 문서 보관소를 나왔다. 비록 로셀리와 티에폴로에
대한 의혹의 중심부에 도달하려는 강박이 적지 않지만 말이다.

　주교구의 위풍당당한 전면과 몰락하는 저택이 늘어선 좁은
길들에서 넓은 강변—여름 가뭄으로 물이 별로 없었다—대
로로 나오자, 정오 햇빛의 절규가 참을 수 없게 느껴졌다. 더
위가 나를 멍하게 만들었다. 산 카를로스로 운전해 오면서 나
는 파트리시와 함께 있던 몇 시간 동안 휴대 전화에 온 세 개
의 메시지를 들었다. 첫번째 메시지는 울먹이는 소피아였고,
두번째는 심문 투지만 활기찬 클로에의 것이었고, 세번째는 가
만두면 저절로 해결될 화랑의 사소한 문제였다.
　나는 바닷가 집으로 돌아왔다. 관광객들이 빠져나가 상대적
으로 한가해진 해변가에서 몸을 물에 적시고 있는데, 전화벨이
울렸다. 나는 그것이 클로에라는 걸 직감했다. 그녀는 내가 마
을에 머무는 걸 방해하기 위해 적당한 구실을 발견한 것이다.
　"잡지사에서 「토스카나 주(州)의 영화 도시들」이라는 제목
으로 나에게 취재 기사를 청탁했어. 일주일치 수입은 됐지 뭐
야! 나랑 같이 가는 거 반대하지 않을 거지, 그렇지?"
　"언제? 뭘 하는 건데?"
　"다음 주야! 영화에서 돋보였던 피렌체와 시에나, 또는 아
레초의 광장들, 거리들, 건물들을 둘러보고, 사진도 찍고, 또

가볍지만 자료가 풍부한 기사를 쓰는 거지.”

“아레초에서도?”

나는 펄쩍 뛰며 말했다.

“그렇고말고. 「인생은 아름다워」(1998년 칸영화제 심사위원특별상, 아카데미 남우주연상, 최우수 외국어 영화상, 음악상 수상작)를 거기서 찍었잖아.”

“뭐라고?”

“로베르토 베니니 영화 말야. 오스카(아카데미 수상자에게 주는 청동으로 만든 작은 입상) 받은 거!”

“아, 그렇지! 나는 피에로 델라 프란체스카의 프레스코화 때문이라고 생각했네.”

클로에에게 ‘노’라고 말할 수도 없음을 알고, 또 아레초 출신인 안드레아 로셀리를 향해 어떤 방식으로든 나를 끌고 가는 운명의 장난에 당황해서 나는 좀 화를 내며 말했다.

“바보같이 굴지 마! 내가 알기엔 거기 프레스코화도 있……그런데 잠깐만, 이상한 건 그게 아니잖아. 왜 그렇게 놀랐지?”

“아냐, 아니라고. 아무 일 없었는데……”

갑자기 나의 안드레아 로셀리를 노출시키지 말자는 생각이 부끄러움처럼 내 안에 들어왔다. 나는 그에 대해 클로에와 말하고 싶지 않았다. 왠지는 몰라도 그저 아레초라는 이름을 듣고 일종의 한기 같은 것이 온몸을 타고 흐른 후 이런 생각이 들었다. 한 번 더 나는 내가 숨겨진 나의 중심축을 더듬고 있다는 사실을 깨달았고, 클로에가 그걸 직관하고 신경을 곤두세우고 있다는 사실도 알 수 있었다.

수화기를 놓으며, 나는 그녀가 토스카나로의 여행을 우리 관계의 전환점으로 삼으려 할 것임을 확신했다. 그 여행을 통해 우리 현재, 과거, 또는 미래의 모든 것이 세밀한 관찰의 눈에 의해 테스트될 것이다. 그녀는 그 과정을 준비해놓을 것이다. 그러나 난 정반대로 할 것이다. 그리고 나는 여행 전까지 내게 남아 있는 며칠을 떠돌이 기사 안드레아의 추억을 탐험하는 데 투자할 것이다.

클로에뿐만 아니라 소피아——산장에 혼자 있는지, 또는 삼각주 해변 위에 있는 화가 타레스의 별장에서 즐기고 있는지 모르겠다——역시 나를 자유롭게 놔두지 않았다. 그녀의 복잡한 일들이 나와는 상관없는 것이길 바라며 그녀를 외면하고 싶지만, 감옥에서 한 호나스의 말이 강하게 귓전을 울렸다.

"그녀가 흥미를 느끼는 단 한 사람, 늘 그녀의 관심을 끌어왔던 유일한 대상은 티에폴로야. 그래, 나는 그녀를 사랑했었지."

그리고 여기에 티에폴로가 있다. 그런데 이 로셀리는 누굴까? 왜 이 종이들이 내 손에 들어온 걸까?

"우리 만나기로 했지?"

소피아가 수화기 저쪽에서 의욕 없이 말했다.

"벌써?"

그러면서 나는 충격을 완화하기 위해 너털웃음을 터뜨렸다.

"아냐, 에밀리, 아니라고. 진지하게 말하는 거야. 나는 아주 바쁘지만 얘기할 게 많단 말야."

"알았어, 그럼 얘기하자고."

일단 이렇게 말을 뱉고 나서야 나는 이게 마치 정반대로 말한 것과 같다는 것을 깨달았지만, 우리가 무엇에 대해 그렇게 얘기할 게 많은지 알고 싶은 마음에 서두르기 시작했다.

"네가 호나스를 만나러 감옥에 갔던 거 알아."

"내가 그 사실을 숨겨야 하니?"

"유치하게 굴지 마. 너는 네 친구가 얼마나 복잡한 일에 얽혀 있는지 몰라. 또 거기에 나도 끌어들였고."

"녀석이 성자라고는 말하지 않을게."

"맙소사, 너는 얘기만 나눈 게 아니라, 그에게 완전 세뇌당했구나."

소피아가 이런 식으로 자극을 받아 흥분한 채 말하는 건 이상했다.

"그렇게까지 억측할 건 없잖아?"

"억측이 아니야. 그가 직접 내게 그렇게 말했다고. 네가 나와 말라키에스, 나와 그 화가의 관계를 믿게끔 만들었다고 말야."

"소피아, 그만 해, 그만. 너도 알겠지만, 그건 내게 하나도 중요하지 않고, 또 내가 관여할 일도 아냐."

"아냐, 그렇지 않아. 너도 그걸 믿을 거잖아! 그가 모든 사람에게 혓바닥을 날름거리는 독사 같다는 걸 모르겠어?"

"소피아, 너희들에게 무슨 일이 있었는지 난 몰라. 하지만 파티가 있던 밤 내가 너희 집에 도착했을 때, 너희들은 사이가 좋지 않다는 느낌을 주지 않았어."

"에밀리, 난 이제 땜질하는 데 지쳤어. 그를 보호하고 피난처를 제공해주는 데 말야. 그는 모두를 이용했지."

"난 너희들 문제가 뭔지 몰라. 내가 유일하게 아는 건 호나스가 완전히 망했다는 건데……"

"맞아. 하지만 그는 자기와 함께 우리 모두를 망하게 할 거야."

소피아는 뜸을 들이며 목소리를 낮추고는 말했다. 마치 성경 구절을 말하듯이.

"녀석이 티에폴로에 대해 말했어."

"뭐라고?"

"네가 항상 티에폴로의 그림을 쫓아다녔다고 호나스가 내게 말했다고. 뭐 그런 얘기였지. 네가 티에폴로만 좋아했다고. 그런데 난 그게 무슨 말인지 모르겠어."

"에밀리, 우리 얘기 좀 해야 한다고 내가 말했잖아. 전화로는 안 돼. 문제는 부모님 일 때문에 내가 오늘 리오하로 떠난다는 거야. 하지만 사나흘 안으로 돌아올 거야."

"그때 난 여기 없을 거야. 클로에와 함께 토스카나에 가거든."

"그렇게 오래 기다리고 싶지 않지만 다른 방법이 없어 보이는군. 돌아오면 나를 만날 거라고 약속해줘. 난 다음 주에 바르셀로나에 있을 거야."

"바르셀로나에서 얘기하자."

나는 잠시 동안 수화기를 쓰다듬었다. 소피아는 결코 혼자이거나 무방비 상태 같지 않은 느낌을 준다. 이런 얘기를 하는 지금도 그렇다. 그녀는 약해 보이지 않으려는 자존심을 가지고 있다. 그저 조금만 더 내게 부탁했다면 나는 그녀를 보러, 그녀를 도우러, 혹은 그냥 그녀의 말을 들어주기 위해 달려갔으리라. 사람의 말을 들어주는 건 때로 생각했던 것 이상의 효과가 있다. 왜냐하면 말로 설명하고 얘기하는 것은, 노출시키고 정리하고 이겨내는 걸 의미하기 때문이다—이게 바로 로셀리가 자기 추억을 글로 옮긴 의도 아닐까?—. 때로 세상을 지배하기 위해서는 큰 소리로 세상이라고 외치는 것으로도 충분한 것이다. 그러나 소피아는 자존심이 강하고 나는 좀 결단성이 없을지도 모른다. 또한 나에게는 내가 아직 모르고 있는 수수께끼의 열쇠를 감춘 듯 내 관심을 끌고 있는, 이백 년도 더 된 기이한 비망록이 있지 않은가.

그 비망록과 관련하여, 문서 보관소와 파트리시 신부가 불러일으킨 헛된 기대가 무너진 후 나는 낙담해 있었다. 소피아는 시간을 끌고 싶어 하거나 티에폴로에 대한 단서를 잃어버린 것이 분명하고, 나는 귀엽게 삐친 클로에를 여행 약속으로 달랜 상태였다. 그리하여 그 수기를 계속 번역하기 위해 '보이지 않는 도시'의 유물들—수로의 세관 건물과 반 정도 파괴된 창고들, 미완성의 신고전주의 양식 성당과 실상은 그렇지 않으면서 도시의 커다란 규모를 자랑하는 아케이드가 있는 광장, 약탈당한 채석장과 적확한 도시의 중심축들…… 사람들의 오만한 무관심이여!—에 남아 있는 것을 조사하는 데에 며칠을 보냈다. 산 카를로스에 세워질 예정이었던 도시를 재현하려는 것이었다. 그러나 조사를 통해 새로운 가능성이 드러나자, 바닷가 집으로 향하는 평화로움 아래, 또 다른 혐오스러운 힘이 나를 숨 막히게 했다. 멀리서 집요하게 구슬픈 소리로 들려오는 내 과거, 그것은 아리아드나였다. 그 때문에 나는 가벼운 죄책감에 사로잡히다가 다시 움직였다.

내게 로셀리의 비망록을 보낼 가능성이 있는 사람 중에서 파트리시를 제외하니, 이 사건 뒤에서 빈정거리며 웃고 있을 티그레의 꺼져가는 숯불 같은 메추리 눈과 그의 젖은 담배가 떠올랐다. 티그레, 즉 다니엘 카브레라는 마드리드에 살고 있어서 가끔씩 화랑의 일로 그곳에 갈 때 함께 식사하곤 했다. 그리고 그가 일하는 국립도서관에서 가까운, 찾기 어려운 골목에 위치한 그 작은 레스토랑에서 우리를 쫓아낼 때까지 담소를 나누었다. 갑자기 나는 이토록 늦게 그를 생각해냈다는 사실을 용서할 수 없었다. 그가 아니라면 누가 이런 유의 문서에 접근할 수 있을 것이며, 그것이 내 흥미를 끌어 잠 못 이루게 할 것을 아는 데다가, 거기에 「보이지 않는 도시」라는 제목을 붙이는 악마 같은 발상과 재치를 가질 수 있단 말인가? 녀석은 그 제목—그것은 로셀리의 필체를 모방해 녀석이 쓴 것임에 틀림없다. 유년기 메아리의 확인인 것이다—을 보고 혼란스러워할 나를 생각하면서 얼마나 배를 잡고 웃고 있을 텐가! 그리고 이제 녀석은 내가 눈치 채는 데 걸린 시간, 그걸 성공적인 발견이라고 부르는 데 걸린 시간을 조용히 계산하면서 기다리고 있을 것이다. 티그레, 이 녀석! 나는 그가 마드리드에 있는 것을 확인하고 내일 정오에 예의 그 장소에서 약속을 하기 위해 깔끔하게 짧은 통화만 했다.

나는 오전부터 다섯 시간을 운전해서 티그레를 만나러 갔다. 발렌시아의 오렌지 밭 사이를 굽이치는 허리띠 같은 고속도로를 지났다. 건설 공사 때문에 줄어든 해안은 자동차로 북적거렸다. 카스티야 지방의 황무지가 환영처럼 가득 찬 고요한 밀밭 사이에서 난 탈진했다. 여행자들이 더위를 피해 떠나버린 마드리드의 아토차 역 일대와 프라도 산책로는 끈적한 고름 같은 안개를 토해내서, 식사를 하기 전 다리라도 좀 뻗으려고 레콜레토스 거리에 주차를 하자 그 안개가 내 위로 쓰러졌다.

"여름이 지난 다음에 휴가를 가는 게 좋아. 텅 비었을 때의 도시는 편하기 그지없거든."

아주 괘씸한 미소를 지으며—비록 언제나 그러지만—티그레가 자기 지론을 말했다.

"내 고향은 언제나 그곳에 있고, 어디 딴 데로 가는 게 아니니까."

"결국 난 올해 산 카를로스에서 휴가를 보내기로 결심했어. 차분하게 있고 싶어, 책도 좀 읽고……"

티그레는 뻔뻔하게 버텼다.

"멘디사발 부부의 파티로 휴가를 시작했는데, 그 때문에 골치만 아프게 됐어. 내가 전에 너한테 얘기한 대로, 호나스는 감옥에 갔고 콜은 정치적 음모 때문에……"

"난 꽤 오래전부터 그에 대해서는 아무것도 모르고 있어."

티그레가 털어놓기 시작했다.

"내가 물길을 옮기는 그 계획을 공개적으로 지지했기 때문에 그는 나를 망할 놈 취급했어. 아니면 지금 음지의 장관인 그는, 나 같은 국립도서관의 공무원에 지나지 않는 역사가를 신경 쓸 필요 없는 구더기라고 생각하는지도 모르지. 게다가 난 그 계획에 유럽의 재정 지원 여부를 결정할 환경부 조사 위원이 그 삼각주에서 여름을 보낸다는 기사를 읽었지. 그건 중립성을 상실하기 때문에 중대한 실수야. 비록 우리를 위한 위로 방문이라는 좋은 징후로 이해할 수 있다고 해도 말야."

"아! 그 수로를 내는 일에 너무 집착하지 마! 며칠을 산 카를로스에서 보낼 생각이라고 말하고 있는데……"

"……그런데 아직도 힘이 들지?"

고해 신부이자 실력 있는 심리 분석가인 티그레가 영혼을 휘젓는 특권을 가지고 내게 말했다.

"아니, 좋아. 그래…… 내 말은 걔 오빠가 어떻게 됐는지 알고서…… 최근에 그의 어머니가 날 찾아왔어. 늙으셨더군. 그런데 멈추지 않고 드는 생각은, 아리아드나가……"

"그녀는 네가 결코 빼내지 못할 가시야. 왜 아무 일도 없었다는 듯이 행동하지 않니?"

티그레가 종지부를 찍었다. 현실적인 사고방식이었다.

"여러 해 동안 그렇게 했어. 그 고통, 그 잘못은 사그라진 것 같아. 하지만 다시 돌아오면, 호나스와 소피아를 보면 ……어쨌든 네 말 명심할게. 이미 네게 말했지? 나 클로에와 함께 토스카나에 간다고!"

"내가 옛날에 너를 부러워했을지 몰라도, 지금은 그게 아니라고 고백해야겠구나. 난 아내와 두 딸로 충분해. 그런데 너는 아리아드나다, 소피아다, 또 다른 …… 이름이 뭐라고? 클로에? 매번 여자가 바뀌었지?"

"너무 그러지 마, 티그레. 상관없는 일이잖아!"

"그렇지, 하지만 누가 너더러 다시 그 늑대 입처럼 어두운 곳으로 돌아가라고 했지? 이번 겨울에 소피아가 화랑을 여는 걸 네가 돕는다고 말했을 때 난 말도 안 된다고 생각했거든."

"좋아, 이참에 분명히 말해두자. 내가 다시 미로에 돌아갈 시간이란 걸 알려준 예의 그것에 대해서 말야……"

나는 티그레가 이렇게 계속 모른 척할 건지, 아니면 내 손에 흙을 묻히지 않고도 사실을 털어놓을지 보기 위해 다양한 말과 공범자 같은 시선을 주어봤다. 그러나 그는 계속해서 입을 다물고 주의를 기울인 채, 곡예처럼 아슬아슬한 내 말을 들으며 갈수록 즐거워하고 있었다. 나는 그가 즐거워하는 걸 일종의 동의로 해석했다.

"그러니까 너였단 말이지, 이 녀석……"

나는 신이 나서 말하기 시작했다.

"나였다고, 뭐가?"

그는 솔직하면서도 순진한 말투로 내 말을 잘랐다. 그의 말을 듣고 보니 그가 장난을 치거나 수수께끼를 하는 것도 아니라는 생각이 들었다.

"안드레아 로셀리. 그 비망록. 보이지 않는 도시."

"아! 네 그 '보이지 않는 도시……' 하지만 좀더 자세히 말해주지 않으면……"

그리고 내가 설명하기 시작하자 잠시 뒤 상황이 바뀌었다. 다니엘 카브레라는 내 이야기에 사로잡혀 궁금해하고 흥미를 갖더니 자세히 알아보고 싶어 했다. 결국 나는 제동을 걸었다. 여기서 멈춰야 하는 것이다.

"잠깐만, 에밀리 로셀. 이제 코냑하고 아바나 시가를 주문하자고. 만일 그게 내 예상대로라면 우리는 역사 편찬에 있어서 매우 중요한 발견 앞에 있다는 걸 알겠니?"

그는 세부적인 것들을 질문하며 내 말을 끊었다. 그리고 비망록에 씌어진 에피소드와 로셀리에 대한 의견을 다시 계속 얘기해달라고 내게 부탁했다. 말을 더듬고, 커피 주전자처럼 입김을 뿜어가며 그는 행복해하고 황홀해했다. 심지어 내가 너무 느리게 얘기한다고, 그 원고를 끝까지 읽지 않았다고, 그걸 가져오지 않았다고 들볶기까지 했다! 내가 아는 대로 얘기해주자마자 그는 해석과 추측, 가정을 하기 시작하며 남아 있는 이야기들과 거기 담겨 있는 폭로의 내용에 대해, 그 시대에 던질 빛에 대해 생각하기 시작했다.

"일단 그건 안전한 장소에 두었겠지?"

그가 갑자기 놀라면서 말했다.

"물론이지."

나는 건성으로 대답했다.

"하지만, 다니엘, 내 말을 듣지 않았구나. 그건 분명 복사본이야, 원본이 아니라고."

"당연히 복사본이겠지. 하지만 잃어버리지 마!"

"너 내 말을 이해했니? 나는 누가 내게 그걸 보냈는지 몰라. 네가 그랬다고 생각했지. 파트리시 신부와 그 대단한 의원님이 아니라면, 너 말고 누가 내게 「보이지 않는 도시」라는 제목으로 장난을 할 수 있겠니?"

"아, 아르만드! 그를 믿지 마!"

"알았어. 내가 그를 믿지 않는다고 가정하자. 하지만 그래도 마찬가지야. 누가 그 문서를 찾아낼 수 있지? 누가 내게 그걸 보냈으며 그 이유는 뭘까?"

우리 테이블—또다시 이 시간에도 손님을 받고 있는 유일한 자리가 돼버렸다—위에 놓인 엎어놓은 접시 모양으로 된 램프의 빛줄기를 뚫고 연기가 피어올랐다. 그리고 그 사이로 침묵이 흘렀다. 티그레는 이 궁리 저 궁리 하는 듯했지만 잘 되지 않는 모양이었다. 그는 새로운 발견에 너무 정신이 팔려서 테이블에 바짝 붙어 앉아 넋을 놓고 있었다. 그 제목을 누가 썼는지, 누가 나를 놀리고 싶어 했는지는 그에게 중요하지 않았다.

우리는 코냑으로 가득 찬 잔을 다시 부딪치고 아바나 시가의 마지막 모금을 맛봤다. 그만 일어서야 했던 것이다. 그런데 갑자기 다니엘 카브레라가 안색을 바꾸고는 시가의 불을 비벼 끄면서 말했다.

"항상 네게 말해주려던 것이 있었는데 어떻게 해야 할지 그 방법을 몰랐거든. 네가 그 문제를 대할 준비가 돼 있지 않은 건 분명해…… 지금 네가 맞서려 한다면……"

"다니엘, 말해봐. 그렇게 오랫동안 끌어왔다면, 이제 서론을 길게 가져갈 필요 없잖아."

"하지만 네가 그럴 생각이 있는지 모르겠어. 오늘이 아마도 내가 그 일에 대해 언급하는 마지막 날이 될 것 같다. 너는 늘 아무것도 알고 싶어 하지 않았지. 그때 우리는 학생이었어. 토르토사에서…… 네 아버지 말야."

"아! 그건 지금도 변함이 없어. 우리 어머니는 한을 가지고 사셨지. 난 싫어."

"미안한데 만약……"

"아냐, 진정해. 너는 그게 내 현실인데 내가 받아들이기를 거부한다고 생각하겠지. 하지만 실은 정반대야. 난 내가 아무것도 알고 싶지 않다는 현실, 내 어머니를 불행하게 만든 사람 때문에 상처받고 싶지 않다는 현실을 받아들이는 거지. 만일 내 어머니가 체념하면서 그 짐을 견뎌내기만 했다면, 나는 한 술 더 뜨고 있는 거야. 잊어버리고, 명백한 것을 무시하고, 내 삶에서 유일하게 내게 장애가 되고 나를 상처 줄 수 있는 것을 제거하는 거지."

"다시 한 번 미안하네."

다니엘이 후회하며 슬프게 말했다.

"아냐, 이 친구야. 염려하지 마. 이봐, 내 어머니가 돌아가시기 전에, 파트리시 신부가 나를 불러서는 아버지에 대해 어머니에게 물어보라고 했어. 자기가 어떤 사실을 알고 있음을 암시하면서 말야. 그래서 나는 어머니와 얘기할 필요가 있었지. 하지만 어머니에 대한 동정심 때문에, 그리고 어머니를 고문하지 않기 위해서 아버지 이야기를 하지 않았어. 나의 정신 건강과 자존심 때문이기도 했지만 말야. 원치 않는 자는 존재하지 않는 거야. 그걸로 끝이지."

밖으로 나가는 동안 나는 이 말을 하면서 걸었다. 우리의 대화는 가벼워졌고, 티그레의 난처함도 사그라졌으며, 동시에 그 대화는 그것으로 끝나게 되었다. 밖에서는 대단히 청명한 중부 지방 오후 날씨가 우리를 기다리고 있었다.

"내일 몇 시에 떠나니?"

자기 방향을 향해 이미 각자 몇 미터 떨어졌을 때, 티그레가 헉헉대며 물었다. 사람 좋은 그는 조금 정신이 없기도 하다.

"60년대 지방 역사에 대한 기사 때문에 네가 내게 빌려줬던 잡지를 호텔로 보내주려고."

내가 자주 가던 화랑들은 문이 닫혀 있었다. 나는 해가 질 때까지 호텔에서 더위를 피하고, 밤에는 산 마르틴 광장까지 산책했다. 그러나 티에폴로 가의 사람들이 살았던 집에 대한 흔적은 아무것도 없었고, 티에폴로가 매장됐던 장소—바로 그 광장에 있는 산 마르틴 수도원—에 대한 증거도 독립 전쟁 때 약탈을 당해 아무것도 남아 있지 않았다. 그러나 그 위대한 베네치아인은 왕궁의 아치형 천장에는 여전히 살고 있었다. 사바티니가 마드리드 전체에 현존해 있는 것처럼.

티그레의 말은 처음에는 비망록을 보낸 사람에 대해 알고 싶었던 나를 실망시켰지만, 나중에는 내 욕구를, 로셀리와 다시 만나려는 갈망을 더욱 부채질했다.

다음 날 정오에는 산 카를로스에 가 있어야 했기 때문에 아주 일찍 일어났다. 호텔 리셉션에는 다니엘이 보낸 봉투가 이미 도착해 있었다. 거기에는 몇 달 전인지도 모를 시기에 내가 빌려주었던 잡지가 들어 있었다. 표지에는 1966년 6월 21일에 프랑코 장군이 산 카를로스 델 라 라피타의 알파케스 항구를 방문했을 때의 사진이 실려 있었다. 마을은 화려하게 장식돼 있었고, 나들이옷을 입은 사람들과 관리들이 그에게 경의를 표하고 있었다. 그리고 작별 인사와 함께 '12페이지의 오려진 사진은 원래부터 없었는데……'라는 티그레의 메모가 있었다. 나는 잘려나간 사진에 대한 아랫부분의 설명을 보았다. 거기에는 '우리가 사랑하는 고명하신 의원인 세뇨르 후안 콜이 감사하는 시민들로부터 사랑의 증표를 받고 있다'고 씌어 있었다. 저런, 틀림없이 총통 각하의 여행을 기획하신 토르토사의 국회의원께서 도려내지셨군!

바닷가 집으로 돌아와서 나는 이 모든 것으로부터 도망칠 적

당한 방법을 발견했다. 그것은 로셀리, 상트 페테르부르크를
향해 떠나는 것이었다!

VIII. 상트 페테르부르크

「'보이지 않는 도시'에 대한 비망록」에서

1703년의 어느 날, 차르는 모스크바에 지쳤다며 러시아와 자신은 새로운 수도가, 국가의 위대함을 알리고 외국인들을 매혹시키며 제국과 유럽 간의 교역을 용이하게 함과 동시에 세계적인 매력과 권력의 중심지가 될 도시가 필요하다고 결정했다. 러시아 국가 전체는 이러한 그의 생각을 받들 준비가 됐고, 표트르 대제는 적당한 위치를 골라 그에 맞는 법을 공포하기 위해 기술자들과 법률가들을 소집했다. 도시의 이름은 이미 정해져 있었다. 표트르의 도시, 즉 상트 페테르부르크로. 네바 강하구에 있는 그 장소는, 전쟁을 통해 그 지역을 빼앗긴 스웨덴에 모욕을 줄 수도 있거니와, 제국의 서쪽 경계에 항구 하나를 건설할 수도 있게 해줄 것이었다.

만일 위치 선정이 신중하게 이루어진다면 그 도시의 건축,

또는 도시화의 세부 사항들은 물론, 상트 페테르부르크는 인류가 한 번도 보지 못했던 가장 아름다운 도시가 되기 위해 가장 엄격하고 심사숙고된 법규에 의해 운영될 것이었다. 도시가 설립되기 몇 년 전에 이백팔십 명으로 구성된 파견단이 있었는데, 그 안에는 표트르 미하일로프라는 가명을 쓴 차르 자신도 있었다. 그 파견단은 정치·군사 조직을 배우고자 여러 유럽 국가들을 돌아다녔다.

때가 되면 많은 노동자들이 군주이자 몽상가인 표트르에게 고용된 네덜란드와 이탈리아 건축가들의 지시를 따라 네바 강 하구에 있는 섬들 사이에 도시를 세울 예정이었다. 강의 지류를 이용하거나 운하를 파거나, 늪지를 간척하고 질퍽한 땅 위에 건축을 하면서 말이다. 수천수만의 유형자들은 얼어붙는 한파 아래 옷도 제대로 못 입고 먹지도 못한 채 지쳐 쓰러질 때까지 진흙탕에서 싸워가며, 실개천들과 소용돌이치는 물을 기하학적으로 정확히 배열된 운하들로, 들쭉날쭉한 모래톱을 직선으로 뻗은 넓은 대로로, 바위섬들을 진지로, 해변을 요새로 바꾸어놓을 것이었다.

불어난 강물이 백여 명의 사람들을 발트 해로 쓸어버리거나 질병들이 진흙탕을 통해 확산되어 그 대가로 날마다 사람들이 죽어나가는 동안 많은 이들이 파라오의 노예들처럼, 개미 떼처럼, 아무 말 없이 일했다. 공사는 진전을 보여 도시가 수면 위로 떠올랐고, 얼어 죽은 노예들의 희생된 손들과 희뿌연 눈들이 영원히 잠들게 될 진흙 사이에서 견고해지는 동안 베드로-

바울 요새(페트로파블로프스크 요새를 가리킴. 요새 중앙에 예수님의 제자인 베드로와 바울을 기념하는 성당이 세워져 이런 이름으로 불리게 되었다)가 인상적인 모습으로 일어섰다. 수 킬로미터 바깥에 있는 모든 평야와 발트 해의 바다 속까지 표트르의 도시가 지닌 탁월함을 선포하기 위한 최초의 금탑이 세워졌다. 표트르 황제의 후광은 도시의 아름다움을 사방팔방으로 찬양했다. 어느 불멸의 작품의 일부가 되기 위해서라면 시베리아의 벽촌에서 기아로 죽었든, 러시아 초원의 어느 저주받은 대지에서 일하다 죽었든, 만 명 또는 삼만 명이 죽는 게 뭐가 중요하단 말인가?

모스크바의 귀족 가문들은 곧 의무적으로 상트 페테르부르크에 정착하여 차르의 건축가들이 세운 예술적인 계획에 맞춰 저택을 건축해야만 했다. 불과 몇 년 사이에 상트 페테르부르크는 명실상부한 러시아의 수도가 되어 유럽 수도들의 경탄을 자아냈다. 인류가 규모에 있어서 이토록 거대한 사업을 한 적이 있었던가? 또한 육로로든 바다로든 새로운 거주지에 도착하는 모든 이들은 네바 강 삼각주에 위치한 그 도시의 기초를 견고하게 하기 위한 산더미 같은 돌을 의무적으로 운반해야 했다. 거리와 대로만이 넓게 조성된 것이 아니라 건물들의 높이, 그리고 교회와 궁전들의 정면 양식도 정착되었다. 표트르 대제는 자기의 수도에 활력과 품위가 넘치도록 하고 싶어서 젊은 귀족들에게 집에 있지 말고 밖에 나와 산보를 할 것과 파티를 열 것, 그리고 훌륭한 차림새를 할 것을 요구했다. 마치 파리나 빈, 베네치아가 즉흥적으로 만들어질 수 있다는 듯이.

곧 그 새로운 항구는 해상 무역을 끌어들여 러시아와 교역하는 데 있어 필수불가결한 상업 중심지로 변화했고, 경제 중심지로서의 모스크바를 파산시켰다. 동시에 차르는 대륙 전체에서 재능 있는 사람들을 끌어들이고자 과학과 예술을 보호하기 위한 법 제정을 추진했다.

나는 지금 그 발트 해의 경이로운 도시에 있다. 내가 표트르의 행적에 이끌렸기 때문에, 아니 다시 말하자면, 표트르의 행적이 스페인과 인디아스의 왕을 끌어들였기 때문이다. 티에폴로 가의 사람들과 베네치아에서 카스티야까지 했던 여행에 비교하면 이 여행은 부담이 없었다. 배를 갈아타기 위해 하루 이상을 암스테르담에 머물렀는데, 그곳은 차르가 자신의 꿈을 계획할 때 고려하고 싶어 했던 모델 중의 하나였기에 매우 유익한 경험이었다. 암스테르담에서 첫 편지들도 썼다. 하나는 조정에 보내는 것으로 임무를 수행하는 데 유익한 그 장소에 대한 정보를 제공하기 위해서였고, 또 하나는 세실리아에게 보내는 것이었다. 세실리아는 일종의 추억이라기보다 손으로 만져지는 존재였다. ……그녀의 향기, 마지막 날 내 품에 안겨 있던 그녀의 풍만하고 싱싱한 육체, 분노와 아름다움.

지중해에는 이미 봄이 깨어났겠지만, 발트 해의 사월은 마치 수천 개의 눈이 물속에서부터, 구름 속에서부터 예의 주시하는 듯한 모습으로 아직 쌀쌀하고 안개가 자욱했다. 그리고 구름 사이로 빈 하늘이 열려, 푸르스름한 은빛 혀가 길게 펼쳐진 바다를 비췄다. 그 길게 펼쳐진 바다는 납빛이나 코발트색 하늘이 아니었다. 그것은 처음에는 흙빛 같다가 나중에는 금빛 필라멘트로 가득 찬 모습이었다. 그러나 그것은 그저 일순간의 아름다운 섬광일 뿐이었다. 한순간 우리를 둘러쌌던 우윳빛 망토가 떨어지면서, 배를 타고 있는 이들의 피곤한 얼굴에 다시 그 무감함이 되돌아왔다. 가장 화창했던 날이 잠깐 사이에 폭풍우가 몰아치는 날씨로 변하기 때문에 라틴 국가의 바다가 방심할 수 없는 대상이라면, 여기서는 그 어떤 상황도 수백 년 동안 지속될 것만 같았다.

어느 날 아침, 바다 그림자와 구름의 유해 내부에서, 그 희뿌연 나른함 가운데서, 한 방울의 금빛 광채가 물웅덩이 바닥의 모래 알갱이처럼 빛났다. 베드로-바울 성당의 금빛 첨탑이었다. 이 소식은 멀리 핀란드 만까지 퍼져갔다. 이것은 상트페테르부르크, 꿈에서 탄생한 도시였다.

러시아 수도에 있는 카를로스 국왕의 대사인 에레리아 자작은 만족스러운 모습으로 정시에 부두에서 나를 기다리고 있었다. 내가 도착하자 그는 짐을 대사관의 부속 건물로 옮길 수 있도록 명령을 내렸다. 귀족은 내게 인사한 후 다음과 같이 말했다.

"세뇨르 로셀리, 당신은 마드리드에서 일어난 새로운 소식에 대해서는 잘 모를 것입니다. 당신이 스페인을 떠난 후 많은 일이 벌어지진 않았습니다. 그리고 당신과 같은 시간에 이 소식들이 도착했는데, 그건 당신 여행이 아주 빨랐기 때문이지

요. 그렇지 않나요? 하지만 놀라지 마세요, 당분간 우리에게
별일은 없을 테니. 내 말은 이곳 러시아에서 말입니다. 그런데
불쌍한 에스킬라체는…… 하지만 먼저 가장 중요한 일부터 합
시다. 당신의 방문이 영광임을 표하고 싶군요. 나는 당신을 이
곳까지 오게 한 그 중요한 임무에 대해 알고 있습니다. 오늘부
터 대사관을 이용하시지요……"

"아주 친절하시군요. 그런데 에스킬라체에게 무슨 일이 일
어났다고 말씀하셨나요?"

나는 참을성 없이 물었다.

"좋습니다, 당신은 이미 우리 나라에서 일어난 사건을 알고
있으니. 개혁은 우리가 기대했던 만큼 그렇게 빨리 자리 잡지
않았습니다…… 대중들은 폐하의 계몽 사업에 반대하는 이들
에게 선동되어 그의 목을 요구했지요. 마드리드를 외국인들로
북적거리게 했다고 국왕을 비난한 것도 같은 이들입니다."

"뭐라고요?"

"오! 미안합니다, 나는 그럴 의도가 없었는데…… 하지만
여기서 당신은 걱정할 필요가 없습니다. 상트 페테르부르크는
이탈리아인들, 프랑스인들, 네덜란드인들, 영국인들 같은 유
럽인들의 도시니까요. 차르 표트르가 도시를 세운 이래 늘 그
래왔고, 예카테리나 여왕께서 선왕의 바통을 이어 이 도시를
유럽의 으뜸가는 메트로폴리스로 만들려고 하니, 현재는 더욱
그러하지요."

"그에 대한 러시아인들의 생각은 어떻습니까?"

나는 자작이 방금 전해준, 스페인에 대한 짧지만 걱정되는 소식에 낙담하여 말했다.

"오, 세뇨르 로셀리. 러시아인들은 여제를 숭배합니다. 표트르 대제 사후 몇십 년 동안 일어났던 그 부당했던 일들을 알고는 더욱 그러하지요. 표트르 대제는 왕위 계승 체제가 부당하고 부적절하다고 생각해, 그걸 폐지하고 좋은 의도를 지닌 새 체제를 부여했지만 그게 재앙을 불렀지요. 그는 자기 후계자를 지명한 차르였습니다. 권력 이양의 이 새로운 형식은 더 많은 책략, 음모, 암살, 그리고 요인 살해를 초래했지요."

대사는 잠깐 이야기를 멈추고 내게 마차에 오르라고 말했다. 마차 안에서 자리를 잡고 난 후 그는 계속 말을 이어갔다.

"당신에게 말했던 것처럼, 황제를 지정하는 이 방식은 러시아 조정을 끝없는 경악에 빠뜨렸습니다. 지금으로부터 불과 사 년 전인 1762년에 표트르 3세가 왕위를 계승했지요. 그는 별로 똑똑하지 않은 반면, 교활하고 총명하고 자신만만한 그의 아내는 상류 귀족과 군대의 신임을 얻었지요. 귀족과 군대는 민중들까지 선동했고 (그게 얼마나 쉬운 건지 당신도 알 겁니다) 모스크바의 정교회로 하여금 그녀의 지위를 공포하도록 했습니다. 하지만 그녀는 이미 실질적으로는 그 자리를 차지하고 있던 상태였지요. 러시아 전체의 황제 말입니다!"

"예카테리나 여제로군요!"

나는 에레리아의 설명만큼이나 우리가 가고 있는 대로를 따라 늘어선 저택들과 궁전들에 주의를 기울이며 외쳤다. 그 길은 산보하는 사람들과 운행하는 탈것들, 말을 타고 지나는 군인들로 가득 차 있었다. 대사는 그걸 눈치 챘다.

"네프스키 대로의 풍경입니다, 세뇨르 안드레아 로셀리. 상트 페테르부르크의 쇼윈도지요! 파리에서 온 알렉산드르 레블론이 해군 본부——해군 본부는 표트르 대제의 첫번째 거처였습니다——에서 만나는 세 개의 대로의 축 위에 도시를 기획했지요. 그중 가장 중심이 되는 게 이 길입니다. 이 길은 알렉산드르 네프스키 수도원까지 이어져 있는데, 한쪽 끝에서 다른 쪽 끝까지 네바 강의 굽이치는 물결이 따르고, 또 폰탄카 운하를 가로지르기도 합니다. 그런데 도착하자마자 내가 당신을 귀찮게 하는 건, 내가 좀 우쭐거리기도 하지만, 당신이 도시 계획이나 건축에 정통한 사람이기에……"

"오, 아닙니다. 대사께서 저를 얼마나 환대하고 계신지 모릅니다. 그런데 아까 예카테리나 여제의 남편이었던 불행한 표트르 3세에 대한 얘기가 좀 흥미롭군요."

"세상에서 가장 오쟁이 진 남편이지요!"

그러고 자작은 마차 창문으로 네프스키 대로의 화려함을 감탄하며 웃었다.

"예카테리나는 연대를 형성하거나 호의를 얻거나 정적을 제거하기 위해 침상을 이용해왔지요. 그레고리와 알렉세이 오를로프는 여제의 마음에 들어 그녀 남편에 대항해 군대를 일으키고 그녀의 수하에 들어가는 일을 수행하는 데 적합했는데, 그러지 않았다면 그저 단순한 군인이었을 겁니다. 정교회가 임명해준 권력에 취했던 예카테리나는 말을 타고 멍청한 표트르가 피신해 있던 오라니엔바움 궁에 나타났는데, 거기서 그가 퇴위를 하거나 그저 순종하도록 협박했지요."

"그리고 그 폐위된 차르는 추방되어 수도원에 유폐되었지요?"

"너무 위험했어요. 예카테리나는 그를 투옥하라고 명령했지만 그것으로도 충분하지 않았는지, 어느 날 그 불행한 자는 시체로 발견됐습니다. 아무튼 놀라지 마십시오. 위대한 예카테리나는 가장 위대한 자가 시작한 전통을 따랐을 뿐이니까요. 표트르 1세 말입니다. 나는 당신이 그를 존경하리라 생각하는데. 그는 비슷한 생각으로 자기 아들 알렉세이를 제거했거든요."

"그런데도 대사께선 국민들이 여왕을 존경한다고 말하시는군요!"

"존경하는 세뇨르 로셀리, 국민은 그 일에 대해 조금도 알지 못합니다. 하지만 한 가지 더 말해주지요. 예카테리나 남편의 '실종'은 필요한 조치였습니다. 그는 무능하고 혐오스러운 건달이었고, 그녀는 이 도시를 비롯하여 제국 전체를 다시 비춰줄 빛이었지요. 이해하시겠습니까? 비록 고통스러웠지만 단번에 일을 제대로 처리한 거죠."

'세실리아, 세실리아!'

네바 강이 거대한 얼음 덩어리들을 끌고 가는 동안, 나는 소리 없이 외쳤다. 마치 내가 내 의지와 완전히 상관없는 사건들에 의해 끌려가는 얼음 조각일 뿐이라는 듯이. 아레초, 로마, 그리고 나폴리. 베네치아, 마드리드, 그리고 상트 페테르부르크…… 인생의 새로운 단계를 벗어나면서 점점 현명해지는 나는, 동시에 조금씩 더욱더 교활해지는 듯했다. 사회적 관습이 지배하는 규칙을 배우고, 권력자와 지식인에게 접근하여 그들을 이용할 수도 있으리라. 그러나 애송이 티를 벗은 후부터, 내가 지나온 모든 해[年]들은 다시는 돌아오지 않는다는 것과 내가 두고 온 모든 도시들에 그걸 내 도시로 만들 수 있는 가능성도 두고 온다는 사실을, 세실리아와 멀리 있는 매달[月]이 부재의 달이자 내적 고독의 시간임을 깨달았다.

이따금씩 밤에 잠에서 깰 때면 끔찍한 생각이 나를 엄습한다. 내가 아무에게도 속해 있지 않고 고향도 없으며 파티의 불빛과 반짝이는 시선들은 아주 빨리 꺼져버릴 거라는 생각, 나를 기억하는 이도 기다려주는 이도 없다는 생각, 그래서 언젠가 나도 나를 기억하거나 기다리지 않는 날, 내가 밟고 있는 땅과 내 목소리, 내 미약한 존재까지를 의심하는 날이 올 거라는 생각이. 그러나 다행스럽게도 얼마 안 있어 밤과 꿈이 나를 다시 삼켜버리고, 다음 날 아침에는 나를 잠 못 들게 했던 화염으로부터, 커다란 괴물이 협박하는 듯 나를 떨게 했던 공포로부터 숯불 하나만이 남는다. 만일 표트르나 예카테리나 여제의 위대함이 아무것도 되지 못하는 데 대한 위기와 고독에서 비롯되는 거라면? 사람들 말에 의하면 차르는 상념에 잠겨 상트 페테르부르크에 있는 네바 강 하구의 한적한 습지 사이를 항해하면서 "나는 노아고 이건 내 방주다. 난 이곳에 내 도시를 세우겠노라"고 외쳤다고 한다. 한편 예카테리나는 고독과 비난을 두려워했음에 틀림없다. 그래서 그녀는 가장 아름다운 궁전들뿐 아니라 가장 유력한 남자들에게 둘러싸이기로 결심한 것이다. 그들은 음모로부터, 또 볼테르나 디드로 같은 사상가들로부터 그녀를 방어할 호위병이 될 것이었다. 그들을 통해 그녀는 자기의 빛을 강화시키고 자기가 살아 있음을 확인했을 것이다.

마찬가지로, 스페인의 카를로스는 나폴리 만과 카스티야 평원에 있는 열두 개의 왕궁에서 살았지만 악몽을 쫓아내기에는 충분치 않았을 것이고, 그 때문에 자신이 이 세상을 살았다는 흔적을 명백하게 나타내줄 완벽한 도시를 지을 필요가 있었던 것이다.

'세실리아, 세실리아!'

해빙이 천천히 떠내려가며 하얀 얼음 덩어리로 네바 강을 채우는 동안, 나는 소리 없이 외쳤다. 내 곁에 있는 세실리아와 함께라면, 내 마음속에 있는 세실리아와 함께라면, 난 외롭지도 않고 위험에 둘러싸인 것 같지도 않을 거다. 왜 나는 이 사람 저 사람의 명령에 복종하며 여행하는 것일까? 왜 나는 정치가들이나 건축가들, 조각가들, 또는 기술자들과 상관하면서 그들을 이끌어온, 그러나 아직 결정되지도 않은 계획들을 발견해내려는 걸까? 나는 왜 그들의 말을 듣고 그들의 비위를 맞추는가? 나는 왜 하루하루가 지날수록 나의 집과 나를 충만하게 해주는 이로부터 더 멀어지는 걸 알면서도 새로운 발견에 흥미를 느끼며 이 불가능한 도시의 모든 궁전들에 마음을 빼앗기는 걸까? 아마도 이 도시가 아직 존재하지 않고 지금 보이지 않기 때문이고, 그런 것에 두려움을 느끼면서도 그 도시를 좇아가야 함을 알기 때문일 것이다. 마치 그 두려움이 내 적이 아니고 동맹군이라는 듯이, 방향을 잃을지 모르는 위험이 나도 모르는 곳으로 나를 이끄는 지침이라도 되는 듯이 말이다. 자기 것으로 하기 위해 세상을 만들거나, 아니면 그저 자기 자신이 세상이 되기 위해서 세상을 만들거나.

바르톨로메오 라스트렐리는 표트르 대제의 상상이 오늘날 유럽의 가장 찬란한 도시로 성장하는 데 가장 많은 일을 한 사람들 중의 하나이다. 나는 내게 허락된 한도 내에서 '그의' 겨울 궁전을 안팎으로 보고 다녔고, 라스트렐리가 그 작업에서 다른 곳과 비교할 수 없는 장엄함과 도시의 조화로운 균형을 얼마나 솜씨 있게 완성시켰는지 직접 그림을 그려가면서 관찰했다.

건축에 있어서도 엘리자베타 여제—그녀는 라스트렐리에게 도시 전체의 장식을 맡겼다—와 거리를 두고 싶어 했던 예카테리나 여제가 강제적으로 취향을 바꾸는 바람에 이제는 일선에서 물러선 그는, 이오니아 양식 위에 정착된 매우 확장된 의미의 코린트 양식—받침돌 위에 올려진 조각물로 마감된—의 조화와 왕궁—강물 위에 떠서 그 강물을 지배하는 것 같은 궁전으로, 장엄하고 균형 잡힌 푸른색과 흰색의 배 같다——의 거대한 길이에 수직성을 부여하려는 모든 전략을 내게 알려주었다.

바르톨로메오는 이 도시의 정신을 완벽하게 재현할 수 있었다. 그의 아버지가 건축가 레블론의 곁에서 조각가로 일하기 위해 상트 페테르부르크에 갔을 때 그는 열다섯 살이었다. 후에 그는 건축가로 성장하기 위해 프랑스와 독일로 떠났다. 라스트렐리는 당대 건축의 유럽식 모델을 따라 겨울 궁전을 세우는 것 이외에, 금빛 윤기가 흐르는 파랗고 흰 벽으로 된 스몰니 수도원에 서양의 모델과 양파 뿌리 모양의 동양식 원형 지붕 전통을 접목시키고 싶어 했다.

엘리자베타 여제의 주문으로 그의 머리에서 떠오른 또 다른 거대 궁전을 멀리서 감상하기 위해 차르스코에 셀로(황제의 마을. 상트 페테르부르크 근교 도시로, 유명한 예카테리나 여제의 궁전이 있다)의 정원 속으로 멀어지면서, 나는 상트 페테르부르크의 고마운 안내자인 라스트렐리 옹을 생각했다. 이곳의 인디고 색, 흰색, 그리고 금빛들은 겨울 궁전에서처럼 강물에 대한 승리를 선포하지 않았고, 초지와 느릅나무, 떡갈나무, 보리수 잎의 푸르름과 경쟁했다.

표트르의 도시 설계를 이해하기 위해 내 발걸음이 향해야 할 곳은 그 화려한 여름 거처가 아니라 상트 페테르부르크 시였지만——나는 그 도시가 제국 내에서 수행했던 기능과 차르가 그 도시를 세우기 위해 사용했던 방법들을 조사해야 했다——, 그럼에도 불구하고 나는 차르스코에 셀로로 갔다. 왜냐하면 그곳

으로 왕궁의 모든 활동과 예술 활동의 일부가 옮아갔기 때문이
었다. 타계한 엘리자베타 여제의 그 건축가가 환영받지 못한
반면, 스페인 왕의 대사인 내 후견인은 환영받았다. 왜냐하면
예카테리나가 유럽의 인근 국가들을 향해 러시아의 교역을 지
속적으로 확장시키는 데 관심이 있을 뿐만 아니라, 처음에는
나폴리에서, 그리고 나중에는 마드리드에서 카를로스가 했던
건축과 개조 사업에 대해 알고 있었기 때문이었다.

여제가 주선하는 환영식에 대사와 함께 참석할 때가 되자,
예카테리나의 그 신속한 대응책들에 대해 에레리아 자작이 들
려준 것과 그다음 몇 주 동안 도시에서 들은 것으로 인해 나는
결코 차분하게 있을 수 없었다. 나는 삶의 여러 경우에 내가 느
꼈던 복합된 감정—즉, 신중함과 두려움 위에 싹트는 의심—
을 가지고 그를 따라갔다.

제복을 입은 신사들로 발 디딜 틈 없는 홀의 먼발치에서 과
장되게 의례적으로 인사를 하는 예카테리나를 바라보면서, 그
녀의 특징으로 유명한 위압적이면서도 찬란한 권력이 이해됐
다. 거만한 자세, 자신 있는 몸짓, 그리고 육체의 정력적인 외
양은 마치 태양이 매일 떠올라 정확한 자리를 차지하고 풍경에
군림하는 바로 그 순간처럼 그녀를 모임의 진정한 중심으로 변
화시켰던 것이다. 그러나 그녀에게 가까이 다가가자 위엄은 설
명할 길 없이 희석되었다. 그리 풍만하지 않은 그녀의 모습,
복스러운 얼굴, 그리고 심문보다는 설득하려는 듯한, 단호하
기보다는 이해심 있어 보이는 그녀의 시선이 드러나자마자 말

이다. 이것이 우리가 그녀에게 경의를 표하고 스페인과 인디아스 국왕의 안부를 전했던 순간에 그녀를 가까이에서 보고 가졌던 느낌이다.

차르스코에 셀로에서의 일정은 순조롭게 돌아갔다. 그러나 그 환영 파티가 끝나가고 우리가 그곳을 물러날 때를 기다리고 있을 때, 나는 친애하는 자작 가까이에서 일어나는 짧은 움직임 하나를 포착했다. 누군가가 그에게 귓속말을 했던 것이다. 일 분 뒤 대사는 내게 다가와서 여제가 우리와 이야기를 더 나누고 싶어 한다고 알렸다. 그 홀 이쪽저쪽을 다니면서 아무리 생각해보려고 해도, 예카테리나의 속셈은 곁에 가서야 겨우 알아낼 수 있으리라.

"세뇨르, 사람들 말이 그대가 폼페이에 있었다고 하더군요."

"그렇습니다, 폐하."

"폼페이에 대해 이야기를 좀 해주어요. 그림들을 보았나요?"

내 형편없는 논평에 대한 기대로 가득 차 있는 열광적인 그 얼굴이, 상기되고 격앙된 상태로 말을 타고 오라니엔바움에 들어가 자기 남편의 독살을 명령했던 그 전제군주의 것이라고는 믿을 수 없었다. 나는 여제에게 중력에 의해 떨어지는 듯한 꽃들을 나눠주거나 뿌려주는 듯한 가벼운 옷차림의 그 소녀에 대해 이야기해주었다.

"내 방들 중 하나에 그녀를 그리게 하겠소!"

내가 그녀의 기대를 저버리지 않으려고 모든 세부 사항을 말해주는 동안 그녀가 외쳤다. 동시에 나는 그녀를 둘러싸고 있는 신사들의 미처 감추지 못한 놀란 표정에 신경을 쓰고 있었다.

여제는 폼페이 건축 양식과 나폴리 왕국의 자연에 대해 꽤 오랜 시간 대화를 할 수 있는 영예를 내게 누리게 해주었다.

"유럽은 내가 여행할 수 없는 많은 경이로운 장소로 가득 차 있더군요. 이해하시나요? 나는 러시아를 떠날 수 없답니다. 그래서 나는 유럽의 최고 예술가들과 사상가들이 상트 페테르부르크에 와서 유럽의 비밀을 내게 묘사하도록 최선을 다하고 있지요."

"어떤 비밀을 말씀하시는지요?"

나는 지나치게 투박하게 반응했다.

"아, 세뇨르 로셀리. 그대는 내가 말하는 비밀이 뭔지 알고 있습니다. 유명한 디드로와 볼테르도 그걸 알았지요. 그건 표트르 대제께서 암스테르담과 비엔나로 찾으러 갔었던 그 비밀이랍니다."

"폐하께서는 건축과 회화의 원칙, 아름다움의 비밀에 대해 말씀하시는지요?"

"세뇨르 로셀리, 의심할 여지 없이, 로마 건축인 폼페이는 그대가 언급한 비밀에 대해 우리에게 말해줍니다. 그리고 폼페이는 베수비오 화산 폭발이라는 자연재해로 인해 황폐화됐지요. 누군가는 운명이었다고 말할 겁니다. 마찬가지로 유럽 최고의 예술품이 만나는 장소인 상트 페테르부르크는 어느 날 네바 강이 넘쳐 잠겨버릴 수 있어요. 지진으로 지도에서 지워질 수도 있지요. 그러나 우리의 의지, 인간의 지적인 힘은 결정적인 반면, 자연의 현상은 상대적으로만 중요합니다. 그것이 그 비밀이라고 생각하지 않나요?”

“의심의 여지가 있겠습니까, 폐하……”

나는 말허리를 끊지 않고 그녀의 말이 지당함을 표현하고 싶어 하면서 말을 더듬었다.

“우리는 러시아에 그 이성을 수입하고 싶어요. 이 나라가 그 주인이 되는 것을 방해해온 무기력한 법을 끝내고 싶어요. 그래서 우리는 제국에 막대한 피해를 줬던 자연 조건 위에 이성의 승리를 새겨 넣을 새 법률을 작업하고 있답니다. 만일 그대가 우리와 함께 몇 달을 더 머무른다면 그에 대한 소식을 듣게 될 거예요.”

실제로 예카테리나가 그 불리한 상황을 뚫고 러시아의 왕좌에 오른 것은 집요한 의지라고밖에 설명할 수 없었다. 그녀는 엘리자베타 여제가 왕위를 이을 아들을 임신하자 따돌림을 당했고, 그녀의 남편인 표트르는 그녀에게 손도 대지 않으면서 공적으로나 사적으로 그녀를 경멸했다. 그러나 그녀는 모든 음모에서 살아남았고, 교활함, 음모, 정실(情實), 성적 매력, 범죄 등 자신의 정적들과 똑같은 무기를 자신에게 유리한 쪽으로 사용하는 법을 배웠다.

여제를 알현한 후, 나는 그녀가 보인 관심 때문에 생겨난 흥분과 행복감을 가까스로 억제하면서, 에레리아 자작의 마차를 타고 상트 페테르부르크로 돌아왔다. 그러나 나는 대사의 자존심을 건드리지 않기 위해 이 흥분된 상태를 연회의 가장 장식적인 면에 대한 무미건조한 대화로 유도하려고 애썼다. 자작은 아주 예의 바르게 내 말에 응해주다가 뜬금없이 말했다.

"예카테리나의 조정은 독사굴입니다. 여제는 동시에 세 명의 애인을 두기에 이르렀지요. 수년에 걸쳐 길에 깔아놓은 사람들을 세지 않고도 말입니다. 그들은 이따금씩 나타나서 그녀에게 빚을 갚으라고 요구합니다. 애인들과 총애하는 이들 말고도 그녀의 사랑을 받고 싶어 하는 이들과 앙심 품은 이들, 그리고 음모자들이 있지요. 그들은 서로를 감시하며 각자가 영향권을 만드는데, 서로 경쟁하고 돈이나 저택, 또는 총애를 요구합니다. 비록 여제께서 예술가와 문필가에게, 특히 그들이 외국인일 때는 더욱 애착을 느끼지만 그녀는 서구의 수도들에서 자신의 장점을 선전하는 선전 도구로 그들을 이용할 줄 알지요. 그 무리 중 아무도 당신을 적 내지는 새로운 경쟁자로 여기지 않는다는 확신 없이 그녀에게 접근하는 건 좋지 않습니다."

나는 대화를 더 이어나갈 말을 찾지 못했다. 대사가 내 의도에 몇 곱을 보태서 내가 직면하고 있는 위험들에 대해 경고하고 있다고 가정하는 건 적당치 않은 듯했다. 또 그가 그렇게 말하는 진정한 동기가 단순한 질투라고 생각하는 것 역시 터무니없는 것이었다. 아무튼 그는 그날 밤의 내 행복에 위협과 불안의 그림자가 스며들게 하는 데 성공했다. 거의 인적이 없는 황량한 거리로, 꺼지지 않고 깜빡거리는 우윳빛 햇빛에 겨우 입 맞춰진 건물들이 있는 거리로 들어가는 동안, 나는 상기된 내 마음에 말들의 리드미컬한 종종걸음 소리와 바퀴들의 엉뚱하지만 차분한 신음 소리만이 울려 퍼지길 바라면서 스스로를 고문하고 있었다.

며칠 뒤 그 도시를 둘러볼 요량으로 바르톨로메오 라스트렐리와 함께 산책을 하면서, 나는 그에게 그 에피소드와 스페인 대사의 생각을 얘기하지 않을 수 없었다. 라스트렐리 옹은 미소를 짓더니 주제를 바꿔버렸다. 그러나 무언가로 인해 그는 내 불안에 관심을 가질 필요가 있다고 생각했는지 예기치 않게 다음과 같은 말을 꺼냈다.

"예카테리나가 왕위 후계자의 부인으로서 대공작 부인이란 칭호를 가지고 있던 시절이 있었는데, 그때 그녀는 선대인 엘리자베타 여제에 대해 양면적인 감정을 가지고 있었네. 엘리자베타 여제는 프러시아 공주와 자기 조카인 왕위 계승자 표트르의 결혼을 준비하고 있었지. 예카테리나는 엘리자베타가 바라는 건 단지, 자신이 그 멍청이 남편과 러시아에 사내아이를 하나 낳아주는 것이라는 걸 알고 있었어. 그 둘은 같은 잠자리에 별로 들지도 않았지만 말야. 그리고 그 때문에 엘리자베타 여제가 일정 기간 동안 자기를 보호해주었다는 것도 알고 있었지. 마침내 아름답고 교양 있는 예카테리나가 사내아이를 낳자— 모두들 그 아이가 표트르의 아들이 아닌 것을 알고 있었지— 조정은 대단한 연회를 열어 그것을 축하했는데, 그와 동시에 엘리자베타 여제는 그녀에게 신경 쓰지 않았지. 그 남편처럼 말야. 그때부터 예카테리나는 그늘에서 살았어. 기본적인 관심조차 받지 못하고 구석에 버려진 채로. 그녀가 쓰러져버리는 대신 자신의 거미줄을 치기 시작하며 동맹자들을 모색하고 계속해서 정신을 연마한 게 바로 그때였지."

"선생께서는 그녀와 친분이 있나요? 엘리자베타 여제께서 선생의 작품들을 총애했던 것을 보면 쉽지는 않았겠지만 말입니다."

"물론 아주 용이하진 않았네. 하지만 나는 그녀가 여러 해를 두고 내면이 깎이고 다듬어지는 것을 관찰할 수 있었지. 이 품에서 저 품으로 쉽게 옮겨 다니던 연약하고 경망스러운 매춘부 뒤에 경이로운 교훈을 배워낸 여인이 존재하는 것도 감지할 수 있었고."

"교훈이라구요?"

"그녀가 직접 나에게 그렇게 말했다네. 아직 공주였던 소피아(이는 러시아 정교를 받아들여 예카테리나라고 부르기 전의 그녀의 가톨릭 이름이었네)는 상트 페테르부르크 쪽으로 여행을 했는데, 거기서 엘리자베타 여제가 그녀를 맞이하고 모든 절차를 행했네. 소피아와 러시아 왕위 계승자 사이의 약혼을 선포하기 위해 그녀를 조정에 소개하기로 되어 있었지. 엘리자베타 여제가 자기 손님들(젊은 소피아는 자기 어머니와 함께 그곳에 갔지)을 위해 준비한 수행원들은 장교들과 당번병들, 요리사들, 집사, 사환 등 된 백여 명으로 구성돼 있었고, 소피아와

그녀의 어머니는 심홍(深紅)색 비단으로 싸인 호화 마차 안에
서 수놓인 비단 쿠션에 기대어 있었지…… 여제는 그 두 여인
에게 대단한 관용을 보였다네. 이 여인들은 마차 창문을 통해
기병들의 멋진 제복을 보면서, 말이 걸을 때마다 울리는 방울
소리를 듣고, 평원에 빛나는 티없이 맑은 눈〔雪〕, 그리고 명랑
한 수행원들 위로 생글거리며 떠오른 태양을 보면서 매우 만족
스러운 미소를 짓고 있었지.

그들은 리가 시(市)를 뒤에 두고 찬란한 상트 페테르부르크
에 도착하기 전에 마지막 여정을 앞두고 있었는데, 그때 소피
아는 번쩍이는 마차에서, 구름 사이를 떠도는 듯한 반대 방향
에서 오고 있던 다른 행렬을 얼핏 보고 말았지. 사람들은 그녀
에게 말하려 하지 않았지만 그녀는 알아버리고 말았네. 그들은
어린 차르 이반 6세와 그의 어머니인 섭정자 안나였는데, 그들
은 엘리자베타에 의해 권력에서 멀어져 리가로 유형 가는 길이
었어. 그들은 거기서 투옥될 예정이었네.

소피아는 현기증을 느꼈어. 그녀는 영광과 패배를 그토록 가
까이서 본 적이 없었던 거지. 영광을 향한 자신의 길과 불명예
와 고문을 향한 어린 이반의 길이 그것이었지. 그것은 같은 여
인이 내린 결정이었어. 소피아는 예카테리나가 됐을 때 그 현
기증을, 불행한 운명의 모습을 잊지 않았네. 그리고 나약해질
때마다 아주 작은 일로 인해 멸망의 구렁텅이에 빠질 수 있다
는 사실을 스스로에게 각인시켰지. 그래서 그녀의 온몸 전체
가, 그녀 존재의 각 부분들이, 유령선 같은 운명을 피하려고

노력해왔지. 이것저것 돌아보지 않고 승리를 위해 전력투구한 거라네."

차르스코에 셀로에서의 찬란한 파티—술 취한 남녀들이 살롱에서 춤을 추거나 공원을 뛰어다니는 일—가 끝나고 우리가 해 질 무렵 대로와 운하, 왕궁과 정원을 산책하는 시간을 줄이기 시작하면서 여름은 사라져버렸다.

타라카노바 공주가 나타났을 때는 공원을 뒤덮은 노란 잎새들과 와인 빛깔 숲이 얼어붙은 가을이었다. 아니면 그 망령이든가. 대사관을 통해 이상하면서도 어쩌면 그 때문에 매력적으로 느껴지는 전갈이 내게 도착했다. 그 전갈을 받고 나는 모이카 다리에서 상대방을 기다려야만 했다. 그리고 그곳에서 우리는 단지 이야기를 나누기 위해 배를 타고 그 지점으로부터 멀어질 것이었다. 메시지는 수수께끼 같으면서도 분명했다. 그 편지에는 그곳에서 내게 전달될 정보가 나를 접대하고 있는 대사관 입장에서는 매우 흥미로운 것이라는 내용이 추가되어 있었다. 에레리아 자작에게 상의하는 것이 불가능한 상황이었기 때문에—그는 도시를 떠나 있었다—, 나는 최소한 내가 제안받은 장소로 가야 할 의무가 있다고 생각했다. 나는 그 사람과 이야기를 나눠봐야 할지 일단 그곳에서 결정하기로 했다.

만나기로 한 시간에 낡은 가구들을 실은 운반선 한 척이 강가로 다가왔고, 옷을 많이 껴입어 남자인지 여자인지 분간할 수 없는 한 사람이 내게 혼란스러운 몸짓을 보였다. 왜 그렇게 순진하게 굴었는지 지금도 이해할 수 없지만, 나는 마치 내가 따라야 할 명령이라도 되는 듯이 그 배에 뛰어올랐다. 뱃사공들은 네바 강 상류를 찾아 빠르게 강을 거슬러 올라갔다. 반지에 예복, 외투, 망토를 두른 옷 꾸러미 같은 저 형체가 내가 만나야 할 자였는가, 아니면 저 사람 같아 보이지 않는 자는 그저 나를 진짜 수취인에게로 데려갈 뿐일까? 나는 헛되이 자문했다. 사람 모습을 한 자가 내게 기다리라는 신호를 보냈는데, 그동안 나는 더 불안했고, 모든 것이 환상 또는 악몽의 분위기를 띠고 있었다.

드디어 네바 강에 도착하자 뱃사공들은 강을 가로질러 도시 반대편 강기슭의 포플러 나뭇가지들이 무성한 곳에 배를 댔다. 그 옷 꾸러미가 자기를 따라오라고 했다. 나는 마치 내겐 의지도 없는 듯이 그의 지시를 따랐다. 오솔길을 따라 몇 발자국 걸어가자 정확하게 배가 시야에서 사라졌다. 그 순간 다시 걱정스러운 마음이 들어 나는 그들을 경계했고, 수동적으로 움직이지 말아야겠다고 생각했다. 그러고 나서 이상한 일이 벌어졌다.

그 옷 꾸러미가 아무렇게나 덧입은 그 옷들을 벗기 시작하는 것이었다. 마치 존재하지도 않는 집에 들어가기 위한 준비를 하고 있는 듯했다. 옷이 하나씩 떨어져나감에 따라 허수아비 같은 모습이 줄어들고 사람 같은 모습을 갖추더니, 곧바로 아름답고 섬세하며 균형 잡힌 여인으로 변했다. 그러나 그녀는 남장을 유지하며 망토에 붙은 모자를 벗지 않고 있었다.

"세뇨르, 저를 도와주셔야 합니다."

시원시원한 젊은 목소리였다.

"난 당신이 누군지도 모르고 또 어떻게 도와주어야 할지도 모릅니다."

"스페인 국왕의 대사가 저를 만나게만 해주시면 됩니다."

"난 그저 초대받은 손님일 뿐이오. 대사관에서 난 아무런 일도 하지……"

그녀는 결국 모자를 벗어 얼굴을 드러냄으로써 내 말을 끊었다. 잊기 어려운 얼굴이었다. 대리석처럼 푸른 두 눈, 창백한 얼굴, 장밋빛 입술, 고운 피부와 살짝 둥근 얼굴형이 조화를 이루고 있었다. 헝클어진 흑옥(黑玉) 같은 머리카락의 그녀는 애원하며 생글거리는 미소로 공격하고 있었다. 그 숙녀는 내 손을 잡고 나를 자기 쪽으로 끌어당겼다. 자기 입술을 내게 주었고 또 나를 껴안았다. 그때까지 나로 하여금 그녀를 따라가게 했던 바로 그 어리석은 힘으로 나는 몸을 뗐다.

갑자기 날이 저물었다. 포플러 나무의 무성한 가지들이 보랏빛 하늘 위에 기절해 쓰러지는 듯했고, 그녀는 부끄러움이나 불쾌함을 느끼는 대신 공원의 동상이라도 되는 듯이 움직이지 않고 대담하게 말하기 시작했다. 지독히도 아름다웠다.

그녀는 표트르 대제의 딸인 엘리자베타 여제의 동생이었는데, 모두들 그녀를 따돌렸던 것이다. 처음에는 그녀의 언니가 그러더니 지금은 위대한 왕위 찬탈자인 예카테리나가 그랬다. 모든 러시아인들이, 유럽의 모든 권력들이 그걸 알 필요가 있었다. 그녀는 몸을 감추어 도피하고, 이 나라 저 나라 옮겨 다니며 이름을 바꾸면서 은밀한 삶을 영위해야만 했는데, 이 모든 것이 예카테리나의 손아귀를 피하기 위해서였다. 하지만 언젠가 그들은 대면할 것이고 그녀는 예전에 자기 소유였던 것, 자기 가족에 속했던 것, 즉 러시아 전체의 왕위를 회복할 것이었다.

나도 움직이지 않고 그 숙녀의 얼어붙은 모습을 바라보았다. 그 만남이 상트 페테르부르크에서 머물러야 하는 내게는 원치 않는 결과를 가져올 수도 있다고 생각하면서. 그녀는 다시 그 옷들로 몸을 감싸기 위해 조금 전에 했던 것과 반대되는 의식을 수행했다. 그리고 내게 자기와 함께 배가 있는 곳으로 돌아가자고 했다. 내가 에레리아 자작에게는 한마디도 하지 않겠다고 결심한 게 바로 그때였다. 우리는 침묵과 네바 강을 타고 내려오는 북극의 추위—어떤 조짐이 보이는 밤이 감싸고 있는—에 잠겨 도시로 돌아왔다. 타라카노바 공주의 불길한 수행원들은 몇 시간 전에 약속했던 모이카 운하의 같은 지점에 나를 놓아주었다.

그러나 나는 혼자 대사관에 돌아오지 않았다. 매번 더 멀어지고, 매번 더 말이 없는 나의 세실리아가 만져질 수 있는 존재로 돌아온 것이었다. 마치 타라카노바의 입술이 내게서 그녀의 입술을 부활시키는 기적을 이루어낸 듯했다. 상트 페테르부르크의 거리들을 헤매는 나라는 황량한 영혼이 알 수 없는 곳에서 이해받고 위로받는 듯이. 내게 조국이 없다는, 그 어느 곳에서도 나를 기다리는 이가 아무도 없다는 극단적인 상황—

지금은 너무도 잔인한 상황——을 내가 알고 있다는 사실이 마치 내 결핍과 필요를 존재와 충족으로 바꾸어놓은 듯이. 상상력이 세상을 창조하고 있었다!

대사와 관계되어 그녀가 내게 말했던 계획을 따를 시간이 없었다. 대사가 상트 페테르부르크로 돌아오려면 아직도 사흘이 더 필요했다. 당분간 그 공주와의 만남, 그녀가 도움을 요청했다는 걸 그에게 숨길 것이고, 그가 그 일에 대해 무엇을 알고 있는지 은밀하게 조사하리라. 모이카 운하를 산책한 이틀 뒤, 표트르 대제가 원래는 암스테르담에서 본 것과 유사한 정방형으로 된 운하의 망을 파내려 했다는 거장 라스트렐리의 설명을 따라 인근의 섬을 돌아보고 왔을 때, 나는 새로운 손님을 맞이했다. 그러나 이번엔 좀 덜 친절했다. 경호원이나 군인도 아니었지만 꼭 그렇게 보이는 세 명의 건장한 남자들이 내 앞길을 막아서더니 자기들과 함께 가자고 협박한 것이다. 도저히 빠져나갈 수 없다는 걸 알았기 때문에 나는 별로 저항하지도 않았다. 그들은 나를 어느 배에 태우고는 뱃머리를 베드로-바울 요새로 돌렸다. 트레지니가 건축한 첨탑의 날카로운 광채가 흐린 해 질 녘에 빛나고 있었다.

감시자들이 벙어리인 양 내가 이해할 수 있는 그 어떤 언어도 구사하지 않는다는 사실과 또 나를 어디로 데려갈지를 확인하는 데는 오랜 시간이 걸리지 않았다. 그곳은 차르의 도시에 있는 가장 유명한 감옥이었다. 이유가 뭐요? 그들은 내게 말해주지 않았다. 언제까지요? 아무도 대답하지 않았다. 에레리아 자작만이 나를 그곳에서 꺼내줄 수 있다는 걸 알았다. 하지만 내가 이런 상황에 처했다는 걸 그가 어떻게 알 수 있단 말인가? 내 여행이 도달한 축축하고 어둡고 악취 나는 독방을 참아내는 동안, 내가 아는 모든 도시들의 하늘이, 그 도시들 하나하나의 가장 불길한 얼굴이 나를 짓누르고 있었다.

IX. 아리아드나를 잊지 말아줘

로셀리는 예카테리나 여제의 궁정에 있고, 난 은둔하여 그
가 어떻게 산 카를로스 계획을 알게 됐는지에 대한 그 원고를
해석하고 있다. 당시에 보이지 않았던 그 도시는 지금도 역시
그렇다. 알파케스 항구와 운하, 광장 자리가 그 토스카나 출신
기사가 말한 곳과 일치한다고 추정되지만, 건물들이 갈수록 무
너져 내려서 그 풍경들은 더욱 감춰져 있다.

그럼에도 불구하고 이야기가 계속될수록 나는 안드레아에게
더 친밀감을 느꼈다. 나는 그와 세상이 흔들리는 듯한 불면의
밤들을, 아주 다양한 가면들을 사용하는 지속적인 하나의 실수
를 함께해왔다. 가면이 아니라면 그저 단순한 불안이거나 위험
을 계산한 것이거나 위협을 직관한 것이었을까?

일단 나는 클로에의 사진 촬영 여행에 함께하기 위해서 산

카를로스—머무르려고 여러 번 시도했고 또 회피했던—를
다시 떠나야 한다.

　바르셀로나에서 여행을 막 시작하려는 순간, 나는 그녀의
싱싱한 육체를 껴안았다. 그녀의 깨어 있는 두 눈은 언제나 놀
라고, 흥미를 보이고, 살펴보고, 비난하고, 회복하고, 또 슬퍼
할 준비가 돼 있다. 나는 그 두 눈을 사랑했다. 그걸 안다. 그
런데 지금은 그 무엇보다도 그녀의 눈이 두려웠다. 내게 변함
없이 뜨거울 것을 강요하기 때문이다. 이야기하거나 구상하고,
최소화하거나 과장하고, 유혹하거나 경청할 것을 강요하기 때
문이다. 불가능한 그 무엇을 요구한다는 걸 알게 되면, 그 사
람의 시선이 피곤해지고 사람 자체에 대해서도 싫증이 나는 법
이다. 그런데 그럼에도 불구하고 클로에는 나를 사로잡고, 내
감각들은 그녀의 단순한 모습에도 즉각적으로 반응한다. 그녀
가 내게 사진 프로젝트를 보여주기 위해 화랑에 들어섰던 그
첫날처럼 나는 그녀를 원했다. 그때도 똑같은 눈이었다. 바람
처럼 변화무쌍한. 한결같을 수도 있지만 갑자기 몰아붙일 수도
있고, 부드러울 수도 태풍 같을 수도 있으며, 따스할 수도 차
가울 수도 있는 바람. 그것은 제때에 돛을 올리기만 하면 이용
할 수 있는 바람이다. 그날 난 그 돛을 가지고 있었다. 그리고
우린 여기까지 왔다. 내가 지금 돛을 내리고 홀로 서야겠다고,
항해하는 대신 정박해야겠다고 느끼는 것은 그 누구의 잘못도
아니다. 그녀는 바람이기에 계속해서 불어야 하는 것이다.

클로에는 내가 왜 아레초에 왔는지 모른다. 영화의 무대가 됐던 장소들을 취재하는 데에 동의했고, 콰트로첸토(1400년대, 즉 15세기 이탈리아의 르네상스를 의미)의 토스카나 화가들에 대한 나의 열정을 모르지 않기 때문에 그녀가 나를 이용한 건 분명하다. 그러나 상트 페테르부르크 궁정에 있는, 아니 정확하게 말하면 그 지하 감옥에 있는 안드레아 로셀리라는 사람에 대해서 그녀는 아무런 의심도 하지 않고 있다. 내가 이탈리아까지 가져오지 않을 수 없었던 기록들에 대해, 수 세기를 뛰어넘는 그의 포옹에 대해 그녀는 아무것도 모른다.

우리는 지금 피에로 델라 프란체스카(이탈리아 화가로 성 프란체스코 성당의 제단 벽화 「십자가의 전설」이 대표작)의 위대한 프레스코화들이 살아남아 있는 예배당에 있다. 그의 「십자가의 전설」은 수년이 걸린 복원 작업 후에야 다시 일반에게 공개될 수 있었다. 포도밭의 구획들, 올리브 구릉들, 부드러운 파도처럼 굽이치는 언덕들을 가로질러 우뚝 솟은 아레초는 또 다른 발견이다. 막사에서 잠든 콘스탄틴 황제에게 천사 하나가 나타나서, 만일 그가 십자가를 받아들인다면 전쟁에서 승리할 거라는 사실을 알려주는 장면을 나타낸 이 작품은, 그 천사에게서 발산되는 빛으로 황제를 지키는 보초병까지도 비춘다. 실제는 그렇지 않았지만, 이 그림 속에서 황제는 마치 그의 의식이 멀리 다른 장소로 떠나버린 듯이 그 야영지에서 휴식하고 있다. 천사의 빛에 사로잡혀서 시간 가는 줄 모르고 그 장면을 유심히 보고 있는 동

안, 클로에는 시종 내키지 않는 듯한 태도를 유지하며 부자연
스러워하거나 딴 데 정신을 팔고 있었다. 나는 아무 그림이나
가리키며 헛소리를 했다. 그리고 프레스코화들을 보며 희열에
차서 하는 나의 이야기에 그녀가 감탄할 것을 기대했다. 실제
로 내 이야기는 어느 정도 사실이었다. 하지만 불편해하는 클
로에에게 무관심할 수 없었다. 그녀는 소리 나게 껌을 씹어 나
를 화나게 하고 정신을 산란케 했다. 신중하지 못하게 부적절
하고 유치한 반응을 보이며, 나는 그 경내―프레스코화들이
있는 교회 앞쪽의 반원 부분―를 떠났다. 그러고는 빠른 걸
음으로 어스름에 잠겨 있는 교회 전체를 가로질러 밝은 광장으
로 나왔다.

사십오 분 뒤, 에스프레소 거품 하나하나를 음미하면서, 시
끄럽게 놀고 있는 아이들과 『레푸블리카』지(紙)로 시선을 오
가던 나는, 불가해할 만큼 활달한 표정을 한 채 광장을 뛰어서
나를 향해 오는 클로에의 모습을 보았다. 그녀는 아마도 피에
로의 그림에서 본 빛으로 인해 행복감을 느끼고 있을 테지만,
내가 도망가버린 것 때문에 그런 티는 내지 않았다.

"왜 말도 없이 사라져버린 거야? 나한테 입장권 예약하라고
그렇게 말하더니만? 예배실 구경하는 것에 대해 그렇게 말을
많이 하더니……!"

"갑자기 한 가지 확인할 게 있다는 걸 깨달았어. 그냥 내버
려둘 수가 없어서……"

그러면서 나는 전략적으로, 클로에의 시선에서 멀리 떨어진

내 의자 뒤에 놓아두었던 봉투를 들어 그녀에게 주었다. 그녀는 분명 내가 잘못한 일에 대해 야단치는 걸 그만둘 것인지를 결정하지 못했다. 하지만 곧 호기심 때문인지 아니면 그냥 예의상 져주는 것인지 그 봉투를 열었다. 봉투에서 「십자가의 전설」에서 보았던 빛을 돌려주는 화려한 해설서가 나왔다. 우리가 방금 보았던 예배당 벽화들이 자세하게 찍혀 있어 우리는 멀리서만 보았던 그 모습들을 즐길 수 있었다. 그러나 클로에는 함정에 빠지지 않았다. 내 생각이 너무 이기적이었거나 충분하지 않았기 때문이다. 사진작가의 길고 공들인 손가락으로 책의 몇 부분을 들춰본 후에, 그녀는 내가 예배당에서 도망 나온 설명할 수 없는 이유에 대해 반격했다. 그녀의 집요한 추궁에 나는 설득력 있게 방어하지 못했다. 사실 그림에 빠져드는 걸 방해한 그녀의 태도로 화를 낼 쪽은 난데 말이다. 그러나 나는 싸움을 먼저 걸고 싶지 않았다. 그리고 결국 콘스탄틴 황제의 전령이 어떤 방법으로든 나를 도울 수 있을 듯했다.

"여기 좀 봐."

그 해설서의 서문에 묘한 매력을 느낀 클로에가 말했다.

"개개의 인물은 자신의 고유한 특징을 가지고 있다. 무섭거나 천진스럽거나 행복한 몸짓으로 우리를 매혹시키는 인물들은 그 내막을 알아보라고 우리를 초대하는 것이다. 그들은 모두가 작품 전체에서 일정한 역할을 한다. 그들의 태도와 행동, 개성은 화가가 우리에게 하는 이야기를 더욱 흥미롭게 전달한다. 각각의 인물들은 이러한 의도에 의해 재현된다, 라고 씌어 있어."

"개개의 얼굴에 있는 그 힘이 정말로 나를 놀라게 했어."

나는 그녀의 말에 장단을 맞췄다. 비록 실제로 받은 인상에 대해 말하는 것이지만 말이다.

"몇몇 비평가들은 '우리에 갇힌 인물들,' 또는 요즘 말하는 대로 '봉쇄된 인물들'에 대해 말했다."

그녀는 계속 읽었다.

"그들은 이야기에 있어서 자신들의 기능을 연출하고, 자신들이 해야 할 일을 하지만 우리는 그들 내면에 어떤 일이 일어나는지 모른다. ……이 글이 누굴 생각나게 하는지 알아?"

그녀가 읽기를 멈추고 물었다.

나는 머릿속에 가지고 있는 다양한 이미지들을 돌리기 시작했다. 르네상스 화가들에서 20세기의 어떤 '위장한 사람'으로 신속한 도약이 이루어졌다. 그리고 대화가 끊기지 않게 하기 위해 떠오르는 이름을 아무나 내뱉었다.

"모딜리아니!"

"당신이야!"

클로에는 이를테면, 단호함에서 부드러움까지—동정심을 거쳐—신속하게 전개되는 어조를 목소리에 담아 말했다.

"뭐라고?"

"그래. 당신이라고. 여기서 우리 뭐 하고 있는 거지?"

"이봐, 우린 아레초에 있다고…… 광장의 사진들…… 피에로 델라 프란체스카……"

“그래, 그렇겠지. 내 말은 우리가 계획된 프로그램대로 해 왔다는 거야. 그런데 당신은 어디다 정신을 팔고 있는 거냐고?”

“난 콘스탄틴과 함께 있지!”

그건 마치 화재가 나기 바로 일 초 전에 소방차가 도착한 것과 같았다. 클로에는 갈피를 잡지 못했다. 공격을 결정하지 않은, 웃어야 할지를 결정하지 않은 암사자처럼 그녀는 커다란 두 눈으로 여기저기를 바라보았다. 결국 내가 원하는 대로 되었다. 그녀가 무슨 말을 하는지 나는 정확하게 알지만 지금은 때가 아니다. 나는 무더운 아레초의 정오에 ‘우리 얘기 좀 해’라는 말을 받아들일 준비가 안 돼 있는 것이다. 악당들이나 사회에 불만 있는 사람들만이 자기 마음대로 본능을 발산하고 무더위로 인한 화풀이를 하는 것이다. 정오의 야만적인 시간이 지나도록 내버려두고 돛을 접자. 그리고 호텔의 시원한 방으로 피해 가서 오후가 숨을 좀 쉬게 해주기를 기다리자.

『패션』지의 기사로 낼 아레초 시청 광장의 사진을 찍기 위해 클로에가 외출했기 때문에 나는 한숨을 돌릴 수 있었다. 그렇게 되자 이백 년 전에 방랑하던 아레초 출신 남자가 내게 새로운 매력을 발산했다. 그는 희망에 차 있었지만 지금은 예카테리나 여제가 통치하는 러시아로의 고통스러운 여행 중에 있었다.

나는 로셀리의 그 거대한 이야기에 끌려 오후 전체가 지나가 버린 것도 몰랐다. 놀라서 시계를 보니, 아레초 시내에서 해지기 전에 클로에와 만나기로 돼 있었는데 늦게 도착할 판이었다. 나는 아직 근교의 올리브 밭과 포도원 사이에 있는 호텔에 있었다. 약속대로 가기엔 시간이 부족할 것이다. 그럴듯한 변명을 생각하는 동안 전화벨이 울렸다.

"어떻게 이 분 안에 그란데 광장까지 오겠다는 거야? 아홉 시에 약속했잖아. 꿈에 그리던 사진들을 찍었어! 채광이 끝내줬는데……!"

"지금 호텔에서 나가려던 참이었어. 간신히 전화 받은 거라고."

"아마 두 시간 이상이나 놓지 못하고 있던 그 종이 쪼가리들에 빠져 있었겠지……"

"아냐, 아냐. 호텔 근처를 한 바퀴 돌았다고. 들판이 꼭 내 것 같아. 내 말은, 우리 마을의 들판 같다는 거야. 잘 가꿔지긴 했지만."

"당신이 늦을 줄 알고 있었어. 나도 광장에서 가까운 곳에 있진 않아. 당신한테 전화한 건 그저 당신 친구인 소피아가 당신을 찾고 있다는 말을 해주기 위해서야. 며칠 전부터 당신이 휴대전화를 놓고 다녔기 때문에 결국 내 번호를 찾아냈나 봐……"

클로에는 이 마지막 부분에서 빈정거리는 투를 감추지 않았다.

"무슨 일인지 당신한테 얘기했어?"

"아니, 하지만 놀랐거나 걱정하는 눈치였어. 그 여자 말로는 이틀 전부터 당신하고 통화를 하려고 했다더군. 전화 한번 해주는 게 좋을 거 같아."

조짐이 좋지 않다. 클로에에게 호텔의 외곽을 산책했다고 거짓말을 했던 바로 그때, 내 머릿속에는 섬광처럼 문시아 언덕에 있는 소피아와 호나스의 집이 스쳐 지나갔었다. 불안하다.

전화로 소피아를 찾아냈을 때 그녀는 내게 서운함을 표시하려는 것 같았다. 그러나 곧이어 그녀가 무너져 있음을, 그래서 피난처를 찾고 있음을 느낄 수 있었다. 나 역시 그녀의 말을 들을 준비를 하고, 잠깐 동안 창문을 통해서 올리브들이 걸러 내는 색 바랜 빛을 바라봤다. 뒤돌아서니 황량한 벽들이 보였다. 나는 비망록에 시선을 고정했다. 도망갈 곳이 보이지 않았다. 나는 힘을 내어 소파에 앉았다. 곧 커다란 파도가 나를 덮칠 것을 알고 있었다. 소피아의 목소리는 갈라져 있었다.

"나를 혼자 내버려두지 마. 네가 필요해. 호나스는 타라고나 교도소에서 목을 맸어."

그녀가 내게 말했다! 이해되진 않지만 그는 목을 맨 것이다. 벌써 이틀 전에.

호나스는 죽었다. '보이지 않는 도시.' 유년 시절의 빛. 무너지는 세상.

"한 가지 더 있어."

다시 대화를 시작하자마자 소피아가 덧붙였다.

"그가 너한테 봉인된 봉투 하나를 남겼어."

클로에에게 나 먼저 산 카를로스로 돌아가겠다고 말하자 그녀는 발끈했다. 당연하다.

"당신은 당신 친구를 상관하지 않고 몇 년을 지내왔어. 그런데 지금 그가 죽으니까 서둘러 가겠다고 하네."

호나스가 내게 봉투를 남긴 극적인 일에 대해 그녀에게 시시콜콜 얘기하는 건 아무 소용이 없다. 그건 그녀에겐 우리가 방금 시작한 여행을 망쳐버릴 만한 충분한 이유가 아닌 것이다. 그녀는 "당신이 맘대로 선택해"라며 나를 선택의 기로에 몰아넣었다. 이것은 내가 본능적으로 피하고 싶어 하는 양자택일의 상황으로써 나를 굴복시킬 기회를 그녀가 기다리고 있었다는 인상을 주었다.

우리는 아레초 시내의 어느 대중식당에서 언쟁을 벌이며 저녁 식사를 망쳤고, 그 이후에는 호텔 창으로 보는 것과는 다른 향기 나는 밤과 무더운 낮이 끝난 다음의 활기찬 야외 분위기를 망쳐버렸다. 우리는 다시 언쟁을 벌였다. 결국 전화로 수속을 마친 후에, 난 클로에에게 피렌체에서 바르셀로나까지 갔다가 다시 산 카를로스에 가서 상황이 어떻게 돼가는지 보고 피렌체로 돌아오겠다고, 그 모든 걸 사십팔 시간 안에 하겠다고 말했다. 그동안 잡지사 일을 계속하고 있으면 나중에 함께 여행을 다시 즐길 수 있을 거라는 등등의 말도 덧붙였다. 그러나 아무런 소용이 없었다. 오히려 그녀는 더욱 화내고 이성을 잃었다. 그러나 돌아설 수는 없었다. 나는 내가 알 수 없는 그 무엇, 또는 그 누구와 함께해야 함을 알고 있었다. 그리고 이 하루 일정에, 사랑에 눈뜨고 두려움에 빠진 안드레아 로셀리가, 상트 페테르부르크에 있는 그가 다시 나와 동행할 것임을

알고 있었다. 나는 아레초에서 새로운 사실을 접할 것을 기대
했는데 일단은 빈손으로 돌아가게 되었다. 그러나 다시 돌아올
것이다.

너무 많은 다른 문제 때문에 나는 로셀리의 불행을 잠시 한
편에 놔둘 수밖에 없었다. 그 아레초인의 인생 역정은 내게 위
안이 되거나 또는 폭발물로 작용할 수도 있을 것이다. 무엇보
다도 그것은 이미 내게 피할 수 없는 매력을 행사하고 있다.
그리고 그 매력은 지금까지 티에폴로나 산 카를로스에 대해 느
꼈던 위험하고 불충분한 단서들에서보다 베드로-바울 요새의
지하 감옥에서 더 많이 발견될 것이다.

소피아는 호나스의 메모와 함께 나를 기다리고 있었다. 나는
소피아를 껴안았다. 그녀는 불과 이 주일 전의 흐뭇한 감격과
는 매우 다른 긴장 상태로 별장 현관에서 나를 기다리고 있었
다. 그녀는 내 조의에 대해 무미건조하게 감사를 표하고, 곧바
로 전경이 보이는 테라스를 향해 갔다. 거기서 나는 만에서 벌
어지는 밤의 이상한 움직임들——나를 다시 이 집에 돌아오게
한 사건들을 야기한——을 목격했다. 여름의 불볕 더위가 물러
가고 문시아 산맥의 그늘에 의해 햇볕이 무장해제된 오늘 오후
에는 소피아 멘디사발이 아무리 냉담하게 굴더라도, 모든 것이
견고한 행위와 억제할 길 없는 열정 위에 올려짐으로 인해서
대화와 이성의 제국을 만들 수 있을 것 같았다. 그런데 그게
아니었다!

"그토록 간절할 때 내게 등을 돌렸으면서도 내가 너한테 미소 짓기를 바라진 않겠지?"

그녀의 목소리가 갈라졌다.

"소피아, 제발. 내가 너를 내버려뒀다고 생각하는 건 유감이야. 너 혼자 그런 불행을 겪어서…… 하지만 그만두자고. 지금 내가 여기 있잖아."

나는 그녀의 손을 잡고 두 눈을 바라보면서 말했다.

"쫓기고 있어, 에밀리. 돈을 내놓으래."

"누가? 무슨 돈을?"

"호나스가 잡히던 파티 날 밤에 경찰이 엄청난 양의 마약을 몰수했는데, 아마 사라진 게 더 많을 거야. 그때부터 물건을 다른 이들에게 넘기려고 바냐 곳에 배를 댔던 그 공급책들이 계속해서 내게 돈을 요구하고 있어."

"하지만 넌 그 일에 아무런 상관도 없잖아?"

나는 순진함과 막연한 연대감으로 그녀의 말에 이의를 제기했다.

"아무 상관없지! 심지어 나는 호나스가 어떤 사람들과 관계했는지, 어떤 계약을 했는지도 모르는데……"

"그는 죽었어! 왜 놈들은 딴 데 가서 알아보지 않는 거지?"

내가 목소리를 높였다.

"그걸 어떻게 알아! 내가 아는 건 내가 복잡한 일 때문에 돌아버릴 지경이라는 거야. 추측건대 그와 함께 일했던 이들은 네 명이고, 그 콜롬비아인들은……"

"콜롬비아인들이라고? 그걸 어떻게 알지?"

"몰라! 말투가 그랬어. 나한테 협박하려고 전화했거든. 어떻게 해야 할지 모르겠어."

"하지만 만일, 호나스는 죽었고 너는 상관없다고 말하면……"

나는 그녀를 도우려는 의도로 덧붙였다.

"왜 그들을 경찰에 고소하지 않니? 네가 손해날 건 없잖아?"

"고소? 누굴?"

"그건 경찰이 조사해야지! 적어도 널 보호해줄 거 아냐!"

"이봐, 호나스가 엮여 있던 복잡한 문제에 대해 내가 조금 아는 것 중에 분명한 사실이 있는데, 그건 경찰이 나를 이 위기에서 구해내지 못할 거란 사실이야. 장난이 아냐. 날 죽이겠다고 협박한다고. 무슨 말인지 알겠어?"

"알겠어. 아니 알도록 해볼게. 내 말은 네가 경찰에 갈 생각이 없다면 너한테 남은 선택은 돈을 주든지 끝내든지야, 안 그래?"

"그래! 그게 문제지!"

소피아는 점점 더 불안해하며, 아니면 내가 답답했는지 더 화를 내며 말했다.

"얼마를 요구하지? 그들이 너에게 최후통첩을 했니?"

"가능하면 빠른 시간 안에 돈을 달라고 했어. 빠르면 빠를수록 좋다고. 내일 침대에서 일어나자마자 현관에서 그들을 맞이하게 될지도 모르겠어……"

"알았어. 며칠 동안 우리 집에 와 있어, 바르셀로나에. 거기 선 너를 찾아내지 못할 거야. 그리고 그동안 돈을 구할 시간을 확보할 수 있을 테지."

"고마워, 에밀리…… 하지만 그 액수가 얼만지 넌 상상도 못해!"

이런 식으로 반복되는 말에 지쳐버린 건 내 쪽이었다. 소피 아는 백만장자다. 물론 그 점에서 그녀를 도울 수 있는 사람은 내가 아니다. 나는 즉시 그녀 가족의 재산과 부동산 사업, 예 술품들을 정리해야 한다고 은연중에 시사했다. 그러자 소피아 는 슬픔에 잠겼다. 그녀는 조금 전 내가 자기 손을 잡았던 것 처럼 내 손을 잡았다.

"며칠 전부터 너한테 그걸 설명하려고 했어. 호나스의 그 망 할 사업이 전부 날려버렸지. 부동산업은 아주 잘되고 있었어. 하지만 네 친구의 무모함은 갈수록 위험해졌지. 더 많이 투자 를 해야 했고, 어떤 때는 정도를 넘어서는 금액을 필요로 하기 도 했어. 하지만 그럴수록 더 많은 빚을 질 뿐이었어. 나는 가 족에게 도움을 요청하곤 했는데, 우리 집에서 그것마저 어느 날엔가 거절하는 거야. 그러다가 얼마 전부터 빚더미를 벗어나 게 해줄 듯한 판매 전망이 보였어. 나는 좀 거리를 두고 있었 지. 새로운 예술 사업에 몸을 보호하면서 말야. 하지만 호나스 가 재정 문제를 신속하게 해결할 수 있는 방법을 발견하게 된 거야. 뭔지 알아맞힐 수 있지? 안 그래?"

"마약 밀거래."

"바로 그거야. 용감한 해결책이지. 지폐가 엄청나게 들어왔을 거야. 하지만 공급자들은 거래를 늘리기를 원했고, 그는 더 많은 물건들을 받아야 했겠지. 그리고 그걸 팔고 돈을 지불하고……"

나는 영화를 보듯이 소피아의 얘기를 들었다. 그 모든 것은 예견할 수 있는 완벽한 논리성을 가지고 있었고, 가장 저속한 이들—강한 불빛에 몰려드는 곤충들—이 만들어낸 빛으로 감춰진 천박한 모습을 그대로 보여주었다. 세상일은 그러기 마련이거나, 혹은 늘 그래왔다는 그 영원한 속설에 말없이 웃으며 따를 뿐인 삶이 내 피와 영혼을 빨아먹는 걸 원치 않았기 때문에, 나는 어느 날 소피아가 멈춰 선 곳에서 떠나왔던 것이었다. 어렸을 때 함께 놀던 꼬마 무리들을 다시 모을 수 없음을 알게 됐을 때처럼 갑작스러운 향수가 이따금씩 찾아오겠지만, 지금은 이미 고인 물을 역류시킬 수 없는 늦은 상황이다. 호나스의 죽음은 돌이킬 수 없다. 그런데 이 사실에서 소피아가 말하려는 건 뭘까? 바르셀로나에서 그녀를 알게 됐을 때, 나는 그녀에게서 내가 갖지 못했던 것, 내가 열망하는 것의 일부를 보았다. 그림, 독서, 여행, 관계들, 돈 같은 것들을. 그런데 믿을 수 없는 건 지금은……

"호나스가 너한테 남겨놓은 메모가 여기 있어. 해결의 실마리를 제공할 수도 있을 거야!"

소피아가 조금 구겨진 흰 봉투 하나를 건넸다. 나는 그 자리에서 그 봉투를 열었다. 그렇게 하지 않으면 결정을 하기가 더욱더 힘들어질 것 같았기 때문이다.

종이를 펼칠 준비를 하면서 나는 호나스를 생각하고 싶었다. 그러나 소피아 때문에 정신이 멍해서 그렇게 할 수 없었다. 둘 사이에 있는 오후. 오후 안에 있는 두 사람. 메모에 적혀 있는 건 너무 간단하면서도 예기치 않게 당황스러운 내용이었다.

'아리아드나를 잊지 말아줘.'

나는 그 글을 말없이 두 손에 쥐고 있었다. 내가 저 아래 어느 웅덩이 속으로 떨어지듯 완전히 잠겨버리는 동안 내 얼굴은 아무것도 표현하지 못하고 달려가 숨어버리는, 구름을 바라보는 가면이 되었다. 나는 눈물 없이 울었다. 그러고 곧 진정했다. 마치 잠잠해졌다고 믿었던 어느 옛 폭풍에 끌려 다니는 것만 같았다. 저기 바깥, 먼 곳에 소피아가 입술을 움직이며 얼굴에 표정을 담아내는 것을 보며 난 주먹을 쥐고는 쥐어짜듯 그 종이를 움켜잡았다.

소피아가 하는 이야기를 다시 이해할 수 있게 됐을 때, 나는 어느 질문이나 어떤 대답이었을 그 이야기의 끝 부분만을 들었다.

"우리는 그 티에폴로를 찾아내야 돼. 그것만이 유일한 해결책이야. 오백만 유로라고."

"뭐라고 했어, 소피아? 지금 난 티에폴로에게 신경 쓸 준비가 돼 있지 않아. 날 좀 봐. 아직 발레리아나에게도 아리아드나에게도 조문을 하지 못했거든. 용서해줄 거지? 다시 말하는데, 며칠 동안 우리 집에 와 있어. 이제 난 가야 돼."

“한 가지만 말해, 에밀리.”

소피아가 심각하면서도 동시에 설득력 있는 몸짓으로 말했다. 갑자기 친밀감이 느껴졌다.

“그 메모에 적혀 있는 것이 어떤 방법으로든 나를 도울 수 있을까?”

“아니, 안 그래, 소피아. 미안해, 이건 개인적인 거야. 호나스와 나 사이의. 사실은 호나스와 나 사이도 아니지. 이제 가야 돼, 이해해줘.”

“에밀리, 나를 도와서 티에폴로를 찾아줘야 해! 나는 그게 있다는 걸 알아. 그건 존재한다고! 그게 해결해줄 거야!”

내가 멍한 상태로 차를 향해 가는 동안, 소피아는 소녀처럼 내 팔을 잡아당겼다. 그러다 어느 순간 그녀가 고집을 꺾었다. 그녀가 팔짱을 풀고는 내게 이별의 몸짓을 보내면서 뒤에 남았을 때, 난 이미 차에 타서 ‘나중에 전화해’라는 말을 하려고 하고 있었다.

내겐 호나스가 감옥에서 죽기 전에 썼던 말만이 들려왔다.

“아리아드나를 잊지 말아줘.”

X. 상트 페테르부르크

「'보이지 않는 도시'에 대한 비망록」에서

견딜 수 없는 습기와 구역질 나는 악취가 계속되어, 자유를 잃어버린 것보다 더 힘들게 느껴졌다. 그러나 실제로 그렇지는 않다, 분명히. 독방에서 다른 독방으로 돌아다니는 쥐들이 자유를 빼앗긴 것보다 견디기 힘들지는 않았고, 또 구속 이틀째 제공받은 썩은 음식도 그러했다. 아무런 연락도 받지 못하고 일주일이 지났다. 요새의 감옥에 나를 가두어놓은 이유조차도 전혀 알지 못한 채. 내가 들은 유일한 소리는 벽과 좁은 통로를 통해 들리는 신음과 탄식뿐이었고, 그것들은 나 역시도 겪어야 할 끔찍한 시간에 대한 공포를 느끼게 했다.

두 눈이 어둠에 적응하여, 넷째 날에는 감히 종이와 펜을 요구해보았는데 다섯째 날에 받았다. 그토록 처참한 상황 아래서 나는 그 도시에 대해 내가 맡았던 조사를 완성하기 위해 아직하지 못한 연구와 지금까지 해왔던 조사들에 대한 목록을 만들었다. 그리고 남아 있는 일이 아주 적다는 걸 알고는, 만일 이 늑대 굴에서 나가게 되면 마드리드로 돌아가는 걸 몇 달 앞당기기 위해 최대한 빨리 수속을 밟겠다고 다짐했다. 그 일은 이틀 정도 소일거리가 되었고 내 소망도 그 정도만큼 유지됐지만, 이후의 내 절망은 제어할 길을 찾지 못했다. 어떻게 그 오랜 시간 동안 스페인 대사는 내가 어디에 있는가를 알아내서 구해내지 못할까? 그게 그의 의무인데도 말이다. 그리고 혹 그가 너무 늦게 개입하거나 별로 그럴 의지가 없는 거라면, 나는 저 벽 너머에서 이미 영원히 입을 다물어버리거나 신음하고 있는 이들의 대열에 합류하게 되는 것일까?

아마도 대사관은 나에 대해 모르는 척하고 있었으리라. 나는 위대한 티에폴로가 스페인 조정에 도착하던 때를 기억하지 않을 수 없었다. 그가 스페인 왕국에 발을 딛자마자 스페인 조정은 베네치아에서 그를 작업에 참여시키기 위해 애를 태운 만큼 그에게 무관심했던 것이다.

'아, 만일 나의 세실리아가 이곳에 있다면! 그녀가 나를 위해 여제에게 중재할 수 있다면!'

나는 감상적이 되어 이렇게 생각했다. 나는 몇 달 동안 그녀에게서 아무런 편지도 받지 못하고 있었다.

한 보초가 내 독방만큼이나 얼음같이 차갑고 좁은 복도를 통해 나를 계단 위로 질질 끌고 가서, 좀더 환한 새 감옥 같은 곳에 나를 넣기까지는 그러고도 며칠이 더 지나서였다. 그곳은 높은 창문을 통해 빛이 들어오고 있었는데, 창문 너머에서는 사람들이 지나가는 소리도 들렸다. 나는 아무런 설명도 듣지 못하다가 결국 스페인 대사관에서 일한다는 사람이 나타나 나더러 함께 가자고 해서 그와 함께 햇빛이 비치는 외부로 나올 수 있었다. 베드로-바울 요새의 첨탑이 상트 페테르부르크의 석양 무렵을 횃불처럼 지배하고 있었다.

스페인 대사의 명령으로 왔다며 프랑스어를 중얼거리는 그 러시아 사람을 전적으로 믿을 수는 없었지만, 그를 따르는 것 이외에는 다른 선택의 여지가 없었다. 나는 누더기를 걸친 더러운 상태였고, 류머티즘 때문에 몸을 마음대로 가누지 못했으며, 이제 곧 목이 비틀어질 새처럼 놀란 상태였다. 그런데 그 사람의 말은 사실이었다. 한 시간 뒤에 대사관에서 자작은 나를 극진히 대접했다. 그는 무슨 일이 있었는지를 설명해주기 전에, 내게 더운 목욕을 할 수 있도록 해주고 새 옷을 제공해 주었다.

새로운 모습으로 나타난 나는 그들과 대화를 나누기 시작했다.

"당신을 실수로 체포한 것에 대해 법무부 장관이 친히 사과했습니다, 세뇨르 로셀리. 우리가 당신이 있는 곳을 찾아내느라 걸린 시간에 대해서 나는 그저 당신에게 심심한 사죄를 전할 뿐입니다."

"그 소굴에서 저를 꺼내주신 것만으로도 감사드립니다, 자작님. 물리적인 환경도 아주 역겨웠지만, 제가 느꼈던 두려움이 더 힘들었습니다. 앞으로 제게 일어날지도 모를 일에 대한 두려움 말입니다……”

“당신은 아무것도 두려워할 것이 없습니다.”

대사는 짐짓 순진하게 말했다.

“죄송한 말이지만, 만일 자작께서 지하를 가득 채운 그 울부짖음을 들었더라면……”

“러시아는 죄수들로 가득 차 있습니다. 정의가 승리하고 있는 것이 이상할 게 없지요. 여제의 적들은 열렬한 지지자들만큼이나 많습니다……”

“이해가 안 됩니다, 존경하는 자작님.”

“세뇨르 로셀리, 솔직해집시다. 당신에게 내가 몇 가지를 말했는데, 아마도 당신은 그걸 무시했지 싶은데…… 장관이 당신의 체포를 실수로 돌리며 변명한 것은 당신에게 전혀 잘못이 없었다는 의미가 아닙니다. 차르스코에 셀로에서 여제의 환영식이 있었던 후부터, 매 순간 그들은 당신을 감시해왔다고 확신해도 좋습니다. 그래서 만일 당신이 어떤, 뭐라고 할까요? 실수를 저질렀다면……”

“당신에게 그 어떤 만남에 대해 솔직하게 말하고 싶지만 그건 불가능한……”

나는 대사에게 더 이상 아무것도 숨길 수 없음을 깨닫고 말하기 시작했다. 그러나 그는 내 말을 끊었다.

“그만둡시다, 친구. 난 그 만남에 대해 알고 있습니다. 그들이 당신에게 아주 분명하게 경고한 것으로 생각하십시오. 만일 그와 비슷한 일이 반복되면 내가 지금과 같은 결과를 반드시 가져오지 못할 수도 있다는 걸 명심해두십시오."

　내 생애 가장 슬픈 성탄절이 얼마 남지 않았었다. 나는 이제 그 어떤 다른 곳보다도 배타적으로 변해버린 도시에 있었다. 눈보라 때문에 하루 종일 집 밖으로 나갈 수도 없는 날들이 많아, 나는 그 시간에 국왕의 임무를 받은 보고서를 작성했다. 작업은 실질적으로 1767년 초에 끝나, 나는 형편 되는 대로 스페인으로 떠나겠다고 에레리아 자작에게 알렸다. 그건 한겨울에는 결코 쉬운 일이 아니었던 것이다.

　호화로운 환영식, 찬란한 궁전 건축, 대담하고도 엄밀한 도시 조직, 도시 전체가 순종하던 장엄함과 지칠 줄 모르는 사회 활동은 이 수도의 찬란한 얼굴을 이루고 있었지만, 지하 감옥의 쥐구멍, 거리에서 얼어 죽은 빈자(貧者)들의 시신들, 수프 한 접시를 구걸하기 위해 줄 서서 기다리던 노예들은 내게 이곳의 가장 불길한 면모도 보여주었다.

　상트 페테르부르크는 표트르 대제가 기대했던 대로 유럽의 최고 도시인가? 아니면 얼음같이 차가운 초원 한가운데 있는 황금 우리인가? 예카테리나는 빛의 후원자인가, 아니면 자신의 권력을 위태롭게 할까 봐 그 어떤 움직임이라도 경계하는 압제자인가? 그러나 결국 보이지 않는 내 감옥은 다른 것이었다. 세실리아의 굴욕적인 침묵에 낙담하여 그녀에게 편지 쓰기를 그만둔 지가 수 주나 됐던 것이다.

　지난봄 상트 페테르부르크에 도착했을 때는, 비록 수천 킬로미터나 떨어져 있지만 불타오르는 세실리아의 뚜렷한 존재만큼이나 조사에서 발견한 각각의 사실들, 카를로스의 계획을 위한 새로운 아이디어, 그리고 계몽된 한 시민—아! 이 도시의 현자 중의 현자였던 위대한 라스트렐리와의 산책들이여!—과의 대화 하나하나가 나를 자극했었다. 도시는 내게 미소 지었고, 내 인생 또한 그러했었다. 마찬가지로 처음에는 그녀의 침묵에 놀랐지만, 그것이 연장될수록 나는 더 낙심해서 세실리아가 아마도 어쩔 수 없을 만큼 멀어지고 있으며 그녀의 얼굴이 뿌옇게 흐려지고 있다고 생각했다. 모든 것이 그 얼음 감옥에서는 적대적으로 변해갔다. 우리의 연약한 감성이 움직일 때 세속적인 것만이 남는다면, 그렇다면 이성의 제국은 어디에 있단 말인가?

그러나 다행스럽게도 사랑하는 잠바티스타 티에폴로의 짧지만 애정 어린 편지는 항상 끊어지지 않았다. 그 위대한 베네치아인은 자기와 스페인 조정과의 관계가 예전에 기대했던 대로가 아님을 내게 살그머니 이해시켜주었다. 왕궁의 찬란한 작업이 끝나자 그는 국왕을 위해 계속해서 봉사하며 국왕의 처분대로 할 준비가 돼 있었고, 이에 카를로스는 기뻐했다. 그러나 그럼에도 불구하고 티에폴로의 새로운 계획은 받아들이기에 심각한 문제들을 안고 있었다. 반면 나는 그의 이름이 씌어진 서류만 봐도 그의 그림이 발산하는 흥분과 동요를 느낄 수 있었다.

그러던 중, 에레리아 자작이 내게 러시아의 수도를 떠날 방법을 알아냈다고 통보해주었다. 덕분에 내 우울함은 나아졌다. 리가까지 육로로 가면, 거기서는 암스테르담으로 가는 배를 타는 것이 그리 어렵지 않을 것이고, 거기서 칸타브리아(스페인 북부 지방)까지 가면 된다는 것이었다. 그리고 그는 친절하게도 그전에 내가 그 도시와 화해해야 한다는 말도 덧붙여주었다. 그는 예카테리나의 겨울 궁전에서 있을 카니발의 가면무도회에 나와 함께 가기 위해 모든 것을 준비해두었던 것이다. 그 무도회는 삼천 명 이상을 초대하는 최고로 화려한 사교 행사였다.

눈썰매는 거리의 진흙과 뒤섞여 더럽혀진 눈 위로 길을 내며 어렵게 우리를 왕궁 현관까지 태우고 갔다. 그곳은 정차해 있는 마차들과 새로 운행을 준비하는 마차들, 최고로 멋진 옷을 입고 얼굴을 가면 뒤에 숨긴 사람들로 복잡했고 또 활기찼다. 건물에 들어서자 우리가 지나가는 매 홀마다 춤추고 먹고 마시고 담소를 나누는 행복한 신사 숙녀들의 모습이 보였다. 또한 다양한 오케스트라가 찬란한 밤의 리듬을 연주하고 있었다.

때때로 우리는 춤을 추며 모이다가 그 자리에서 즉석 대화를 나누었는데, 두 번 이상이나 나는 여기저기서 다음과 같은 귓속말을 하는 것을 들었다.

"저기 있는 여자 보입니까? 여제지요. 내 말이 맞아요. 자세히 보면, 건장한 그레고리 오를로프가 가까이에서 그녀를 따라다니는 걸 알 수 있다니까요."

그럴 때마다 그런 소문을 퍼뜨리는 이들은 각기 다른 사람을 가리키고 있었다.

여제라고 생각되는 인물을 방금 가리켰던, 가면 아래 생글 거리는 두 눈을 하고 있는 젊은 얼굴의 한 숙녀—그녀는 창백한 두 팔과 보기만 해도 두근거리게 하는 풍만한 가슴을 가지고 있었다—가 덧붙여 말했다.

"당신은 스페인 국왕의 이탈리아 건축가지요?"

그리고 그녀는 의아해하는 내게 분명한 어조로 다시 말했다.

"당신은 당신에게 말을 하는 사람보다 아치형 천장과 기둥, 큰 창문과 커튼을 더 주목하지요. 이탈리아어 악센트가 섞인 프랑스어를 사용하고요. 나는 차르스코에 셀로에서 당신을 보았답니다."

오후의 그 늦은 시간에 포도주와 샴페인은 충분히 효과를 내고 있었고, 나는 행운아가 된 것 같았다. 이제 말솜씨라는, 항상 확실하지만은 않은 능력의 도움을 받을 수 있으니 말이다.

"사람들 말이 당신은 폼페이에서 발견된 그림들에 대해 예카테리나와 얘기했다더군요. 당신이 그 위대한 티에폴로의 친구라는 것도요. 또 스페인 국왕은 애인이 한 명도 없었다면서요?"

춤의 스텝이 우리를 서로 가깝게 해줄 때, 가면을 쓴 그 가냘픈 숙녀가 속삭였다. 이어서 그녀의 웃는 얼굴에서 깨물어버리고 싶은 새하얀 이를 본 듯했다. 그리고 나 역시 웃으면서 그녀에게 낯간지러운 말을 건내기도 했다.

"사람들 말로는 스페인 왕이 미쳤다고 해요. 카스티야 지방의 귀족들은 근엄하고 인색해서 옷도 유행에 맞춰 입지 못한다는 걸 유럽 전체가 다 알고 있어요. 그런데 이사벨 데 파르네시오의 아들(카를로스 3세를 가리킴)은 자신의 페테르부르크인 산 카를로스로 그들을 끌고 가기 위해 뭘 할까요?"

나는 그녀의 말을 자르고 물었다.

"그런데 당신은 어떻게 왕이 원하는 걸……?"

그러자 그녀는 손가락 하나를 입에 대고, 내 팔을 당겨 자기를 따라오게 했다. 우리는 이미 샴페인과 흥겨움과 유혹에 취했기 때문에 예의와 범절을 잊어버린 채 몇 개의 홀을 지나갔다.

나를 향해 뒤돌아보곤 했던 그녀의 모습으로 인해, 나는 어떻게 해서 우리가 그 어둡고 한적한, 기다란 형태의 방에 도착했는지 설명하기가 힘들다. 파티의 소란함은 마치 다른 세계에서 열리는 듯이 희미해졌다. 그 숙녀는 커다란 창문 하나를 열어달라고 내게 도움을 청했다. 창문을 열자 쌓여 있던 눈가루가 우리 얼굴을 간질이며—가면은 벗었지만 어스름에 우리의 모습은 감춰져 있었고—이미 흥분된 상태로 혈관을 달리고 있던 피를 식혀주었다. 우리는 동정 없는 밤 앞에서 서로를 껴안고 입 맞추었다. 그러고는 다시 커다란 문들을 닫은 뒤 두 마리 작은 짐승처럼 바닥을 뒹굴었다. 장님처럼 서로의 몸을 더듬으며. 암사자나 표범, 또는 사슴처럼.

"들키면 우린 교수형당할 거예요."

잠들기 전에 그녀가 말했다. 그렇게 얼마 동안 있었을까. 잠에서 깨어난 나는 너무 놀라고 당황해서 등불을 찾았다. 그러고는 불을 켠 후 홀을 장식한 그림들을 비추면서 놀란 상태로 홀의 벽들을 따라 달렸다. 나는 예카테리나가 그토록 자랑스러워하는 수집품들 앞에 있었던 것이다!

나는 렘브란트의「돌아온 탕자」(옛 겨울 궁전이자 지금의 에르미타쥐 국립 미술관에 보관돼 있다)를 보며 화염 같은 붉은 색채에 이끌렸다. 그 작품의 인물들은 어둠 속에서 떠올라 있었다. 누더기를 입고 무릎 꿇은 아들을 감싸 안은 아버지의 감동적인 얼굴이 내 마음을 동요시켰다. 귀추를 주목하고 있는 다른 사람들의 얼굴은 창백했다. 나는 내 아버지의 얼굴을 알지 못하지만, 그럼에도 불구하고 언젠가 렘브란트의 인물처럼 그분이 나를 안아주기를 소망했다.

나는 그림들에 감동받으면서도 한편으로는 긴장하며 주변을 살폈다. 내 기억 속에서는 니콜라스 푸생(프랑스 고전주의의 대표 화가)의「탄크레드와 에르미니아」(타소의 서사시「예루살렘 해방」에 나오는 이야기를 토대로 푸생이 그린 그림. 십자군 기사 탄크레드와 사라센 여인 에르미니아의 사랑에 대한 것으로 현재 에르미타쥐에 소장)가 섬세하고 산뜻하게 빛나고 있었다. 그 백마, 그녀 옷의 푸르름을 반사하는 칼의 번뜩임, 땅에 누워 있는 남자, 희뿌연 은빛 갑옷과 방패가.

등불의 도움을 받아, 관능이 나와 가면 쓴 그 숙녀를 이끌었던 처음의 그 홀까지 돌아왔으나 그녀는 없었다. 아주 비밀스러운 방법으로 사라진 것이다. 그리고 내가 여제의 화랑에 들어온 뒤 벌어질 일에 대해 충분히 생각하고 걱정할 시간을 갖기도 전에, 거짓말처럼 경비 하나가 신속히 나를 데리고 어스름 속의 복도와 홀들을 지나 왕궁의 입구까지 동행했다.

그다음 날은 내가 스페인으로 돌아가기 이틀 전이었다. 나는 그때, 그 야회(夜會)에서의 도취된 향락에 의해 불타버린 정신과 천박한 행동으로 파괴되었거나 아니면 아마도 그녀의 웃음과 감촉에 대한 생생한 기억으로 인해 흥분한 마음, 그리고 돌이킬 수 없는 배신으로 인해 괴로운 정신 등으로 혼란스러웠다. 누구에 대한, 무엇에 대한 배신이었던가? 그것은 세실리아에 대한, 예전에 느꼈던 사랑에 대한 배신이었다.

나는 어쩔 수 없이 둘로 조각난 상태에서 상트 페테르부르크를 떠나게 될 것이었다. 반 조각은 삶에 맞서는 이들의 승리에 찬 너털웃음에 장단을 맞추고, 나머지 반은 마치 역겨운 범죄를 저지른 것처럼 수심에 잠겨 부끄러워하는 상태에서 말이다.

'안녕, 네바 강의 원형 지붕들이여! 안녕, 네프스키 대로의 꿈들이여! 안녕, 이름 모를 숙녀들이여! 그리고 안녕, 내 순수함이여!'

떠오르는 태양에 의해 금빛 첨탑이 더욱더 작아지는 동안 내 입술은 이렇게 말하고 있었는지 모른다. 나는 리가를 향해 가면서 예카테리나가 아직 소피아 공주였던 시절, 불행과 영광 사이에는 단지 좁은 통로만이 있음을 깨달았던 날, 바로 이 길에서 보았던 행렬처럼 어둡고 어수선한 공상에 빠져 있었다.

세상의 영광 또는 마음의 영광. 어느 것이 더 중요한 것인가? 나는 상트 페테르부르크에서 위대한 세상의 영광을 알았으나, 그럼에도 불구하고 불행에 처박혀 있었다. 그러나 어찌됐든 여행은, 한 번 더 내가 내 자신의 유령들에 의해 지배받

지 않도록 해줄 것이고, 또 한 번 더 상상의 감옥에서 도망칠
수 있도록 해주리라. 비록 비싼 대가를 지불해야 하지만 말이
다. 어떤 도시도 내가 머물 곳이 아니고, 스스로 내가 누군지
모르게 되어버리는 그런 대가를.

　리가에서 나를 호위하느라 애썼던 대사관 관리가 내 짐을 선
실에 갖다 놓았을 때, 배는 막 암스테르담을 향해 출항하려 하
고 있었다. 배가 항구를 떠나고 갑판을 덮은 인파가 승무원들
을 에워싼 그 흥분의 순간, 그 관리가 거드름 피우는 어조로
내게 말했다.
　"세뇨르 로셀리, 대사관에 있는 어떤 사람이 출항 직전에 당
신께 이 소포를 전해주라고 아주 은밀하게 내게 부탁했습니다.
난 이제 약속을 이행했네요. 이제 당신은 어떻게 이 봉투가 당신
손에 들어왔는지에 대해 영원히 비밀을 지켜주시기 바랍니다."
　몇 시간 뒤, 네덜란드로 가는 바다 한가운데에서 우리는 우
리를 위협하는 희뿌연 바다 위에 그저 흰 얼룩에 지나지 않았
다. 그때 나는 조심스럽게 그 소포를 열고는 내용물을 선실의
작은 탁자 위에 쏟아놓았다. 나는 심호흡을 했다. 끈으로 묶어
놓은 봉투 묶음이었다. 그것은 세실리아의 편지들이었다. 수
신자에게 결코 닿지 못했던 스무 장의 편지들.
　먹구름도 폭풍우도 필요치 않았으리라. 볕이 잘 드는 날도
사나운 풍랑도, 얼음같이 차가운 밤도 잔잔한 새벽녘도, 항해
에 대한 두려움이나 무사함에 대한 감사도, 갑판 위에 선 선원

들의 동요도 여명의 평화로움도, 꿈같은 지옥도 선명한 지평선의 향기도. 그 항해 중에는 그 모든 것 중 어느 하나도 내게 필요치 않았다. 세실리아의 언어들은 너무도 달콤했는데, 답장이 없자 너무도 격렬해졌다. 그녀의 애정 표현은 너무도 자극적이었고, 내 무심함을 탓하는 그녀의 원망은 너무도 가혹했다. 그리고 혹 내가 편지를 받지 못하는 게 아닐까를 의심하기 시작한 때에는 너무도 지적이고 감동적이었는데…… 그리고 거기에는 내 인격의 가장 부끄러운 부분이 있었다. 내 침묵 앞에 선 그녀의 이해심 있는 희망은, 그녀의 편지가 끝났다고 믿었을 때 그녀에 대한 추억을 포기한 나를 선명하게 보여주었던 것이다.

내 자신의 행동에 대한 질책이 그 편지를 붙잡아두었던 자들에 대한 분노, 그리고 노여움과 뒤섞였다. 마드리드에 도착하자마자 자작에 대한 탄원서를 제출하리라! 그러나 누구에게 항의할 것인가? 사바티니에게? 국왕에게? 선실 안을 돌고 또 도는 동안, 나는 스스로가 다시 한 번 우리에 갇힌 야수같이 느껴졌다.

세실리아가 보여주었던 변함없는 마음만이 내 기력을 회복시켜주었다. 그러나 내가 마드리드에 도착했을 때, 만일 마지막 순간에 전해진 이 편지들이 새로운 협박으로, 우리 관계가 전혀 비밀이 아니었다는 증명이 되어버린다면 우리는 어떻게 될 것인가?

XI. 상상의 감옥

나는 마을의 아래쪽 거리를 헤매고 있다. 이 거리들은 이백
년도 더 전에 항구 또는 해변과 '왕의 도시'——연안의 울퉁불
퉁한 바위가 융기된 곳에 일어난 도시——사이에 있던 목초지
를 밀어버리고 그 자리에 들어선 것이다. 바둑판처럼 도시화된
'왕의 도시'의 커다란 광장들, 대로들과는 달리 어부들의 구역
은 좁은 골목길과 통로들, 그리고 오늘날에도 남아 있는 검소
하고 낮은 집들로 이루어져 있다. 언젠가 창고로 쓰였을 그 집
들은 왕의 건축가들이 경멸했던 지대와 넓은 해변——삼각주
모래 퇴적량이 증가함에 따라 바다에서 더 멀어지고 있는——
사이에 위치하고 있다. 한 세대가 끝나고 또 한 세대가 스러진
다. 아마 내가 아는 이들도 그렇게 되리라. 이백 년 전의 풍경
이 들어온다. 모닥불이 하나 있고 바다의 소곤거림이 들린다.

문 열린 집에서 한 여인이 출산하며 신음 소리를 낸다. 왕의 일꾼 하나가 어부들의 구역에 도전적인 태도로 들어서고 있다. 더러운 바다에서 흰 돛이 빛나고 그 근처에서 운하 작업이 진전되고, 큰 항구를 건설한다는 소문이 돈다.

나는 페이지를 넘겼다. 왜냐하면 이건 18세기에 일어났거나 일어나다 만 일이고, 나는 21세기의 거리들을 걷고 있기 때문이다. 현관에는 문지방에 앉아서 게임 보이를 하며 노는 아이들이 있고, 이따금씩 텔레비전의 광고 음악 소리가 들렸다. 또 갈매기 한 마리가 저 멀리서 끼룩거리기도 한다. 아마도 난 호나스의 옛집에 들어갈 용기가 없어 몇백 년을 뒷걸음질했는지도 모르겠다. 그 집 문 앞에는 늙은 발레리아나가 부들을 꼬아 만든 의자에 앉아 있었다. 그녀는 그 지역에서 내가 본 사람들 중 유일하게 검은 옷을 입고 있었다.

그녀는 진지하게 나를 바라본 후, 잘 나오지 않는 미소를 짓기 위해 얼굴을 폈다. 내가 그녀를 껴안고 위로의 말을 건네자, 그녀는 그때까지 유지하던 침묵을 깨고 내게 이야기를 하나 하기 시작했다. 또 다른 이야기, 또 다른 이야기들에 의해 중단되는 그런 이야기를. 마치 과거와 현재가 존재하지 않듯 그녀의 머릿속에는 모든 것이 뒤섞여 있었고, 일어났던 모든 일과 그녀가 상상하는 것이 계속 생생하게 전개됐다. 이 이야기에서는 아무것도 꺼지지 않았고 아무도 죽지 않았거나 모두가 다 죽어 있었다. 호나스와 나는 우리가 축구를 하던 평지를 향해 달려가고, 그녀의 남편은 시장에서 너무 늦게 돌아오고,

그녀의 어머니는 아직 시장에 가지 않았다고 그녀를 야단치고, 아리아드나는…… 이 말을 하다 그녀는 말을 멈추고 입을 다물었다. 그리고 옷의 단추를 찾았다. 마치 거기에 해결책이 있다는 듯이. 그러고는 마치 예전의 발레리아나로 돌아간 듯, 제정신이 들어 나를 놀라게 하며 이렇게 말했다.

"그 애는 위에 있다. 올라가봐."

나는 올라갔다. 천천히. 발걸음을 디딜 때마다 세월과 함께 묻어두었던 추억들이 빛을 발했다. 나는 집 아래층에서 주조하던 납 냄새를, 내가 어렸을 때 어부의 집들마다 넘쳐나던 석유 냄새와 바다 향기가 섞인 냄새를 다시 맡았다. 나는 낡고 좁은 판자로 된 닳아빠진 희뿌연 계단들을 올랐다. 지속적인 건 아무것도 없다는 사실을 모른 채—비록 소멸되는 것 역시 없다는 사실도 몰랐지만—행복에 겨운 휘파람을 불며 오르던 그 어두운 계단을. 만일 우리가 자주 들락거리던 그 어스름에 그대로 머물렀다면—계단 난간의 차가운 금속, 흰 파인애플 같은 손잡이—시간을 통해 오고 가던, 밤엔 쓰러지고 한낮을 껴안던 우리의 모습을 볼 수 있었을 텐데. 이제는 어찌할 수 없는 그것을 어렴풋이 보았을지도 모른다. 그 일이 이미 일어났을 때뿐 아니라, 그 일이 일어나기 전 아무것도 우리를 구속하지 않아서 자유롭던 때도 말이다. 때문에 그 계단의 현기증 나는 어두움 속에 아무도 머물지 않았다.

절반쯤 닫힌 문을 밀어젖히고, 나는 좁은 복도 한편에 작은 거실 앞에 있는 응접실로 들어섰다. 거실을 밝힌 탁상용 스탠드 등과 컴퓨터 모니터의 빛이, 펼쳐진 책의 페이지와 그걸 읽는 여인의 드러난 팔을 비추고 있었다. 창문을 통해 들어오는 밤의 푸르른 진동에 의해 그녀의 갸름한 옆모습이 보였다. 거리의 오토바이 소리와 아이들 고함 소리, 구월 저녁 무렵의 습기로 장식된 밤기운이 그곳으로 스며들었다.

책을 펼쳐 들고 앉아 있는 이는 아리아드나이다. 그녀는 내게 인사하기 위해 일어나지 않을 것이다. 나는 열여덟이고 그녀는 열일곱이었다. 그녀는 일어나지 않으리라. 일어날 수 없으리라. 비가 오고 있었다. 그리고 난 그녀를 사랑하고 있었다.

아리아드나는 내 방문을 당연하게 받아들이는 척했다. 마치 우리가 이따금씩 만났다는 듯이. 나는 당황하며 그녀 곁에 앉기 위해 의자를 찾았다. 우리는 커다란 창문 앞에서 얼굴을 마주 보게 될 것이다. 만일 누군가 바깥에서 우리를 본다면 두 개의 푸른 옆모습을 보게 될 것이다. 아니면 그저 두 개의 실루엣을 보든지. 아리아드나는 머리를 묶고 있었다. 가까이에 있는 빛에 그녀의 눈동자가 커지면서, 밤색 두 눈에 매력을 더해주었다. 그녀의 광대뼈는 세월과 함께 섬세해져 있었고, 입은 천천히 펴져 미소 짓는 듯했다. 불가사의한 입술 선—얼굴의 나머지 부분에 영향을 주는 생글거리는 모습과는 거리가 먼—은 닫혀 있었는데, 그것이 수수께끼 같아 나는 정신이 혼미해졌다.

"네 오빠는 널 사랑했어…… 아마도 네가 생각하는 것보다 더 많이."

나는 침묵을 깨고, 상투적인 조문의 말을 피해 이렇게 말했
다. 그러나 나를 여기까지 데려온 그 메모에 대한 생각을 그만
둘 수가 없었다.

"내가 생각하는 걸 당신이 어떻게 알지요?"

나를 맞이했던 무감각이 무관심과 아무런 상관이 없음을 드
러내면서 아리아드나가 대답했다. 그러나 즉시 후회하는 듯 보
였다. 마치 방아쇠를 당기기 전에 탄약을 다 썼음을 깨달은 사
람처럼.

"어쨌든 고맙군요. 이렇게 어머니를 위해 조문까지 해주시
고."

"너를 위해서야, 아리아드나."

"나를 위해서라면 좀 늦었지, 안 그래요?"

그녀는 열일곱이었고 난 열여덟이었다. 여린 자주색 불빛,
거리의 젖은 아스팔트에 비친 어느 여름 저녁 무렵의 오렌지색
불빛, 소나기 뒤에 우리를 감싼 땅의 냄새. 우리는 그 소나기
때문에 해변의 상록수와 올리브 나무들 사이에 버려진 어느 시
골집의 현관으로 갑작스럽게 몸을 피했었다. 세상은 우리 것이
었다. 우리는 방금 몸을 씻은 공기를, 그 티 없고 다감한 피부
를, 그리고 풀 냄새를 두 눈을 활짝 뜨고, 껴안았었다.

"소피아는 잘 있어요?"

자기 질문을 내가 피할 수 없다는 걸 확인하고 아리아드나가
말했다.

"그녀를 만나고 오는 길이야…… 난 여행 중이었는데……

네가 그걸 아는지 모르겠군. 소피아는 심각한 문제를 가지고 있어."

아리아드나는 능숙하게 무관심한 척해서 내 말문을 막히게 했다. 그녀가 창문을 바라보거나 치마를 쓸어내거나 스탠드의 위치를 바로잡는 동안, 나는 그녀를 보러 온 것이 실수였음을 깨달았다. 비록 그것이 호나스의 마지막 부탁이라고 해도 말이다. 호나스, 이 망할 놈! 그러나 어찌 보면, 그녀의 침묵과 나를 비난하지 않는 태도에는 내 마음을 동요시키는 품위가, 그녀의 얼굴이 담고 있는 진한 아름다움과 같은 품위가 있다. 그리고 그 아름다움은 나를 사로잡아 그곳을 떠날 수 없도록 붙잡았다. 그것은 열여덟의 내가 사랑했던, 가슴에서 허리까지 환히 빛났던 바로 그 육체다. 바나나 빛 스웨터를 입고 있는 그녀는 까무잡잡한 양어깨와 두 팔이 두드러졌고 풍만한 가슴이 돌출돼 있었다.

비가 커튼처럼 우리를 세상으로부터 격리시키고 오토바이를 씻어주는 동안, 우리는 석회로 된 흰색 현관에서 서로를 탐닉했었다. 얼마나 많은 여름의 오후에 내가 그녀를 찾으러 시장에 갔는지 모른다. 그녀는 거기서 생선이 다 팔리자마자 나왔다. 사람들은 아우성치면서 아직도 팔딱거리는 도미들로 가득 찬 상자들과 윤기 흐르는 갑각류들이 필사적으로 바둥거리는 궤짝들을 바쁘게 옮겼다. 갯가재와 게들이 들어 있는 광주리가 늘어선 가운데서 나는 그녀를 찾아내곤 했다. 항구에 도착해서 기뻐하는 배들, 경매 가격을 외치는 사람들의 즐거운 목소리가운데 나는 그녀를 찾아내곤 했다. 그리고 우리는 오토바이를 타고 삼각주의 황량한 해안으로, 향기로운 한적한 산으로, 신록의 향기를 감추고 있는 숨겨진 해변으로 가곤 했다. 그녀는 열일곱, 나는 열여덟에.

그 무렵의 어느 토요일에 우리는 '보이지 않는 도시'까지 걸었다. 그곳은 시간이 갈수록 더 황량해지고, 해가 갈수록 무화과나무와 야자수, 그리고 잡초들이 더욱 무성해지고 있었다. 우리는 엉망이 된 천장을 통해 내려가서는 그 커다랗고 텅 빈 창고에서 메아리 놀이를 했다. 아리아드나는 이제 호나스의 거칠고 성급히 말하는 덜렁이 동생이 아니었다. 그녀는 빛나는 두 눈과 분명하고 깨끗한 언어, 선천적인 힘과 감출 수 없는 매력이 있는 아리아드나로 변했던 것이다. 나는 마을에서 주말을 보내기 위해 학교에서 나오면 그녀를 보고 또 보곤 했다.

"만일 내가 호나스의 동생이 아니었다면 오빤 벌써 나한테 관심 있었을 거야."

그녀는 '보이지 않는 도시'의 어스름 속에서 조롱하듯 말했다.

"내가 네게 관심 있다고 누가 그래?"

나는 웃으며 대답했다.

"내가."

그리고 그녀의 가냘픈 팔이 나를 자기 쪽으로 끌어당겼다. 우리는 잠시 가까이에서 서로를 바라보았다. 그녀의 시선은 불타올랐고, 두 눈은 이제 막 범죄를 저지른 듯 놀라 있었다. 미소를 지으려다가 그녀의 입술은 떨리고 있었다. 두 손은 처음에는 긴장해 있다가 나중에는 느긋해진 내 등을 감고 있었다.
그리고 결국 뜨거워지는 두 개의 혀.

"이제 가자, 집에서 기다린다!"

여름의 매 저녁때마다 우리는 똑같은 한계를 넘지 못했고, 생
선과 석유 냄새, 용해된 납 냄새가 나는, 내가 지금 있는 이 집
의 입구까지 나는 그녀를 바래다주곤 했다. 아직 호나스가 아버
지의 생명을 조각내지 않았을 때인 그때, 그녀의 아버지는 부
들로 만든 의자에 앉아 발코니를 통해 우리를 감시하고 있었다.

그녀는 열일곱이었고 나는 열여덟이었다. 오토바이는 젖은
아스팔트에 반사된 오렌지 빛과 접시꽃 빛깔을 갈기갈기 찢어
놓으며 황급히 달아났다. 나는 그녀를 만나러 가는 시간을 기
다리며 낮 동안 그녀의 대담한 언어, 두 눈의 장난기 어린 생
동감, 피부에서 나는 바다 향기 등을 미리 생각했다. 아무리
생각을 해봐도 그 모든 것들 중 아무것도 확실한 것은 없었지
만, 또 동시에 전체적인 것은 확실했다. 나는 부분적인 것들—
아마도 그 당시에는 알아차리지 못했을 것이다—을 기억하니
까. 왜냐하면 당시에 내가 하던 모든 일을 지배하고 있던 충만
하고 의욕적인 마음 상태를 생각해내는 건 내겐 너무 힘들고
고통스럽기 때문이다. 내 모든 존재와 내가 철없이 도취된 상
태에서 행복해하며 했던 모든 일이 의미를 회복하기 위해서는
아리아드나를 생각하는 것으로, 그녀를 보는 것으로, 그녀의
말을 듣는 것으로 충분했다.

"오래전부터 소피아는 한 가지 강박관념에 시달렸어요. 그

리고 그건 정확하게 우리 오빠와는 관계없는 것이었지."

아리아드나가 내게 현재를 되돌려주며 말했다. 그사이에 거리에서는 고양이 한 마리가 쓰레기봉투 하나를 뜯고 있었다.

"아, 그래?"

나는 그녀의 말을 부추기기 위해 대답했다.

"하지만 진정해요."

나를 그 자리에 없는 사람처럼 대하던 아리아드나는 그제야 나를 바라봤다. 예전에는 볼 수 없었던 조롱하는 듯한 표정으로.

"난 논에 사는 그 화가를 얘기하는 게 아니니까!"

"타레스?"

나는 계속해서 그녀의 말을 부채질했다.

"그래요, 그 사람! 게다가 그가 그리는 작품은 결코 나쁘지 않지."

이제, 아리아드나의 표현에 흥미를 느끼고 그녀를 바라보며 놀란 사람은 나다. 그녀의 말은 악의가 전혀 없었고, 자기가 무슨 말을 하는지 아는 사람의 표현이었다.

"그리고 그는 자신의 작품을 거대한 장식 같은 관념적인 요소로 포장할 줄 알았어. 소피아의 저택에 있는 작품에서처럼 말야."

"하지만 너는 소피아가 사로잡혀 있는 건 타레스가 아니라고 말했잖아."

그녀의 묘사가 나를 어리둥절하게 만들었기에 나는 시간을 벌 수 있었다. 이 몇 년 동안 무슨 일이 일어난 걸까?

228

"그렇게 대단한 건 아니죠. 최근 몇 달간 소피아가 방문한 이유의 대부분은 다른 집착에서 나온 것이었으니까."

"무슨 말을 하는지 모르겠군."

"호나스가 죽은 날부터 그녀는 더욱 집요해졌어요."

"아직도 네가 무슨 말을 하는지 잘 모르겠어."

"그 강박관념의 이름은 티에폴로야. 잠바티스타 티에폴로."

아리아드나는 그렇게 말한 뒤, 나를 관찰하면서 내가 무언가 대답하길 기다렸다.

오토바이는 오렌지 빛 베일 위를, 젖어 있는 근교 길의 접시꽃 빛깔 베일 위를 날아가고 있었다. 구월의 해 질 녘이었다. 아리아드나의 몸은 내 몸에 밀착되어 나를 껴안고 있었는데, 커브 길에서 바퀴가 미끄러져 오토바이가 중심을 잃었다. 나는 통제력을 상실했고, 방향을 다시 잡으려는 두세 번의 시도 뒤에 우리는 도로의 가장자리에 부딪쳤다. 부딪칠 때 속도는 아주 줄어들어 있었고, 우리는 올리브 경작지를 향해 튕겨져 나갔기 때문에 대단한 부상을 입지는 않은 것 같았다. 나는 일어서서 아리아드나가 쓰러져 있는 쪽을 향해 몇 미터 걸어가려고 했다. 타박상 때문에 오른쪽 다리를 약간 절면서 말이다. 그녀는 하늘을 보고 누워 있었는데 나처럼 웃는 듯했다. 그러나 그 미소는 일그러진 표정으로 바뀌었다.

"다리를 움직일 수가 없어."

그녀는 열일곱 살이었다. 그때 이 일 때문에 오늘 내가 들어섰을 때도 그녀는 일어나지 않았던 것이다.

불가능했다. 하느님은 그 망할 놈의 시간에 시계를 멈춰둘 수밖에 없었다. 그랬다. 도움을 구하러 달렸지만, 그것이 일시 적인 마비이길 바라고 기도하며 병원에서 몇 날 며칠을 그녀 곁에 있었지만, 의사들이 그 부상이 얼마나 심한지를 감히 얘 기하지 않았지만, 이후 몇 주 몇 달 동안 바르셀로나의 가장 권위 있는 병원들을 돌아다녔지만, 시계는 그 시간에 멈춰 섰 고 나는 그녀를 움직이게 하지 못할 것이었다. 그 누구도 그녀 를 움직이게 못할 것이었다.

아리아드나는 그 흔들리는 시기의 첫 구간을, 곧 물 밖으로 꺼내질 것을 알아버린 물고기같이 놀란 표정으로 횡단했다. 자 신이 처해 있는 현실의 문제를 부인하면서 말이다. 그것이 가 장 진정한 아리아드나였다. 그녀는 주변에서 보이는 동정에 대 비해 항상 유머로 가득 찬 뻔뻔한 대답을 했다. 내가 그녀를 열렬히, 그리고 미칠 듯이 사랑한 게 그때였다. 마치 그녀가 내 애인일 뿐 아니라 내 여동생, 내 딸인 것처럼 완전히 푹 빠 져서 말이다. 그러나 난 오렌지 빛깔의, 제비꽃 빛깔의, 그 비 오는 날 오후에 멈춰 선 시계를 다시 가게 할 수는 없었다.

그 일을 생각하며 나는 긴장했다. 어떻게 사람의 마음이, 그 것을 키우고 다른 것으로 변화시키기까지 하는 무한한 사랑에 머무르다가 금세 그것을 잊고 변할 수 있단 말인가?

그때는 내가 바르셀로나에서 대학 생활을 시작하던 해였는 데, 그 일로 인해 나는 여러 병원과 의원에서 그녀와 좌절을 함께했다. 그러나 그 도시는 곧 그녀를 의미하는 모든 것들로부터 비정하게 나를 떼어놓을 앞길들을 내게 제시하기 시작했다. 몇 달이 지나고 주말에 산 카를로스를 방문할 때마다, 그녀는 점점 더 걱정스러워했고 매번 더 반항적이 되었다. 그리고 우리의 관계는 나를 화나고 숨막히게 했으며, 나를 죄책감과 무력감으로 채웠다. 우리의 만남은 뜸해졌고, 구체적인 절교 선언도 없이 어느 날 마지막이 되었다. 그날 이후 난 더 이상 차가운 철제 난간과 하얀 파인애플 모양의 손잡이가 있는 계단으로 돌아오지 않았다. 오늘까지.

"휴가 때 어디에 있었어요?"

다시 현재를 부둥켜안으며 아리아드나가 말했다.

"토스카나에. 아레초에 있었어. 실은 아직도 그러고 있지……내 말은 가능한 한 빨리 그곳으로 돌아갈 거라는 의미야."

나는 내가 실수했음을 깨달았다.

"누가 당신을 기다리고 있어?"

"응, 클로에가. 그녀는 내…… 그래, 친구야."

"당신의…… 아니면 그냥 친구라고요?"

"상관없어, 아리아드나. 지금은 마찬가지야……"

"그녀는 당신이 소피아를 위로하러 다니는 걸 알고도 상관없대요?"

"아리아드나! 난 이런 식의 대화를 참고 있어야 할 이유가 없어!"

"그럼, 가버려요! 그게 당신 특기잖아. 가버리라고!"

"아리아드나, 그만해둬! 오히려 내가 그 반대인 걸 모르겠어? 친구의 가족을 위해서 말야."

"웃기지 말아요! 당신이 진정 무슨 일 때문에 왔는지를 좀 알고 싶어……"

일이 이상하게 꼬이고 아리아드나의 말이 음험하게 울렸지만, 그녀의 얼굴, 표정, 몸짓은 그에 어울리듯 비꼬거나 성내거나 발끈하지 않았다. 그녀의 시선은 거만하게 변했고 목소리는 도전적이었으며, 태도는 충동적이고 도발적이었다. 아리아드나는 뭔가를 더 알고 있는 것이다.

"에밀리, 우리 친구 로셀리는 잘 있어요?"

"뭐라고?"

마치 딴 세상에서 날 부르는 것 같았다.

"안드레아 로셀리 말야."

그녀는 밝은 얼굴로 확신에 차서 말했다.

"로셀리…… 그런데 네가 어떻게 그걸……?"

그때, 늙은 발레리아나가 대단히 빨리 계단 문 뒤쪽에 나타나 아리아드나가 앉아 있는 의자의 등 쪽에 다가서면서 뭔가 이해할 수 없는 말을 중얼거렸다. 의도하지 않았지만 그 일의 진상 파악은 중단되었다.

"용서해요, 지금 우리 어머니가 나를 필요로 해요. 내일 와서 얘기해요."

"아주 일찍 올게. 피렌체로 돌아가야 하거든."

아리아드나의 집을 나오자 밤은 이제 여름의 어수선함에서 벗어나 침묵으로 고요했다. 나는 구시가지를 위에서 아래로 가로지르는 유일한 거리에 있는 홍목(紅木)들 아래를 산보했다. 이 거리는 제방 위에 올려진 '왕의 도시'와 항구를 연결시켜야 할 것이었다. 나는 해변을 산책함으로써 마지막 몇 시간 동안 나를 공격했던 이 모든 골치 아픈 일들—토스카나에서 입이 쑥 나와 있을 클로에, 마약업자들에게 포위된 소피아, 로셀리의 손을 잡고 있는 아리아드나, 그리고 티에폴로—을 정리하고 싶은 충동에서 벗어나려 했다.

나는 만일 본능에 따라 행동하면 성공할 거라고 확신했다. 추측해서는 안 된다. 적어도 다시 아리아드나와 얘기하기 전에는, 소피아를 다시 만나기 전에는, 그리고 클로에를 다시 보기 전에는 말이다. 그래서 내일 피렌체로 돌아간다는 내용으로 클로에와 간단한 전화 통화를 한 후—비록 그녀에게 낮의 골치 아픈 일들에 대해서는 숨겼지만—, 해변에 있는 집의 현관에 앉았다. 로셀리의 비망록에 잠기기 위해, 비단결 같은 밤 파도의 차분한 소리를 들으면서.

또다시 한 손가락으로 셀 수 있을 시간만큼만 잤다. 오늘 아침 소피아와, 그리고 아리아드나와 다시 대화를 하기 전에 안드레아 로셀리에 대해 더 많이 알아야 한다고 생각했다. 그의 수기는 그것이 마치 내 꿈, 아니 내 악몽을 구성하는 재료인 듯이, 내 밤들을 앗아가버린다. 그럼에도 불구하고 나는 어제와 거의 같은 상황에서, 아리아드나가 알고 있는 것이 무엇인지 너무나 궁금했다.

여름 볕에 타버린 풀과 맹수의 허연 발 같은 석회석 바위투성이 땅이 오아시스 같은 멘디사발 부부의 저택—지금은 소피아만의 소유지만—과 상당한 대조를 이루고 있었다. 소피아는 이번에는 나를 마중 나오지 않았다. 바다 풍경이 보이는 테라스를 돌아보며 그녀의 이름을 외쳐봤지만 대답이 없었다. 나는 수영장의 푸르름을 잔잔히 바라봤다. 이윽고 커다란 밝은 색 목재 문이 열리고 가운으로 감싼 그녀의 날씬한 갈색 피부가 나타났다. 수건으로 말리고 있는 젖은 머리카락 사이로 그녀의 갈색 눈동자가 두드러져 보였다.

"미안해. 늦게까지 잠들 수가 없었어."

시선을 피하기 전에 그녀는 잠시 망설이다가 다시 머리를 풀어헤쳤다.

"또 전화가 왔었어. 그 집요한 목소리."

"유감이군. 소피아, 나를 믿으라고 말했잖아."

나는 좀 언짢게 말했다.

소피아는 얼굴을 찡그리더니 잠시 후 돌아오겠다는 신호를 보냈다. 그동안 나는 아래층에 아직도 타레스의 그림들이 있는지 확인하러 가고픈 유혹을 느꼈다. 나는 내심 그 화가와 그녀가 최근에 함께 있었는지를 알고 싶었던 것이다. 바람이 부는 시원한 구월의 오전, 날씨는 여름의 거리 악단이 해산하고 가버릴 만큼 선선하지만 오늘 분위기는 계속 무겁다. 햇빛이 내 정신을 산만하게 했고, 소피아는 나를 불안하게 했다.

잠시 후 다른 큰 문이 열렸고, 거실은 마치 하나의 공간인 듯 수영장 쪽 테라스로 통하게 됐다. 소피아가 나보고 들어오라고 했다. 테이블에는 아침 식사가 준비돼 있었다. 나는 불편하고 긴 대화가 될까 봐 두려웠다.

"소피아, 고마워. 하지만 다시 한 번 말하는데 난 정오에 공항에 있어야 돼."

"그럼 본론으로 들어가지. 시간이 지나면 나는 호나스가 내게 남겨준 이 골칫덩어리들에 대한 해결책을 찾아낼 수 있을 거야. 그러나 그 콜롬비아인들과 연관된 문제에서는 해결이 쉽지 않을 거야. 그들이 요구하는 액수를 지불할 수가 없을 테니까."

"너한테 말했듯이 내가……"

"잠깐. 아무 말도 하지 마. 넌 시간이 별로 없고 나도 많진 않아. 지금 난 네가 내 말을 듣고 믿어주는 게 필요해. 너는 이 사건의 열쇠를 쥐고 있는 사람이거든."

이 말을 하면서 소피아의 얼굴은 내가 잘 알고 있는 풍경을 연출했다. 세상을 바라보는 내 방식을 바꾸었던 그 풍경을. 결단과 공모, 그리고 궤변에서 나올 것이 분명한, 표현하기 어려운 그 무엇을 아우르는, 꿰뚫어보는 듯한 시선. 내가 소피아를 알게 됐을 때, 나는 놀란 새끼 짐승과 죄책감을 짊어진 괴물을 섞어놓은 그 무엇이었다. 그때 세상은 내가 가야 할 길을 가리키고 있던 일련의 기준들로 이해됐었다. 그 기준들 중 어떤 것은 나를 기쁘게 했고, 어떤 것은 괴롭게 했으며, 또 내 길을 막거나 내게 좁은 길을 보여주기도 했다. 그 모든 것은 판독할 수는 없지만 미리 정해진 사건의 연속 내에서 일어났다. 소피아와 함께라면 내가 세상의 규칙을 내 것으로 할 수 있음을, 내 자신의 지도를 만들어 그 표지를 따라가는 대신 내게 편리한 대로 그것들을 사용할 수 있음을 깨달았다. 내게 있어서 그 도시는 거리명이 없는 설계도인 반면, 그녀는 골목들과 광장들마다의 비밀들에 대해 알고 있었다.

우리의 관계는 사랑이라고 할 수는 없었지만 그와 아주 비슷해 보였다. 아마도 문명화되어가는 반(半) 야만적인 내 모습, 지성인이 되길 갈망하면서도 무엇이든 쉽게 믿어버리는 내 모습이 그녀를 즐겁게 했을 것이다. 그녀는 세상과 사람들을 너무도 지배적인 위치에서 보았기 때문에, 그녀의 영향 아래에서 변해가는 내 모습을 보는 건 매우 흥미로웠을 것이다. 그러나 그 유희는 유통기한이 있었다. 어느 순간 소피아에게 나는 다른 사람과 똑같은 존재가 될 것이었고, 나에 대한 그녀의 관심은 사라질 것이었다. 그녀가 내게 행사했던 세력은 그저 일시적일 뿐이기에 결국에 나는 눈을 뜰 것이었다.

그 때문에 내 관심이 이미 예술과 타인의 행동 관찰에 집중돼 있던 시절, 소피아는 호나스를 알게 되었고, 나는 그녀가 내 친구에게 똑같은 놀이를 시도할 거라는 걸 알아차렸다. 비록 그 예상은 완전히 빗나갔지만. 호나스가 좀 정신 나간 녀석이었기에, 나는 그 관계가 지속되지 못할 거라고 생각했다. 그러나 소피아는 대책 없고 선량한 그 야만인 호나스와 사랑에 빠져버렸다. 그렇다, 모든 틀에 박힌 의식에 대해 회의적이었던 그 대단한 여자 애가 말이다. 그 야수가 결코 바뀔 리가 없기 때문에, 그녀가 느끼는 관심과 매력도 결코 끝나지 않을 것이었다.

그들이 사귀게 되었다고 해서 내가 완전히 무관심해졌다고 말할 수는 없다. 그러나 나는 이미 다른 데로 시선을 돌리는 법을 배웠었다. 처음에는 호나스의 위협 때문에 그들과의 관계를 거칠게 끊었는데, 시간이 흐르면서 최소한의 예의는 갖추는 쪽으로 발전해갔다.

소피아의 어수선하지만 확신에 찬 시선 앞에서 모든 것이 금세 제자리로 돌아왔다. 그 시선은 나로 하여금 아리아드나를 버렸다는 부담에서 벗어나도록 했던 것이다. 그녀의 두 눈, 그토록 자연스럽고 아이처럼 천진스러우며 끝없이 관능적이었던 열일곱 살 아리아드나의 두 눈은, 내게 어느 오렌지와 제비꽃 빛깔 오후에 잃어버린 행복한 세상을 약속했었다.

"제발 그랬으면 좋겠어, 소피아. 무슨 열쇠를 말하는 거야?"

"티에폴로 말야."

"또 그 소리야? 네가 무슨 말을 하는지 모르겠어!"

"너는 모를 수 있어. 그러나 아리아드나는 안 그래. 그리고 내게는 결코 말하지 않을 거야. 이해하겠어?"

나는 그녀를 바라보며 잠자코 있었다. 소피아는 차분함을 잃었다. 지진으로 세상이 발아래서 무너지고 있는 것처럼, 자기 시누이를 향해 저주가 담긴 말들을 쏟아냈다.

“네가 좀더 잘 설명해보면……”

나는 시간을 벌기 위해 말했다.

“아리아드나는 티에폴로의 그 작품이 어디에 있는지 알고 있어. 그런데 나한테는 말하지 않으려고 하지!”

만일 소피아가 그저께 이 말을 했다면 나는 웃음을 터뜨렸을 것이다. 우리들이 뜨겁게 약속했던 시절, 아리아드나는 시장에서 생선 파는 일을 도왔기 때문에. 그러나 바로 어제, 내게 로셀리에 대해 물어본 게 그녀였다. 긴장과 흥분이 소피아를 집어삼켰다.

“정신 좀 차려. 도대체 무슨 말을 하고 있는 거야?”

“그게 존재한다는 걸 나는 알아! 길을 잘못 든 티에폴로의 작품이 있어. 아마도 감춰져 있겠지. 그리고 아리아드나는 그게 어디에 있는지 알고 있어. 하지만 내가 먼저 그걸 찾아내야 돼!”

“아, 그렇군.”

나는 그녀의 말이 지당하다는 듯이 말했다.

“이미 아리아드나는 내게 자기가 그 비밀을 알고 있다는 암시를 했었어. 나를 비웃고 조롱하려는 거였겠지. 그게 일종의 나를 경멸하는 방법이니까. 그 못돼먹은 년은 책 몇 권을 모으고 방송통신대학에서 한 이 년 공부한 것으로 나를 판단할 자격이 있다고 생각하지. 그 앤 내가 그림을 매매하는 것이나 택지 지구를 건설하는 것을 천박하다고 생각한다고.”

“왜 그러는데? 무슨 권리로?”

이렇게 묻는 나는 그녀가 알려준 아리아드나의 최근 생활 애기에 마음이 흔들렸다. 최근에 나는 아리아드나에 대해 거의 아무것도 모르고 있었다. 그런데 내게서 그녀에 대한 추억을 끄집어내려는 노력이, 역설적으로 그녀를 예전 상태로, 열일곱의 꾸밈없는 관능미—어느 여름 오후에 떨어져나간—에 영원히 사로잡힌 상태로 상상하게 했던 것이다.

"그 애는 예술을 이상화하지. 한 번도 소유했던 적이 없으니까."

소피아가 계속 말했다.

"아니면 그저 걔가 바보라서 그래. 하지만 계속 그 그림이 있는 곳을 숨기면서 이제 나에게 닥칠 위험을 외면하고 있어. 이건 내 생사가 걸린 문제라고! 모두 다 걔 오빠 잘못 때문이야. 호나스라는 그 거짓말쟁이 도둑놈 말야. 그러니까 걔는 내가 이 구렁텅이에서 빠져나오도록 나를 도울 의무가 있다고."

그녀는 갑자기 화제를 바꿨다.

"그런데 너, 걔를 보러 갔었지?"

"그래, 어제 오후에."

"그래서?"

"그래서 뭐, 소피아? 진정해, 제발. 우린 오래전부터 만나지 못했어. 그녀를 다시 보게 돼 좀 그랬지, 아주 강한 인상 말야……"

그녀가 자신의 가장 약한 부분을 보여주었기에 나도 그럴 수 있었다.

"우리는 시간과 거리가 모든 걸 치유한다고 믿고 있어. 난 그건 끝난 얘기라고 생각했고 그리고 이제 ……"

"이제라고 말하지 마……"

소피아가 감정이 격해져서 펄쩍 뛰었다.

"아직도 그 애를 생각한다고 말하지는 않겠지?"

"그만 해, 그만 해."

나는 대화 주제를 바꾸려 했다.

"그만두자고. 그건 최근의 일이고 너무 갑작스러웠어!"

"맘대로 해. 그건 네 문제니까. 비록 전부는 아니지만 말야. 그 애는 나 때문에 너희들이 헤어졌다고 생각하기 때문에 나를 증오하거든."

"무슨 말이야?"

나는 갈수록 더 화가 나서 중얼거렸다.

"아니면 너희들이 다시 만나지 않는 게 내 잘못이라고 생각하고 있든가…… 제발, 에밀리, 그런 바보 같은 소린 그만두자. 내 말 좀 들어봐. 돈을 내지 않으면 난 힘들어져. 티에폴로의 그림을 찾아내야만 그 돈을 모을 수 있을 거야…… 그리고 아리아드나만이 그게 어딨는지 알아. 그러나 다시 말하는데, 걔는 나한테 절대로 말하지 않을 거야. 반면 너한테는……"

"그건 의미가 없어. 숨겨진 그림이라!"

"얼마 전에는 나도 너처럼 반응했지. 하지만 궁금해서 티에폴로에 대한 전기와 연구들을 찾아봤어. 어떤 의심스러운 에피소드라든가, 주문 받아놓고 못 그린 게 있었는지 말야. 너도 알다시피, 그는 카를로스 3세의 후원하에 마드리드에서 말년

240

을 보냈는데, 왕은 아라곤과 카탈루냐 옛 왕국의 한가운데에 아메리카와 교역을 허용할 도시—결국 에브로 강의 항구가 된—를 세울 거대한 계획을 꿈꾸고 있었지. 왕이 신도시에 갈 그림 한 점, 또는 그 이상을 그 화가에게 주문했을 가능성이 있어. 하지만 아무도 그걸 보지 못했지. 카탈로그에는 존재하지 않고. 그런데 그럼에도 불구하고, 소문이 도는 거야. 너한테 말한 것처럼, 아리아드나는 내 호기심에 불을 질렀어."

다량의 자료 앞에서 나는 소피아가 나보다 더 앞서 나갔을 것을 두려워하기 시작했다. 바르셀로나의 골동품 수집가들, 화랑들, 개인 컬렉션들 사이에서 수완을 보이던 그녀를 기억한다. 그녀가 어떻게 가문의 물건들을 팔았는지, 그리고 특히 어떻게 다른 것들을 얻어냈는지를 기억한다. 때로 그녀는 캔버스화 하나를 몇 달 동안이나 붙잡아두다가 훨씬 더 비싼 값에 되팔곤 했다. 그것도 애초의 값은 지불하지 않은 상태에서.

"어디 보자구. 이성적으로 생각해보잔 말야. 나는 아리아드나와 말할 준비가 돼 있어. 너를 돕기 위해 뭐든 할 거야. 비록 내가 그 얘길 꺼내면 그녀가 비웃겠지만 말야. 하지만 잠깐 동안 그렇지 않다고 가정해보자, 그녀가 내게 힌트를 준다고 쳐. 그럼 넌 어떻게 할 생각인데?"

"지금 중요한 건 네가 나를 도와줄 용의가 있느냐 없느냐야. 그 이후의 것은 나중에 얘기하자. 네가 아는 것처럼, 방법이 있는데……"

"그림을 훔치는 방법?"

"아니! 그걸 찾아내서 파는 방법."

"한 걸음 더 나가볼게. 네가 그걸 발견했다고 가정해보자고. 네가 잘 알고 있듯, 비밀리에 그걸 팔아서 네가 필요한 액수를 얻는 데는 시간이 좀 걸릴 거야. 네가 어쩔 수 없는 시간이……"

"에밀리 로셀, 그게 네가 볼 때는 너무 생소한 것이란 걸 알아. 하지만 너한테 한 가지만 부탁할게. 아리아드나에게 넌지시 알아봐줘. 할 수 있는 만큼의 정보를 빼내줘."

상황이 역전돼 입장이 바뀌었다. 불가능할 뿐 아니라 무모하기까지 한 일에 대해 내가 얘기해보기로 하자, 소피아는 내심 바라던 내 결심과 공모의 가능성을 발견했고, 나를 그 일에 얽어매는 데 성공한 것이다. 다음 행보는 무엇일까를 생각하면서 나는 소피아의 눈부신 모습을 바라봤다. 핫팬츠만이 그녀의 긴 구릿빛 다리를 덮고 있었고, 그녀가 애원하거나 항의할 때, 앞으로 상체를 구부릴 때, 흰 블라우스가 느슨하게 트여 브래지어 없는 가슴이 요동치는 것을 엿볼 수 있었다.

나는 그 여사업가의 임박한 승리를 저지하기 위해 시계를 들어 보이며 비행기 시간이 촉박하다고 말했다. 그러고 나서 아리아드나와 관계된 소식을 그녀에게 가르쳐주겠다고 약속을 했다.

반 시간 후, 한산한 올리브 숲과 무더위에 지친 거리들 사이에서 되살아난 마을을 가로질러, 낡은 계단 끝에서 아리아드나를 만났다. 그녀는 생글거리며 기대를 갖고 나를 바라봤다. 마치 어젯밤의 마지막 질문이 허공에 남아 있기라도 한 듯이. 우리 친구 로셀리 말이다. 나는 앉았다. 구름을 먹고 갈매기를 뱉어내며, 벽옥 무늬 하늘을 마시고 바다 전부를 토해내고 싶었다. 만일 깨끗한 시선으로, 흔들림 없이 세상을 바라볼 수 있다면…… 만일 입을 다물 때 소문과 조짐이 내 안에서 울리지 않고 고요함 속에 있을 수 있다면…… 나는 '보이지 않는 도시'의 시대로까지 되돌아갔다. 푸르고 순결한 초원처럼, 조각으로 잘리기 전의 빵처럼 펼쳐져 있는 삶.

어느 순간 나는 속으로 생각하는 것을 큰 소리로 말하기 시작했다. 언제부터인지는 모른다. 아리아드나에게 무엇을 설명했는지 모르지만, 나는 갑자기 차분한 표정으로 그녀를 바라보고 있었다.

"나는 당신이 알고 있던 그 사람이 아녜요. 집에서 공부를 시작했죠. 그 후엔 여행도 다니고 독서도 시작했어요. 어떤 방식으로든 내가 갖지 못했던 세상을 내 것으로 만들어버린 거죠. 알겠어요? 가끔씩 난 당신에게 복수하기 위해, 당신 없이 내가 어디까지 갈 수 있는지를 확인하기 위해서 그렇게 했어요. 완전히 변하기로, 그래서 마치 당신이란 사람이 없는 듯이 살기로 결심했죠. 마치 당신이 존재하지 않는 듯이 말야. 왜냐하면 당신은 존재했고 또 존재하니까. 바로 지금, 당신은 사고가 나던 그 오후와 똑같이 놀란 표정을 짓고 있어요. 난 신문에서 당신 사진을 봤지. 한번은 텔레비전에서도 봤고. 어느 죽은 화가에 대해 말하더군요. 그리고 당신은 스스로를 감추거나 바꾸거나, 살그머니 사라지는 법을 배웠다고 확신하고 있었어요. 그런데 내가 무슨 말을 하는 거죠? 신경 쓰지 말아요. 우리 오빠 일이 예기치 않게 내게 지장을 주었으니까. 마치 시간 개념이 사라진 듯이, 모든 일이 다시 일어난 듯이 말야. 요 몇 년이 오랫동안 내리는 보슬비 같다가 지금은 그쳤다는 느낌 없어요?"

"없어. 아리아드나, 이 모든 시간은 공허하지 않았어."

시적으로 이어지는 대화에 지지 않기 위해 나는 힘을 주어 대답했다.

"나도 다른 사람이 됐어."

"아, 그래, 물론 그렇겠죠."

의도하지 않았으나 내 말이 거칠다는 걸 갑작스럽게 알아차린 아리아드나가 대답한다.

"로셀리가 상트 페테르부르크에 있는 동안 세실리아가 뭘 했는지 알아요?"

"뭐라고?"

"세실리아 사바티니 말예요. 아니면 세실리아 반비텔리든가."

"로셀리의 비망록을 읽은 거야?"

"당신 생각은 어떤데요?"

"정말 어지럽군. 하지만 어찌 됐든지 솔직하게 말해야겠어. 네 올케가 우리의 도움을 간절히 필요로 하고 있어."

"그렇겠지! 티에폴로의 그림!"

아리아드나가 펄쩍 뛰었다.

"하지만 그 문제라면 당신만큼이나 나도 그녀를 도울 수 있지요. 안 그래요?"

"지금까지 내가 읽은 것에 의하면," 나는 고백하는 동시에 암시했다. "내가 어떤 도움을 줘야 할지 모르겠어."

"더군다나," 그녀가 조롱하는 목소리로 말했다. "당신은 뛰어가야 하잖아요. 이탈리아에서 당신을 기다리니까, 안 그래요? 당신은 시간이 없고 모든 사람들과 잘 지내고 싶어 하죠. 당신이 어떻게 할지 모르겠군요."

"내가 급한 건 사실이야. 피렌체로 가는 비행기가 네 시간 후에 떠나거든…… 하지만 아마도 그걸 타지 않는 쪽을 선택할 거 같아."

나는 결과를 계산하지 않고 털어놓았다.

"나는 당신이 단호하고 즉각적인 사람으로 변했다고 생각했었어요. 그런데 지금 보니 당신은 클로에가 당신 애인인지 아닌지도 잘 모르고 있군요."

"무슨 말을 하고 싶은 거야?"

"당신 자신이 어제 그렇게 말했잖아요!"

"어쨌든 분명히 해두는 게 좋겠어." 나는 균열을 확대시키며 말했다. "계속해서 다 잘돼가는 척할 수는 없지."

"그런 척했어요?"

아리아드나가 결정타를 날렸다.

"날 좀 내버려둬. 이제 가야 돼!"

“그렇군요!”

내가 일어서서 문 쪽으로 다가가 철제 난간과 파인애플 모양의 손잡이가 있는 계단으로 가는 동안 그녀가 말했다.

“하지만 당신이 해야 할 일을 끝내거든, 로셀리가 비밀을 가지고 있다는 걸 알길 바라요.”

“뭐라고?”

나는 문지방에 멈춰 서서 말했다.

“할 일을 먼저 하세요. 나중에 얘기해요, 만일 당신이 원하면 말예요.”

그녀가 내게 이별과 약속이 섞인 작별 인사를 했다. 아니면 어떤 경우에도 내가 받아들이고 따라야 하는 협박이든가. 나는 문을 닫고 자동차를 향해 계단을 달려 내려갔다. 비행기를 향해, 내일을 향해, 두 세기 전을 향해.

하늘에서 보니, 멀리서 브루넬레스키(르네상스 건축 양식의 창시자 중 하나인 이탈리아 건축가)의 원형 지붕의 붉은빛이 이제 피렌체에 착륙할 시간이 됐음을 알려줬다. 로셀리 비망록의 아직 읽지 않은 페이지들에서 아리아드나가 시사했던 비밀이 감춰져 있는지 확인하고 싶어 죽을 지경이었지만, 그것을 보진 못했다. 최근 스물네 시간 동안 격은 감정의 격류 때문에, 비행기 좌석에 앉자마자 지쳐 잠들었기 때문이다. 클로에와 함께 휴가를 보내기 위해 아레초로 가는 택시에서 키안티 계곡을 지나는 동안, 나는 그녀의 기분이 어떨지를 추측해보려고 했다. 내 안에서는 아직도 소피아의 절망적이면서도 꿍꿍이 있는 말들과 아리아드나의 폭발하듯 쏟아낸 놀라운 말들이 울렸고, 또 동시에 아르만드 콜 의원의 침묵이 이상하게 느껴졌다. 비행기에서 준 신문에는 그의 긴 인터뷰가 실렸는데, 기사는 그를 에브로 강의 영웅으로 소개했다. 그는 그을린 피부에 버뮤다 반바지를 입고 연락선 위에서 이제 막 강을 시찰하려고 하는 중이었다.

나는 호텔에 발을 들여놓자마자 클로에의 기분에 대한 궁금증을 풀 수 있었다. 그녀는 짐을 꾸려놓고 내일 비행기로 바르셀로나로 돌아가기 위해 항공편을 바꿔놓은 상태에서 내게 얘기 좀 하자고 했다. 그녀는 처음엔 아주 긴장했지만, 그 결정적인 서두를 풀어놓자마자 짐을 놓고 좀 편해진 듯했다. 그럼에도 불구하고, 마치 내게 유언할 시간을 주듯, '먼저' 그 방문이 어땠는지 설명해보라고 했다. 그 대신 나는 예의상으로, 기사에 실을 그녀의 사진에 대해 물어볼 것이다.

소피아의 고통에 대해 언급한 후, 나는 그녀에게 안드레아 로셀리의 수기와 그의 친구인 잠바티스타 티에폴로의 존재에 대해서도 말해야 할 의무를 느꼈다. 예상했던 것과는 반대로— 나는 그녀가 질문했기 때문에 예의상 이야기한 것이었다—, 클로에는 사라진 후 감춰진 티에폴로의 작품 하나가 있을 수 있다는 가능성 앞에서 흥미를 보였다. 그녀는 내게 자세한 이야기를 해달라고 했고, 자기도 그 일에 대해 생각하고 또 추측했다.

그러다가 침묵이 우리를 덮었다. 그 침묵은 길고 견고했다.

그러고 나서 우리는 서로를 뚫어지게 바라보았다. 불길한 말을 하지 않기 위해 서로를 오랫동안 바라보고 있었다. 지금은 그 말이 필요치 않을 것이다. 이미 끝난 일이다.

"내 아파트로 돌아갈 거야. 집을 세주지 않아서 다행이야."

세상에서 가장 간결하게 말하는 여자인 클로에가 눈물 한 방울을 떨어뜨렸다.

"급할 거 없잖아."

나는 이미 기정사실화된 것을 피해보려는 우를 범하고 싶은 충동이 일었다. 완전히 무너지기에는 난 그 장면을 충분히 잘 알고 있다. 아무도 자기 아파트를 세줄 만큼 내 집에서 오랫동안 머물러본 적이 없다.

호텔의 투박한 정원에서 바람이 조금 일었다. 클로에에게는 이곳이 적대적인 영역일 것이라고 느껴졌다. 그녀와 나—즉 그녀를 사랑했던 내 일부, 그녀와 함께 살았던 내 일부, 그녀에게 주었던 내 일부 말이다—, 우리는 도시의 존재이다. 더 많은 말이 필요하리라. 그러나 최근 몇 주는, 감추고는 있었지만 느린 작별의 시간이었다. 이렇게 갑작스러운 슬픔의 순간에 서로를 탓하려는 서글픈 유혹을 이겨내고, 우리는 그 의식을 문명인답게 끝냈다. 그게 아니라면 최소한 절제된 상태로는 끝냈다. 유일한 문제는 내가 그걸 믿지 못한다는 것. 그 아름다운 사교적 표현들을 감수하는 것이 내겐 힘들다. 비록 나도 그렇게 하기는 하지만.

클로에가 내가 알지 못하는 몸짓, 다른 여자들에게서는 보았지만 결코 그녀에게서는 본 적이 없는 무의미한 몸짓—이마로 흘러내린 머리카락을 귀 뒤로 가져가는 단순한 행동—을 하는 동안, 나는 흠칫 놀라서 그녀가 이제 내 것이 아님을, 분명 꽤 오래전부터 내 여자가 아니었음을 깨달았다. 나는 혼자임을 깨닫고, 열두 살 때 학교 정문에서 느꼈던 그 오후의 기분을 다시 맛보았다.

그것은 내면 깊숙한 외로움이었다. 내 주변에는 나를 보호하거나 숨겨주고, 나를 드러내거나 용서해주고, 나를 대신하거나 비춰주는 모든 껍질들, 내가 성취해왔던 모든 외피들이 교직돼 있기 때문이다. 우리 각자는 사회생활을 한다는 이유 때문에, 상황과 시간에 따라서 배우처럼 굴거나 하나의 극단 전체가 된다.

십 년 또는 이십 년 전의 나와 소란스러운 재회를 하여 내가 성취한 모든 외피들을 빼앗긴 뒤의 현기증을 맛보게 되었다는 생각에, 나는 지금 이 순간, 밤이 나를 감싸고 클로에가 희미하게 사라지기 시작하는 동안, 상상의 감옥 안에서 어떤 벽이 막 무너져 내리는 걸 느낄 수 있었다.

XII. 마드리드

「'보이지 않는 도시'에 대한 비망록」에서

1767년 삼월에 러시아에서 돌아온 나를 스페인 왕실이 맞이했던 것이나 1762년 유월에 잠바티스타 티에폴로를 맞이했던 것에 큰 차이는 없었다. 나는 대륙의 끝에서 국왕이 친히 부탁한 임무를 수행한 뒤 마드리드에 도착했다. 일 년 전에 나는 왕이 자기 꿈을 큰 소리로 선포하는 것을, 왕국을 변화시킬 신도시 계획을 발표하는 것을 보았다. 군주는 그곳에 산 카를로스라는 이름까지 지어놓았다. 그 때문에 나는, 내 군주에게 그가 모방하고 싶어 하는 모델인 러시아 수도에서 행한 연구와 관찰의 결과를 보여줄 수 있는 기회를 대단히 조심스럽게 준비했다.

그러나 내가 도착한 도시는 일 년 전에 두고 떠난 곳이 아니었다. 그리고 분명, 왕도 같은 사람이 아니었다. 게다가 일 년 전

삼월의 그날, 왕의 환송식에 있었던 세 명의 거물들 중 하나는 스페인에 살고 있지도 않았다. 그 당시 카를로스 3세의 국무대신이었던 에스킬라체는 왕국에서 처음부터 수행되고 있던 개혁 정치에 반대하는 마드리드 주민들을 진정시키기 위해 면직됐었다. 그리고 에스킬라체와 함께 나폴리에서 도착했을 때 가지고 있었던 왕의 첫번째 꿈도 사라져버렸다. 카를로스는 자기 계획들이 이해되는 것이 결코 쉽지 않다는 사실을 확인할 충분한 시간을 가졌던 것이다. 또 그것은 훨씬 더 천천히 추진되어야 가능하다는 것과, 나라의 영원한 권력자들——불모지로 버려진 지방 전체가 경작되는 걸 반대하고, 자유 교역을 두려워하며, 민중의 무지로 덕을 보고, 결국 민중을 자신들에게만 유리한 과거에 붙잡아 매두는 자들——과 그 계획에 대해 손을 잡아야만 한다는 사실을 확인했다.

산탄데르(스페인 북부 항구 도시) 항구에서 카스티야 지방을 가로질러 마드리드에 도착한 후, 고요한 밀밭들과 멀리서 흔들리는 떡갈나무 숲, 그리고 부지런히 울어대는 양 떼들을 지나, 나는 발트 해로 가기 전 나의 거처였던 마드리드에 있는 사바티니의 집으로 향했다. 그 집의 옛 주인들을 만나고 싶으면서도 만나고 싶지 않기도 한 모순적인 소망을 가지고.

경비원들은 프란체스코와 그 아내가 왕과 함께 아랑후에스에 있다고 가르쳐주면서, 동시에 내게 거처를 마련해주라는 명령도 받았다고 얘기했다. 참으로 불편하면서도 애매한 상황이었다!

나는 자리를 잡자마자 왕과 사바티니에게 내가 이제 마드리드에 도착했음을 알렸고, 왕을 알현하여 예의를 갖추고 내가 맡은 임무의 결과를 보고하겠다고 요청했다. 그러나 며칠이 지나도 아랑후에스에서는 답신이 오지 않았고, 그 결과 세실리아를 볼 수 없다는 사실에 대한 내 절망과 신도시 계획이 수포가 됐을지도 모른다는 두려움이 더욱 커졌다.

왕의 알현을 기다리면서 그 나폴리 숙녀의 손에 입 맞추게 되길 고대하는 동안, 나는 다시 친구인 티에폴로에게 자주 들락거렸다. 내가 나중에 카를로스의 계획에 참여하게 되는 유명한 두 기사들을 알게 된 것도 그즈음이었을 것이다. 역사와 문학을 사랑하는 전직 군인 출신의 카탈루냐 청년 안토니 데 캅만과 자신의 파란만장한 과거를 자랑하고 스페인의 수도에 오기 전 계몽주의 시대의 파리에 살았던 매우 독특한 페루인 파블로 데 올라비데가 그들이었다.

리마의 지진에서와 마찬가지로 그 식민지 법정에서도 살아남은 돈 파블로는 구대륙을 알고, 또 피난처를 찾겠다는 목적으로 인디아스를 떠났었다. 하지만, 페루에서의 해결되지 않은 소송 때문에 마드리드의 감옥이 그를 기다리고 있었다. 그리고 출감 후에는 인간관계도 끝장나고 재산도 몰수당해 가장 불안한 위치에 처했다. 그러나 미망인인 이사벨 델 로스 리오스가 더 이상 그의 매력에 저항하지 못하고 그와 결혼해 자신의 재산을 그의 수중에 넘겨주었다. 그는 프랑스와 이탈리아 여행에 전념하여 거기서 새로운 계몽적 사고를 접했고, 볼테르

같은 사상가와도 접촉했다. 다시 스페인에 돌아온 올라비데는 자기가 필요하다고 판단한 개혁을 적용하기 위해 정치에 입문했는데, 내가 그를 알게 됐을 때 그는 총체적인 난국 속에서 시에라 모레나 신 주거지(카를로스 3세가 시행한 계몽주의 사업. 스페인 남부의 시에라 모레나 지역에 만든 새로운 주거지로서, 모범적 농촌의 전형을 만들고 마드리드에서 스페인 남부 지방과의 교통을 원활하게 하려는 의도를 갖고 있었다)의 총감으로 임명되길 기대하고 있었다. 이는 농업과 사회 분야에서의 실험적 사건이었다.

파블로 데 올라비데는 자신의 훌륭한 도서관에서 열리는 모임의 주인이자 정신적 지주였다. 넓은 이마, 언제나 미소로 가득 찰 준비가 돼 있는 두 뺨, 진한 눈썹 아래 있는 매혹적이고 생기 있는 두 눈을 가지고 있었고, 빠른 몸짓은 마치 한번에 세 개의 잔을 잡고 싶어 하는 듯했다. 우아하고 정중한 그가 말을 할 때는 자신이 가지고 있는 것, 자신이 알고 있는 것을 선물하는 듯한 인상을 주었다. 모임의 가장 젊은 두 사람인 안토니 데 캅만과 나는 서로를 곁눈질하며, 그 위대한 페루인이 들려주는 열정적이면서도 논리 정연하고, 재치 있으면서도 내용이 풍부한 그 장광설에 귀를 기울이곤 했다.

"자유에 이르기 위해서는 지식을 얻고 선택할 장소, 훈련될 장소가 있어야 합니다. 그리고 훈련에는 돈이 들어갑니다. 지식에는 가격이 있는 것입니다, 여러분. 따라서 자국 시민들의 자유를 얻기 위해 한 나라가 가장 먼저 해야 할 것은 재화를 해방하여 더 많은 부를 생성하는 일입니다. 지식을 증가시킬

부, 사람들의 교육을 확장시킬 부 말입니다. 그리고 선택권을 가진 진정한 상황에 서게 되면 사람들은 자유에 가장 근접한 곳에 있게 되는 겁니다. 이 모든 것의 지름길로 가는 방법은 분명 있습니다. 그건 부자 여인과 결혼하는 것이지요. 하지만 다시 국가로 돌아갑시다. 모두를 위한 부자 여인은 없으니까요. 자유의 적들이 재화의 자유화에 대한 적들인 것이 뭐가 이상합니까? 그리고 그럼에도 불구하고, 그들에게도 교역의 자유, 새로운 땅의 개간, 새로운 재배, 대농장의 분할, 독과점의 규제, 새로운 거주지 확립, 대학의 진보 등이 이익이 된다고 우리는 그들을 설득할 것입니다. 물론 가난한 자들은 더 잘살게 될 겁니다. 그러나 권력자들은 이들이 배가 고파서 반란을 일으키지 않도록 하는 유일한 방법이 이것임을 깨달아야 합니다. 또 그들 자신은 미래에 더 큰 부자가 될 것도 알아야 하지요!"

왕이 상트 페테르부르크로 나를 파견한 결과에 대해 보고받기를 지체하는 이유를 모른 채, 나는 스페인 국왕을 섬기는 내 미래와 내가 품었던 위대한 계획에 드리워지는 그림자에 대해 근심하고 있었다. 또 세실리아 사바티니 부인에 대해 들려오는 소문을 믿지 않으려고 애쓰면서, 나는 예전에 취했던 침묵의 태도를 잊고 얼음 같은 발트 해의 대도시와는 대조적인 뜨거운 도시 마드리드가 내게 제공하는 사회생활을 즐길 기회를 잃지 않는 쪽을 선택했다. 비록 세실리아에 대한 이야기들이 사실이 아니라 해도, 나는 역경을 이겨내고 전에 예견했던 것과는 아주 다른 삶을 계획할 필요가 있었다.

프란체스코가 하인을 통해 자기가 집에 돌아왔다고 알렸을 때는 내가 마드리드에 도착한 지 거의 한 달이 지났을 때였다. 사바티니의 접견실에서 그와 나 우리 둘은 한 동전의 양면 같았다.

"안드레아, 이 친구. 여제의 도시에서 그대가 한 연구와 조사를 검토하려면 많은 시간이 걸리겠어! 새로운 스페인을 위해 유용한 것들을 많이 끄집어낼 수 있겠네."

"사실, 프란체스코, 저는 제가 수행한 조사 가운데 우리 계획에 적용될 수 있는 것들을 설명할 때가 오길 학수고대하고 있었습니다."

"이 사람아, 자네도 알다시피, 아란다 백작이 폐하의 새 정부에서 압도적인 영향력을 행사하는 인물이네. 우리에게는 만족할 만한 일이지. 왜냐하면 그는 우리가 에스킬라체와 함께 시작한 도시화 건축 정책을 지지하기 때문이야."

"그건 아주 잘된 일이군요! 솔직히 몇 가지 의심이 일기 시작했거든요."

"무슨 소리야, 안드레아? 어떻게 그럴 수 있겠나?"

"프란체스코, 제가 폐하를 알현하는 것이 지체되어 그렇게 생각했습니다. 미안합니다."

"이 사람아, 이상하게 생각하지 말게. 신도시 계획은 급한 게 아냐. 그래 좋아. 하지만 폐하께서는 잊지 않고 계시네. 내 자네에게 장담하지."

"그렇다면 지금까지의 일을 어떻게……"

"안드레아, 통치의 사업들은 바뀌었어. 내 의견을 말한다면, 난 신도시 건설이 아란다 백작에게 우선순위라고 생각하지 않네. 그럼에도 불구하고 군주의 마음속에는 계속 있지. 그러니 낙심 말게나."

"제가 혼란스러운 상황에 처해 있다는 걸 알게 될 겁니다."

나는 보다 많은 것을 암시하며 말했다.

"내 생각에는, 이 상황이 해결되지 않는 동안은 자네가 예전에 하고 있었던 그 일을 다시 하는 게 좋을 듯하네."

사바티니의 말은 비수 같았다!

"한 가지 더. 내가 감독하는 공사들 중에 자네 맘에 드는 것을 골라 지휘해보게나."

"당신의 관대함에 감동받았습니다. 하지만 더 이상 당신의 신뢰를 남용해서는 안 될 것 같습니다. 허락해주신다면 새 거처를 찾아보고 당신께서 너무도 정중하게 다시 제공해주신 이 방들을 비워드릴까 합니다."

"이 사람, 그럼 그건 자네가 더 많은 자유를 누리고 싶어 하는 걸로 이해함세!"

사바티니와 헤어질 때 나는 재갈 풀린 말을 다룰 때처럼 가슴이 불안해지는 것을 느꼈다. 이자는 도대체 뭘로 된 사람인가? 세실리아와 나 사이에 있었던 일을 알면서 어떻게 한마디도 입 밖에 내지 않을 수 있을까? 눈 하나 깜빡거리지 않고 말이다. 그 편지들을 빼돌렸던 자는 어떤 줄이 나와 세실리아를 연결하고 있는지를 알고 있는 것이 분명하다. 그리고 몰래 우리 뒷조사를 시킨 자가 그가 아니라 해도, 그것이 프란체스코의 귀에 들어가지 않을 가능성은 전혀 없는 것이다. 이제 자기가 찾던 증거를 가지고 있는데, 그는 왜 이렇게 점잔을 빼며 게임을 계속하는 걸까? 한 가지 이유만이 내게 떠올랐다. 그건 그가 신도시 계획을 진전시키고 그걸 내게 위임하려는 왕의 결정에 맞서길 원치 않는다는 것이다. 만일 그렇다면, 사바티니는 무엇보다도 먼저 시간을 벌며 그걸 지연시키려 하고 있을 것이다. 그가 그토록 강하다는 사실, 자기 통제력을 가지고 있다는 사실이 나를 두렵게 했다. 이런 사람이 할 수 있는 일은 어디까지란 말인가?

그러나 세실리아가 정원에 도착한 것을 알아차린 순간, 마치 누군가가 어두움 속에 있던 방의 커튼을 걷어낸 것처럼 두려움과 불길한 조짐, 궁리와 의심이 사라졌다. 서광! 그녀의 시선에는 마지막 만남에서 느꼈던 단호함이 서려 있었다. 그리고 그녀의 육체에는 내가 경험한 풍만함이 여전했다. 그녀는 내게 손을 뻗고 나는 그 손에 입 맞췄다. 그녀의 두 눈이 반짝였다.

"저들이 당신 편지들을 내게 보여주지 않았소, 세실리아. 하나도 읽을 수 없었지. 스페인을 향해 출항하기 직전에야 내게 그것들을 건네주었소. 누군가 우리 일을 눈치 채고 있어요."

"하지만 사랑하는 안드레아, 상트 페테르부르크에서의 당신의 그 많은 우정들에 대해서 얘기가 오가고 있답니다. 어떤 공주에 대해서도 내게 얘기하더군요. 그리고 겨울 궁전에서의 카니발 무도회에 대해서도요."

"세실리아, 그건 옳지 않소! 난 매일 당신을 생각하며 당신의 편지를 기다렸고, 그럼에도 불구하고 당신에게 편지를 썼소. 당신이 내게 보냈던 편지들, 내가 받을 수 없었던 그 편지들을 읽을 때 내가 얼마나 가슴이 벅차올랐는지! 나는 너무 감동했었소!"

"그걸 의심하지 않아요. 하지만 시간은 거저 흐르지 않지요. 그리고 지금 우리가 아무런 결과도 얻지 못할 상황을 고집스럽게 유지하려 한다면 우스워질 거예요. 오히려 우리는 전략을 바꿔야 해요. 서로를 자유롭게 하고 우정을 나누는 거죠. 그게 더 유익하고 즐거울 거예요. 그럴 거 같지 않나요?"

나는 어리둥절했다. 그녀의 말에 대답할 수가 없었다. 세실리아는 내 뺨에 입 맞추고 마치 어린아이 달래듯 내 등을 쓰다듬고는 계속 말했다.

"존경하는 안드레아…… 슬퍼하지 말아요, 나를 원망하지 말아요. 격정에서 좀 벗어나봐요. 당신이 나를 설득하려 했을 때의 당신 말은 옳았어요. 프란체스코는 내게 너그러웠고 지금도 관대하죠. 또 마드리드는 살롱들을 돌아다니고 파티에 참석하기에 참 멋진 도시예요. 당신도 그렇게 해봐요. 초대에 응하고, 무도회에 가고, 파티를 즐겨보라고요! 아부도 좀 하고, 웃기도 좀 하고, 거짓말도 좀 하라고요! 요 몇 주 동안 사람들은 당신에게 나에 대해 여러 가지 이야기를 했을 거예요……"

"그래요. 하지만 난 아무것도 듣고 싶지 않았소. 그 얘기를 믿을 수 없었소. 나는……"

"안드레아, 아마도 사람들이 당신에게 했던 나에 대한 험담 중 어떤 것은 사실일 거예요. 그러나…… 내가 당신에게 주는 우정을 받아들여요."

"세실리아, 그건 내가 바라던 바가 아니오. 그건 우리가 가졌던 관계가 아니오. 그리고 정열로 가득했던 그대의 편지들은……?"

"그럼 차라리 나를 잊어요! 그러나 난 당신을 잊고 싶지 않아요. 그리고 그게 당신에게 유용할 거예요. 난 대화를 듣고, 질문하고, 귀 기울이지요. 아란다 백작은 산 카를로스 계획에 대해 아무것도 알고 싶어 하지 않아요. 그는 새로운 수도를 만들려는 왕의 의지가 알려지면 마드리드 주민들과 일부 귀족들의 불신이 되살아날 거라고 생각하죠. 그래서 작년에 그랬던 것처럼 그들이 다시 궐기를 할 거라고요. 하지만 아란다는 왕의 계획에 대놓고 반대할 수는 없기 때문에 그 계획을 최대한 지연시킬 목적으로 한 가지 제안을 준비하고 있죠. 그는 국왕에게 그 계획을 여러 가지 면에서 총체적으로 연구하고 완성할 임무를 가진 최고 위원회를 만들 것을 조언할 거예요. 시간을 벌고 왕을 지치게 하기 위한 방법이지요. 그 위원회에는 당신과 프란체스코 이외에도 아란다 자신과 그가 신뢰하는 파블로 데 올라비데가 들어갈 거예요. 승승장구하는 또 다른 정치인이자, 어떻게 보면 백작의 라이벌인 호세 모니노도요."

“좋은 소식이군요, 세실리아. 얘기해줘서 고마워요. 하지
만……”

고통스러운 시간은 지속시킬 만한 가치가 없다. 세실리아는
레몬 향기 사이로 사라졌는데 그녀의 모습은 마드리드 전체에
더없을 정도로 눈부시면서도 모질었다.

그 대화가 있고 며칠 뒤, 국왕 폐하는 내 알현을 허락했고
상트 페테르부르크의 도시적 성질과 건축 양식, 그리고 러시아
의 예카테리나 여제가 행하는 예술품 보호에 대한 내 설명을
관심 있게 들었다. 그리고 신도시 계획에 대해 다시 흥분해서
그 최종 계획을 작성할 수 있는 위원회를 구성하라고 내게 명
령했다. 이어서 그는 그날 오후 사냥을 준비하기 위한 지침을
하달했다.

우리가 접견실을 나오자마자 매 순간 우리와 동행하던 아란
다 대신은 세실리아가 내게 앞서 말해주었던 이름들을 언급하
며 의뭉스럽게 말했다.

“이 위원회를 당신 작업에 참견하는 것으로 보지 말고 그 반
대로 판단해주시오. 당신은 이미 세뇨르 사바티니에 대한 폐하
의 총애를 알고 있고, 돈 파블로 데 올라비데에 대한 내 신뢰
는 전적인 것입니다. 그러니 당신은 아주 자유롭게 일을 시작
할 수 있습니다. 세뇨르 호세 모니노에 대해서는 지금 당장은
걱정할 거 없습니다. 필요하다고 생각되는 모든 시간을 우리에
게 신도시 건설의 세부 계획을 제시하는 데 투자하시오. 그건

왕위에 영광을, 국가에 진보를 가져올 것이오. 노력을 아끼지 말아주시오. 세뇨르 사바티니께서 그 모든 것을 다 관리·감독하시니, 나나 세뇨르 모니노에게 남겨진 유일한 역할은 그것이 폐하께서 고려하실 만한 것인지를 판단하는 것뿐입니다."

그 고집불통 백작은 내게 미로 같은 길을 그려주었지만, 그가 돌려서 하는 말에서 내 최고 동맹군은 파블로 데 올라비데가 될 거라는 사실을 추측할 수 있었다. 그는 시에라 모레나 신 주거지를 다스리기 위해 이미 세비야에 자리를 잡고 있었는데, 이는 정부에 의해 농촌 개혁의 시범 계획으로 여겨지고 있었다. 올라비데와 아주 친했고, 또 호세 모니노와도 좋은 관계를 맺고 있는 내 친구 안토니 데 캅만은 그의 말에 동의했다. 그는 나와 함께 안달루시아로 가서 올라비데와 토론한 후, 우리가 도시 건설을 제안할 자리를 정하기 위해 이베리아 반도의 지리와 정치, 역사에 대해 내게 조언할 것이었다.

몇 달이 지난 후, 올라비데는 자신의 그 안달루시아 이상향을 세우는 일에 너무 바빴고 캅만과 나는 마드리드를 떠나 그를 만나러 가는 결정을 하기가 힘들었다. 마드리드는 다시 춤과 야회(夜會)로 빛났고, 매일 오후 문예 모임에서는 나라를 어떻게 정비할 것인가에 대해 토론했고, 수도에서 벌어지는 사바티니의 작업은 아란다의 후견하에 또는 그의 후견 없이 진전을 보이고 있었다. 그는 자기가 편할 때는 아무 때나 왕과 만나 일을 처리하고 있었던 것이다. 결국 마드리드에서는 신도시를 건설해야 한다는 생각을 아무도 하지 않고 있었다. 그러는 동안 세실리아는 사바티니의 친절한 시선하에, 내 소리 없는 비탄을 넘어 이 가지 저 가지로 작은 새같이 날아다녔다. 나는 울화가 치밀 정도로 신도시 계획이 지연되는 것을 더 쉽게 견디기 위해 모임 참석에 전념하고 있었다. 세실리아가 멀어지면서 맛본 쓴맛에 양념을 주기 위해 파티에도 참석했고, 내 외롭고 슬픈 영혼의 침묵을 위장하기 위해 토론하고 잡담하며 춤을 추었다.

길잡이 없는 내 발걸음은 나를 자주 잠바티스타 티에폴로의 작업실로 이끌었다. 그 노(老)화가는 왕의 주문을 받아 새로운 작품을 완성한 것에 만족하고 있었다. 아랑후에스에 있는 산 파스쿠알 바일론 수도원의 제단을 위한 일곱 점의 캔버스화가 그것이다. 잠바티스타는 내 말을 조용히, 그리고 기꺼이 들어주며 내게 인내하라고 충고해주었고, 또 그렇게 될 가능성이 많든 적든 간에 내 작품을 완벽하게 만들기 위해 하루도 낭비하지 말라고 했다. 티에폴로는 사바티니가 짓고 있는 아랑후에스 왕궁의 새로운 부속 건물들에 그림을 그리고 싶어 했을 것이다. 그러나 이는 국왕의 영향력 있는 고해 사제인 엘레타 신부의 반대에 부딪쳤다. 그 신부는 티에폴로의 세속적인 작품을 비도덕적인 것으로, 황홀경에 사로잡힌 인물들의 몸을 음란한 것으로 판단했다. 하지만 결국에는 그 프란체스코회 수도원을 위해 성자들을 그린 캔버스화들을 받았다. 파스쿠알 성자에게 바쳐진 중심 제단을 주재하는 그 캔버스화는 안성맞춤이었고, 티에폴로는 다른 여섯 예배당—호세 성자, 마리아님, 프란시스코 성자, 카를로스 보로메오 성자, 안토니오 데 파두아 성자, 그리고 페드로 데 알칸타라에게 봉헌된——을 위한 스케치 작업을 하고 있었다.

이 스케치들에서는 파스쿠알 성자의 캔버스화에서 이미 암시됐던 절제와 엄숙에 대한 노력을 살펴볼 수 있었다. 인물들이나 부수적인 대상들의 부재는 티에폴로에게 초상화를 그리거나 회상해내는 모든 능력을 단 하나의 주인공에게 집중시키도록 해주었고, 이 주인공은 그의 거대한 프레스코화가 담은 폭발적인 영광과는 거리가 먼, 일종의 진정한 감동 또는 거의 현세적 행운의 표현에 도달하고 있었다. 마치 그가 인생의 말년에 모든 부차적인 장식에서 탈피해 진솔하게 말하려고 작심한 듯했다. 나는 그 진솔함과 열정이 넘쳐나는, 지금까지와는 다른 그 기이한 티에폴로 작품들을 찬양하기 위해, 이미 그려진 그림들이 보고 싶었다.

잠바티스타는 낙심하고 있었다. 가족의 일부가 먼 곳에 떨어져 있기도 하지만——자기 고향의 이름을 말할 때 몇 번인가 그의 두 눈이 흐려졌었다——두 아들 잔도메니코와 로렌초가 자기 예술을 수용하는 것에 안주하는 것을 보았기 때문이다. 그는 마치 자기가 그린 그림의 또 다른 성자 같았다. 그는 자신의 작업이 완덕의 길을 계속 걸어가야 한다는 확신하에 그림이라는 성직에 투신했던 것이다. 나는 그가 다른 시기의 그림에 대해 평가를 하는 열띤 대화에서, 내가 자주 기억하는 이 한 문장으로 결론을 내렸던 것을 기억한다. "아름다움이 세상을 구원하리라."

　파블로 데 올라비데와의 여러 번에 걸친 서신 교환 끝에 안토니 데 캅만과 내가 세비야에 있는 그 페루 출신 대공의 집무실을 방문해 스페인 왕국의 상세 지도를 펼쳐놓았을 때는 상트 페테르부르크에서 내가 돌아온 지 일 년 뒤였고, 1768년의 봄이 시작되고 있었다. 카를로스 3세 국왕이 여전히 나폴리 만을 그리워했고, 또 동시에 영국인들이 물러나지 않고 있는 지중해의 해상권을 강화시키려 했기 때문에, 산 카를로스가 지중해에 건설되어야 한다는 사실은 분명했다. 아메리카와의 교역에 있어 카디스가 이미 중요한 역할을 하고 있었기 때문에, 남부 지방에서는 다른 도시를 필요로 하지 않는다는 사실 또한 분명했다. 반면 발렌시아인들과 카탈루냐인들은 부르봉 왕가를 호전적으로 대함으로써 그 지역에 군주와 연결된 도시를 하나 만드는 것을 부채질했다.

　안토니 데 캅만은 사라고사와 같은 지점에 있는 에브로 강을 가리키고는 집게손가락으로 천천히 강줄기를 따라 미끄러져갔다. 그는 강어귀까지 멈추지 않고 가서 강어귀들과 습지, 하구들이 있는 그 복잡한 지역을 여러 번 손가락으로 두드렸다. 그 카탈루냐 출신 계몽주의자가 가리키는 지리를 우리 세 명이 관찰하는 동안, 그는 이 년 전에 왕이 자신의 상트 페테르부르크의 탄생을 선포했던 것과 같이 떨리는 엄숙함에 젖어 있는 듯했다.

"카를로스 국왕을 위한 만, 예술을 위한 도시, 교역을 위한 항구, 항해 가능한 에브로 강을 위한 운하지요. 친구들이여, 그게 보입니까? 우리는 여기 산 카를로스를 건설할 겁니다!"

그 후 캅만은 지중해의 가장 큰 자연항일 알파케스 만 지역에 호의적인 논리를 계속 전개해나갔다.

"그 도시는 바르셀로나, 발렌시아, 사라고사, 그리고 마요르카 섬(그 때문에 당연히 영국인들과 분쟁에 있는 메노르카 섬과도 가깝지요)의 가운데, 그리고 반도의 가장 주요한 강인 에브로의 끝에 위치하게 됩니다. 에브로 강은 아라곤 지역을 가로지르고 교역을 위한 항해에 이용되지만, 더 안전한 인공적인 하구를 필요로 합니다. 언젠가 한번 계획됐던 운하, 강을 만에 있는 항구와 연결시켜줄 운하 말입니다."

내 생각은 캅만의 것과 다르지 않았다. 산 카를로스는 내부와의 교역을 용이하게 할 것이고 상트 페테르부르크와 마찬가지로 국가의 해양 계획에도 도움이 될 것이다. 그것은 네바 강과 러시아의 수도가 그랬듯 주요한 강 하구에 세워질 것이다. 그리고 발트 해에 있는 러시아의 눈부신 수도처럼 균형 잡히고 아름다운(티에폴로는 내게 "아름다움이 세상을 구원하리라"라고 말했었다) 이상적인 도시로 인식될 것이다. 그러나 러시아 표트르의 도시는 스웨덴인들에 대한 승리를 의미하는 상징적인 장소에 건설되었는데, 알파케스 만은 어떤 역사적 의미가 있는가?

나는 이런 의구심을 표했다. 그리고 즉시 돈 파블로의 묵인하는 미소 속에서 캅만의 역사 강의를 듣게 될 것을 추측했다.

"친구여, 우리가 선택하기에 이보다 더 좋은 장소는 없습니다. 비록 몇 가지 불편한 부분들이 있지만 우리는 이것을 장점으로 활용할 겁니다. 만은 카탈루냐 주 제2의 도시인 토르토사와 가까워, 그 해변에서 역사의 주요 페이지들이 씌어지게 했답니다. 11세기에 베렝게르 3세는 그곳을 다시 정복했는데, 그곳에 이전에 아랍인들이 '라피타'라는 수도원 요새를 세워 놓았다가 베네딕트파 사제들에게 인계되었지요. 반세기 후에 라몬 베렝게르 4세가 토르토사 시(市)를 포함한 그 일대를 카탈루냐 점령하에 두었을 때 증여가 이뤄졌는데, 이는 나중에 산후안파 사제들에게 넘어갔습니다. 산타 마리아 델 라 라피타 수도원은 왕들이 중히 여기던 축성(築城)이어서 그중 몇 명은 대원정이 있기 전에 그곳에서 숙박하기도 했습니다.「연대기」에 의하면 1323년에 자우메 2세가 그랬고, 또 알폰소 대왕이 1420년에 그렇게 했지요. 자우메 2세의 군대는 시칠리아와 세르데냐를 향해 알파케스 항구 해변에서 출범했습니다. 알폰소 대왕의 함대는 이 해역에서 1차 나폴리 전투를 시작했고요. 이런 이야기가 카를로스 폐하를 감동시킬 것은 의심의 여지가 없을 것이고, 폐하께서는 이것이 일종의 숙명이라고 생각하실 겁니다. 또 좀 언짢기는 하지만 아주 두드러진 사실이 하나 남아 있지요. 1610년에 추방되기 전 왕국에 남아 있던 모든 무어인들이 알파케스 해변에 모였습니다. 그들은 배를 타고 지중해 다른 편으로 가거나 죽게 되었지요. 이게 자랑스러운 일화라고는 말할 수 없지만 우리 폐하께서 예수회를 추방시킨 걸 생각해본다면, 어떻게 될지 누가 알겠습니까? 안 그래요?"

내가 감동하는 사이에 파블로 데 올라비데는 웃었다. 안토니 데 캅만은 '라피타'의 성소와 알파케스 항구의 과거를 카를로스 왕에게 어울리는 지중해 정신과 예술 정신, 그리고 애국심의 상징으로 바꾸어낼 것이다. 알폰소 대왕이 나폴리에 도착해 만든 궁정이 이탈리아의 인문주의의 첫 영지가 된 것도 의미 없지는 않은 것이다. 나는 알폰소 대왕의 개선문을 이루는 누오보 성의 흰 대리석을 지식을 향해 우아하게 열린, 완벽하게 폐쇄된 중세 성을 이루는 거대한 토성 벽의 외부를 향해 열린 창이라고 생각했다. 우리의 도시도 그러하리라. 삼각주의 변덕스럽고 거친 자연 위에, 우아하고 균형 잡힌 인간적인 도시로 세워지리라. 새로운 폼페이로.

그러나 그 지대를 관찰하고 측량하고 계획하기 위해 그곳의 지형, 재배물, 기후, 부존자원, 도로 상태, 거주 여부 등을 조사하는 원정대를 내가 조직하도록 아란다 백작이 허가하기까지 또 일 년이 지나야만 했다. 나는 움직일 수 있는 최고의 기술자 열 명을 모으는 데 성공했고, 연말 즈음에 산 카를로스 신도시 위원회의 승인을 받은 최종 계획서를 국왕에게 제출하기 전 마지막 단계를 실행하기 위해서 그들과 함께 1769년 유월, 에브로 강 삼각주를 향해 떠났다.

이때 잠바티스타의 작별 인사는 전혀 차분하지 않았다. 아랑후에스 왕궁을 위한 캔버스화들은 실제적으로 끝난 상태였다.

그 거장은 자기 생각에 맞게 마무리에 대단한 수고를 아끼지 않았고, 그 작품들의 수수한 아름다움이 호아킨 데 엘레타 신부의 취향에 맞기를 기대하고 있었다. 신부는 왕의 고해 사제였다가 궁정의 예술품 책임자가 됐는데, 이것이 가엾은 티에폴로에게는 불행이었다. 그 신부의 검열에 걸리면 멩스를 필두로 한 산 페르난도 아카데미의 그 어떤 회원도 예술가로서의 자존심을 방어하기 위해 손가락 하나 움직이지 않을 것이라는 사실이 확실했기에, 잠바티스타는 그림에 대한 심각한 불만을 자신에게 말해 수정할 수 있도록 그 사제에게 그림을 보여가면서 작품을 끝낼 가능성에 대해 국왕의 의사를 타진했다. 그건 사실은 엘레타의 승인을 받아내기 위한 것이었다. 그러나 그의 입장에서 그토록 정중했던 건의는 왕궁의 답변조차 얻어내지 못했고, 티에폴로는 산 파스쿠알 바일론의 제단에서 언젠가 자기 그림들을 볼 수 있는 날이 올 거라는 것에 깊은 의구심을 갖기 시작했다.

원정을 시작한다는 사실로 기쁨을 감추기가 힘들었지만, 나는 티에폴로의 괴로움에 무감한 듯 보이고 싶지 않았고, 게다가 스페인 조정이 금세기 최고의 화가를 그렇게 무시하는 것을 수치라고 생각했다. 아름다움을 비호하고 또 빛나게 할 생각으로 지어질 신도시 계획이 이제 막 현실이 되려고 하는 시점에서 말이다.

막중한 여행을 수행하기 위해 잠바티스타를 껴안으면서 그의 갈급한 칠십삼 년을 함께 껴안은 나는, 그가 신도시에 감탄

하고 라피타의 대로를 함께 산보할 수 있을 만큼 오래 살기를
진심으로 기원했다. 그의 오렌지색 하늘, 코발트색으로 빛나
는 구름들, 그리고 그 영광을 가리키는 강인한 손가락 하나가
언젠가 산 카를로스의 원형 지붕에 머물도록, 길들여지지 않는
그의 말들에 올라탄 환희에 찬 기수들이 알파케스 바다의 파도
를 넘어 질주하도록.

XIII. 미스터리의 끝 혹은 시작

아마도 나는 다른 방식으로 느껴야 하리라. 맥이 빠지거나, 최소한 슬프거나, 아니면 아무튼 우울함을 느껴야 하리라. 클로에는 아주 떠나버렸고 나는 호텔에 혼자 남았다. 그리고 아레초에서의 사흘이 남아 있었다. 아마도 난 끝나지 않는 그 오래전 오후의 모든 것을 부수는 듯한 석양 아래, 학교 정문에 있던 열두 살 소년을 생각해야만 하리라. 나는 항상 그렇듯이 그것을 좀 다른 방식으로, 새로운 방식으로 회상했다. 마치 오늘의 외로움이 그날 내가 빼앗겼던 고향으로, 그 오후의 끔찍한 사고가 있기 전 아리아드나와 함께했던 몇 달 동안에 순간적으로 되찾았던 그 고향으로 나를 데려가리라는 듯이 말이다. 이해하지 못하고 따라갈 수만 있는 영혼의 길들이 있는 것이다.

클로에는 어제 떠났고, 난 이미 몇 번을 연습했던 마지막에 대해 생각하는 대신 호텔의 정원에 머물러 있었다. 짙은 구름 같은 올리브 나무와 사이프러스 한 그루의 유연한 감시 아래 로셀리 문서의 불가사의한 내막에 노출된 채. 밤이 되어 습기와 시원함에 마비된 나는, 우리가 알 수 없는 그 모든 것에 의해 갑작스러운 환멸에 빠져버린 산 카를로스 건설과 티에폴로에 대한 로셀리의 메모로 충만함을 느꼈다. 로셀리의 비망록은 그 마지막 장에 이르렀고, 한 페이지도 더 남아 있지 않았다. 신도시를 건설하기 위해 선정된 장소로 이제 막 원정을 시작하려는 때에 말이다! 모든 것이 처음부터 그렇게 예정되었던 것이지만, 또 모든 것이 미스터리이기도 하다.

아리아드나가 말한 로셀리의 비밀이 그걸 가리킨 걸까? 그 비망록은 십 년의 시간을 담고 있다. 그 토스카나 출신 이탈리아인이 반비텔리의 명령으로 카세르타에서 일하기 위해 나폴리에 도착하여 곧 스페인 왕이 될 시칠리아의 통치자인 카를로스 왕을 알게 된 1759년부터, 스페인과 인디아스의 왕이 된 카를로스 3세가 자신의 도시를 세울 에브로 삼각주를 탐사하기 위해 마드리드를 출발할 준비를 하는 1769년까지. 그사이에 그는 티에폴로와 함께 베네치아에서 마드리드까지 여행했고, 상트 페테르부르크가 어떻게 건설되었는가를 연구하기 위해 그곳에 가보았고, 다시 스페인에 돌아와서는 계몽주의자인 올라비데와 캅만의 도움을 받아 산 카를로스의 계획을 완성했다. 그러나 아란다의 정치적 우유부단함, 또는 어수선한 관료 사회가 로셀리—갈수록 글을 조금씩 쓰고 있다—의 처음 추진 계획을 축소시켰거나, 세실리아에 대한 환멸이 그것을 해체시켰을 것이다. 그녀의 존재가 계속해서 그 계획을 추진할 의욕을 그에게서 빼앗아가버렸을 것이다.

기본적으로 에브로 강과 알파케스 만 사이의 항해 운하 같은, 도시 건설에 선행됐던 대규모 토대 공사들이 1770년에 시작되었다는 사실은 잘 알려져 있다. 그리고 비록 항구는 1778년에 아메리카와의 교역이 허락되었지만, 도시 자체의 공사는 1780년까지 시작되지 않았다는 것도 유명한 사실이다. 그러나 역사가—로셀리가 부딪쳤던 장애물과 망설임들은 의미 있는 선례이다—간직하고 있는 커다란 미스터리는 어떤 이유로 도시 건설과 대규모 계획들이 흐지부지되다가 아직 왕이 죽기도 전인 1786년경에 결국 좌절되었으며, 그 위대한 계획이 실현되지도 못하고 붕괴됐는가에 있다. 그 폐허는 2세기 후에도 존재하며 질문을 던지는데, 그것은 그에 대한 설명을 요구할 수도 또 감출 수도 있다. 우리가 어려서 놀던 '보이지 않는 도시,' 소리가 울리는 황폐화된 어두운 아치형 천장들. 그곳에서 난 즐거우면서도 놀란 눈을 한 아리아드나에게 입을 맞추었었다. 아니면, 그녀가 내게 입 맞췄던가?

그럼에도 불구하고 로셀리는 많은 말을 하고 있고, 그게 우리가 필요한 전부일 수도 있다. 티에폴로와 헤어질 때, 티에폴로는 프란시스코 파 소속인 산 파스쿠알 수도원을 위해 그린 캔버스화들이 그곳에 걸리지 못할지도 모른다는 두려움을 표명한다. 첫번째 가능성. 아랑후에스에 걸리기로 돼 있던 그림들 중 몇 개가 로셸리의 수중에 들어가지 않았을까? 그리고 로셸리는 이미 나이가 꽤 든 그 예술가가 언젠가 '산 카를로스의 아치형 천장'에 그림을 그릴 기회를 갖기를 열망하는 것이다. 두번째 가능성. 티에폴로는 미래의 프레스코화를 위한 어떤 스케치를 준비하지 않았을까? 나아가 신도시의 왕궁을 위해 캔버스화를 그린 것이 아닐까? 아니면 단순히 친구인 로셸리를 위해 그리지 않았을까?

흥분과 조바심에 쫓겨 나는 아레초 시내를 향해 걸었다. "로셸리가 비밀을 가지고 있다"고 아리아드나는 말했다. 나는 그녀가 이별 장면에서 그것을 추정했다고 확신한다. 그러나 우리는 그저 반 정도 왔을 뿐이다! 그럼에도 불구하고 아리아드나는 소피아의 상상력을 발동시키기에 충분했고, 소피아는 그 유동적인 가능성을 믿고 지푸라기라도 잡는 심정으로 거기에 매달리고 있다. 알지도 못하는 티에폴로 그림 한 점의 존재—그리고 물론 그걸 찾아내는 것도!—가 이제 그녀의 마지막 구명줄이 되기에 이르른 것이다. 그러나 가장 극적인 상황은, 그것이 만약 존재하는 거라면 신속하게 발견해야 한다는 것이다. 그녀를 협박하는 마피아가 역사적 가치를 인정하고 참아줄 것 같지 않기 때문이다. 그 콜롬비아인들이 협박한 대로 행동한 뒤에 티에폴로의 그림을 발견하는 건 가슴 아픈 일이 될 것이리라!

중세의 석조 건물들과 가파른 거리들, 그리고 아름다운 광장들이 있는 아레초 구시가지의 중심, 페트라르카(이탈리아 르네상스의 시인으로 아레초 출신)의 집 바로 옆에 시립도서관이 있다. 나는 재빨리 그 도서관이 지역 역사와 페트라르카, 피에로 델 라 프란체스카, 미켈란젤로, 피에트로 아레티노, 바사리 등 그 지역이 낳은 유명 후손들의 믿기지 않는 예술 작품들에 대한 도서들을 폭넓게 소장하고 있음을 확인했다. 그러나 18세기의 건축가이자 기사(技師)였던 안드레아 로셀리에 관해서는 어떤 흔적도 발견하지 못했다. 비록 그 성(姓)은 너무 흔해서 바사리가 자신의 「미술가 열전(列傳)」에 기록했던 15세기 화가 안토니오 로셀리도 있고, 같은 핏줄의 더 나중 사람들이었던 여러 문헌학자들과 과학자들도 존재하지만 말이다.

하나의 백과사전에서 하나의 사전으로, 그리고 그림 한 장에 대한 계약서에서 역사적인 컬렉션으로, 그렇게 시간은 갔다. 하절기이고, 또 누가 말한 것처럼 오늘 오후에 내가 그 도서관의 유일한 방문객이었기 때문에 나는 신청한 자료를 빠르게 받아볼 수 있었다. 그렇게 폐관 시간이 가까웠을 때, 우리—나는 나를 도와주는 이해심 많은 도서관 사서와 효과적인 조사팀을 구성했다—는 떠돌이 안드레아에 대한 소식을 발견하리라는 희망을 거의 잃어버렸다. 작품 제목들과 작가들의 목록을 확인하고, 인명 색인을 연구하고, 많은 참고 자료들을 대조하고, 전산망을 통해 검색을 마치자, 로셀리가 창백한 환영(幻影)으로 희석되며 내가 감히 말할 수 없는 어떤 의심을 배양하는 듯했다.

만일 모든 것이 사기라면? 알 순 없지만 흥미 본위로 누군가가 그 비망록을 지어냈다면? 그것도 아니라면 더 쉽게 생각해서 만일 안드레아 로셀리가 진짜 저자이자 주인공의 가명이라면? 카를로스 3세 궁정에서 있었던 그의 행동의 메아리가 아레초에까지 미치지 못했을 가능성―너무나 멀고, 너무나 거짓말 같다―도 분명 충분하다.

그 여자 사서가 내가 이용했던 그 많은 자료들을 정리하면서 폐관 시간이 됐다고 알려주었다. 아레초에서는 안드레아 로셀리의 존재에 대한 자료가 없음을 받아들여야 하는 현실 앞에서 내가 코를 찌푸리는 동안, 운 좋게도 그녀가 잠깐 하던 일을 멈추고 내게 말했다.

"아마 아무것도 분명한 게 없을 거예요. 하지만 좀 색다른 방식으로 정리돼 있어서 아직 우리가 찾아보지 못했던 책이 있는데, 1963년에 출판된 「아레초의 상인과 교역의 역사」예요. 원한다면 한번 보시죠……"

그녀는 즉시 열람실을 벗어났다가, 도서관이 문 닫는 시간 오 분 후에 나타났다. 나는 허겁지겁 그 책의 페이지들을 넘기고, 18세기의 삼분의 일 정도로 갔다. 여기다! 설명은 간단하지만 한밤중의 폭발처럼 빛을 발했다.

알레산드로 로셀리. 1720년 태어나 1787년에 사망한 아레초 출신의 매우 섬세했던 세공사. 그의 작업실이 누리던 명성은 아레초 세공업의 전통 내에서 두드러졌을 뿐 아니라, 피렌체와 로마에서도 높이 평가받았고 그곳에서 여러 명문 가문의 주목을 받았다. 알레산드로 로셀리는 두 번 결혼했으나 자식은 없었는데, 이것이 그의 세공 작업실이 그의 죽음과 함께 문을 닫고 오랜 시간 지속되지 못했던 이유가 됐다. 그럼에도 불구하고 부유했던 알레산드로는 조실부모한 조카인 안드레아 로셀리의 학비를 대주었다. 안드레아는 1739년에 태어난 아레초 출신 건축가이자 기사로서, 처음에는 나폴리에서, 그리고 나중에는 마드리드에서 부르봉 왕가의 카를로스를 위해 일했다.

만세, 만세! 영광이 있을지어다.

어젯밤에 도서관에서의 조사가 끝난 후에, 난 길 잃은 사람처럼 꽤 오랜 시간 동안 거리를 헤매고 다녔다. 로셀리에 대한 언급은 비록 부족했고 그의 존재에 대한 단순한 기록일 뿐이었지만, 알지 못했던, 또는 잊혔던 감사하는 마음이 되살아났다. 누군가에게 그 발견에 대해 얘기할 필요가 있었지만, 그러한 의미에서의 모든 의도는 내 안에서 내게 침묵을 지킬 것을, 조용히 그 발견 또는 미스터리를, 나를 깨웠던 그 느낌들을 안아줄 것을 권고하는 더 큰 힘에 의해 무너졌다.

나는 아리아드나에게 그걸 말하고 싶은 유혹을 느꼈다. 그녀는 그 소식을 들으며 환상에 젖어, 아마도 자기가 말한 로셀리의 비밀이 그가 자신의 비망록에서 티에폴로에 대해 언급한 것에 대한 단순한 추측이었는지 아닌지를 밝혀줄 것이다. 또한 나는 소피아의 불안한 상태가 좀 어떤지 알아보고 희망을 주기

위해—비록 그 희망이 무엇인지는 구체화할 수 없지만—그
녀에게 전화를 할 생각도 했다. 그러나 나는 그 어느 것도 하
지 않았다. 어제 오후에 발견한 것의 결과는 실제로 우리가 이
미 알고 있었던 것 이상을 넘지 않는—감동과 예감은 별개의
문제다—반면, 조사할 필요가 있는 건 티에폴로가 아랑후에
스의 수도원을 위해 그린 직물화(織物畵)의 흔적임을 알고 있
기 때문이다.

그래서 오늘 아침 실은 아레초 시내로 가고 싶었지만—휴
가가 끝나가고 페트라르카의 도시 거리들이 이끄는 대로 몸을
내맡기지 않을 이유가 없었다—그렇게 하지 않고, 반드시 살
펴보아야 할 곳인 시에나 대학의 아레초 캠퍼스에 있는 인문대
학으로 향했다. 그곳에는 훌륭한 도서관이 있었다. 시간이 지
남에 따라 내 테이블에는 잠바티스타 티에폴로에 대한 두꺼운
두 권의 전기와 최근의 개인 전시전 카탈로그, 그리고 그의 말
년이었던 스페인 체류 기간을 중점적으로 다룬 두 권의 책이
점점 쌓여갔다.

이 모든 참고 도서를 보고 로셀리가 예상한 대로 1769년 8월
28일에 티에폴로가 산 파스쿠알을 위한 유화 일곱 점을 완성했
다는 사실을 추측할 수 있었다. 티에폴로 자신이 카를로스 3세
의 국무 담당 비서인 미겔 무스키스에게 편지로 그 사실을 알
렸고, 그 수도원의 예술 장식을 담당하고 있던—비록 건축가
는 사바티니지만—전능한 권력을 가진 왕의 고해 사제 호아킨
데 엘레타 신부의 승인을 요구했던 것이다. 그러나 아무 일 없

이 수개월, 수년이 흐르고 있었다. 그 베네치아 출신 거장이 필요한 부분을 수정할 수도 있다고 했음에도 불구하고, 엘레타는 그 그림들을 봐주지도 않고 있었던 것이다. 반년 후인 1770년 3월 27일 잠바티스타 티에폴로는 마드리드의 집에서 갑자기—그는 일흔네 살이 되어서도 중병 하나 앓지 않았다—죽는다. 아랑후에스의 예배당에 그 직물화들이 걸리는 걸 보지도 못한 채…… 거인에게 어울리지 않는 최후였다.

다음 날 엘 파르도 궁(마드리드 근교의 별궁)에 있던 왕은 화가의 죽음을 알고, 자기가 마드리드로 돌아오자마자 그것들을 볼 수 있게끔 사바티니에게 티에폴로 작업실의 그림들을 가져오라고 명령을 내렸다. 그때 카를로스 3세는 그림을 제대로 판단하여, 생전에 티에폴로가 느끼지 못했던 만족감을 적어도 그의 두 아들들인 잔도메니코와 로렌초가—그리고 아마도 우리의 로셀리도—두 달 후에는 느꼈던 듯하다. 5월 17일 성당의 봉헌미사가 열렸고…… 그 그림들은 성당의 미사실들에 걸렸던 것이다! 그러나 일곱 점의 그림 중 여섯 점만이 걸렸는데…… 카를로스 보로메오 성자에게 헌정된 작품은 십자가로 대치됐던 것이다. 그리고 아랑후에스 직물화들의 순례가 시작된다. 왜냐하면 그해가 저물자마자 호아킨 데 엘레타는 티에폴로의 유화들을 멩스와 마에야(스페인 화가), 그리고 바이에우(스페인의 궁정화가. 고야의 처남으로 유명하다)에게 주문했던 작품들로 교체할 것을 발표했기 때문이다. 그리고 이 그림들 역시 다른 것들로 교체되는 데는 오랜 시간이 걸리지 않았다. 그렇다면 제단에서 내려

진 티에폴로의「산 파스쿠알 바일론」「산 호세」「원죄 없이
잉태한 마리아」「산 프란시스코」「산 카를로스 보로메오」「산
안토니오 데 파두아」「산 페드로 데 알칸타라」는 어떻게 되었
을까? 소피아 멘디사발은 이 직물화 중 어떤 것을 발견하는 꿈
을 꾸면서 두 손을 비비고 있는 것인가?

　당대의 다양한 여행자들과 관찰자들은 아카데미 그룹──멩
스가 산 페르난도 왕립 아카데미(회화, 건축, 조각을 관장하던 예술원으로 국
왕 페르난도에 의해 1752년 탄생했음)를 장악하고 있었고 다른 회원들은
그의 애제자들이었다──의 그림들이 걸렸을 때 티에폴로의 작
품들은 거칠게 수도원 구석에 처박혔다가 나중에는 뿔뿔이 흩
어졌다고 증언했다. 하지만 어찌 됐든 왕실은 일곱 점 중 다섯
점을 회수했다. 주 제단에 있던「산 파스쿠알 바일론」은 완전
하게 들어맞지 않는 두 조각으로 분리되어, 오늘날 프라도 박
물관에서 볼 수 있다. 프라도 박물관은「원죄 없이 잉태한 마
리아」와「산 프란시스코」「산 안토니오 데 파두아」를 보관하
고 있고,「산 페드로 데 알칸타라」는 마드리드의 왕궁에 머물
러 있다.

　다시 정리해보면, 그 시리즈에서 배치되지 않은 두 그림이
있는데…… 그러나 내가 참고 도서로 사용한 다양한 책들은
이유가 불불명하거나 부정확했고 이랬다저랬다 하기도 했다.
전산망을 통해 나는「산 호세」와「산 카를로스 보로메오」의
소재를 파악했다. 비록 손상된 상태이지만, 그 두 작품들에는
안식처와 구체적인 소유주가 있었다. 첫번째 그림의 가장 중요

한 부분은 디트로이트 인스티튜트 오브 아트에 있고, 다른 작품의 가운데 부분은 신시내티 아트 뮤지엄에 있었다.

내가 패배를 시인해야 할 듯하다. 만일 어느 알려지지 않은 구석에서 기다리고 있는 티에폴로의 어떤 작품이 있다면, 그건 산 파스쿠알 바일론에서 사고를 겪은 그 어느 직물화도 아니기 때문이다. 그런 기록에 나는 마치 수중에 그 캔버스화를 가지고 있다가 빼앗겨버린 듯이 의기소침해졌다. 이 모든 것에도 불구하고 내 머릿속을 맴도는 제목들과 자료들, 그림들, 소유주들, 사건들의 춤사위가 나를 실망시키기보다는 멍하게 만들기에, 나는 그 책들을 제자리로 가져가지 말라고 부탁했다. 더 급선무라고 생각했던 문제의 핵심에 가기 위해, 무시했던 몇 가지 세부 사항들을 식사 후에 검토하고 싶었기 때문이다.

점심 식사를 하는 동안 휴대 전화가 쉬지 않고 울렸다. 소피아가 넌지시 나를 떠보다가 무슨 일이냐고 캐물었다. 그리고 바르셀로나 화랑의 개관이 구월 말로 당겨졌다고 알려주었다. 찍소리 없이 며칠을 지내던 아르만드 콜은 지금 당장은 밝힐 수 없는 대단히 중대한 사안에 대해 말할 게 있으니 나에게 돌아오는 대로 나오라고 호출했다. 사실상 여름은 끝났고 나는 바르셀로나로 돌아가야 할 것이다. 그러나 그전에 나는 산 파스쿠알 수도원을 위해 그렸던 일련의 티에폴로 작품들을 다시 생각해봤다. 엘레타는 놀라울 정도로 티에폴로를 압박했다. 처음 계획이 허락되기 전에 티에폴로는 밑그림 또는 그 일곱 작품의 스케치를 왕에게 보여줘야만 했다. 나중에 완성되는 캔버스화와는 다르기 마련인 그 스케치들은 캔버스화만큼이나 감탄할 만한 것들이었고, 어떤 경우에는 그것들을 능가하는 것이었다. 그 스케치들로 인해 티에폴로는 그림 주문을 취소당할 수도 있었기에, 엘레타가 적이라는 사실을 인지하면서 자신의 진면목을 보여주어야만 했다는 사실을 잊으면 안 됐다.

아이러니하게도 그 스케치들은 후에 티에폴로의 상대편 중 하나이자 멩스의 최대 동맹자인 프란시스코 바이에우—당시에 몇 안 되는 티에폴로의 영향을 받은 이들 중 하나이자 그 유명한 고야의 처남인데, 고야는 당시에 이제 막 데뷔하려고 했다—의 수중에 들어갔는데, 그는 한동안 그 작품들을 가지고 있었다. 비록 다행스럽게도 지금은 런던의 쿠톨드 인스티튜트 갤러리에서 볼 수 있지만 말이다. 이 작품들(「산 파스쿠알」 「산 호세」「산 프란시스코」「산 카를로스」)은 티에폴로의 후기를 잘 보여주는 대표작들이다. 색감의 생동감은 성자들의 신비주의를 표현함에 있어 준엄함과 어울리는데, 이는 그것이 재현하고자 하는 신실한 신앙심을 강조해준다. 구성의 균형감은 비록 부수적이거나 장식적인 요소들을 제한하고 있지만 티에폴로의 기질에 조응하는 것이다. 그리고 일상성 내에 있는 성스러움의 개화는 찬란하도록 대담하다. 따라서 우리는 가장 가치 있는 티에폴로 작품의 하나와 만나고 있는 것이다. 그러나 스케치 세 점이 빠져 있었다. 「원죄 없이 잉태한 마리아」와 「산 안토니오 데 파두아」 그리고 「산 페드로 데 알칸타라」의 스케치가. 이번에는 서둘러 판단하기 전에 내가 이용하는 책들과 인터넷에 존재하는 모든 관련 자료들을 조사해봤다. 이렇게 조사에 열을 내면서 행복을 느꼈던 몇 시간 후에야 의문점은 말끔하게 풀렸다. 그 세 점의 스케치들은 1767년에 카를로스 3세와 호아킨 데 엘레타가 티에폴로의 제안을 받아들여 그에게 주문을 하기 전에 보고 연구해야 했던 것으로, 아마도 어느 순간 바이에우의 수중에—그리고 고야의 손에도 들어갔을까?—들어갔는데, 지금은 미지의 장소에 있는 것이다!

프라도 박물관에 있는 아랑후에스 시리즈의 그 찬란한 「원죄 없이 잉태한 마리아」를 나는 기억하는데, 지금은 목록에서 「산 안토니오 데 파두아」와 「산 페드로 데 알칸타라」를 보고 감탄하였다. 아마도 이 두 작품은 그 시리즈에서 가장 감동적인 작품이며, 고행을 표현하는 새로운 방식을 사용한 가장 인간적이면서 결국 예술적으로도 신중한 작품일 가능성이 높았다. 그럼에도 불구하고 그 스케치와 제단에 걸린 직물화 사이에서 관찰되는 차이들을 보면, 이 세 밑그림들이 발견되거나 이것들이 나머지 네 작품들과 다시 합쳐진다는 가능성만으로도 그것은 의심의 여지 없는 가치를 갖는다. 나는 수수께끼의 핵심에 도달했는가? 이것들이 아리아드나가 안다고 그토록 자랑했던 그 그림들인가? 이것들이 소피아를 한숨짓게 하는 그 그림들인가?

나는 이 주 전 아레초에서 돌아왔다. 클로에와의 이별이 그

녀가 아파트를 나가는 것으로 구체화되자—처음에는 잠깐 동
안 함께 사용하기로 했는데 그 동거는 최근까지 계속되고 있었
다—, 토스카나의 호텔 정원에서 예상했던 것보다 더 갑작스
럽고 고통스러웠다. 그러나 어쩔 수 없는 상황에 대응하듯 원
망과 복수의 싹들은 짧고 소란스러운 격정에 불과했다.

　어떻게 보면 나는 운이 좋았다. 화랑에서, 그리고 잡지와 관
련돼 나를 기다리고 있는 미해결된 일들이 폭포처럼 쏟아졌다.
이것은 이별과 함께 한 사람의 회복할 수 없는 부분도 함께 떨
어져나간다는 사실로 인해 향수에 젖어드는 것을 걸러내주었
기 때문이다. 또 한편으로는 이것이, 로셀리의 이야기와 티에
폴로 작품에 대한 염려, 그리고 소피아와 아리아드나와의 재회
로 인한 통제 불능의 상황에 며칠 동안 제동을 걸어주었기 때
문이다. 그동안 '보이지 않는 도시'는 무의식적인 그 탐험가
한 명을 잃고 있었다.

　그러나 난 그 통제 불능의 상황을 제어할 수 없었고, 또 이
제는 그러고 싶지도 않다. 나는 온갖 수단을 동원해 은밀한 방
식으로 티에폴로와 그 스케치 세 점의 최종 도정과 가치에 대
해 새로운 조사를 했다. 그리고 그 결과는 우리가 미지의 지
역, 또는 착각 속에 계속 있다는 것이다. 그러나 어떤 경우든
그것을 판다고 할지라도 소피아의 어려움을 해결해주지 못할
것이다. 그녀의 말대로, 오백만 유로가 필요하다면 말이다.

　투쟁 중인 정치인 아르만드 콜이 확신에 찬 발걸음으로 바르
셀로나의 엔릭 그라나도스 가(街)에 있는 어느 레스토랑 테이

블에 다가오는 동안, 이 모든 것이 내 머리를 지나갔다.

아르만드는 자기가 좋아하는 주제로 대화를 시작했는데, 국책 사업인 수로 계획에 대해서는 매우 신중했다. 그는 호나스가 체포되던 날 밤 자신이 멘디사발 부부의 집에 있었다는 사실이 알려지지 않은 것에 매우 안도했다. 그것을 위해 그는 갖은 노력을 들였을 것이다. 그는 나를 신뢰하는 척하며 설명했다.

"바르셀로나의 두 주요 일간지에 나에 대해 언급하지 않는다는 조건으로 정보를 제공했어."

"무슨 정보?"

나 역시 즉흥적으로 흥미를 가지고 물었다.

"오, 이미 알 거야, 정당들은 일률적이 아니거든. 우리 측에 물을 옮기는 것을 정면으로 반대하지 않는 이들도 있다는 사실을 그들에게 흘렸지."

"하지만 그러면 너에게 해가 되잖아? 안 그래?"

"물론 침묵을 담보로 한 정보라니까. 순진하게 굴지 마, 에밀리. 결국 우리는 지금 우리가 전략적으로 택하고 있는 급진적인 입장을 견지하지 못할 거고, 때가 됐을 때 너무 과격한 급선회를 피하기 위해 모든 진보주의자들이 그걸 똑같이 보진 않는다는 사실을 흘릴 필요가 있는 거야. 게다가 그건 우리가 절대다수를 우리 쪽으로 끌어들인다는 걸 보여주거든. 내년 봄에는 자치주 선거가 있는데 만일 우리가 그 운하 계획을 계속 격렬하게 반대한다면 물이 필요한 지역에 있는 우리 쪽 정치인들을 벌거벗기는 꼴이 될 거야."

"다시 말하면, 그 정보가 퍼지는 게 너한테 유리하단 말이군……"

나는 그의 편에서 말했다. 그는 어쨌든 친구인 것이다.

"사실 바르셀로나 지역에서 우리 쪽 공직자들의 대부분은 염려하는데, 왜냐하면 이 모든 장난으로 물을 얻을 수 없을지도 모르기 때문이지. 에브로 강의 물도, 로다노 강의 물도 말야."

"아르만드, 이 모든 게 다 말썽거린데……"

"하지만 그 말썽거리들은 아주 빈번하게 발생하지. 그런데 너는 카탈루냐 자치주의자들이나 보수주의자들은 언론에 모순되는 정보를 보내지 않는다고 생각하는 거야? 그들 역시 애매한 표현과 균형 감각을 통해 게임을 하듯 정보를 이용하지. 오늘 그들은 신문 기자들에게 에브로 강 지역의 그 누구와도 인터뷰를 하지 말라고 부탁하고, 내일은 그들을 로다노 강 쪽으로 가게 하지. 아니면 할 수 있는 만큼 에브로 강의 지도자들과 말하도록 편의를 제공하거나 어느 과학자가 제시하는 인식의 기준을 그들에게 제공하는데……"

"그럼 유럽 환경부의 조사 위원은 어떻게 된 거야?"

"그건 또 다른 속임수지. 신문은 그런 인물들을 잔뜩 추어올리지만, 그들은 그 어떤 정치가만큼이나 압력, 계약, 균형, 제스처에 예속돼 있지. 그리고 그들이 결정적인 과학적 정보를 가질 수 있는 게 사실이라고 해도, 언제 어떤 텔레비전 채널을 통해 공포하느냐는 다른 얘기야. 그 모든 것은 유럽 전체의 정치적 이해, 또는 정부들 사이의 상호 교환을 조건으로 한 균형과 계약의 춤판에 예속돼 있는 건데……"

나는 순간 그의 말을 놓쳤다. 내가 창문을 바라보고, 식기를 만지작거리고, 하품을 하는 것을 보더니 아르만드가 하던 말을 끊고 내게 말했다.

"그런데 왜 그래? 모두 귀찮다는 듯이 말야!"

"그럴 수도 있지……"

나는 미소 지었고 아르만드는 화가 난 척을 했다. 그러나 희한하게도 그는 마이크도 카메라도 없음을 알고 의욕을 잃었다. 마치 테이프를 다시 감아, 잘못된 방향으로 출발했던 처음 위치로 돌아오듯이. 그는 아주 창백한 노란색을 띤 백포도주 잔을 바라보며 가만히 있다가, 잠시 후 나를 향해 시선을 들었다.

"그거 알아, 에밀리? 난 네 도움이 필요해."

"내가 도울 게 없어 보이는데. 너는 거장이잖아."

나는 무덤덤하게 말했다.

"아냐, 아니라고. 정치에 대해 얘기하는 게 아냐. 소피아 얘기야. 절망하고 있어. 그녀는 우리를 필요로 한다고! 너 소피아가 처해 있는 위험에 대해 알고 있어?"

이번에는 그가 완전히 방심해 있는 나를 흔들어 어지럽혔다. 불안이 나 자신을 방어하게 만든 것이다.

"그래. 그래서 할 수 있는 한 도와주려고 했지. 우리 집으로 피신해 오라고까지 했고. 게다가 지금은 이미……"

"네 선의를 의심하는 건 아니지만, 에밀리, 너한테는 솔직하고 싶어. 나는 네가 아직 꺼내지 않은 카드가 하나 있다는 걸 알고 있어. 아마도 걱정이나 두려움 때문이겠지. 하지만 나를 믿어도 된다는 걸 네가 알아줬으면 해. 왜냐하면 나는……"

"무슨 소릴 하는 거야? 도대체!"

"티에폴로의 작품 말이야!"

"또 하나 돌았군. 티에폴로 작품은 없어, 무슨 말인지 알겠어?"

"내가 아는 건 네 예방책이야. 하지만 지금은 사람 목숨, 즉 소피아의 생명과 네 원칙들 사이에서의 선택의 문제지."

"도대체 무슨 원칙들을 말하는 거야!"

"그만 해, 에밀리. 너를 티에폴로의 작품으로 이끈 문서를 네가 가지고 있다는 걸 알고 있으니까."

나는 멍하니 있었다. 아리아드나가 그에게 문서에 대해 말하는 것은 불가능하다. 소피아를 너무나 증오하니까. 나는 아르만드의 냉정한 표정을 관찰했는데, 그건 이미 내가 모르는 사람의 것이었다. 그는 이미 사람을 나무라고, 압력을 가하고, 몰아세우는 일에 익숙해져 있을 것이다…… 이제 우리는 이성을 잃은 것이다. 마약상들에게 돈을 지불하기 위해 콜 의원께서 티에폴로의 그림들을 추적하다니!

"그걸 어디서 들었지, 아르만드? 그게 아무런 의미가 없다는 걸 모르겠어?"

"내가 널 상처 주게 하지 마……"

"그게 내가 들어야 할 말이야? 말해봐. 어디서 들었어?"

"그럼 그게 사실이야? 우리한테 희망이 있는 거냐고?"

그가 물었다. 놀랍도록 흐뭇해하며.

"어디서 그 말을 들었는지 말해봐, 이 자식아!"

"네가 그걸 찾았잖아. 클로에가 그걸 소피아에게 말했는데…… 화가 나서 그랬겠지. 내 생각엔 말야."

"그 불쌍한 클로에가 너희들에게 뭐라고 말했는지는 모르겠어. 너에게 분명히 말할 수 있는 건 그녀가 그 서류라는 걸 읽지 않았다는 거야. 하지만 네가 알아둘 건, 내가 그 가능성에 대해 조사를 했는데 안타깝게도 그렇게 멀리 도달하지 못했다는 거지. 게다가 내 생각엔, 네가 두 가지 세부 사항을 알 거라고 생각하는데, 첫째는 그 망할 놈의 그림을 발견해야 한다는 것이고, 두번째는 그걸 소피아가 필요로 하는 액수에 팔아야 한다는 거지…… 미리 한 가지 말해두는데, 그렇게 하려면 우리가 형법의 몇 개 항목을 위반해야 하는지 알아?"

아르만드는 안색이 달라지고 있었다. 그는 이제 내 말을 듣지 않고 열심히 나를 설득할 또 다른 방법을 찾고 있었다. 그것은 그가 내게 문과 창문을 열어주었던 때를 상기시켰다. 만일 내가 자기도취적이고 폐소공포증에 걸린 소년기의 피할 수 없는 터널을 지나는 대신, 숲과 함께 숨 쉬는 법, 시끄러운 폭포 속에서 외치는 법, 사람들의 고통에 관심을 기울이는 법, 현기증을 유발하는 질문을 하는 법, 생명에 감사하는 법을 배웠다면, 그건 상당 부분 아르만드 덕분이었다. 그런 생각이 머릿속에 떠오른 건 잠시 동안 그의 표정이 그 옛날과 같았기 때문일 것이다. 의심할 수 없는 사실은 이제 그가 내게서 다른 문을 열리라는 것이었다.

"코미디는 그만 하자, 에밀리. 소피아와 나는 꽤 오래전부터 만나고 있어."

"만나고 있다니?"

나는 못 들은 척했다.

"산 카를로스에서, 바르셀로나에서, 그리고 마드리드에서도."

"전국구로군."

나는 웃길 생각 없이 중얼거렸다. 그는 계속 말했다.

"그녀를 사랑해. 난 행복하다는 게 뭔지 알았고 그녀를 위해서라면 뭐든 할 거야. 이해하겠니? 그 망할 호나스 때문에 깡패 떼가 그녀를 해칠 거라는 생각만 해도 못 견디겠어."

나는 그 이야기를 소화해내려고 했지만 아르만드는 내게 숨쉴 여유조차 줄 준비가 돼 있지 않다는 듯이 계속 말했다.

"소피아는 아리아드나가 티에폴로의 그림에 대해 더 많은 정보를 가지고 있다고 확신하고 있어…… 그리고 클로에가 무심결에 한 말을 듣고 그녀는 네가 뭔가를 벌써 알아냈거나, 그렇지 않으면 이제 막 알아내기 직전에 있다고 생각하게 됐지."

"너한테 분명히 말해두는데……"

"이봐, 에밀리. 간절히 부탁하는데 내 말을 좀 들어봐. 오늘 밤 화랑 개관식이 진행되는 동안에 소피아는 이미 티에폴로의 그림에 관심을 가지고 있는 사람 세 명을 너에게 소개해줄 거야."

"너희들은 미쳤어! 날 좀 내버려둬!"

“제발, 우리 우정을 생각해서라도 말야. 이건 생사가 걸린 문제라고 네가 말했잖아. 그리고 우리에겐 시간이 별로 없어. 우리가 일을 주도해나가야 된다고. 그들은 위대한 티에폴로의 그림 한 점, 티에폴로의 새로운 작품 한 점이 유일하게 판매된다는 미약한 가능성 앞에서 유리한 입장에 있고 싶어 하거나 그 가능성을 잃고 싶지 않아 하는 개인들, 또는 단체들의 세 대표들이지. 그들 중 하나는 최대 오백만 유로짜리 은행어음도 제시했어.”

“그런데 소피아는 무슨 근거로 그런 희망을 갖고 있는 거야? 너희들은 어디까지 갈 생각이야?”

“네가 말하는 곳까지. 네가 그 세 명 각자와 말해줬으면 해. 너, 에밀리 로셀이 화랑 주인이라는 전문가적 권위를 가지고 말야. 또 그 문제의 그림에 대해 그들이 요구하는 그 어떤 설명과 기술적인 세부 사항들을 제공하는 것도 필요하지. 네 신용은 고객들에게 신뢰를 주기 좋지. 그리고 이제 네가 그걸 한 번도 본 적이 없단 말은 하지 마. 해결책을 찾기 위한 시간이 있잖아! 아니면 소피아가 죽는 걸 보고 싶은 거야?”

그건 그리 나쁜 생각은 아니다. 그러나 그만두자. 아르만드는 흥분한 상태에서, 타레스의 국제적인 명성이 오늘 밤 화랑 개관식에 다양한 외국 인맥들을 불러 모을 것이고, 그 때문에 접촉은 최대로 은밀하게 이뤄질 거라고 내게 ‘알려’주었다. 하지만 말라키에스 타레스의 계획에 대해 그가 무엇을 알며, 이렇게 중요한 일이 어떻게 돼가는지에 대해 그가 무엇을 안단 말인가? 그가 이제 신흥 종교의 교도로 변했다는 사실에는 의심의 여지가 없는 것이다. 소피아 멘디사발이라는 신흥 종교.

신시가지의 후덥지근한 보도를 걸어 화랑으로 돌아오는 동안 나는 이 모든 것에 대해 생각했다. 도시 전체는 히스테리를 부리는 듯한 교통 체증에 들어갔고, 무더위에 숨 막힌 모든 바로셀로나 시민들은 학교에서 막 빠져나와 배꼽을 드러낸 채 소리 지르는 계집아이들을 제외하곤 조급함과 초조함으로 햴쑥해진 얼굴을 하고 있었다.

그때 다시 휴대 전화가 걸려와, 끊어졌다 이어졌다 하는 아르만드의 목소리를 들었다. 말을 더듬는다기보다는 너무도 불안한 목소리였다.

"그들이 그녀의 자동차를 불태워버렸어. 알았어? 소피아의 차 말야. 아니, 여기가 아니고. 산 카를로스에서 그녀에게 알려왔어. 별장에 있던 호나스의 사륜구동 자동차 말야. 네가 우리를 도와줘야 해!"

나는 그를 진정시키려 했다.

"마찬가지야." 그에게 말했다. 우리는 반 시간 전에 헤어졌었다. "하지만 뭔가 생각해볼게. 여덟 시까지 뭔가 이야기를 생각해낼게."

결국 나는 내가 엮여들었다는 걸 예감하고, 또 깨달았다. 소피아의 장난에 완전히 빠져든 것이다.

그것은 내가 아랑후에스의 티에폴로 작품들 중 사라진 세 점

의 스케치가 있다고 확신하면서 아레초의 도서관을 나섰을 때
부터, 그게 아니라면 그 호텔 정원에서 클로에와 내가 그렇게
적은 말로 그토록 확신에 찬 이별을 고했을 때부터, 완강히 버
티고 있던 걸음을 내딛게 했다. 그때부터 나는 아리아드나에게
전화하지 않기 위해 모든 종류의 노력을 다해왔다. 그녀가 내
게 "당신이 해야 할 일을 끝내거든 로셀리가 비밀을 가지고 있
다는 걸 알길 바라요"라는 말을 한 이후로, 마치 무의식적으로
대화를 계속하지 않으려고 하는 것처럼 말이다.

　결국 나는 전화번호를 눌렀다. 응답이 없었다. 한 시간 뒤에
도 마찬가지였다. 거의 여덟 시가 됐을 때, 소피아가 암포라——
골동품(고대 그리스·로마의 항아리 형태)에서 따온 이름으로 '암포라'는
매스컴과 대중을 위해 재등장하는 국제적 명성의 말라키에스
타레스, 그리고 언질을 받은 소수의 사람들을 위한 티에폴로
작품의 은밀한 경매로 출범하는 모던 아트 갤러리이다——를
개관하는 포블라노우 지구(地區)(바르셀로나의 지역)의 개조한 공간
으로 나를 데려가는 택시 안에서도 말이다.

　유럽의 대여섯 가지 신문들이 일요일 특집의 마지막 일부를
타레스의 복귀에 할애하면서, 그의 그림을 소장하는 바르셀로
나의 넓고 새로운 홀에 대해서도 언급했다. 또 그것을 맨해튼
이나 바젤의 가장 대담한 화랑들과 비교했다. 게다가 소피아는
사람들을 모으는 방법을 알고 있었다. 오래된 창고의 높은 천
장과 마지막 석양빛까지도 통과시키는 커다란 채광창들은 정

치와 문화계 인사들로 잘 조직된 군중들 위에 떠 있었다. 수행원들과 다른 사람들에게 파묻히면서도 시장과 문화 담당관은 그 빛나는 여주인에게 일제히 인사를 하고 그녀에게 친절하고 재치 있는 말을 건넸다. 의무적인 의례를 마치고 나자 정치인들은 영화배우나 작가, 또는 다른 유명인들을 찾아 나섰고, 그들을 안다는 사실을 보여주기 위해 그들에게 돌진했다. 그럼에도 불구하고 더 많은 정치인들, 더 많은 기자들과 만나는 것도 그치지 않았다.

샴페인을 제공하는 통에 모여서 얘기하는 사람들을 떼어놓고, 또 그런 식으로 다른 모임들을 만드는 웨이터들을 통해 구원이 왔다. 술잔을 찾아 주위를 돌아다니는 초대객들이 있고, 또 말 상대를 잃어버려 혼자서 떠드는 초대객들도 있었다. 그런 소란 중에 나는 먼저 소피아와 마주쳤다. 그녀는 나를 껴안고는 내 귀에 대고 울리는 목소리로 "당신을 믿어"라고 중얼거렸다. 그다음에는 아르만드와 마주쳤는데, 그는 눈빛으로 뭔가 새로운 일이 있었는지를 물었다. 바로 그때 사람들의 재잘거림 가운데 한 목소리가 들리기 시작했다.

"그 예술가는 어디에 있지?"

타레스가 스포트라이트와 카메라를 앞세워 아마도 고위 관리들이 있어야 할 장소인 듯 보이는 곳을 향해 나아갔다. 그 움직임으로 사무실과 가장 가까운 홀이 비워졌다. 그곳은 그가 많은 텔레비전 인터뷰를 한 곳이고, 물길을 옮기는 걸 반대하는 현직 의원이 나를 오게 하기 위해 이용한 장소이기도 했다.

사람들의 소란이 잦아든 사무실의 단단한 테이블에 앉아, 나는 티에폴로에 관심 있는 영국인 수집가의 대리인이 도착하길 기다렸다. 그림과 빛을 주인공으로 만들기 위해 그 넓은 전시장에는 중성적인 흰색 천장과 벽만이 사용됐다. 그것은 작고 매우 선(禪)적인 일본식 정원과 통해 있는 사무실도 마찬가지였다. 모두가 다 오염되지 않고 나른한 정육면체였다. 나는 번민했다. 그래, 하지만 그저 번민한다고만 말하면 거짓말이리라. 그 영국인이 늦어지자 나는 샴페인 병을 비우고 있었다.

마침내 내 앞에 고음으로 간단하게 질문하는 작은 체구의 대머리 남자가 앉았다. 그가 아주 작은 수첩에 기록을 시작 하는 것을 보고 나는 갑자기 혼자 지껄이기 시작했다. 처음에는 그를 납득시켰다고 생각했다. 1764년 작품이 거의 확실한, 가로일 미터 팔십 센티미터에 세로가 일 미터 십 센티미터인 그림은 거장 티에폴로가 왕궁의 프레스코화를 그리면서 만든 것임에 틀림없습니다. 왜냐하면 그것이 제시하는 신화의 모티프가 그가 그렸던 형상들의 하나와 잘 어울릴 수 있기 때문인데……그 신사는 흡족해하는 듯하더니 구체적인 질문을 시작했다. 누가 그걸 가지고 있지요? 어디에요? 언제 그걸 볼 수 있을까요? 어떻게 사진 한 장도 보여줄 수 없단 말입니까? 그리고 몇 분 뒤에, 매우 점잖게 줄줄이 이어지는 엉터리 같은 말들을 끊고, 그는 화가 나서 사무실을 나갔다. 마치 내가 자기를 초짜 취급하여 아주 촌스러운 방법으로 사기를 치려 했다는 확신에 가득 차서 말이다.

다음에 소피아가 들어올 것을 알았다. 하지만 나는 그 사무실을 나갈 생각이 없었다. 나는 샴페인의 마지막 한 방울까지 다 마셨다. 멘디사발 여사는 나를 죽일 준비를 하고 들어왔다. 그녀는 모든 것을 내 탓으로 돌리고, 내게 욕을 하고, 협박하고, 자신이 처해 있는 위기 상황을 상기시키면서 훌쩍거렸다. 그러고는 자신의 유명 초대객들을 언급하며 자리를 떠났다. 나는 변명하고, 그녀를 이해한다고 말하며, 우리가 다른 해결책을 모색하는 동안 그녀에게 피난처를 제공해주겠다고 다시 말했는데, 왜냐하면 그녀가 가장 원하는 해결책은 죄악일 뿐만 아니라 존재하지도 않고 실현될 수도 없기 때문이었다. 그 말을 듣고 소피아는 제정신이 아닌 상태로 소리 지르기 시작했다.

"죄악이라고? 그 티에폴로 작품을 카탈루냐 예술 박물관이나 프라도에 넘기겠다고는 말하지 마."

"네가 흥분하는 거 이해해. 하지만 문제는 간단히 말해서 우리에게 티에폴로 작품이 없다는 거야. 그건 존재하지 않는다고."

"그건 당연히 존재해, 이 멍청한 놈아! 문제는 네가 아무 일도 처리할 수 없는 무익한 놈이라는 거야! 너는 겁쟁이야. 그게 문제라고! 좋아하는 그림을 얻기 위해 네가 할 수 있는 일이 뭔데, 응? 아니면 그 그림의 가격만큼 되는 돈을 벌기 위해 네가 뭘 할 수 있냐고! 아무것도 없어! 내가 할 수 있었던 것을 봐…… 넌 아직도 그 망할 호나스 놈이 자기 여동생에게 가라고 남겨준 메모를 생각하고 있지? 넌 그 글씨가 누구 건지 확인도 안 했을 거야!"

“무슨 말이야, 소피아?”

“네가 들은 대로야. 어디 네가 뭘 좀 이해하는지 볼까? 그건 내가 쓴 거야. 그 멍청한 아리아드나 년이 그 얘길 할 사람은 너밖에 없다는 걸 알기 때문이었지. 망할 년놈들 같으니라고!”

“누군가 나 대신 하지 않는다면, 나는 아마 당장 이 자리에서 너를 목 졸라 죽여버릴 거야. 이 나쁜 년.”

“뭐라고? 난 네가 마피아의 협박이라는 말에 뭔가 반응할 거라고 생각했지, 나를 구하러 올 거라고…… 하지만 그것도 아니었어. 넌 아무짝에도 쓸모없는 놈이야!”

소피아는 입을 다물었다. 그건 대사에 없었던 것이었다. 그녀는 승부가 끝났음을 깨달았다. 이 실수로 나는 스스로를 수습하고 기운을 차렸다. 내가 꽤 거만하게 문을 향해 가는 동안, 분노에 차 울컥할 듯한 소피아는 그때까지도 말할 힘이 남아 있었다.

“이게 멍청한 규칙을 가진 장난이 아니란 걸 넌 아직도 이해 못했어. 이겨야만 한다는 게 유일한 규정이라는 걸 말야. 나가서 사람들 눈을 봐. 여기 온 모든 이들은 이길 준비가 돼 있다고.”

XIV. 미지의 길을 통해

운 좋게도 나는 인사해야 될 사람을 아무도 만나지 않고 그 화랑을 가로지를 수 있었기에—사실 두 번 정도는 멀리서 나를 부르는 소리가 있었는데 못 들은 척했다—아무와도 눈을 마주치지 않고 밖으로 나올 수 있었다.

관용차는 한 대도 남아 있지 않았다. 만일 텔레비전과 라디오 방송국의 차량이 아니라면, 거리는 황량해 보였을 것이다. 바르셀로나의 밤이 멀리서 들리는 태풍의 소문들 사이에서 밝아지는 동안, 나는 택시의 차창을 뚫는 강한 바람이 얼굴을 스치게 내버려두었다. 그리고 휴대 전화를 한 손에서 다른 손으로 옮겨 쥐고 조금 더 그대로 있었다.

그녀의 번호를 눌렀을 때 나는 이미 집에 도착해 있었다. 열린 발코니 앞에 서서. 천둥의 찌르는 듯한 폭발음, 또는 죽어

가는 굉음 한가운데서 도시 전체를 통째로 삼켜버리는 드센 폭
우가 한 발자국 거리에 있었다.

"아리아드나! 오후 내내 전화했어."

"알고 있어요."

"무슨 소리야?"

"나한테 전화했다는 걸 안다고요. 당신인 줄 알아서 받지 않
았어요."

"고마웠어, 아가씨."

"모든 것에 이유가 있죠. 하지만 당신이 먼저 시작하세요.
화랑 개관식은 어땠어요?"

"굉장했어…… 대성공이야…… 사람들이 많이 왔고……"

"그리고요?"

"사실 난 소피아와 다퉜어. 그녀가 가면을 벗었고 난 그녀를
경멸했지. 티에폴로에 대한 이야기는 끝났어."

호나스의 메모가 속임수였다는 걸 빼고 나는 그녀에게 진상
을 이야기했다. 상황이 어느 정도까지 돌이킬 수 없게 되었는
지를 확인했을 때, 그녀는 심술궂은 목소리로 말했다.

"내가 전화를 받지 않은 게 잘한 일인 줄 이제 알겠죠?"

"무슨 말인지 이해가 안 돼."

"내 말은 만일 내가 당신에게 그 얘길 해줬다면, 당신은 소
피아가 다그치는 걸 견뎌내지 못했을 거라는 뜻이에요."

"아리아드나, 그 얘기라는 게 뭐야?"

"사실 난 로셀리에 대해 더 많은 걸 알아요. 그리고 물론 티

에폴로에 대해서도!"

나는 한 걸음 더 앞으로 나갔다. 그리고 또 한 걸음 더. 나는 테라스 난간 옆에 자리 잡았다. 빗물이 내 머리와 두 눈, 입을 적시고, 목을 타고 흘러 셔츠와 바지에 스며들었다. 그리고 구두를 버려놓았다. 나는 소리쳤다.

"다시 말해봐!"

"나는 그 비망록의 이 부를 가지고 있다고요! 이 멍청이! 하지만 만일 그 내용을 알고 싶다면, 여기 와서 읽어야 할 거예요."

"두 시간 후에도 안 자고 있을 거야?"

필요하다면 우리 사이에 놓인 이백 킬로미터를 걸어서라도 갈 수 있으리라!

라디오에서 도시의 저지대가 물에 잠기기 시작했다는 뉴스가 나올 때, 나는 디아고날 거리(바르셀로나의 거리)를 뒤로하고 달렸다. 헤드라이트가 단단한 고속도로를 때리는 억센 폭우를 비췄고, 나는 두 개의 달처럼 두 눈을 번쩍 뜬 채 핸들을 붙들고 있었다. 요 몇 주 동안 일어났던 모든 일이 영화 장면처럼 하나씩 지나갔다. 소피아가 나를 문시아 산맥의 파티에 초대했을 때부터 오늘 밤 포블라노우에서의 일까지. 인생의 필요한 순간에 우리 자신의 모든 것—이미 패배해 정신을 잃었다고 생각했거나 인식하지도 못하고 있던—이 깨어나 형상을 갖추고 맴돌기 시작해 태풍같이 맹렬한 힘을 얻기 위해서는, 마치 뜻하지 않은 일종의 가벼운 자극으로 충분하다는 듯이.

산 카를로스에 도착한 후 걸어서 아리아드나의 집으로 통하는 좁은 골목을 향해 가는 동안, 나는 '보이지 않는 도시'에는 미지의 길을 통해 가야 한다고 되뇌었다. 자정이 조금 넘은 시간, 태풍 때문에 정전이 된 상태였다. 나는 손을 더듬어—차가운 철제 난간, 하얀 파인애플 같은 손잡이, 닳아빠진 계단 장식—계단을 오른 뒤 살며시 문을 밀고는, 안락의자에 앉아 촛불 아래에서 책을 읽고 있는 아리아드나를 바라봤다.

그녀는 나를 바라보며 아무 말 없이 팔짱을 꼈다. 촛불의 오렌지 불빛이 그녀의 얼굴을 스쳐 지나며 피할 수 없는 그녀의 커다란 두 눈을, 미소로 인해 팽팽한 입술 사이에 드러난 하얀 치아들을, 그리고 날씬한 곡선을 그리는 광대뼈를 조각해냈다. 그녀는 가벼운 실로 짠 흰색 셔츠를 입고 있었는데, 그 옷은 푸른 동상 위에 있는 눈처럼 그녀의 갈색 피부 위에 부드럽게 머물러 있었다.

내게 종이 묶음을 건네면서 그녀가 부드럽게 말했다.

"좋은 시간 가져요! 그리고 내일 와서 얘기해요. 알았죠? 이제 자야겠어요. 피곤해 죽겠거든요."

이어서 이상한 일이, 아니 제대로 말하자면, 내가 아리아드나에 대해 알고 싶어 하지 않은 채, 그녀의 존재를 지우려고 두 눈과 귀를 막고 너무 오랜 세월을 보냈다는 증거가 드러났다. 그녀가 의자에서 천천히 일어나 양편에 있는 목발을 잡고 한 걸음 한 걸음을 떼어 방으로 향하는 것이었다. 그녀는 믿기 어려워하는 내 앞에 멈춰 서더니 말했다.

"뭘 봐요?"

"뜻밖이라서……"

"바보 같기는! 먼 거리를 다닐 때만 휠체어를 사용해요. 짧은 거리에는 목발을 사용하고요. 잘 가요!"

나는 철제 난간으로 된 계단을 내려오기 시작했다. 두 눈에 눈물이 그득했지만 멈춰 서진 않았다. 낭비할 시간이 없었다. 해변에 있는 집에 도착하자마자 미지의 길을 통해 '보이지 않는 도시'를 찾아나서야 했던 것이다.

＊ ＊ ＊

산 카를로스

「'보이지 않는 도시'에 대한 비망록」에서

나는 두 눈에 에브로 강의 빛을 가득 담고 마드리드로 돌아왔다. 에브로 강의 진동하는 빛은 다른 물체를 거의 부식시킬 정도여서, 나폴리 만에 있는 포추올리나 베네치아의 별로 깊지 않고 파랗게 흐린 바다 같다. 그 황무한 광야, 지평선 너머로 펼쳐진 황폐한 들에서 나는 아무것도 없는 것 위에 도시 건설을 제안했던 차르의 과대망상을 기억했다. 그리고 즉시 깨달았다. 어떤 인간의 흔적도 없는 그 세상에서는 개발의 몸짓 하나가 위업이었음을. 모든 선이 길이 되고, 모든 설계도가 대로로 변할 수 있으며, 모든 단어가 연설로 변할 수 있었음을. 마치 창조의 그날에 우리가 땅을 관조하듯이, 사물의 이름을 불러주기만 하는 것으로 그것이 존재하기 시작하듯이 말이다.

도시를 건설하기 위해 선정된 부지는, 에브로 강이 운하를 통해 만과 연결되어 토르토사 지방의 일부가 된다. 토르토사는 카탈루냐 지방에서 인구가 두번째로 많은 곳이며, 카탈루냐와 발렌시아—대주교 교구에 해당하는—사이에 있는 광범위한 지역을 유리하게 이용한다. 주교로서의 통치권이 두 경계 구역을 포함하고 있기에, 토르토사의 주교가 특별하기 그지없는 권력임은 말할 필요도 없다. 게다가 바르셀로나와 발렌시아로부터—또는 하천을 통해 관계를 유지하는 사라고사로부터—충분히 떨어져 있는 지역이기에 독특한 특징을 유지하고 있기도 하다. 토르토사의 상인들은 운하와 항구 건설 소식에 열광했는데, 변화무쌍한 에브로 강 하구의 흉포함이 수백 년 동안이나 그들의 사업에 피해를 주었던 것이다. 한편, 그들이 그 국책 사업의 규모에 대해 몰랐음에도 불구하고 신도시 정착에 대한 의견은 처음부터 나뉘었다.

운하의 길이 구획되고, 알파케스에 가깝게 위치한 신도시의 위치 지정이 갈수록 더 좁혀졌다. 운하의 어귀와 항구는 찬란한 만의 보호가 필요했다. 그러려면 그 큰 강어귀 안쪽 지역의 물이 깊지 않은 곳은 피해야 했다. 적당한 높이와 제한된 규모에도 불구하고 문시아 산맥은 강어귀 해변 근처에서 가파르게 솟아나 어느 곳에나 존재하는 듯한 효과를 만들어냈고, 예기치 못한 거인의 그림자로 변화했다. 그 우뚝 솟은 봉우리가 만을 껴안으며 보호하는 모습은 마치 뭍에 올라온 거대한 고래 같다. 그리고 문시아 산맥의 마지막 지맥인 과르디올라 언덕(나는 이탈리아의 카포디몬테를 생각한다)은 애초부터 도시를 보호하는 멋진 효과를 만들어내기로 운명 지어진 듯하다. 신도시. 카를로스 국왕의 도시. 나의 도시!

그것이 우리가 하는 오만한 언급임은 분명하다. 누군가가 수백 년 먼저 이런 의견을 냈고, 누군가가 훨씬 전에 조화롭고 편리함으로 가득 찬 그 부지를 수용했기 때문이다. 운하가 끝나고 우리가 도시를 건설할 바로 그 자리에는 이슬람 지배 때부터 라피타의 요새, 또는 성전이 세워졌다가 카탈루냐 정복과 함께 왕과 신자들의 순례 중심지인 산타 마리아 델 라 라피타 수도원으로 바뀌었다. 안토니 데 캅만이 내게 가르쳐준 바에 의하면 말이다. 그러나 내가 맨 처음 도착했을 때 수도원은 폐허가 돼 있었고, 예전에 살던 수녀들은 거의 이백 년 전에 토르토사로 이전했다. 사람이 살지 않고 버려진 그곳은 아마도 오래전 즐겁고 순수했던 시절로 돌아갈 것이었다. 바다의 잔잔함, 네덜란드 그림에서처럼 길게 늘어선 만, 그곳을 감싸는 말 없이 푸른 문시아 산맥. 그때 난 스스로에게 말했다. “네게 명령한 사람이 누구든, 너는 이곳에 이 자연의 은혜를 누리기에 부끄럽지 않은 도시를 건설해야 한다”고.

이렇게 운하와 바다의 끝 부분에서 측량과 탐사 작업을 하는 처음 몇 달 동안, 나는 기술자들이 자신들의 책임을 완수하도록 하면서 언젠가 산 카를로스가 세워질 부지를 향해 말을 타고 가곤 했다. 언덕 꼭대기에서, 그리고 배를 타고 만에서 그 자리를 관찰했던 것이다. 홍수로 범람하는 동쪽 황무지에서, 그리고 서쪽에 있는 불모지에서도 관찰했다. 신도시의 모습은 내 안에서 조성되었다. 나는 그걸 상상하고 꿈꿨으며, 최초의 스케치들을 궁리했다.

언덕과 해변 사이의 지면이 조금 고르지 못하기 때문에, 바다에서 도시로 접근하려면 낮은 면을 계단식으로 올려야 할 것인데, 그렇게 땅을 돋우면 주택 쪽에서 삼각주와 만을 바라볼 때 좋은 경치를 볼 수도 있을 것이다. 도시는 과르디올라 언덕과 바다에 의해서뿐 아니라, 언덕 옆을 흐르는 두 협곡에 의해서도 경계가 정해지리라.

그러나 사실 아란다 대신은 운하의 계획만 승인했을 뿐이다. 신도시는 계속해서 환영에 불과했다. 그럼에도 불구하고 나는 측정을 시작할 것을 명령했고, 그렇게 해서 충분한 자료를 가지고 도시화가 두 개의 커다란 축, 또는 대로에서 시작되리라는 것을 결정할 수 있었다. 대로 하나는 항구를 언덕 아랫부분—이곳에 우리는 예배당을 지을 것이다—과 연결할 것이고, 처음 것과 수직으로 만나는 또 다른 대로는 해안과 수평을 이루는데, 그곳에서 북쪽에 있는 바르셀로나와 남쪽에 있는 발렌시아를 향한 도로가 시작될 것이다. 이 두 대로가 만나는 지점에 커다란 광장—그 규모는 내가 로마에 있을 때 보았던 나보나 광장과 비슷할 것이다—이 건설될 것이고, 그곳에는 사원과 저택들, 행정부와 군대의 부속 건물들이 건축될 것이다. 대광장의 중앙 부분은 대규모 베란다를 형성하며 항구와 바다 위에 열려 있을 것이다. 도시 전체는 바위투성이 땅 깊숙이에 건설되고, 모래땅은 항만 지구(몇 개의 선거(船渠)들을 건설하고 도시의 방어 시설을 갖추는 것이 필요했다)로 남겨질 것이다.

이 일은 1769년 여름과 가을 사이에 일어났다. 내게 주어진 기술진들은 성실하고 열성적으로 활동했고, 구성원 각자는 운하와 도시 계획에 대한 내 믿음에 물들어 있었다. 그것은 법이라는 장애 요소, 관료주의라는 암초, 우리가 그곳에서 일을 수행하는 데 필요한 모든 것이 부족한 현실을 직시하길 거부하는 맹목적인 믿음이었다. 표트르 대제가 작은 배를 타고 상트 페테르부르크를 위한 이상적인 위치를 모색하면서 기쁨의 미소를 지으며 "나는 노아다. 난 이곳에 내 도시를 세우겠노라"라고 외쳤을 때, 네바 강 하구 핀란드 만의 물결 쪽으로 표트르 대제를 인도했던 것과 똑같은 영혼이 이미 나를 사로잡았던 것이다.

아침에 일어나 그 불확실하고 뒤얽혀 있는 작업을 지휘하는 일에 내 시간을 사용할 때, 젊은 내 영혼은 축복받은 듯했고 내 시선에는 불꽃이 일었다. 마치 세상이 매일매일 시작되는 것처럼. 모든 오솔길이 단조로운 바다 위나 매끄러운 시트 같은 알파케스 만의 올리브색 바다 위에서 가능한 것처럼. 그 행복했던 시간들을 떠올리면, 나는 행운의 굽이들이 어떠한가를 한 번 더 확인하게 된다. 내 행복은 부(富)를 원하고 성취하는 것에 있지 않았다. 오히려 반대로 그것은 내 마음 상태에 있었다. 행복은 부당하게도 내가 도달하거나 가지지 못한 그 무엇에서 탄생하는 것이라고 할 수 있다. 열망하고 탐욕을 부리면서 나는 만족했고 또 흥분했던 것이다. 하지만 우리가 풀잎처럼 연약하고 흐르는 구름처럼 변화무쌍하다면, 우리의 쾌락은 얼마나 오랫동안 지속될 수 있겠는가?

아무리 계절이 흘러도, 검붉은 날개를 가진 홍학들이 늪지에 군집하다가 떠난다 해도, 아몬드 나무들이 열매를 맺거나 다시 꽃을 피운다 해도, 최저 수위의 강물이 풍부한 수량의 대로로 나간다 해도, 염전이 흰 산을 이루고 또 몇 개월이 지나면서 그것이 가혹하게 사라져도, 여인들이 외투로 몸을 감쌌다가 토르토사의 은밀한 살롱에서 손목과 팔, 목, 두근거리는 옷깃을 드러내도, 아무리 올리브 나무들이 약탈되고 압착기가 열매를 짜서 기름을 내도, 그 모든 것 가운데 어떤 것도 나를 마법에서 풀 수 없었다. 아직 존재하지도 파괴되지도 않았기에 모든 것이 가능했던 그 대지를 바라보는 일에서 벗어날 수 없었다. 그때는 그럴 수 없었다.

예측할 수 없고 제멋대로인 우편이 나를 세상과 느슨하게 연결해주고 있었다. 아란다 백작을 비롯해 갈수록 더 냉정하고 즉각적으로 반응하는 프란체스코 사바티니와의 공식적인 서신 교환을 통해서였다. 또 안토니 데 캄만과도 서신을 교환했는데, 그는 자신이 집필하는 바르셀로나—먼 옛날 지중해의 상업 중심지였다—의 무역 발전사에 대해 내게 이야기해주었다. 또 페드로 데 올라비데와도 편지를 교환했는데, 그는 내게 국가의 대규모 농업 개혁을 위한 정보가 시급하다고 알려주었다. 잠바티스타 옹은 내가 언제 카스티야의 수도(마드리드)에 도 착하는지를 걱정하며 반복해서 물어보았다. 세실리아의 편지 는 행간의 메시지로, 은밀한 암시로, 노골적인 조롱으로, 그리 고 그녀가 이타주의자로 규정한 나와 방탕녀인 자신 사이의 우 정에 대한 생각으로 가득 찬 듯했다.

어떤 이득 때문에 세실리아는 티에폴로를 부지런히 찾아다 니는—그녀가 그렇게 말하고 있었다—걸까? 궁정의 모든 음모와도 거리가 멀고, 사교계와도 관계가 없는 그 화가를.

내 노래를 못 들은 척하면서 계절들이 이어지다가, 가혹한 시간이 다가왔다. 속달로 보내진 세실리아의 편지 한 통은 잠 바티스타의 조짐에 대한 나의 무관심을, 그와 마지막으로 포옹 하고 말년의 그의 고통을 나누도록 했을 마드리드로의 여행을 연기한 것을 후회하도록 만들었다. 티에폴로가 죽은 것이었다.

나는 될 수 있는 한 빨리 마드리드에 도착하기 위해 말들이 지칠 정도로 미친 듯이 말을 몰아댔다. 마치 시간에 맞서, 여 러 번에 걸친 친구의 간청에 귀 기울이지 않은 내 오만함에 맞 서, 또 그로부터 나를 완전히 분리해놓은 매일 매일에 맞서, 그런 현실을 거스를 수 있다는 듯이. 마드리드에 도착해서는 분주한 여행 중 절망하고 분노가 가라앉은 상태로 패배감을 느 낀 탓에 곧 극한 졸음에 시달렸다. 그리고 마음은 그런 행동이 무익하다는 걸 아는 데까지 이르렀다.

잔도메니코와 로렌초는 내가 사흘 동안 말을 타고 온 것을 대단히 고맙게 생각했고, 티에폴로의 죽음으로 충격받은 나를 이해했다. 그들은 아랑후에스 수도원을 위해 그린 그림을 왕가(王家)에서 계속 돌아봐주지 않아 지쳤던 자기 아버지의 슬픈 이야기를 내게 해주었다. 잠바티스타는 그들에게 나에 대해 이야기했는데, 여전히 환상에 젖어 있던 그는 지중해 신도시에 대한 내 강박에 대해서도 말했다. 나는 그 베네치아인의 모습을 상상했다. 불안에 사로잡혀 산책을 하고 열악한 작업실을 보고 당황해하던, 다른 사람과 헛갈릴 수 없는 매부리코를 한 그의 옆모습과 자기 고국과 이곳저곳에 그려놓은, 다시 볼 수 없을 그림들에 대한 향수로 변한 빈정거리던 시선, 자신이 싫어하는 엘레타——결국 그는 아랑후에스의 산 파스쿠알 수도원에 그림을 걸지 못한 채 그를 죽게 했다——의 무시 앞에서 반발하기보다는 슬퍼하던 모습을.

나는 사바티니가 국왕 앞에서 중재를 하고 적어도 사후 복권이 이뤄지도록 즉시 그와 이야기를 하겠다고 했다. 나는 만일 그 그림들이 구석에 처박힌다면 스페인 왕실에 무례한 행동이라는 얼룩이 남을 것이라고 설교했다. 그러나 티에폴로의 아들들은 사실상 국왕이 티에폴로의 죽음을 알자마자 그 그림들을 보여줄 것을 명령했다고——이는 그 모든 일에서 왕의 호의를 조종하고 흉계를 꾸미는 그 망할 고해 사제의 역할을 알려준 것이다——내게 말했다.

잔도메니코는 몇 시간 동안 쉬라고——이는 내 몰골 때문이었다——, 나중에 다시 얘기하자고 간청했다. 나는 아직 그가 내게 꽤 중요한 할 말이 있음을 알아차렸지만, 그때는 여행으로 인한 피로가 궁금증보다 더 심해 쉬러 가지 않을 수 없었다.

다음 날 마드리드 거리들의 생기는 내게 불쾌하게 느껴졌다. 내 비탄은 유지(油脂) 같은 하늘을 견디지 못했고, 사월의 카스티야 햇빛에 불타는 구름과도 타협하지 못했다. 잔도메니코는 눈에 띄게 긴장한 채 나를 기다리고 있다가, 말을 이리저리 돌리면서 다음과 같이 말했다.

"최근 몇 달 동안 세실리아 부인이 몇 번 우리 아버님을 뵈러 오후에 왔었습니다."

"아버님이 오라고 했나요? 세실리아 부인은 자기 남편을 통해 그림에 대해 중재를 할 수도 있는 입장이었으니……"

나는 그녀의 방문에 대해 모르는 척하며 말했다. 그러나 잔도메니코가 내 말을 잘랐다.

"아닙니다. 그래요. 사실, 왜 그녀가 오기 시작했는지 나도 모릅니다. 실은 아버님께서 세실리아 부인을 그리고 있었지요."

그녀의 일련의 모습들을 기억 속에서 빠르게 더듬어가면서 나는 말없이 잠자코 있었다.

"아, 아마도 세뇨르 사바티니가 자기 아내의 초상화를 그분께 부탁했나 보군요. 그녀는 참으로 품위 있고 아름답지요. 그렇지 않습니까, 잔도메니코?"

"제발, 안드레아, 내 말을 좀 들어보세요. 세실리아 부인은 자기 남편이 국왕과 일을 처리하기 위해 외출 중일 때 오려고 했었습니다. 사바티니, 그는 그 초상화에 대해 아무것도 몰랐지요. 사실 지금도 모르고 있고요."

"그럼 당신의 아버지나 그 부인이 세뇨르 프란체스코를 놀라게 해주거나 선물로 하려고 그랬을 수 있겠군요. 왜냐하면……"

"아녜요, 안드레아, 아니라고요! 우리 아버님은 당신을 위해 그 그림을 그렸습니다. 그녀는 당신을 위해 모델이 되었고요. 그런데 이제 이 모든 것이 매우 위험합니다, 이해하겠어요? 나는 그 그림을 더 이상 이 집에 보관할 수가 없습니다. 사바티니의 사람들이나 국왕으로부터 사람들이 아버님의 마지막 작품들인 아랑후에스의 유화들을 가지러 왔을 때, 그들에게 이 그림을 보이지 않으려고 내가 진땀 뺐던 일을 생각하면! 당신은 그런 추문을 상상할 수 있습니까? 그 그림은 당신 것입니다, 안드레아, 아버님이 그렇게 되길 원하셨죠. 그러니 그걸 가져가세요."

"당신은 내 친구로군요, 잔도메니코. 당신이 그 그림을 감추고 정직하게 그것을 전달해준 것에 대한 고마움은 결코 잊지 못할 겁니다."

나는 크게 감동했다. 그리고 잔도메니코가 나를 티에폴로의 작업실로 안내하기를 기다리지 않았다. 그곳은 내가 너무도 잘 알고 있는 공간이었다. 그는 나를 내버려두었고, 수색당한 것 같이 난장판이 돼 있는 그 작업실을 바라보았을 때 느꼈던 내 환멸의 증인이 되었다. 그곳에는 화필들과 캔버스들이 어지럽게 널려 있었고, 직물화 조각과 물감의 잔재들이 모두 분산되어 완전한 혼돈을 이루고 있었다.

"만일 이곳에 세실리아의 초상화를 두었더라면, 우리는 그걸 보지 못했을 겁니다. 사바티니의 수하들이 확실하게 뒤져놓았죠!"

빈정거리는 투로 웃으며 그 젊은 화가가 말했다.

나는 티에폴로의 아들이 나를 위해 준비해둔 직물화 두루마리를 최대한 조심스럽고 신중하게 집으로 가져가기 위해 밤까지 기다렸다. 다행스럽게도 나는 산 마르틴 광장 근처의 그 정겨운 집을 정리하지 않고 있었다. 거실에서 혹 염탐하고 있는 하인이 없는지 확인한 뒤, 조명이 부족하지 않도록 등불을 준비하면서 그 그림을 펼쳤다. 그러는 동안 나는 러시아 여제의 겨울 궁전에서 있었던 일과 렘브란트의 「돌아온 탕자」가 준 그 감동을 생각하지 않을 수 없었다. 그러나 티에폴로의 직물화가 내게 보여준 건 그 장면과 전혀 다른 것이었다.

나는 그 커다란 그림 앞에 앉았다. 그 그림은 내 키보다 크고 내가 양팔을 벌린 것보다도 폭이 더 넓었다. 나는 오랫동안 감상하며, 나를 끌고 가던 그 폭풍 같은 감동을 소화해내려 했다. 티에폴로는 세실리아 반비텔리의 초상화를 그렸다, 의심의 여지 없이. 그러나 그는 여신을 상징하는 징표들로, 내가 베네치아의 라비아 저택에서 감탄했던 클레오파트라의 몸짓과 시선과 특징으로 그녀를 그렸던 것이다. 비록 여기에는 안토니우스도 또 다른 인물도 없지만 말이다. 세실리아는 폼페이 프레스코화에 나오는 꽃 뿌리는 소녀의 옷처럼 로마인들의 가운에 더 가까운 보르도산 적포도주 빛깔의 옷을 빛내고 있었다. 그 옷은 어깨에 걸쳐져 있었는데, 비단이 은근히 내려와 가슴 한쪽을 가렸다. 그리고 다른 쪽 가슴은 멋드러지게 드러나 있었다. 그 숙녀의 턱 끝은 추켜올려져 도전적이고 도발적인 동시에, 환희와 수줍음에 가까운 분위기로 미소 짓고 있었다. 석류 빛 두 입술은 옷 색깔과 비슷했고, 왼쪽으로 묶은 머릿결은 젊음, 혹은 목의 우아한 관능미를 두드러지게 했다. 또한 드러난 이마는 그녀의 몸짓에 대담함을 부여했다. 그러나 두 눈은 완전히 혼란스러웠다. 두 눈은 나머지 다른 육체의 공격적인 욕구나 음탕함을 전달하지 않았다. 대신 오래된 환란에서 회복되어 나오는 듯한 한 줄기 빛을, 지혜롭고 현명한 시선으로 해결해낸 혼동을 가지고 있었다. 분노와 탄식을 넘어, 마치 탐내던 승리를 예언하듯.

나는 너무 놀라서 그대로 있었다. 잠바티스타 티에폴로는 이런 식의 주제를 이토록 자제하지 않고 거침없이 그리는 것을 오래전에 그만두었던 것이다. 내가 에브로 강 삼각주로 떠나기 전에 희미하게 보았던, 아랑후에스에 걸릴 그림을 위해 죽어가는 듯한 엄격한 스케치들과, 라비아 저택의 걸작을 능가하는 이 충만한 빛의 작열 사이에 무슨 일이 있었던 것일까? 아무도 그에게서 분별력 있는 스완 송 이상을 기대하지 않던 때에 만들어진 이 작품은 무엇을 의미하는가? 이것이 나이 많고, 상심에 지친 남자의 작품이란 말인가?

그림의 배경은 푸르스름한 톤으로 희미하게 그려졌지만, 어

312

느 해안 도시의 고상한 모습과 원형 지붕들이 재현돼 있었다. 에브로에 있을 때 어쩌다가 쓴 편지 속에 마드리드에서의 대화를 그리워하면서 내가 티에폴로에게 묘사해주었던 그 도시가! 그리고 그 모든 것은 내 마음에 혼란스러운 흔적을 남기고 있었다. 그것은 처음에는 캔버스화의 황홀한 음악에 의해 지배된 나를 바라보며 흥분했다가, 그다음에는 그것이 산 카를로스임을 깨닫고 눈물겨워지는 것이었다. 그 오랜 친구는 산 카를로스로 자신의 작품을 마무리했던 것이다.

나는 밤 깊은 시간까지 잠 못 들고 집을 서성거리다가 다시 그 초상화를 바라보곤 했다. 그걸 왕의 약탈—카를로스 3세는 어떤 의미에서 그 작품에 대한 권리가 있었다. 게다가 그는 그런 일을 했던 경험이 있었는데, 젊어서 파르마와 피아첸차를 떠나 나폴리를 향해 갈 때 보석과 예술품으로 가득 찬 마차들을 거느리고 갔던 것이다—로부터 구해낸 그 화가의 아들이 예언했듯, 그 그림은 위험했다. 특히 나에게는. 그러나 그걸 보면 볼수록, 세실리아보다는 그 거장의 마지막 교훈이 더 분명히 드러났다. 그 여인의 풀어진 몸짓과 승리에 도취된 육체보다 훨씬 더한 스캔들이 될 수 있는 교훈이었다.

오래전 그녀를 처음 보았을 때 그 모습이 어떻게 나를 흔들었는지, 얼마나 효과적으로 내 두 눈을 뜨게 했는지, 나를 변화시킬 폭발적인 움직임을, 나를 둘러싼 세상을 새로운 방식으로 보게 해줄 그 움직임을 어느 정도까지 내 안에 풀어놓았는지 오늘 나는 확인할 수 있었다.

반세기 동안 그의 작품에 비용을 대고 그를 거의 부자로 만들어준 사람들은 그의 창작품의 위대함을 평가할 능력이 없음에도 불구하고, 그 주인으로서 그것들에 조건을 붙이거나 관리해왔다. 그런 자들에 의해 업신여김을 당하던 티에폴로는 그 상황이 터무니없이 부당하다는 사실을 깨달았다. 위대하거나 숭고하거나 재능을 부여받은 그는, 아주 적은 대가를 받고 위대함과 아름다움, 그리고 영광을 선물했다. 그리고 관대한 후견인들의 의견이나 방향, 의도에 자기 작품을 수천 번이나 동여매거나 제한시키거나 조건을 달았던 것이다.

그러나 이제 충분하다. 이 경우에는 아니다. 그리고 감각을 자극하고 영혼을 움직이는 인물, 자유롭게 탄생하는 도시를 예고하며 거미줄에서 벗어나려 애쓰는 예술가 티에폴로와 마찬가지로, 현명하고 자유분방한 세실리아가 여기 있는 것이다.

제시간에 도착해서 잠바티스타와 그 황혼 녘의 고통과 기쁨의 빛을 함께하지 못한 것이 얼마나 안타까웠는지! 나는 단지 그가 새로 만든 빛나는 여신의 옷 색깔과 같은 포도주로 가득 찬 잔을 부딪치며, 시간 저 너머로부터 오는 그의 안부에 감사할 수밖에 없었다.

* * *

처음의 그 큰 반향을 일으킨 관조로부터 그렇게 많은 시간이 흘렀을까? 이것이 1770년에 일어난 사건들인데, 그렇다면 로셸리는 언제 글을 쓰고, 언제 이것을 기억하고 있는가? 그리고 어디서? 나는 몇 시간 동안이나 나를 빨아들여 잠 못 이루게 하는——또한 감동시키면서도 헷갈리게 하는——이 독서를 중단했다. 삭신이 쑤시는 것도 모르고, 줄기차게 비가 내리는 것도, 이제 막 새로운 날이 시작되려는 것도 모르고 있었다. 알파케스 만의 건너편 동쪽 방면, 염전의 흰 산에서 떠오르듯 점점 커지는 붉은 파도가 윤곽이 흐려져 졸고 있는 밤의 하늘을 집어삼키기 시작했다. 나는 커피를 올리고 커피메이커가 휘파람 소리를 내기 전에, 밖에서 들려오는 집요하고 육중한 소리를 들었다. 테라스로 나가 강어귀와 바냐 곶에 늘어서 있는 어선의 긴 행렬을 바라보며, 커지는 엔진 소리를 들었다. 나는 잠시 동안 생각에 잠겼다. 그러고 다시 안드레아 로셀리에게로 돌아가려는데 전화벨이 울렸다.

"내가 깨어 있을 걸 어떻게 알았지?"

나는 갈라지는 목소리로 퉁명스럽게 물었다.

"몰랐어요. 방금 확인됐군요."

아리아드나가 놀리는 투로 대답했다. 열일곱 살 때처럼.

"별을 바라보며 밤을 새운 건 아니겠죠?"

"티에폴로에게서 빼앗은 비너스를 감상하며 밤을 새웠지. 하지만 아직 다 보진 못했는데……"

"그럼 오늘 밤 분량으론 충분한 거예요!"

"그래, 이제 어떤 그림인지 좀 알겠는데……"

나는 흥분 상태에서 말하기 시작했다.

"하지만 사실 지금은 어제보다 더 궁금한 점이 많아졌어. 어떤 것들은 안드레아 로셀리가 밝혀줘야 하고, 또 어떤 것들은 당신이 밝혀줘야 돼."

"내가요? 말도 안 돼요! 내게 뭘 더 바라죠? 당신은 비망록을 가지고 있잖아요. 그걸 읽어봐요!"

잠시 동안 나는 아리아드나의 말을 따랐다. 그녀는 수화기를 들고 몇 초 동안 말없이 나를 고문하다가 화제를 바꿨다.

"그런데 삑 소리가 나는 건 커피메이커일 거 같군요, 안 그래요? 나를 아침 식사에 초대한다면 거절하지 않을 텐데……"

"지금 당장 데리러 갈게."

나는 튀어오르듯 대답했다.

"잠깐만, 잠깐만요. 서두르지 말아요. 당신이 아침 식사를 준비하면 내가 갈게요."

나는 손에 수화기를 들고 멍하게 있었다. 오 분 후, 해안 비탈길을 내려와 반짝이며 별장으로 들어온 자동차의 핸들을 붙들고, 아리아드나는 차창으로 팔을 흔들고 있었다. 나는 믿기지 않는 얼굴로 그녀를 바라보았다. 그리고 며칠 전에 그녀가 내게 "나는 당신이 알고 있던 그 사람이 아녜요"라고 말했던 것과, 어제 그녀가 걷는 걸 보고 놀란 내게 보여준 그 쾌활함을 기억했다.

"1936년 칠월(스페인 내전이 일어났던 시기) 마을 성당이 불타기 전날 어떤 복 받을 사람이 교회의 고문서들을 우리 아버지 집으로 옮겼어요. 아버지가 아주 어렸을 때였죠. 그 얘길 해준 건 우리 어머니고요. 그걸 보존할 가치가 있을 거라고 생각했던 우리 할아버지의 친구 하나가, 그냥 평범한 집에서 보관하면 아무도 그걸 찾으러 오지 않을 거라고 생각한 거였죠. 당신이 짐작한 대로, 종전이 되고 그 고문서를 살려낸 영웅이 사라졌을 때, 우리 할아버지는 그걸 되돌려주는 일이나 가지고 있는 것에 관심이 없었을 거예요. 그것이 문제가 되지 않는 동안에는 아무 상관이 없었죠. 그리고 그 문서들은 오랜 기간 동안 그 다락방에 있었던 거 같아요. 어느 날 재건축된 성당의 입당식을 계기로, 사람 좋은 우리 할아버지가 그걸 가지고 있었던 걸 기억해내고 아무렇지도 않게 주임 사제에게 얘기했을 때까지 말예요. 그 주임 사제는 뛸 듯이 기뻐했죠. 결국 그 고문서들은 성당으로 돌아갔는데…… 한 문서만 제외하고 말이죠. 그건 부주의 때문일 텐데, 다른 문서들과 아주 다르게 생겼거든요. 그 때문에 아마도 사람들은 그게 그 고문서들의 일부가 아니라고 생각했을 거예요. 대단히 주목받지도 못했으니까요. 무슨 말인지 알겠죠? 그 문서는 우리 할아버지 집 다락방에 남겨졌죠. 수십 년 동안 아무도 그런 사실을 모른 채 말예요. 집 아래로 던져지거나 없어지거나 운하에 빠져버릴 수도 있었고, 산 후안 축제 때 태워질 수도 있었는데. 그랬더라면 안드레아 로셀리는 남아 있지 않았겠죠!"

"하지만 당신은 그걸 제때 발견했잖아!"

나는 더 기다릴 수 없어 말했다.

"호나스가 소피아와 살러 갔을 때, 우리는 낮 동안에 잠깐

집을 수리했어요. 화장실을 고치고 페인트칠을 하고, 뭐 그런 것들이었죠. 먼지가 잔뜩 쌓이고 거미줄이 쳐진 그 문서를 발견해낸 건 구석구석을 청소하러 다락방에 올라간 소녀였죠. 그 때 내가 한 일이라곤 그 위에 쌓인 먼지를 털어내고는 별로 중요하게 생각하지도 않고 내 책들 사이에 그걸 보관한 것뿐이었어요. 그리고 시간이 꽤 지날 때까지도 그걸 다시 조사해보지 않았죠. 다시 그 문서를 보게 된 건 방송통신대학의 예술 강좌에서 내가 티에폴로란 이름을 읽었을 때였죠. 희한하게도 그 이름에 그 고문서가 떠올랐는데, 별생각 없이 그걸 넘겨볼 때 처음으로 그 이름이 내 머릿속에 각인돼 있었거든요."

나는 넋을 잃고 아리아드나의 얘기를 들었다. 그녀의 이야기에 주의를 기울이는 동안, 로셀리의 비망록이 가지고 있는 매력처럼, 지난 시간과 상관없이 그녀가 순수하게 그대로 있었다는 걸, 그녀가 내 안에 일깨웠던 열정이 아직 꺼지지 않았다는 걸 깨달았다. 그녀가 기나긴 잠을 자다가 이제 깨어나 그 오렌지와 제비꽃 빛깔 오후에 우리를 상처 입힌 세월로부터, 있는 힘껏 다시 태어나려 한다는 걸 깨달았다.

"그런데 왜 내게 비망록을 보냈지?"

나는 희망을 가지고 물어보았다.

"두 가지 이유 때문이죠. 여우 같은 소피아는 당신과 호나스가 '보이지 않는 도시'에 대해 말하는 걸 듣고는 늘 티에폴로와 산 카를로스에 대한 그것이 전설만은 아니라고 생각하고 있어요. 그녀는 언젠가 내가 말하는 걸 듣고는, 내가 더 많은 사

실을 알 거라고 결론을 내렸어요. 그 결과, 소피아가 추궁해오
는 통에 나는 도움이 필요했죠. 당신은 그녀가 무슨 일을 할
수 있는지 몰라요. 그렇군요, 지금은 알겠군요. 그녀는 뭔가
흔적을 발견할 수 있다는 희망을 가지고, 소유주들이 기대하는
가격의 두 배로 카를로스 3세 광장의 건물들 대부분을 사들였
어요. 당신도 알다시피, 나머지 18세기 건축물들은 붕괴될 위
험이 있고 명의도 애매한데, 기관들에 매수되는 중이거나 이미
그 소유로 돼 있지요. 하지만 기관들은 어떻게 해야 할지 모르
고 있죠. 만일 소피아가 그 위에 마수를 뻗을 수 있다면 그렇
게 할 거예요. 비록 그것들을 문화적인 목적에 사용할 거라고
약속을 해도 말이죠."

"그리고 또 다른 이유는?"

"뭐라고요?"

"두 가지 이유로 내게 비망록의 복사본을 보냈다면서……"

"아, 그 두번째 이유는……"

번개 하나가 아리아드나의 두 눈에서 나와 얼굴을 가로질렀
다. 입술은 느긋하게 미소를 띤 채.

"그래요, 오늘 밤 난 당신 도움이 필요할 거예요. 당신에겐
이제 로셀리와 이별할 시간이 얼마 남지 않았어요. 그리고 좀
자두는 게 좋을 거예요, 당신 얼굴 좀 봐요!"

"아주 친절하시군!"

"아홉 시에 나를 데리러 올래요?"

* * *

산 카를로스
「'보이지 않는 도시'에 대한 비망록」에서

　언제나처럼 정중하고 교양 있는 사바티니는 그 그림의 존재에 대해 전혀 모르고 있는 듯했다. 또 그는 내가 자기에게 얘기해준 것에 관심을 갖기에는 산 카를로스가 마드리드에서 너무 멀리 떨어져 있다고 말했다. 아란다 백작은 지주들 기분을 상하지 않게 하면서 군주의 마음에 들기 위해, 혹은 그 반대 이유로 인해, 계속해서 개혁을 최대로 천천히 진행시키려 했다. 내 친구들인 올라비데와 캅만은 연구하고 토론하며 최선을 다해 살아가고 있었다. 특히 페루인 올라비데에 대해서는 그의 생각에 반대하는 이들이 뭉쳐서 부정적인 공론을 만들어내기 시작하고 있었다.

　국왕은 몇 주 전에 나를 접견하면서 에브로 강 운하의 이점들과 산 카를로스의 위치, 그 도시의 영광된 미래에 대한 내 설명에 애착을 가지고 귀를 기울였다. 이 모든 것이 아란다 백작의 감시하에 이뤄졌는데, 왕이 열의를 보이며 친히 신도시의 위치를 조사하기 위해 삼각주로의 여행을 계획하려는 것을 보고 그는 크게 당황하며 대화 주제를 바꾸려 했다. 국왕은 그곳에 체류하면 사냥 일정도 만족할 만하리라는 것을 확인했고 물론 나도 이런 사실을 부인하지 않았다.

320

나는 카를로스 3세가 알파케스 만에 발을 내딛지 못하도록 아란다가 할 수 있는 모든 것을 다 하리란 것을 알고 있었다. 게다가 같은 해 세실리아가 예상했던 대로, 아란다가 실각하고 호세 모니노가 부상할 날이 멀지 않았던 것이다. 그는 스페인 왕이 스페인과 신대륙에서 예수회를 추방하기 시작한 것을 교황청이 마무리하도록 했는데, 로마에서 보여준 이 실력으로 인해 플로리다블랑카 백작이 되어 있었다.

세실리아는 마드리드의 복잡한 일에 완전히 얽혀서 갈수록 정신을 차릴 수가 없는 상태였다. 그리고 자기가 도착했을 때 보았던 그 적대적인 환경 가운데서 살아남기 위해 스스로가 쳐 놓은 거미줄에 걸려들어 있었다. 그녀는 파티에서 파티로, 음모에서 음모로 전전하며, 교체되는 대신들보다도 프란체스코 사바티니를 더욱 권세 있는 궁정의 최고 권력자들 중의 하나로 만들어준 여러 가지 임무들에서 충실한 대리인 역할을 했다. 그 대신 그녀는 남편이 자기에게 제공한 자유를 만끽하고 있었다.

그런 세실리아가 티에폴로의 그림 속에 나타난 그녀와 무슨 연관이 있는 걸까? 갈수록 별 상관이 없어 보였다. 아니면 자기 식으로 그랬든가. 그러나 분명한 건, 상트 페테르부르크에 가기 전에 나를 꼼짝 못하게 사로잡았던 그 대담한 세실리아와는 멀어져 있었다는 것이다. 그녀는 자신의 유혹하는 관능적 기질—그때는 저항할 수 없는 향기를 발산하고 있었다—을 미로처럼 복잡한 가식으로 바꾸고는, 거만하게 그것을 드러내고 있었다. 그녀의 육체는 여전히 탐스러웠지만, 궁정의 광채—

이는 틀에 박힌 몸짓과 시선, 목소리와 어조로 나타났다——를 차지하기 위한 어지러운 싸움 끝에, 마드리드에 도착했을 때 그녀가 발산하던 묘한 매력은 사라지고 없었다. 길들여진 야생의 광채. 세실리아는 황금의 우리 안에 있었다.

이후 여러 해 동안, 그녀는 항상 궁정의 움직임에 대해 내게 정확하게 예언해주었다. 플로리다블랑카 백작은 자신의 교통 개선책의 연장선상에서 끝날 것 같지 않은 에브로에서 알파케스까지의 운하 공사에 호의를 보였고, 그 결과 옛 라피타 지역 방어에 유리할 항구 도시를 건설할 필요성을 명확히 했다. 국왕은 1778년 알파케스 만의 항구를 승인하는 것을 포함한 '스페인과 인디아스의 자유 무역을 위한 규정 및 관세표'에 서명했다. 항구의 건설은 이 년 뒤 항해 운하가 개통될 때, 우리가 미리 계획했던 특권을 얻는 데 있어서 불가피한 요소였다.

그러나 그즈음의 나는, 더 이상 1759년의 어느 날 나폴리 만에서 상념에 잠겨 '훌륭한 왕' 카를로스를 보내는 인파의 북적거림을 바라보던 그 순진한 젊은이가 아니었다. 나는 마흔 살이 되기 직전이었고, 잠바티스타 티에폴로가 멈춰 섰던 막다른 골목을 피하기 위한 시간이 아직 있다고 느끼고 있었다. 아직도 그의 마지막 충고를 유념할 시간은 있었다!

여러 위원회와 많은 심의회 사이에서, 장관들과 비서관들 사이에서, 국왕의 알현과 보고서 사이에서, 십 년이 흘렀다. 그동안 나는 에브로 삼각주 공사——실제 공사와 상상의 공사들—와 마드리드의 사무실 사이에서 살고 있었다. 사바티니는 국왕의 의지—국왕은 나에게 독점적으로 신도시 계획을 맡겼는데, 시간이 갈수록 그 열정이 식어갔다—에 감히 반대하지 않고, 왕국의 여러 장소에 퍼져 있는 규모가 작은 다른 공사들을 내게 제시했다. 나는 왕실 건축가 사바티니가 하는 식대로 현장에 가보지도 않고 공사를 진전시켰다. 그리고 결국 운하가 개통되고 알파케스의 항구가 기능을 하기 위해 필요한 건축물을 짓자, 최초로 소수의 도시 주민이 정착할 수 있게 되었다. 그곳의 도시화 계획은 이미 지정되어 있었다. 때때로 더 근거리에서 작업을 하기 위해 나는 정부가 마련해준 토르토사의 작업실을 떠나, 운하와 강어귀가 만나는 곳에 있는 새로운 관세 사무소의 몇몇 부속 건물로 옮겨 다니기도 했다.

신도시의 광장들과 대로들이 계획된 바위투성이 땅이 시작되는 작은 절벽과 바닷가 사이에 키 작은 식물 서식지와 진흙탕이 있는 해안 지대가 하나 있는데, 그곳에는 만을 오가는 어부들과 몇몇 일꾼들의 작은 움집들이 세워져 있었다. 어느 날 아침 그 헛간 같은 집 하나에서 커다랗고 검은 눈에 갈색 머리결을 가진 소녀가 나왔다. 더러웠지만 친근감이 느껴지는 얼굴이었다. 맨발로 길을 가는 소녀의 누더기 아래로 아름다운 모습이 느껴졌다. 소녀는 끈 하나에 은빛으로 빛나는 물고기를 매달고 있었다.

"도미예요."

내가 이상하게 바라보자 그 소녀는 이렇게 말했다.

"우리 아버지가 아저씨한테 이걸 주라고 했어요."

"고맙구나. 그런데 네 아버지와 나는 모르는 사이 같은데. 왜 이걸 나한테 주지?"

"그냥요. 아버지는 아저씨가 임금님의 친구라고 했어요. 하지만 나라면 주지 않을 거예요!"

"왜지?"

"싫으니까요! 아저씨가 임금님 친구니까요!"

"아! 네가 주지 않으면 받지 않으마. 그런데 넌 왜 임금님을 싫어하니?"

"아저씨가 알잖아요. 도시 건설이 끝나면, 우리는 다른 곳으로 가야 할 거예요. 그런데 우리는 여기밖에는 살 곳이 없거든요."

나는 새까맣게 된 그녀의 발과 천을 대 기운 옷, 부끄러움을 모르는 몸짓, 숙련된 손, 그리고 물방울을 떨어뜨리며 반짝이는 그 커다란 생선을 바라보았다.

"받을 수가 없구나."

"받지 않으면 우리 아버지가 날 죽일 거예요."

"요리할 줄 몰라서 받을 수 없단다."

나는 터무니없는 대답을 했다. 요리는 관세 사무실 사람들이 해줄 것이었다.

"너는 음식 만들 줄 아니? 나를 위해 요리를 해줄 수 있겠니?"

이 조건에 대해 그 애의 아버지와 사전에 의견 일치를 보았는데, 그는 걱정을 숨기지 않았다. 마리아는 내가 라피타—
그녀는 자랑스럽게 그 장소를 이렇게 불렀다—에 가는 경우
에 내 요리사가 되었다.

마리아는 열여섯 살이었는데, 자기가 받은 첫 급여로 토르
토사에서 가장 훌륭한 옷을 가져와달라고 내게 부탁했다. 그녀
는 그 옷을 관세 사무실 건물에서 나와 함께 있을 때만 입었는
데, 부모들은 그녀가 그렇게 치장한 모습을 보고 싶어 하지 않
는다고 했다. 나는 그녀에게 욕실 도구들을 사용해달라고 했
다. 그녀가 깨끗한 얼굴과 깔끔한 머리에 완벽하게 정돈된 치
마와 셔츠를 입고 내 앞에 나타났을 때, 나는 그녀가 아름답기
그지없는 처녀임을 확인할 수 있었다.

그녀는 식사 시중들기를 마치자마자 꽤 오랫동안 사라져서
는 주방에서 서성거리다가, 시간이 되면 나타나 내게 들어와도
되겠냐고 허락을 구했다. 나는 그녀가 쉴 새 없이 질문하며 처
음으로 보는 책 한 권을 얼마나 열심히 뒤적거렸는지, 설계도
와 도안(圖案)의 선들을 얼마나 현혹된 눈으로 보았는지를 기
억한다. 새로운 것을 알게 됨으로써 그녀가 얼마나 크게 동요
했는지, 나는 글 읽는 법을 가르쳐달라는 그녀의 소망에 굴복
하고 말았다. 그녀는 더 많은 책과 더 많은 그림을 보고 싶어
했고, 내가 했던 여행에 대해 듣고 싶어 했다. 마리아는 생각
지도 못했던 뜻밖의 창문을 통해 세상에 몸을 드러내고 있었던
것이다!

뜻하지 않게 제자로 변해버린 젊은 처자와 함께 세관 사무실

에 있는 시간은 그 지방이 선물해준 불가해한 안락함이 됐고, 그 덕에 천 가지 두려움으로 고통받는 왕이 제멋대로 내리는 결정들을 뛰어넘으며 나는 그곳과 결합된 느낌이 들기 시작했다.

젊었을 때 밤에 깨어나 아무도 모르게, 또 아무에게도 중요하지 않게 죽는 것에 대해 두려워하던 그 시간들이 얼마나 멀게 느껴졌는지. 누가 어디 출신인지도 모르는 것에 대한 두려움, 내가 누구에게 소속돼 있는지도 모른다는 두려움…… 모임의 목소리들이 꺼져갈 때나 파티의 흥겨움이 사라져갈 때, 나를 둘러싸는 고독과 어둠에 대한 두려움. 내가 보았고 날마다 인사했던 그 많은 얼굴들이 이제 아무런 의미가 없다는 것에 대한 두려움.

우리는 질병이나 사고에 의해, 또는 불량배들이 못된 짓을 하거나 불행에 빠지거나 전쟁을 겪거나 하여 쓰러질 수 있다. 그러나 죽음이 다가올 때, 만일 그로 인해 힘겨워 할 누군가가 있다는 확신이 있다면 살아갈 수 있을 것이다. 우리의 고통을 생각하고, 동정하거나 기억해줄 그 누군가가 있다면 말이다. 그러면 우리는 완전히 죽는 게 아니다. 우리가 살았었음을 알고 죽는 것이다. 누군가 그걸 안다고 믿으면, 우리는 가장 무의미한 구더기나 시들어버리는 나뭇잎처럼 이 삶을 그저 스쳐가진 않는 것이다.

악몽들이 물거품처럼 사라졌다. 나는 거의 의식하지 못하면서, 어느 볕 좋은 날 벌어진 석류의 빛깔로, 즙이 많은 복숭아 향기로, 그 지방 포도원에서 나는 선명한 포도주로, 알파케스의 부드러운 물결을 떠가는 돛단배 뱃머리의 속삭임으로, 해질 무렵 문시아 산맥의 감싸 안는 듯한 푸른 그림자로, 불 켜진 집 주변에 있는 귀뚜라미들의 밤 노래로, 그 악몽들을 대체해버렸다. 또 마리아의 미소로도.

나는 아직 혹독한 교훈을 배울 시간이 있었다. 만일 우리가 말의 발아래 놓여 있는 양귀비꽃처럼 연약하다면, 살아 있는 동안 즐겨야 하는 것이다. 하루도 헛되이 보내지 말자! 나폴리 만의 경솔한 해안에서, 또는 상트 페테르부르크의 우아한 운하에서, 아랑후에스의 음모로 가득 찬 살롱에서, 또는 에브로 해변의 투박한 밤의 절규들 사이에서! 죽음이 우리에게 자신의 무기를 보이기 전에, 소름 끼치도록 대범한 어느 왕이 그걸 결정하기 전에.

1780년 오월에, 왕이 꿈꿔왔던 새로운 수도이자 상업과 예술의 중심지인 산 카를로스를 건설할지, 아니면 에브로 강의 항해 가능한 그 하구가 거주민들이 좀 있는 변두리 마을로 충분한지를 결정하는 기한이 완료됐다.

플로리다블랑카, 그리고 사바티니와 함께 건축, 법률, 정치적인 면들을 포함한 새로운 보고서를 준비한 후, 산 카를로스를 왕국의 대작으로 바꿀 결정적인 추진력을 얻기 위해 그것을 국왕에게 제출하는 것만이 남아 있었다. 우리는 아랑후에스에 있었다. 사무실과 식당은 사람들로 분주했다. 그 계획에 대한 이야기를 들은 많은 명사들은 계속해서 그 전개에 귀추를 주목하고 있었는데, 그 사건이 자신들에게 부담이 되지 않게 하기 위해 심지어는 그 지역에 밀사를 보내는 이들도 있었다. 실제로, 토르토사의 몇몇 지주들과 상인들은 사업의 전망과 별장 가격을 조사했다.

예상했던 대로 사바티니 부인은 프란체스코 사바티니와 함께 아랑후에스에 정착했다. 그녀의 살롱은 어느 때보다도 사람들로 북적거렸다. 그녀가 궁정과 정부에 대한 가장 뛰어난 정보의 원천 가운데 하나로서 누리는 명성이 그런 것이었다. 그 모든 어수선함에도 불구하고, 세실리아는 내게서 자신의 시선을 거두어들이지 않았다. 그 몇 년 동안의 서신 교환은 우리들의 우정을 유지시켜주었고, 매년 마드리드 여행에서 나는 그녀에게 예의를 갖추는 걸 그만두지 않았다. 그러나 이제 수 시간 내에 카를로스 3세의 전 왕국에서 가장 대규모인 신도시 계획이 승인되고, 나는 사람들 입에 오르내리는 유명 인사가 될 것이다. 그리고 그건 세실리아로 하여금, 나와 팔짱을 끼고 다니고 싶게 만드는 또 다른 이유가 될 것이다.

나는 세실리아와 그녀의 남편 사이에 며칠 전 있었던 일과 거기서 비롯된 결과들을 의심할 수 없었다. 우리의 우정이 허락하는 솔직함으로, 나는 편지들을 통해 마리아의 출현과 그 소녀가 어떻게 내 호감을 얻어냈는지, 그리고 내가 그곳에 정착하는 데 그녀가 얼마나 큰 의미였는지를 세실리아에게 이야기했었다. 그러나 과거 우리 관계의 불꽃이 다 꺼지지 않고 세실리아의 마음에 숨 쉬고 있었음에 틀림없다. 채 다 꺼지지 않은 불씨, 또는 어느 형용사 하나가 유발시켰을 어떤 예감이 그녀를 자극했던 것이다. 비록 그녀는 내 편지에 유머와 관용을 담은 답장을 했지만, 자존심과 질투심이 일종의 반발을 일으키고 말았다. 나는 그녀가 나를 해치고 싶어 하기보다는 어떤 대화 중에 유발된 흥분과 허영심에 사로잡혀, 자기 남편 앞에서 티에폴로가 자신의 초상화를 그렸다고 자랑했던 것이라 생각하고 싶다.

내가 그 그림의 존재를 비밀로 지켰던 몇 년 동안, 그 그림은 마드리드를 벗어나지 않았었다. 너무나도 위태로운 그 작품을 위해 적당하고 지속적인 거처를 마련할 수 있으리라 기대하며, 나는 당시에 내 좋은 친구이자 믿을 만한 사람이었던 안토니 데 캅만에게 맡겨놓았었다. 그는 내가 감춰서 보관해달라고 넘겨준 그 짐의 내용물이 무엇인지조차 모르고 있었다.

세실리아는 내 허락을 받는 게 불가능함을 알게 되자, 남편 앞에서 자존심을 회복하려는 광기에 사로잡혀, 그것이 생사가 달린 문제이며 자기를 믿어달라고 그 불쌍한 카탈루냐인을 설득했다. 세실리아가 도달할 수 있는 연극적 재능과 설득력을 알고 있기에, 한 남자가 자기 친구의 당부보다 그 여인을 위로하고자 하는 마음을 우선시했음을 이해하는 건 어려운 일이 아니다. 그 인물이 아무리 고상한 캅만이라고 해도 말이다. 그렇게 그녀만이 티에폴로의 그림에 접근한 것이 아니라, 그녀의 남편인 프란체스코 사바티니도 그녀가 애절하게 수다를 떠는 동안 그것을 감상할 수 있었다. 이 점에 대해서는 캅만이 알지 못했다.

　사바티니는 굽잇길에서 전복된 마차처럼 문자 그대로 어쩔 줄 몰라 하며 풀이 죽어 있었다. 그는 아내와 말도 않고 자기 방에 틀어박혀서, 그렇게 며칠 동안 그대로 있었다. 그는 자기 아내의 평상시의 품행에 대해 못 본 척하고 그녀에 대한 험담을 못 들은 척할 수 있었고, 또 세실리아가 저지르고 다니는 경박함에 대해서도 모르는 척할 수 있었다. 그는 충분히 그녀를 자기 곁에 두면서 때때로 광을 내주었고, 충분히 마드리드를 산책시켜주었으며, 그녀의 존중을 받았다. 그가 견뎌낼 수도 없고 또 결코 동의할 수도 없는 것은, 그토록 분명하고 모욕적인 방식으로 그런 상태가 기록으로 남겨졌다는 것, 티에폴로가 자신의 패배의 증거가 되는 것을 예술 작품으로 승화시켰다는 것이다. 배경으로 그려진 도시——내 설계도, 내가 해놓은 표시와 똑같은——의 실루엣을 즉각 알아본 프란체스코는 그 그림에서 세실리아의 첫번째 부정을 분명히 보았다. 그것은 그에게 가장 깊게 상처 준 것이고, 잊는 데 더 많은 시간이 걸릴 것이었다.

　그러나 그는 차분함을 유지할 줄 알았다. 그는 아랑후에스에서 심의회가 소집되기를 몇 주 동안 기다렸다. 왕궁에서도 아무렇지 않은 듯 내게 인사했고, 국왕을 알현하기 전에 모임에서도 함께 일했다. 그리고 국왕의 알현이 있던 날, 우리가 국왕에게 나가기 한 시간 전에 그는 나를 자신의 사무실로 불렀다. 어스름 속에 있는 그 홀에서 나는 그 도시에서 가장 슬픈 남자가 앉아 있는 것을 발견했다. 그는 내게 자기 앞에 있는 자리를 권했다. 그때 나는 눈물에 젖어 있는 그의 두 눈을 볼 수 있었다. 우스울 정도로 커다란 그의 코 위에 얹힌 그 두 눈을. 프란체스코 사바티니는 서서히 일어서서 주변을 돌기 시작했다. 그러고 나서 내게 가시 돋친 말들을 던졌다.

"사람들이 친구를 믿듯 나는 자네를 믿었네. 나는 자네가 아무것도 아니었을 때, 폐하 곁에 있도록 자네의 진로를 보살펴 주었을 뿐 아니라, 내 아내가 도착할 때와 같이 참으로 미묘한 일을 자네에게 일임함으로써 누군가에게 기대할 수 있는 최고의 신뢰를 자네에게 보냈었지. 나는 항상 자네가 재능 있는 사람이며, 가장 중요한 공사를 맡을 자격이 있다고 믿어왔지. 큰 영광의 길에 들어설 사람이라고 말이야. 만일 그것이 폐하의 뜻이라면 말일세…… 그런데 자네의 그 몇 가지 무분별한 행동을, 내 호의에 대한 자네의 그 배은망덕을, 아무것도 자네 앞길을 뒤틀어놓지 못하리라고 믿게 만든 그 오만함을, 결코 이해하지 못하겠어. 그런데 젊은 친구, 모든 것에는 한계가 있네. 우리 모두는 한계를 가지고 있어. 나는 내 한계를 알고 있고, 언제 물러나야 하는지, 언제 눈을 감아야 하는지도 알고 있지. 하지만 자네는 내 희생을 감지할 능력이, 내 경고를 알아차릴 능력이 없었네. 어떻게 그걸 알 수 없었을까? 내가 국왕으로 하여금 자네를 가장 춥고 가장 먼 도시로 보내도록 한 것으로 충분하지 않았나? 그게 무슨 의미인지 해석할 수 없었는가? 일 년 동안 자네 우편물을 붙잡아놓은 것으로 충분하지 않았었나? 하지만 그 모든 것이 소용없었지! 내가 얼마만큼의 쓴잔을 삼키고 있었는지 자네는 알지 못하는가? 세실리아가 일정한 시간에 어딜 가는지 알고 싶어 하지 않은 것과 그녀가 내 조력자, 내가 보호하는 자와 잠시 함께 시간을 보낸다는 것을 확신하는 것은 매우 다른 얘기야. 그것도 내 친구와 말이야!

이 모든 것이 내 마음을 갈갈이 찢어놓았고, 나를 훨씬 빨리 늙게 했어. 하지만 언젠가 끝날 것을 알기에, 신도시를 건설하려는 국왕의 의지나 세실리아의 변덕스러움이 자네를 떼어놓을 것을 알기에 그걸 참아냈네. 그렇게 됐었지. 나는 또한 시간이 내 증오와 분노를 치유할 거라고 생각했지만 또 한 번 실수한 꼴이 됐네. 나는 자네가 한순간의 광기를 영속적 사실로 만들려고 할 정도로 분별이 없을 거라고는 상상조차 하지 못했지. 나는 또 다른 불쌍한 자인 티에폴로의 그림을 보았네. 지금 난 결코 자네를 용서하지 않을 것임을 분명히 해두겠어. 이 그림이 존재하는 동안 자네에 대한 내 저주도 지속될 것임을!

아냐, 배은망덕한 안드레아여, 이건 아니라네. 벌써 십 년이 지났으니 상관없어. 나는 모든 일에 준비가 돼 있었네. 그 그림 같은 방식으로 초상화가 남겨지는 것을 제외하곤 말야. 나는 자네를 고문하는 방법을, 자네 마음을 아프게 하는 방법을 아주 잘 알고 있다고 믿어도 좋네. 장담컨대, 티에폴로가 화폭에 그렸던 도시는 절대로 세워지지 않을 거야. 또 자네는 지금까지 허락받았던 모든 특권을 박탈당하게 될 걸세. 잘 가게, 세뇨르 로셀리. 반 시간 후 왕 앞에서 우리가 만날 때, 자네나

나나 이제 다른 사람이 될 걸세."

사바티니는 자기 말을 이행했다. 자신과 플로리다블랑카, 그리고 내가 함께 계획했던 모든 것에 반대하며 프란체스코 사바티니는 그 위대한 도시의 계획을 필요불가결한 항구의 기능만을 담당하는 보잘것없는 촌락으로 대체하기 위해 군주의 목전에서 대단히 공들인 연설을 능숙하게 해냈다. 반격을 준비할 능력이 없는 호세 모니노는 입을 벌린 채 그의 말을 들었다. 그는 분명 그 도시가 건설되지 않을 때 그곳에 투자될 엄청난 자본을 도로 사업―주로 마드리드와 왕의 별궁들 사이의 도로 사업―비용으로 전환, 수용할 준비가 돼 있었다. 나는 가능한 한 침묵을 지켰다. 프란체스코가 내게 없다고 했던 사리분별에 호소할 필요가 있음을 알았던 것이다. 그리고 왕은 세 명―한 명은 반대하고, 한 명은 그에 동조하며, 또 한 명은 자리에 없는 것처럼 침묵했다―의 심의관들에게 반대하기에는 이제 힘이 없었다. 그 셋은 정책에 있어서 뜻이 일치하는 듯 보였던 것이다. 그것은 꿈의 패배로 보이는 대신 가장 알맞은 선택인 양 보이기 위해 사바티니가 원래 상태로 돌아가게 한 것이었다.

나는 그날 밤 전속력으로 아랑후에스 왕정을 떠나, 마드리드에 있는 캅만의 집으로 향했다. 거기서 그 그림이 훼손되지 않고 온전함을 확인할 수 있었고, 며칠 전 세실리아에게 일어났던 일을 알게 되었다. 다음 날 오전 일찍, 나는 조심스럽게 포장한 캔버스화를 가지고 마드리드를 떠났다.

사바티니가 왕을 설득하기 위해 여러 방법들을 사용했음에는 의심의 여지가 없었다. 그리고 실제로, 산 카를로스의 공사를 중단한 다음에는 토르토사의 작은 저택에 있는 내게 바로 그 저택을 포함해서 직위와 급여, 편의를 박탈한다는 내용의 엄중한 우편물이 뒤따라왔다. 왕국은 내가 그 어떤 의무로부터 '자유로워졌음'을 선포한 것이다. 한편, 플로리다블랑카는 '남아 있는 공사'를 감독하고 '해결되지 않은' 것들을 잘 마무리 짓기 위해 새로운 대리인을 임명했다고 내게 알려왔다.

나는 그 결정에 이의를 제기하고 국왕에게 그 결정이 아무런 의미가 없음을 알게 할 수도 있었을 것이다. 내 고향으로 돌아가는 쪽을 선택할 수도—피렌체나 로마에서는 분명 내 구미에 맞는 일을 발견할 수 있으리라—또는 새로운 군주나 대공을 위해 일을 할 수도 있었을 것이다. 러시아의 예카테리나가 폼페이의 프레스코화에 대해 자기에게 얘기해주던 그 젊은 건축가를 기억할지 누가 알겠는가? 그러나 나는 이미 여러 번 머물렀던 관세 사무실 한편으로 거주지를 정했다. 공공건물로 당장은 아무런 필요가 없자, 사려 깊고 실용적인 플로리다블랑카의 새 대리인이 그곳을 내게 빌려준 것이다.

시간이 내 결심을 굳게 해주거나 무너뜨리는 동안—그 모든 것에도 불구하고, 나는 내가 최후까지 살도록 해줄 그동안 모아놓은 수입에 의존하고 있었다—마리아는 성장했고, 그 집에 머물렀을 뿐만 아니라, 결국 세관에 모아놓은 장서들 사이에서 재미있어하며 시간을 보냈다. 그녀의 천부적인 재능이 문화라는 자극으로 날개를 달 것이었다.

"그래서 왕의 도시는 건설되지 않는 건가요?"

"지금으로서는 그렇지."

"지금으로선이라고요?"

"아니, 결코 건설되지 않을 거야."

"그럼 아저씨도 떠나실 건가요?"

"모르겠어. 일단은 안 갈 거야."

"일단이라고요?"

"아니, 영영 안 떠날 거야."

그리고 나는 속으로 생각했다. 배들이 운하를 통해 바다로 가는 것을 볼 때까지 머무르리라. 내 것이 되지 않은 너무 많은 도시들을 보아왔기에 나는 여기 머무르리라. 매일 오후에 네가 책을 펼치러 올 수 있도록, 창백한 빛이 네 구릿빛 얼굴을 비출 수 있도록 이곳에 머무르리라. 내가 아무것도 아니고, 또 여기서는 어떤 왕도 섬길 필요가 없기에, 이곳에 머무르리라. 내 꿈을 받아들여 자기 꿈으로 할 왕이 아무도 없으니!

결국 플로리다블랑카의 대리인은 어쩔 수 없는 건물들의 마무리 작업을 감독하기보다는 내 은둔처를 관리한 것이었다. 운하를 파고 있던 수천 명의 노동자들 중 몇백 명은 이미 신도시의 첫 공사에 합류했고, 다른 이들은 그 공사의 규모가 더 커지면 일을 시작하게 될 거라는 약속을 받고 대기 중이었다. 건축 공사가 달이 갈수록 줄어들었음에도 불구하고, 그들 중 어떤 이들도 떠날 준비를 하지 않았다. 새로운 주민들도 집과 옷, 그리고 양식이 필요했기에 어떤 이들은 농부가 됐고, 또 다른 이들은 어부가 됐으며, 어떤 이들은 자기 직업을 유지할 수 있었다.

국왕이나 플로리다블랑카가 알지도 못하고, 또 막을 수도 없는 가운데 새로운 마을 하나가 조성된 것이다. 저택들을 지어야 할 곳에 공동 주택이 지어졌고, 어부들의 소박한 배들이 대서양을 건너야 할 상선보다 더 많은 자리를 차지했으며, 우리가 계획했던 대로들과 우아한 광장들을 귀족들이나 법률가들이 아닌 농부들이 산보했다. 옛 수도원의 유물들은 상상의 대사원을 기대하며 종교 의식에 사용되었다.

그토록 많은 수고가 투자된 항구와 운하의 하구에 주거 지역을 유지할 필요가 있기에, 나는 정부가 막 조성되기 시작한 마을을 내버려두지 않으리란 걸 알고 있었다. 그러나 에브로 강물이 끔찍하게 불어나서 항해 운하의 일부 수심을 진흙으로 덮어버리자 그런 계획은 흔들리기 시작했다. 그 운하가 일정 규모 이상의 배들에는 쓸모가 없게 되었기 때문이다. 나는 플로리다블랑카가 이 길을 유지하는 것조차 무관심하여 그 감독관을 절망시키는 모습을 보았다. 감독관은 그 마을을 초토화시킨 전염병의 확산으로 완전히 낙심천만해 있었다.

세관 부속 건물에서 마리아가 읽고 쓰는 법을 가르쳐주던 열 명의 아이들 중에서—그 건물을 거의 우리가 사용하니까 완전한 무용지물은 아니고 반(半) 무용지물 상태였다—세 명이 그 병을 이기지 못했다. 그리고 그림자 하나가 우리에게 드리워졌다. 나는 그때 여행과 열정으로 점철된 그 모든 기이한 생활에서 발견했던 가장 소중한 것을 갑자기 잃어버릴 수 있음을 깨달았다. 그녀는 장난기 어린 시선으로 나를 바라보았다.

"이제 떠나지 않을 거죠?"

"응."

"당분간요?"

"영원히."

"왜죠?"

"너를 사랑하니까."

우리는 폐허 속의 옛 수도원 자리에 허가된, 지중해에서 가장 빈약한 성당에서 결혼했다. 나는 언제 새 성당이 완공될지 몰랐다. 그것은 주교의 승인을 받고 정부 대리인이 확실히 묵인해준 덕분에, 마을 도면 밖에 인내심과 끈기를 가지고 우리가 건설하고 있는 중이었다. 석회가 들어간 하얀 기둥의 돌, 벽돌담의 황토…… 그 건물은 올리브 밭 사이에 있는 희망에의 초대로, 아름다움에 대해 인간이 표하는 작은 경의로, 산 카를로스에 남겨진 가난한 자들에게 바쳐진 아레초 출신 세공사 조카의 보석으로, 한때 국왕이 꿈꿨던 도시—그러나 그 늦은 출현은 우리만이 긴 꿈에서 깨어나며 보게 되리라—의 기념비로 변하리라.

라피타의 초라한 예배당에서 내일 우리는 우리 첫아들에게 세례를 베풀 것이고, 마리아는 아레초 출신인 위대한 알레산드로 로셀리의 반지를 끼고 다닐 것이다.

귀족들의 계약과 궁정인들의 총애를 거부하고 이 항구에 뿌리를 내린 것이 잘한 행동인지 의심이 들 때, 나는 다락방에 올라가 내 두 눈이 어둠에 익숙해지기를 기다리기만 하면 된다. 그러면 난 티에폴로의 직물화를 발견하고 그의 영혼이 내게 들어오도록 내버려둘 것이다. 생명과 자유에 대한 그의 강력한 찬가가 나를 지배하도록.

* * *

안드레아 로셀리에 의해 씌어진 그 마지막 페이지, 그 새로운 발견을 소화해낼 시간이 없었다. 나는 그의 정신과 열망에 온전히 연결돼 넋을 잃은 상태로, 아리아드나가 이끄는 대로 내 자신을 내버려두었다. 마을과 만, 삼각주의 들판 위로 밤이 내려왔다. 그것이 나를 어디로 이끌지에 대해 아무런 의심이 없었지만, 그걸 결정하는 것이 그녀이길, 그 결정이 급히 달려와 흥분한 내 정신의 산물만이 아니길, 누군가가 더 그 믿음에 참여해주길 바랐다.

외곽 지대에, 어제 내린 소나기로 아직도 진흙탕인 길에 들어서면 그 어스름 속에, 돛이 없는 큰 범선처럼 방치된 운하 관리소의 모습이 보였다. 로셀리의 세관이! '보이지 않는 도시'의 마지막 깃발인 그 건물은 시간의 흐름에 방치되어 황폐해져 있었다. 그리고 지금처럼 슬프게 무너져 내린 모습으로 변하기 전에 창고 구실을 했기 때문에, 문과 창문들은 가장 거친 방식으로 폐쇄되는 것을 견뎌냈다. 주변은 버려진 작업 도구로 가득했고 잡초는 무성히 자라, 우리가 수년 전 들락거리던 아치형 천장의 뚫린 구멍을 분간하기 어려웠다.

아리아드나는 목발을 가지고 있다며, 자동차에서부터 건물의 유일하게 사용할 수 있는 문까지 내 도움을 받지 않고 걸어갔다. 그 문은 여러 번 밀어젖힌 후에야 열렸다. 안에 들어서자 경치는 그리 좋지 않았다. 아리아드나가 잊지 않고 가져온 랜턴 덕분에, 이 층의 상당 부분이 붕괴된 관계로 일 층의 일부분이 통행할 수 없게 돼 있다는 것을 확인할 수 있었다. 운 좋게도 건물의 온전해 보이는 어느 부분에 계단이 있었다. 우리는 그 계단을 올라갔는데, 위층에서 아리아드나는 로셸리의 설명으로 그려왔던 약도를 참고했다.

나는 바닥에 떨어진 목재 몇 개를 위태로운 발판으로 사용해 다락방까지 올라갔다. 첫 느낌은 안도감이었다. 비록 외부에서 볼 때는 지붕 양쪽이 파손됐음에도 불구하고, 그 내부는 꽤 잘 보존되었다는 사실을 확인할 수 있었다. 나는 발을 헛딛지 않도록 조심하면서, 반쯤 엎드린 자세로 랜턴을 비춰가며 대들보와 중간 벽 위를 통해 다락방 전체를 돌아다녔다. 이미 내려앉은 곳도 있어서 잠깐만 방심해도 아래로 떨어질 것 같았다. 아리아드나는 뭔가를 찾아낼 것 같은지, 그리고 내가 멀쩡한지를 확인하기 위해 크게 소리쳤지만, 일단 결과는 더할 수 없이 낙망적이었다. 그녀는 비망록의 메모—번역할 때 내가 피했던 일상적인 메모와 기술적인 자료들로 가득 찬—에서 추측된 첫번째 지역을 조사하고 돌아올 것을 고집했다. 그렇게 우리는 한 시간을 그곳에서 보냈다.

그것은 아무런 의미도 없었다. 그리고 여기에 숨겨져 있을 리 없었다. 그런데 내가 실패를 자인하고 참을성 없는 아리아드나가 나를 기다리고 있는 곳으로 돌아가려고 할 때였다. 내 몸이 허공에 매달려 두 눈이 다락방의 바닥 높이에 있게 된 바로 그 순간, 내가 이용했던 접근로 옆에 신경 써서 봐야 할 작은 물건이 있다는 사실을 알아차렸다. 중간 벽에 있는 두 개의 대들보 사이의 깊이는 나머지 부분과 달랐다. 그러나 나는 물러설 시간이 없었다.

"올라가고 싶어요!"

내가 돌아가 마지막 순간에 본 것을 이야기해주자 아리아드나의 그림자가 소리쳤다.

"미친 짓이야. 다칠 수 있다고! 게다가 나도 어떻게 해야 할지 잘 모르겠는데……"

"내가 올라가는 걸 도와줘요. 이럴 때 내가 죽을 거라는 생각은 꿈에도 하지 말아요! 바깥에 버려진 공사 도구가 있는데 거기서 사다리 하나를 봤어요. 그걸 찾아봐요."

우리 두 사람은 다락방 목재 위에 엎드렸다. 마치 그 집 전체가 신음하는 듯 정확히 알 수 없는 삐그덕거리는 소리가 들렸다. 이것이 이 넓은 장소에서 우리에게 들리는 유일한 소리였다. 절규하는 어둠 속 한가운데에서 랜턴 불빛에 의지해 우리는 그 지역을 조사했다.

"다른 이유가 뭐였지?"

조사를 반복하게 하는 그 목재를 더듬으면서 나는 중얼거렸다.

"이 중간 벽은 가짜예요! 마치 옷장처럼 열 수 있게 돼 있죠. 여기에 있을 텐데……"

아리아드나는 내 질문을 회피했다.

"여기 있군요! 작은 뚜껑 같은 거죠. 이걸 들어내기만 하면 돼요. 이걸 아는 사람에겐 간단한 거고, 공을 들이지 않으면 거의 불가능한 거죠."

그 은닉처 안에서 우리는 정말로 가죽으로 된 긴 포장지를 발견했다. 우리는 그걸 최대한 조심스럽게 꺼내 더 온전하고, 더 견고해 보이는 나무 바닥 같은 곳에 놓았다. 그것이 바로 세실리아의 경솔함이 사바티니의 복수심을 풀어놓기 전까지, 안토니 데 캅만이 친구 안드레아를 위해 자기 집에 감춰둔 물건일지 모른다고 생각하니 몸이 떨렸다. 사바티니의 복수는 이 도시를 영원히 '보이지 않는 도시'로 만들어버린 것이다!

"내려가자. 그리고 집에 가서 펼쳐보자."

위험하기도 하거니와 그 소중한 물건을 조심스럽게 다루기 위해서 내가 제안했다.

"아뇨. 여기서 열어보고 우리가 생각했던 것인지를 확인해야 돼요. 그래야만 당신에게 그 비망록을 보낸 또 다른 이유를 얘기해주겠어요."

우리의 맥박은 폭발 직전의 엔진처럼 헐떡거렸다. 마치 삶을 온전히 소유하려는 우리의 열망이 올리브 숲으로 난 길을 통해 날아가버렸던, 둘 다 알지 못하는 미래에 내팽개쳐졌던, 그 어느 오렌지와 제비꽃 빛깔 오후 때처럼. 그때 우리는, 지금 과거를 조각하고 만들고 싶어 하는 것과 마찬가지로 미래의 삶을 우리 뜻대로 만들어내려고 했다. 우리는 세상의 법칙에 도전할 증거를 찾고 있었다. ……잔인하면서도 급격한 운명의 도면에 맞서 불타오르는 맹목성.

아리아드나가 바닥에서 움직이지 않고 그 물체에 집중하는 동안, 나는 그것을 풀어 천으로 된 두루마리를 발견했다. 먼지가 앉았으나 습기가 차지도, 햇빛에 변색되지도 않은 상태였다.

몇 분 뒤 우리 둘은 무릎을 꿇은 자세로, 그녀는 중심을 잃지 않기 위해 내 품에 기댄 상태로, 그 작품을 감상했다. 보르도산 적포도주 빛깔 옷과 석류 같은 입술, 생기 넘치는 도발적인 몸짓, 대담하면서도 지혜로운 시선, '보이지 않는 도시'의 푸르스름한 원형 지붕들.

"이제 내 애길 들어봐요."

그러나 나는 그녀가 자기 몸으로 나를 쓰러뜨리고 너무 오랜 시간 연기되어온 전투로 나를 초대하는 동안 내 피부 위에서 향기를 뿜어내는 그녀의 살결을, 내 목을 물어뜯고 두 눈에 입 맞추는 그녀의 입술을 느꼈을 뿐이었다. 그 싸움은 은빛 도로에서 오렌지 빛과 제비꽃 빛이 빛나던 순간, 패배하기 전의 그 순간을 재발견하기 위한 싸움이었다.

XV. 에필로그

몇 장 남아 있지 않은 사진들에서 어머니는 항상 나와 할아버지 곁에 자리하고 있다. 나의 출생으로 비롯됐던 체념과 고통 이전에는 삶이 없었던 듯이 말이다. 만일 파트리시 사제의 집요함이나 티그레 다니엘에게 빌려주었던 그 1966년도 여름 잡지가 없었다면——그가 내게 잡지를 돌려주었을 때 나는 한 페이지가 오려진 것을 알 수 있었다——더 이상 그것에 대해 생각하지 않았을 것이다.

어머니는 그 얼마 안 되는 사진을 빈 과자 상자 안에 보관했었다. 내가 마을에 있는 집을 떠나 남아 있는 약간의 물건들을 해변의 집으로 옮겼을 때, 과자 상자를 가져가서 열어볼 생각도 하지 않았던 것을 기억한다. 그것은 그렇게 몇 년 동안 집 안에서 침묵 속에 묻혀, 이제 그 어떤 것 앞에서도 멈출 것 같지 않아 보이는 아리아드나의 용기에 의해 떠밀려질 때까지 있었던 것이다. 나는 뚜껑을 열고 그 안에서 할아버지와 함께한 사진 이외에도 엄마가 몇 장의 다른 사진들을 보관하고 있었다는 사실을 확인했다. 매우 적은. 그러나 매우 폭로적인.

내가 전에 본 적이 없는 그 사진들은 신문과 잡지의 스크랩이었다. 그 모든 것은 1966년 6월 21일의 한순간을 수집해놓은 것이었다. 프랑코 장군이 바르셀로나로 가기 위해 산 카를로스 델 라 라피타 항구에 정박하고 있던 아소르 호(號)에 승선하기 전, 마을을 방문했던 그날 말이다. 시의 연감에 빠져 있는 것—그것에 대해서는 다니엘이 내게 알려주었다—과 같이, 그 사진에서 어머니는 우리 집 앞에서 거만한 장군의 행렬을 향해 인사하는 군중들 사이에 자리하고 있었다. 그 행렬은 다양한 고위 공직자들로 구성됐는데, 그중에는 지극히 당연하게도 토르토사 시의 지방 의원 후안 콜의 모습이 두드러졌다. 그리고 놀랍게도 그의 아들도 있었는데, 그는 자기가 어떤 임무를 맡았다고 내게 말하지는 않지만 눈에 띄게 즐거워하며 그 행렬에 동참하고 있었다.

모든 사진에서 어머니는 호세 안토니오 콜에게 인사를 하고 있었다. 비록 그를 개인적으로 본 적은 없지만 나는 그를 구별할 수 있다. 왜냐하면 그는 자기 아들인 아르만드 콜과 매우 닮았기 때문이다. 사진 속의 그는 지금의 아르만드처럼 머리털이 약간 남아 있는 대머리였다.

늘 내가 들었던 얘기에 의하면, 그날은 어머니가 어느 날 밤

344

해변에서 어느 프랑스인, 또는 벨기에인과 춤을 추기 한 달 전
이었고—이 이야기는 언제나 너무도 애매모호하고 너무도 거
칠어 설득력이 없다—, 술집에서 실신하기 두 달 전이었다.
내가 세상에 나오기 열 달 전이고. 또한 학교의 황량한 교문
앞에서 형제 같은 아르만드 콜이 나를 고독에서 구해주기 십이
년 전이었다. 그때 그는 그 사실을 알았을까? 나중까지도 알
지 못했을까? 나는 그걸 알고 싶어 하는 걸까?

만일 역사란 것이 누군가가 과거의 한 지점이나 다른 지점에
서부터 구술하는 명령이라면, 나는 그게 아니라고 본다. 그러
나 나를 뒤흔들고 내게 투영되는 열정을 만들어낸다면, 내게
영양분을 공급하고 나를 긴장하게 한다면, 나는 그런 역사에
매력을 느끼리라. 만일 그것이 나를 만든다면, 만일 내가 나를
만든다면 말이다. 그렇지 않으면 그것은 단순히 비극에 대한
경의만을 재현하리라.

그래서 나는 콜 집안의 사람들을 피하고 안드레아 로셀리를
만나러 간다. 나는 1936년 화재 때 기적적으로 해를 입지 않
은 산 카를로스 델 라 라피타 예배당 문서 보관소의 첫 기록들
을 조사하는 데 일정한 시간을 투자했다. 그러나 그 문서 보관
소의 기록은 18세기의 80년대부터—로셀리와 마리아의 결혼
과 그 비망록에서 언급한 그들 장자의 탄생이 기록되기 위해서
는 1780년대부터 존재해야 할 것이다—가 아니라 90년대부
터 존재해오고 있었다.

그리고 여기 내 아버지가 있다. 새로운 삶에 적응해 새로운

일과 새로운 이름 아래 숨어서. 1791년 부활절에 이틀 전 태어난 아이가 세례를 받았는데, 그 아이는 마리아 피폽과 '건축의 명인인 안드레우(안드레아의 카탈루냐식 이름) 로셀'의 셋째였다. 내 조상들은 어둠에, 그리고 또 서광(曙光)이 비치는 길에 있는 것이다.

옮긴이의 말

에밀리 로살레스의 『보이지 않는 도시』는 18세기 스페인 계몽 군주인 카를로스 3세의 신도시 계획과 그로부터 200년이 지난 시대의 에밀리 로셀의 출현을 연결시키는 역사 소설류의 작품이다. 작품 자체는 대단히 흥미로웠지만 이탈리아와 스페인 그리고 러시아를 잇는 안드레아 로셀리의 노정으로 인해 도시와 국가, 그리고 당대의 역사와 예술에 대해 꽤 많은 지식이 필요했기에 번역이 만만한 작품은 아니었다(함께 고생해준 문학과지성사 편집부와 이탈리아어 표기를 조언해주신 대구 가톨릭대학교 김운찬 교수님께 심심한 감사를 전한다). 더욱이 시인이기도 한 저자의 실험적 문체와 난해한 문장 구조, 모호한 표현으로 인해 난감했던 순간이 적지 않았다. 한편, 서양미술사에 대한 일천한 지식으로 인해 곰브리치의 책을 뒤적였고, 나폴리와 베네치아, 아레초와 상트 페테르부르크를 이해하기 위해 여행 가이드북을 비롯한 몇 권의 책들을 들춰보았다. 심지어 스페인 역사에 대한 내 지식도 의지할 만한 것이 아니었으니.

『보이지 않는 도시』는 제목과 같이 역사 속에 나타나지 않은 도시에 대해 이야기한다. 군주의 도시, 절대자의 도시를. 그러나 그 도시의 곳곳에는 다양한 요소들이 내재되어 있다. 이를테면, 도시를 건설하려고 하는 자들의 야망과 그 야망에서 한 발자국 물러선 자들의 사랑, 그리고 삶의 진실 같은 것들 말이다.

한 나라의 번영과 미래를 약속할 수 있는 대공사가 한 사람의 개인적 복수에 의해 수포로 돌아갈 수 있다는 생각은 참으로 소설다운 발상이지만, 그 속에는 파릇파릇한 인생의 진실이 숨어 있다. 그리고 이러한 진실이 엿보인다는 점에서 문학은 아리스토텔레스가 언급했던 것과 같이 그 위대함을 드러낸다: "시는 역사보다 더 철학적이고 중요하다." 우리의 삶은 리얼리즘적인 거시적 구상과 토대 위에서가 아니라 오히려 낭만주의 또는 인상주의적인 주관성 내지는 일상성의 원리에 더 크게 기대고 있을 수도 있기 때문이다. 근대의 상징인 도시, 제국의 영광과 부를 과시하고 또 다른 미래로의 도약을 꿈꾸는 토대였을 산 카를로스가 권력자의 꿈과 추종자들의 감성이라는 미로 속에서 길을 잃고 사라지게 된 것은 역사의 아이러니이자 숨겨진 진리이리라.

짐멜은 화폐 경제의 본거지로서의 대도시를 언급하며 화폐 경제와 이성의 지배는 아주 깊이 연관되어 있다고 지적하였다. 양자 모두 순수한 객관성이라는 공통점을 지닌다는 것이다. 이렇듯 이성과 냉담의 논리적 기표인 도시가 사람들 사이의 정서적 관계에 의해 붕괴(?)되는 것을 지켜보는 것은 이 책이 가지고 있는 장점들 중의 하나이다(대도시를 증오했던 러스킨이나 니체가 반색할 일이다). 나는 그런 점에서 사바티니가 마음에 걸렸다. 그는 우정을 믿을 만큼 순수했고, 누군가의 앞날에 놓여진 영광을 읽을 만큼 현명했으며, 자신의 한계를 인정할 만큼 지혜로웠다. 역사 속에서 카를로스 3세를 도와 마드리드를 품위 있게 변신케 했던 위대한 건축가 사바티니는, 그러나 이 작품에선 자신이 건축한 도시에서 '가장 슬픈 남자'가 되어 있었던 것이다. 아내의 부정을 묵인하면서까지 그녀를 곁에 두려했던 그에게 내려진 시련은 너무 혹독했고 작가는 그에게 가혹했다. 그가 세상의 영광도 함께 추구했다는 것이, 그래서 도시를 건설했다는 것이 그 이유였을까?

아무튼 부정한 아내를 사랑한 죄와 영광과 권력에 대한 집착으로 인해 조각난 마음으로 오랜 세월을 견뎌냈던 그는 결국 자신의 치부가 예술이란 이름으로 영원의 생명을 얻게 되는 현장을 목도하면서 분노를 뿜어냈다. 사바티니의 복수는 한 인간의 가장 아픈 곳을 후벼 파낼 줄 알았고, 도시 하나를, 역사를 이동시킬 수 있을 만큼 파괴적이었다. 그렇게 한 번도 자기 것이 아니었던 도시들 속에서 영혼을 투여하는 새로운 도시를 건설하려던 안드레아의 꿈과 소망은 값비싼 대가를 치른다. 그럼에도 불구하고, 사바티니의 과격함에 눈살을 찌푸릴 수 없고 부박한 여인과의 추억 또는 티에폴로를 위한 또 다른 진혼곡을 위해 모든 것을 포기하는 안드레아 역시도 미워할 수 없는 것이 이 작품의 매력이리라. 그것은 어느 시인의 표현대로 온 우주가 작은 소라고둥 같은 마음속에 담길 수 있기 때문이며, 때로 한 여인의 마음이 세상보다 더 얻기 어렵기 때문인지도 모른다.

영화라는 새로운 공부를 시작하고도 틈만 나면 문학의 숲을 산보한다. 한 2,3년 정도 문학과의 전략적 거리두기를 계획했었는데 그 짧은(?) 기간에도 문학을 향한 미련 혹은 애정을 거두지 못하고 있는 것이다. 그 사랑은 몸을 혹사하게 만들지만, 이 늦은 나이에도 여전히 「소나기」나 「인연」을 읽었던 소년 무렵처럼 가슴 뛰게 하는 문학에 감사한다.

이 책을 번역하는 동안에도 아이들은 많이 자랐다. 아이들은 시계보다 뚜렷하고 가혹하게 세월의 흐름을 일러준다. 시간이 흐르는 걸 보지는 못하지만, 어느 날 문득 깨닫게 되는 건 두렵고 또 아쉬운 일이다. 그러나 아이들이 자라는 걸 지켜보는 건, 그 아이들과 함께 세월을 지켜보는 건 소박하지만 행복하다. 아이들과 함께 봄날의 꽃을 보고, 폭염을 견디고, 단풍과 낙엽, 그리고 설원(雪原)을 통과하는 건 나같이 평범한 가장에겐 이루 말할 수 없는 축복이다. 시간을 바라보고 세월을 견디게 해주는 지원이와 유진이, 그리고 늘 곁에 있어주는 아내는 여전히 내 기쁨이다.

2008년, 겨울을 보내며

정동섭